Carrasco

FAYE KELLERMAN

Carrasco

Um romance da série Decker/Lazarus

Tradução
Maria Luiza X. de A. Borges

HarperCollins *Brasil*

Rio de Janeiro, 2016

Título original: Hangman

Copyright © 2010 by Plot Line, Inc.

Direitos de edição da obra em língua portuguesa no Brasil adquiridos pela Casa dos Livros Editora LTDA. Todos os direitos reservados. Nenhuma parte desta obra pode ser apropriada e estocada em sistema de banco de dados ou processo similar, em qualquer forma ou meio, seja eletrônico, de fotocópia, gravação etc., sem a permissão do detentor do copirraite.

Rua Nova Jerusalém, 345 — Bonsucesso — 21042-235
Rio de Janeiro — RJ — Brasil
Tel.: (21) 3882-8200 — Fax: (21) 3882-8212/831

CIP-BRASIL. CATALOGAÇÃO NA PUBLICAÇÃO
SINDICATO NACIONAL DOS EDITORES DE LIVROS, RJ

K38c
    Kellerman, Faye
        Carrasco / Faye Kellerman ; tradução Maria Luiza X. de A. Borges. - 1. ed. - Rio de Janeiro : HarperCollins Brasil, 2016.
        il; 384 p.

        Tradução de: Hangman
        'Um romance da série Decker / Lazarus'
        ISBN 978.85.69809.35-7

        1. Ficção policial americana. I. Borges, Maria Luiza X. de A.. II. Título.

                                    CDD: 813
                              CDU: 821.111(73)-3

*Para Jonathan,
o homem completo, de A a Z.*

*E para Lila e Oscar,
abraços e beijos.*

1

As fotos mostravam-na inchada, machucada e contundida — um lábio intumescido, dois olhos roxos, um rosto túrgido e brilhoso. Decker achou quase impossível conciliar esses instantâneos com a mulher de aparência extraordinária sentada à sua frente. Terry mudara naqueles 15 anos. Transformara-se de uma bonita menina de 16 anos em uma mulher elegante, deslumbrante. A idade tornara seu rosto mais suave e redondo, com a frágil e delicada beleza de um camafeu vitoriano. Os olhos de Decker passavam da pintura para o rosto dela. Ele levantou uma sobrancelha.

— Horrível, não? — disse ela.

— Seu marido certamente fez um estrago em você. — Se examinasse o rosto dela com os olhos bem apertados, Decker podia ver os vestígios da surra (um tom esverdeado em certos pontos). — E essas fotos foram tiradas há cerca de seis semanas?

— Mais ou menos. — Ela mudou de posição no sofá. — O corpo é uma coisa maravilhosa. Eu costumava ver milagres o tempo todo.

Sendo médica, Terry tinha essa informação em primeira mão. Ter conseguido cursar a faculdade de medicina e criado um filho enquanto esteve casada com aquele maluco eram evidências de sua força de caráter. Era difícil vê-la espancada daquela maneira.

— Tem certeza de que quer ir até o fim com isso? Encontrar-se com ele aqui em Los Angeles?

— Adiei isso o máximo que pude — disse Terry. — Realmente não faz sentido me esconder. Se Chris quiser me achar, vai achar. E não é comigo que estou preocupada. É com o Gabe. Se ele ficar irritado o bastante, pode descontar no menino. Preciso que ele se torne um adulto, tenente, antes de tomar qualquer decisão sobre mim mesma.

— Quantos anos o Gabe tem?

— Cronologicamente, vai completar 15 anos daqui a cerca de quatro meses. Psicologicamente, é um velho.

Decker assentiu com a cabeça. Eles estavam sentados em uma suíte de hotel elegantemente mobiliada em Bel Air, na Califórnia. O esquema de cores era um calmante tom sobre tom de bege. Havia um sortido bar junto à entrada com uma bancada de mármore para o preparo de drinques. Terry enroscara-se no divã em frente a uma lareira de pedra. Ele estava sentado à direita dela, numa poltrona com vista para o pátio privado luxuriantemente jardinado com samambaias, palmeiras e flores — um oásis para a alma ferida.

— O que a faz pensar que vai durar até Gabe fazer 18 anos?

Terry dedicou alguma reflexão à pergunta.

— Você sabe como meu marido é frio e calculista. Essa foi a primeira vez que pôs a mão em mim.

— Mas o que aconteceu?

— Um mal-entendido. — Ela olhou para o teto, evitando os olhos de Decker. — Ele encontrou alguns documentos médicos e pensou que eu tinha feito um aborto. Depois que finalmente consegui fazê-lo parar de me bater e ouvir, ele se deu conta de que tinha lido mal o nome. O aborto fora feito por minha meia-irmã.

— Ele confundiu o nome Melissa com Teresa.

— Temos o mesmo nome do meio. Sou Teresa Anne. Ela é Melissa Anne. É idiota, mas meu pai é idiota. Ainda uso McLaughlin, assim como minha meia-irmã, porque o nome está em todos os meus diplomas e licenças. Ele leu mal o nome e se descontrolou. Não que se importe com crianças, mas a ideia de que eu estaria destruindo sua prole o deixou transtornado. Sou realmente grata por não haver nenhuma arma ao alcance dele. — Ela encolheu os ombros.

— Por que se casou com ele, Terry? — perguntou Decker.

— Ele queria oficializar a situação. Dificilmente eu poderia lhe dizer não, uma vez que estava nos sustentando. Eu nunca poderia ter concluído o curso de medicina sem o dinheiro dele. — Ela fez uma pausa. — Em geral, ele deixa Gabe e a mim em paz. Enterra-se no trabalho, na bebida ou em drogas, ou se envolve com outras mulheres. Gabe e eu somos especialistas em lidar com ele. Nossas interações são neutras e, às vezes, agradáveis. Ele é generoso e sabe ser encantador quando quer alguma coisa. Dou-lhe o que quer e fica tudo bem.

— Exceto quando não fica. — Decker apontou para as fotografias. — O que quer exatamente de mim, doutora?

— Concordei em ver Chris, tenente, não em voltar para ele. Pelo menos, não de imediato. Não sei como ele vai aceitar a notícia. Como não posso fugir dele, quero que concorde com uma separação temporária. Não uma separação conjugal, não seria uma boa solução, apenas que concorde em me dar um pouco mais de tempo para ficar sozinha.

— Quanto tempo mais?

— Trinta anos, talvez. — Terry sorriu. — Na verdade, eu gostaria de me mudar de volta para Los Angeles, até o Gabe terminar o ensino médio. Encontrei uma casa para alugar em Beverly Hills. Não só tenho de conseguir que Chris concorde com a separação, como quero que ele pague tudo.

— Como vai fazer isso?

— Você verá. — Ela sorriu. — Ele me treinou, mas eu também o treinei.

— Apesar disso, acha que precisa de proteção.

— Quando se está lidando com um animal selvagem, tudo pode acontecer. É bom tomar precauções.

— Há muitos homens mais jovens, mais fortes que eu, caras que provavelmente a protegeriam muito melhor.

— Ah, por favor! Chris poderia acabar com qualquer um deles. Ele fica mais... cuidadoso perto de você. Ele o respeita.

— Ele me deu um tiro.

— Se quisesse matá-lo, ele o teria feito.

— Sei disso — disse Decker. — Ele quis provar quem mandava. —Expirou. — Mais importante, Chris gosta de atirar em pessoas. Ao atirar em mim, ele matou dois coelhos com uma cajadada só.

Terry baixou os olhos.

— Ele se gabou de que você lhe pediu favores. É verdade?

— Eu lhe peço informação de vez em quando — respondeu Decker com um sorriso. — Uso qualquer fonte que possa me ajudar a chegar a uma solução. — Ele fitou o rosto dela: sua pele leitosa, os olhos cor de mel e o longo cabelo castanho. Era possível vislumbrar alguns fios brancos, o único sinal de que sua vida fora uma panela de pressão. Ela usava um vestido longo solto, sem mangas — algo sedoso com desenhos geométricos cor de laranja, verdes e amarelos. Seus pés descalços despontavam sob a bainha.

— Quando ele deverá estar na cidade?

— Eu lhe disse para passar aqui no hotel domingo ao meio-dia. Imaginei que seria uma boa hora para você.

— Onde estará o seu filho quando isso acontecer?

— Ele estará na Universidade da Califórnia, em uma das salas de prática. Gabe tem um celular. Se precisar de mim, ligará. Ele é muito independente. Teve de ser. — Seus olhos estavam longe. — Ele é tão bom... O extremo oposto do pai. Dada a criação que teve, poderia ter precisado ir para uma clínica de reabilitação pelo menos algumas vezes. Em vez disso, é supermaduro. Isso me preocupa. Há tanta coisa dentro dele que nunca foi dita. Ele realmente merece coisa melhor. — Ela levou as mãos à boca e piscou para conter as lágrimas. — Muito obrigada por me dar a mão.

— Certifique-se de que posso fazer alguma coisa antes de me agradecer. — Decker consultou seu relógio. Devia ter chegado em casa meia hora antes. — Certo, Terry, virei no domingo, mas você tem de fazer as coisas à minha maneira. Tenho de pensar em um plano, como quero que esse encontro ocorra. Antes de mais nada, você tem de esperar no quarto até que eu tenha revistado o Chris. Depois você pode sair.

— Tudo bem.

— Além disso, tem de instruir Gabe a não voltar para casa até que você lhe tenha dado um sinal de que não há mais perigo. Não quero que ele apareça no meio de uma situação difícil.

— Parece razoável.

A sala ficou em silêncio por alguns momentos. Em seguida, Terry levantou-se.

— Muito obrigada, tenente. Espero que o pagamento esteja OK.

— Está mais do que OK. É muito generoso.

— Uma coisa sobre Chris... Ele é muito expansivo. Se eu oferecesse menos a você, ele ficaria insultado.

— Ouça, se você não quer que eu faça isso, não farei — disse Decker.

— Claro que não quero que você faça isso — respondeu Rina. — Ele atirou em você, pelo amor de Deus!

— Então vou ligar para ela e dizer não.

— Um pouco tarde para isso, não acha? — Rina levantou-se da mesa de jantar e começou a tirar a louça: dois pratos e dois copos. Hannah raramente comia com eles. Ela iria iniciar a faculdade em Israel no outono e, a três meses de terminar o ensino médio, já tinha praticamente ido embora.

Decker acompanhou a mulher até a cozinha.

— Diga-me: o que você quer? — Quando Rina abriu a torneira, ele disse: — Eu lavo a louça.

— Não, eu lavo.

— Melhor ainda, por que não usa a máquina de lavar louça?

— Para dois pratos?

Contando todos os copos, utensílios e panelas, era muito mais do que isso, mas ele não discutiu.

— Eu deveria ter consultado você antes de concordar. Desculpe-me.

— Não estou interessada em desculpas. Estou preocupada com a sua segurança. Ele é um pistoleiro, Peter.

— Ele não vai me matar.

— Você não me diz sempre que as situações domésticas são as mais perigosas porque as emoções ficam exacerbadas?

— São mesmo, se a pessoa não estiver preparada.

— Não acha que sua presença vai agravar o estado das coisas?

— É possível, mas se ela não tiver ninguém por perto, pode ser pior.

— Então deixe que ela contrate outra pessoa. Por que tem de ser você?

— Ela acha que eu tenho mais chances de desarmar o temperamento de Chris.

— "Desarmar" é a palavra certa — disse Rina. — O homem é uma bomba! — Ela sacudiu a cabeça e abriu a torneira. Silenciosamente, entregou a Decker o primeiro prato.

— Obrigado pelo brunch. O salmão estava realmente uma delícia.

— Todo homem merece uma última refeição.

— Isso não tem graça.

Rina passou-lhe outro prato.

— Se alguma coisa acontecer com você, nunca vou perdoá-lo.

— Entendido.

— Não me importo com o que aconteça com ela. Tenho certeza de que é uma boa mulher, mas se meteu nessa confusão. — Rina sentiu sua raiva aumentando. — Por que você tem que tirá-la disso? O pedido de ajuda que ela está fazendo a você é *chutzpadik*, é impertinente.

— É como se ela estivesse gravada em mim. — Decker deixou o prato de lado e pôs as mãos nos ombros da mulher. As pontas de seu cabelo preto roçavam nos ombros, dando-lhe ao rosto uma aparência jovial. Rina era tudo, menos isso. Intensa, focada, objetiva: esses eram os adjetivos apropriados. — Vou ligar para ela e dizer não.

— Você não pode fazer isso *agora*, Peter. Ele deve aparecer lá dentro de umas duas horas. Além disso, se desse para trás, você pareceria um covarde aos olhos de Chris, e essa é pior coisa que pode fazer. Você não tem saída.

Ela ficou nas pontas dos pés e beijou-lhe o nariz. Ele era alto e grande, mas Chris também.

— Acho que eu deveria ir com você.

— Nem pensar. Eu preferiria cair fora.

— Ele gosta de mim.

— E é precisamente por isso que ficaria tentado a me dar um tiro. Ele tem uma queda por você.

— Ele não tem uma queda por mim...

— É aí que você se engana.

— Bem, então pelo menos deixe-me ir de carro com você para a cidade. Pode me deixar na casa dos meus pais.

— Posso fazer isso. — Decker olhou para o relógio da cozinha. — Deixe a bagunça. Eu cuido disso quando voltar.

— Você está saindo agora?

— Quero preparar o lugar antes que ele chegue.

— Certo. Vou pegar minha bolsa. Ligue para mim quando tiver terminado e tudo estiver bem.

— Farei isso. Prometo.

— Sim, sim — desdenhou Rina. — O casamento não consiste na promessa de amar, honrar e obedecer?

— Algo parecido — disse Decker. — E se devo me gabar, eu diria que tenho cumprido meus votos muito bem.

— Tem cumprido muito bem os dois primeiros — admitiu Rina. — É o terceiro que parece derrubar você.

2

Saído diretamente de uma pintura de Diego Rivera, ele apareceu com um enorme buquê de copos-de-leite que tomava a maior parte do seu torso. Tamanho por tamanho, Decker não ficava nem um centímetro aquém dos 1,95m de Christopher Donatti.

— Você não precisava ter trazido flores. — Antes que Chris pudesse mostrar surpresa, Decker pegou as flores e jogou-as na bancada de mármore perto da porta. Em seguida, virou-o, empurrando-o até que estivesse imprensado contra a parede. Os movimentos de Decker eram vigorosos e rápidos. Ele apertou o cano de sua Beretta na base do crânio do homem. — Sinto muito, Chris, mas ela realmente não tem plena confiança em você neste momento.

Donatti não disse nada enquanto Decker o apalpava. O homem carregava peças de boa qualidade: as ferramentas de seu ofício. Tinha uma S&W automática no cinto e uma pequena pistola Glock calibre .22 em um compartimento escondido na bota. Com sua própria Beretta, que fazia parte do equipamento militar normal, ainda no pescoço de Donatti, Decker enfiou a mão em seu bolso, jogando sua carteira na bancada. Disse-lhe para tirar os sapatos, o cinto e o relógio.

— Meu relógio?

— Você sabe como é, Chris. Hoje em dia tudo é micromini. Quem sabe o que você está escondendo aí dentro?

— É um Breguet.

— Não sei o que é isso, mas parece caro. — Decker aliviou-o do relógio de ouro. Era incrivelmente pesado. — Não vou roubá-lo. Estou apenas examinando-o.

— É um relógio esqueleto. Abra a tampa traseira e poderá ver o movimento.

— Humm... Isto não vai explodir em cima de mim, vai?

— É um relógio, não uma arma.

— Nas suas mãos, tudo é uma arma.

Donatti não discordou. Decker disse-lhe para manter as mãos levantadas e o corpo contra a parede. Recuou lentamente alguns centímetros para dar algum espaço a si mesmo. De olho nas mãos dele o tempo todo, Decker começou a remover a munição das armas de Donatti.

— Pode se virar, mas mantenha as mãos para cima.

— Você é quem manda.

Ele girou seu corpo até que os dois ficassem face a face. Sem suas armas, Chris mostrou-se impassível. Seus olhos pareciam opacos; azuis, sem nenhuma luminosidade. Era impossível distinguir se estava irritado ou se divertindo.

Uma coisa era certa. Chris já tivera dias melhores. Sua pele estava manchada e pálida, e a testa estava coberta de espinhas. Ele deixara o cabelo crescer a partir do corte à escovinha que usava 12 anos antes, a última vez que Decker o vira pessoalmente. Agora usava-o todo penteado para trás, ao estilo do conde Drácula, e aparado na altura da parte inferior das orelhas. Chris continuava esguio, mas com braços maiores do que Decker se lembrava. Havia se arrumado para o encontro, usando uma camisa polo azul, calça de gabardine cor de carvão e botas Croc.

— Estou começando a ficar com dor nos braços.

— Abaixe-os devagar.

Ele obedeceu.

— E agora?

— Sente-se. Mova-se devagar. Quando você se move devagar, eu me movo devagar. Se você me apressa, eu atiro primeiro e faço perguntas depois. — Quando Donatti começou a se sentar na cadeira, Decker o deteve. — No sofá, por favor.

Donatti cooperou e deixou-se cair sobre as almofadas. Decker jogou-lhe o relógio. Ele o apanhou com uma mão e colocou-o de volta no pulso.

— Ela está aqui, ao menos?

— Está no quarto.

— Já é um começo. Vai sair de lá?

— Quando eu der o OK, Terry sairá.

— Onde está Gabe?

— Não está aqui — respondeu Decker.

— Provavelmente é melhor assim. — Donatti enterrou a cabeça nas mãos. Ressurgiu um momento depois. — Suponho que sua presença aqui faça sentido.

— Obrigado por sua aprovação.

— Ouça. Não vou fazer nada.

— Por que o arsenal, então?

— Sempre o carrego. Posso falar com minha mulher agora?

Decker mantinha-se junto da bancada de mármore do bar do hotel, a Beretta ainda nas mãos.

— Há algumas regras básicas. Número um: permaneça o tempo todo sentado. Não se aproxime dela de jeito nenhum, em hipótese alguma. E nada de movimentos súbitos. Isso me deixa nervoso.

— De acordo.

— Cuidado com o que diz e com seus modos, e tenho certeza de que tudo correrá às mil maravilhas.

— Sim... Certamente. — A voz dele era um sussurro.

— Você parece um pouco pálido. Quer um pouco d'água? — Abriu o bar. — Alguma coisa mais forte?

— Tanto faz.

— Macallan, Chivas, Glenfiddich.

— Glenfiddich puro. — Um momento depois, Decker lhe entregou um copo de cristal lapidado com uma adequada dose de uísque. Donatti tomou um golinho delicado e em seguida entornou um dedo da bebida. — Obrigado. Isto ajuda.

— Não há de quê. — Decker observava o homem. — Suas cores estão voltando.

— Não bebi nada o dia todo.

— Ainda não é nem meio-dia.

— Já é quase happy hour no horário de Nova York. Não queria que ela pensasse que sou fraco, mas sou. — Tomou mais um gole. — Ela sabe que sou fraco. Que merda!

— Cuidado com a língua.

— Se minha língua fosse meu único problema, eu estaria bem. — Entregou o copo vazio a Decker.

— Mais um? — Quando Donatti sacudiu a cabeça, Decker fechou o armário. — O que aconteceu?

— O que aconteceu é que sou um idiota.

— Isso é amenizar as coisas.

— Sempre tive problemas de compreensão na leitura.

— Você está deixando escapar o elemento decisivo aqui, Chris. Um sujeito não usa a própria mulher como saco de pancada, mesmo que ela tenha feito um aborto.

— Não a esmurrei, eu a estapeei.

— Isso também não é aceitável.

— Sei disso — disse Donatti, esfregando a testa. — Só estou corrigindo você porque eu sabia que estava batendo com a mão aberta. Se a tivesse esmurrado, ela estaria morta.

— Então estava consciente de que estava lhe dando uma surra?

— Isso nunca aconteceu antes, não vai acontecer de novo

— E ela deveria acreditar em você porque...

— Posso contar nos dedos de uma só mão as vezes em que me descontrolei. Ouça, sei que ela está assustada, mas não é preciso. Eu estava só... — Quando ele começou a se levantar do sofá, Decker lhe sacudiu a arma no rosto. Ele voltou a se sentar. — Posso ver minha mulher, por favor?

— Pelo menos desta vez você disse por favor. — Decker encarou-o. — Quero lhe fazer umas duas perguntas teóricas. E se ela não quiser falar com você?

— Ela não teria concordado em se encontrar comigo se não quisesse falar comigo.

— Talvez simplesmente não tenha querido lhe dizer por telefone. Isso teria dado tempo para você planejar alguma coisa perigosa e provavelmente estúpida.

— Foi isso que ela disse? — Donatti levantou os olhos.

— Que tal se eu fizer as perguntas?

— Não estou planejando coisa alguma. Fui um idiota. Isso não vai acontecer de novo. Apenas me deixe ver a minha mulher, tudo bem?

— E se ela não quiser vê-lo mais? E se ela pedir o divórcio?

— Não sei. — Donatti apertou as mãos uma contra a outra. — Não pensei sobre isso.

— Isso o irritaria muito, certo?

— Provavelmente.

— O que você faria?

— Nada com você por perto. — Finalmente apareceu uma centelha de vida em seus olhos. — Decker, ela não vai me pedir o divórcio, pelo menos não agora, porque, antes de mais nada, tenho dinheiro suficiente para envolvê-la numa batalha legal muito dispendiosa e prolongada por Gabe. Seria mais fácil para ela simplesmente adiar isso até que ele faça 18 anos, e Terry é uma pessoa, acima de tudo, prática. Tenho mais três anos e meio antes de precisar enfrentar essa questão. Eu gostaria de ver Terry agora.

Ele estava arquejando.

— Mais um uísque? — perguntou Decker.

— Não. — Donatti sacudiu a cabeça. — Estou bem. — Aspirou profundamente e soltou o ar. — Estou pronto quando você estiver.

Decker lançou-lhe um olhar severo.

— Estarei observando cada movimento seu.

— Certo. Não vou me mexer. Meu traseiro está colado no assento. Podemos seguir adiante com isto?

Não fazia sentido adiar o inevitável. Decker chamou o nome dela. Ele tinha colocado a cadeira de Terry de lado, de modo a ter um trajeto livre do cano de sua arma ao cérebro de Donatti. Não que realmente esperasse um tiroteio, mas foi escoteiro e procurava estar sempre alerta. Terry tinha enroscado as pernas sob o vestido longo, mas sua postura estava ereta e majestosa. Mais uma vez, seu vestido era sem mangas, seus braços longos e bronzeados estavam adornados com vários braceletes. Seus olhos estavam no rosto de Donatti, embora ele é que tivesse dificuldade em enfrentar seu olhar.

— Você está bonita — disse ele.
— Obrigada.
— Como se sente?
— Bem.
— Como vai o Gabe?
— Está ótimo.

Donatti expirou com força e levantou os olhos para o teto. Em seguida, concentrou-se no rosto dela.

— O que posso fazer por você?
— Pergunta interessante — respondeu ela. — Ainda estou tentando descobrir isso.
— Farei qualquer coisa — disse ele, coçando a bochecha.
— Posso citar essa sua declaração? — Antes que ele pudesse responder, ela disse: — Não estou pronta para voltar com você.
— Bem. Algum dia estará pronta? — perguntou Donatti, cruzando as mãos em seu colo.
— Possivelmente... provavelmente, mas não agora.
— Tudo bem. — Chris lançou um olhar para Decker. — Poderíamos ter um pouco de privacidade, por favor?
— De jeito nenhum. — Decker levantou as flores. — Ele lhe trouxe isto.
— Pedirei um vaso mais tarde — disse Terry, dando uma olhadela nos copos-de-leite. E para Chris: — São lindas. Obrigada.
— Então... quando você acha... Isto é, quanto tempo mais quer ficar aqui? — disse Donatti, impaciente.
— Na Califórnia ou aqui no hotel?
— Eu estava pensando longe de mim, mas sim, quanto tempo mais você vai ficar aqui, também.
— Não sei.
— Um mês? Dois meses?
— Mais do que isso. — Ela lambeu os lábios.
— Isso está ficando um tanto caro. Quer dizer, não que eu esteja lhe dando o dinheiro de má vontade...

— É caro — disse Terry. — Quero alugar uma casa. Tecnicamente, você a estaria alugando. Vi uma de que gostei. Estou só esperando que você faça o cheque.

Decker estava assombrado com a confiança com que ela falava, desafiando-o a lhe negar qualquer coisa.

— Onde? — perguntou Donatti.

— Beverly Hills. Onde mais?

Quando ela fez menção de se levantar, Decker lhe perguntou:

— O que posso pegar para você?

— Estou com um pouco de sede.

— Volte a se sentar. O que gostaria de beber?

— Uma água Pellegrino, sem gelo.

— Sem problema. E você, Chris?

— O mesmo.

— Dê-lhe um uísque — disse Terry.

— Estou bem, Terry.

— Eu disse que você não estava? — retrucou ela. — Dê um uísque para ele.

Donatti levantou as mãos.

— Nenhum problema — disse Decker —, contanto que ambos fiquem onde estão.

— Não estou indo para lugar nenhum — respondeu Donatti com impertinência. Assim que o uísque lhe chegou aos lábios, pareceu se acalmar. — Então... Fale-me sobre essa casa que estou alugando.

— Fica em uma área chamada os Flats, que é uma excelente localização por aqui. São 12 mil por mês, mais ou menos o mínimo que se pode conseguir naquela vizinhança. Precisa de alguns reparos, mas certamente já é habitável. A principal razão por que escolhi Beverly Hills foi o distrito escolar, que é bom.

— Nenhum problema — disse Donatti. — Tudo que você quiser.

A julgar por essa conversa, pareceria que Terry estava no controle do relacionamento. Talvez estivesse, na maior parte do tempo. Obviamente isso não era o mesmo que o tempo todo.

— Vou receber uma chave? — perguntou Donatti.

— Claro que vai receber uma chave. Você está alugando a casa.

— E quanto tempo você pretende viver aqui... na casa que estou alugando?

— Em geral, os contratos são por um ano.

— Isso é um longo tempo.

— Chris, não estou pedindo uma separação legal, só uma separação física — disse Terry, inclinando-se. — Depois do que aconteceu, é o mínimo que você pode fazer.

— Não estou discutindo com você, Terry, estou apenas tentando ter uma ideia de por quanto tempo. Se você quer um ano, alugue por um ano. Trata-se de você, não de mim.

Ela ficou em silêncio. Depois disse:

— Você vai saber onde estou, vai ter uma chave da casa. Venha quando quiser. Não vou para lugar algum. É justo?

— Mais do que justo. — Donatti tentou empurrar os lábios para cima. — De todo modo, não é ruim, para mim, ter um endereço na Costa Oeste. Provavelmente é uma boa ideia.

— Então eu fiz um favor para você.

— Eu não diria isso. Doze mil por mês. De que tamanho é isso?

Terry lhe deu um sorriso — um misto de humor e coquetismo.

— Tem quatro quartos, Chris. Acho que podemos chegar a um acordo.

O sorriso de Donatti transformou-se em genuíno.

— Tudo bem. — Ele tomou um gole de sua bebida, depois riu. — Tudo bem. Se é isso que você quer... Muito bem. Talvez você vá realmente sentir minha falta quando eu for embora.

— Pode sonhar.

— Muito engraçado.

— Está com fome? — Os olhos de Terry percorreram o corpo dele de cima a baixo. — Você emagreceu.

— Andei um pouco ansioso.

— Como você saberia o que é sentir ansiedade?

Donatti olhou para Decker, seus olhos impenetráveis.

— A menina é espirituosa.

— Está com fome, Chris? — Terry lhe perguntou.

— Eu poderia comer.

— Eles têm um restaurante de padrão internacional. — Ela lançou um olhar para o relógio de diamantes em meio a seus braceletes de ouro. — Está aberto. Eu não me incomodaria de comer alguma coisa.

— Ótimo. — Ele começou a se levantar, mas então olhou para Decker.

— Posso me levantar sem que você atire em mim?

— Desça até o restaurante e peça alguma coisa para vocês dois, Chris. Pegue uma mesa perto da porta para mim. Nós o alcançaremos daqui a pouco.

A expressão de Donatti ficou azeda.

— Estaremos num lugar público, Decker. Nada vai acontecer. Que tal um pouco de privacidade?

— Estarei sentado à outra mesa — disse Decker. — Sussurrem se não quiserem que eu ouça. Vá na frente. Iremos encontrá-lo lá.

Donatti revirou os olhos.

— Posso pegar minhas armas de volta?

— Ao final — respondeu Decker.

— Você pode ficar com a munição, dê-me apenas as armas.

— Ao final.

— O que acha que vou fazer? Nocauteá-lo?

— Eu não estava nem pensando nisso, mas agora que mencionou, você é imprevisível.

Ele se virou para Terry.

— Você se importa que eu esteja armado?

— Depende dele — disse Terry.

— Elas são inúteis sem munição. — Quando Decker não respondeu, Chris disse: — Vamos lá! Seria uma demonstração de boa-fé. Só estou pedindo o que é meu.

— Eu entendo, Chris. — Decker abriu a porta. — Mas você não pode sempre ter o que quer.

Os dois homens se encararam. Depois Donatti deu de ombros.

— Como queira — disse, e saiu porta afora pisando duro, sem olhar para trás.

— É um cara frio. — Olhou para Terry. — Você lidou com ele muito bem.

— Assim espero. No mínimo, isso me dará algum tempo para pensar.

Decker notou que ela estava trêmula.

— Você está bem, Terry?

— Sim, estou bem. Só um pouco... — Gotas de suor pingavam de sua testa. Ela enxugou o rosto com um lenço. — Você sabe o que dizem, tenente. — Riso nervoso. — Nunca os deixe ver que você sua de nervoso.

3

Enquanto Decker estava na cidade — a cerca de trinta quilômetros de sua casa —, Rina fez reserva para jantarem juntos em um dos muitos restaurantes *kosher* ao longo de Pico Boulevard. Eles saíram da casa dos pais dela às seis, e meia hora depois, estavam em um lugar reservado, bebericando vinho. Embora não fosse muito de falar, nesta noite Peter parecia excepcionalmente dócil, de modo que Rina sentiu-se feliz por se encarregar da maior parte da conversa. Talvez Peter estivesse com fome. Ela imaginou que ele participaria quando lhe desse na telha. Porém, mesmo depois de comer rapidamente seu filé de costela, batatas fritas e salada, o marido continuou calado.

— O que está se passando dentro dessa sua cabeça? — Rina finalmente perguntou.

— Nada.

— Não acredito em você.

— Veja, é aí que vocês, mulheres, cometem um grave erro. Sempre que nós, homens, não falamos, vocês atribuem isso a alguma profunda meditação íntima que estaríamos tendo com nós mesmos. Em meu caso, eu estava pensando sobre a sobremesa... Se as calorias valeriam a pena.

— Se você quiser, podemos dividir alguma coisa.

— O que significa que eu como noventa por cento.

— Que tal se nos abstivéssemos da sobremesa e tomássemos apenas um café? Você parece um pouco extenuado.

— Pareço? — Decker deu uma batidinha em seu bigode ruivo e branco como se estivesse pensando em algo profundo. Embora sua barba ainda conservasse um pouco de sua cor juvenil, flamejante, seu cabelo estava mais branco que laranja, embora ainda fosse abundante. Ele sorriu para sua mulher. Rina mudara de roupa, agora estava com um vestido de cetim roxo-escuro que mantinha no armário da mãe. Embora fosse religiosa demais para algum dia exibir um decote, a linha do pescoço acentuava seu lindo colo. Ele lhe dera um par de brincos de diamante de dois quilates pelo seu aniversário de quarenta anos, e ela os usava em todas as oportunidades. Ele gostava de vê-la com coisas caras, mesmo que, com seu salário, isso não acontecesse com muita frequência. — Acho que estou um pouco cansado.

— Então vamos logo para casa.

— Não, não. Gostaria de tomar uma xícara de café.

— Tudo bem. — Rina tocou-lhe as mãos. — Você não está só cansado, está aborrecido. O que aconteceu esta tarde?

— Eu contei a você. Tudo correu tranquilamente.

— No entanto, você continua confuso.

— Quando falava com ele — disse Decker, escolhendo as palavras —, ela parecia confiante... Claramente no controle.

— Talvez estivesse, com você ali junto.

— Tenho certeza de que esse era um dos motivos. E ele estava contrito, de modo que ela tinha certo grau de liberdade de ação. Não sei, Rina. Ela estava quase autoritária. Enquanto almoçavam, praticamente só ela falou.

— Você conseguia ouvi-los?

— Podia vê-los. Ela claramente dominou a conversa.

— Talvez ela fale mais quando fica nervosa.

— É possível. Antes de nos encontrarmos com ele para o almoço, conversamos por alguns minutos. De repente, ela começou a tremer e a suar frio.

— Está vendo?

— Mas houve mais uma coisa, Rina. Se eu não soubesse nada dos antecedentes, teria jurado que ela estava bancando a sedutora no almoço... Estava extremamente sexy. Havia algo de estranho.

— O que é tão estranho? Ela gosta dele.

— Ele lhe deu uma surra seis semanas atrás.

— Ela sabe o que ele é e ainda há alguma coisa nele que ela acha atraente. Ela faz escolhas ruins. Foi o que a pôs nessa situação, para início de conversa. Ninguém mandou Terry visitá-lo na cadeia e fazer sexo com ele sem se prevenir contra uma gravidez.

— Ela não é uma menina tola, Rina. É uma mãe cuidadosa e uma médica emergencista.

— Como todos nós, ela tem aspectos positivos e alguns negativos. No caso de Terry, suas fraquezas são prejudiciais. — Rina inclinou-se para frente. — Mas como eu disse esta manhã, Peter, isso não é problema nosso. Você foi contratado para ajudar. Ela pagou e você fez o seu serviço. Que tal esquecer isso?

— Você está certa. — Decker empertigou-se e beijou-lhe a mão. — Estamos jantando fora e você não merece um marido em estado de coma.

— Que tal um café agora?
— Café seria ótimo! — disse Decker com um sorriso. — Eu até pediria uma sobremesa.
— O que acha da torta de pêssego?
— Torta de pêssego... perfeito! Vamos nos atrever a pedi-la com sorvete de baunilha, ou seja lá que mistura gelada eles prepararem para fingir que é sorvete?
— Isso mesmo, vamos enfiar o pé na jaca.

O telefone celular tocou exatamente quando o carro havia chegado ao alto da autoestrada 405 e começava a mergulhar no San Fernando Valley. Montanhas dos dois lados deixavam o sinal irregular. Como Decker estava dirigindo, Rina tirou o telefone do bolso do paletó dele.
— Se for Hannah, diga que estaremos em casa dentro de cerca de vinte minutos.
— Não é Hannah. Não reconheço o número. — Ela apertou o botão. — Alô?
Houve silêncio do outro lado. Por um momento, Rina pensou que a ligação tivesse caído, mas viu então que o telefone não fora desligado.
— Alô? — tentou de novo. — Posso ajudá-lo?
— Quem é? — perguntou Decker. Quando ela encolheu os ombros, ele disse: — Apenas desligue.
— Desculpe-me. — A voz era masculina. Ele pigarreou. — Estou procurando o tenente Decker.
— Este é o telefone celular dele. Com quem estou falando?
— Gabe Whitman.
Rina precisou fazer grande esforço para não arquejar.
— Está tudo bem?
— Com quem você está falando? — perguntou Decker.
— Não — disse Gabe pelo telefone. — Isto é, não sei.
— *Quem* é, Rina? — insistiu Decker.
— Gabe Whitman.
— Meu Deus! Diga-lhe para esperar.
— Ele logo falará com você — disse Rina.
— Obrigado.
Decker manobrou o carro para o acostamento da autoestrada, ligou suas luzes de emergência e pegou o celular.
— Tenente Decker falando.
— Lamento incomodá-lo.
— Incômodo nenhum. O que está acontecendo?
— Não consigo encontrar minha mãe. Ela não está aqui e não atende o celular. Meu pai não atende o celular dele também.

— Certo. — O cérebro de Decker girava a mil por hora. — Quanto tempo faz que você falou com sua mãe, Gabe?

— Voltei para o hotel por volta de seis e meia, sete. Deveríamos ir jantar. Ela não estava aqui. Seu carro não está aqui, sua bolsa não está aqui, mas ela não deixou nenhum bilhete, nada. Ela não faz esse tipo de coisa.

Decker sentiu seu estômago revirar. Seu relógio mostrava que eram quase nove horas.

— Quando foi a última vez que você falou com ela, Gabe?

— Por volta das quatro horas. Você já tinha saído. Mamãe disse que tudo correu bem. Ela parecia estar ótima. Disse que tinha de fazer algumas coisas e estaria de volta lá pelas seis. Não sei se estou reagindo de maneira exagerada, mas com Chris, simplesmente não sei.

— Onde você está agora?

— Estou no hotel.

— No quarto?

— Sim, senhor.

— Tudo bem, Gabe, estou dando meia-volta e estarei aí em cerca de meia hora. Saia do quarto e me espere no saguão. Quero que você fique em um lugar público, tudo bem?

— Certo. — Uma pausa. — Está tudo certo no quarto... Isto é, nada está revirado ou coisa assim.

— Isso não significa que seu pai não possa aparecer de repente. Não seria bom para vocês dois ficarem a sós.

— É verdade. — Uma pausa. — Obrigado.

— Não precisa agradecer. Simplesmente saia pela porta e não olhe para trás.

Quinze minutos mais tarde, Decker parou seu Porsche no estacionamento. Os funcionários eram diferentes dos que haviam estado ali à tarde. Quando lhe perguntaram quanto tempo iria ficar, Decker respondeu que não sabia.

O resort ocupava seis hectares de um terreno com plantas exuberantes e folhagem tropical situado nos contrafortes de Bel Air. O ar vespertino estava adocicado pelos jasmins que floriam à noite, com um toque de gardênia. Palmeiras de folhas largas, samambaias e arbustos floridos margeavam caminhos de pedra e tombavam sobre as bordas de uma lagoa artificial povoada com patos e cisnes. Decker e Rina atravessaram uma ponte, lançando um olhar para o lago enquanto aves passavam planando.

Decker virou-se para Rina.

— Por que não pega o carro e vai para casa?

— Hannah está na casa de uma amiga. Posso esperar.

— Não sei se quero você por perto caso Chris apareça. Estou com um mau pressentimento em relação a isso.

— E se eu esperar no saguão?

— Você se importaria? Pode levar algum tempo. Se eu não encontrar Terry imediatamente, vou ter de dar uma busca no hotel.

— Isso não é problema, a menos que eles me expulsem. — Ela fez uma pausa. — O que vai fazer com Gabe? Você não sabe o que está acontecendo. Certamente não pode deixá-lo ficar aqui sozinho, mesmo se ele fosse maior de idade.

Nenhum dos dois falou.

— Ele pode ficar conosco — disse Rina.

— Não me parece uma boa ideia.

— Acho que você não tem escolha.

— Ele tem um avô que mora no Valley.

— Então entre em contato com ele de manhã. Uma noite conosco não fará diferença.

— Você realmente é a Mãe Terra.

— Essa sou eu — disse Rina. — Vinde a mim as multidões cansadas, pobres e confusas que anseiam por respirar livremente, *et cetera, et cetera*. Emma Lazarus e eu tínhamos muito mais em comum que apenas nossos sobrenomes.

Embora o hotel propriamente dito fosse uma série de discretos bangalôs conectados, cobertos de estuque cor-de-rosa e com um telhado de telhas vermelhas de estilo mediterrâneo, o saguão era um prédio independente. Pela janela, Decker pôde ver uma mulher uniformizada folheando fichas atrás do balcão, uma mesa de *concierge* vazia e um conjunto de móveis tradicionais defronte a uma lareira de pedra. Uma das poltronas beges estava ocupada por um adolescente magricela — *O pensador*, mas esculpido por Giacometti. Ele e Rina entraram e o menino magro levantou os olhos, em seguida se pôs de pé. Decker tentou dar um sorriso tranquilizador.

— Gabe?

Ele assentiu com a cabeça. Menino bonito — um nariz aquilino, queixo forte, uma massa de cabelo louro acinzentado e olhos cor de esmeralda atrás de um par de óculos sem aro. Não era muito musculoso, mas tinha o mesmo tipo de musculatura vigorosa que seu pai exibia na adolescência. Parecia estar chegando à marca de 1,82m.

Decker estendeu a mão e o menino apertou-a.

— Como vai você?

O garoto encolheu os ombros, impotente.

— Esta é a minha mulher. Ela vai esperar por mim aqui... ou por nós. Ainda não teve notícia de ninguém?

— Não, senhor. — Ele olhava para Rina tanto quanto para Decker. — Lamento ter arrastado vocês até aqui. Provavelmente não é nada.

— Seja o que for, não é um problema. Vamos caminhar de volta até o quarto.

A mulher no balcão levantou os olhos.

— Está tudo bem, sr. Whitman?

— Ah, sim. — Gabe forçou um sorriso. — Tudo bem.

— Tem certeza?

Gage assentiu com a cabeça rapidamente.

— Vejo você daqui a pouco — disse Decker, voltando-se para Rina.

— Não se apresse.

Decker e o menino saíram para o ar frio e enevoado, nenhum dos dois falou enquanto andavam. À noite, os caminhos pareciam diferentes do que eram de dia. Com a iluminação artificial colorida entre as plantas, todo o complexo parecia surreal, como um cenário de filme. Gabe foi fazendo meandros de um jardim para outro até que os dois chegaram ao bangalô que ele compartilhava com a mãe. Abriu a porta, acendeu a luz, e eles entraram.

— Exatamente como eu o deixei — disse Gabe.

E não muito diferente do que estava quando Decker saíra. As flores que Chris dera a Terry tinham sido postas em um vaso e estavam sobre a mesa junto ao sofá. O copo de uísque de Donatti estava dentro da pia do bar. O cinzeiro fora limpo e o sofá da sala de estar fora aberto, transformando-se em uma cama; um cardápio de café da manhã do serviço de quarto e alguns chocolates haviam sido deixados em uma bandeja de prata. Havia água na mesa de centro e música vinda de um aparelho de som, sintonizado em uma estação de música clássica.

— Você dorme aqui?

Gabe assentiu com a cabeça.

Decker entrou no quarto. A cama de Terry também tinha sido arrumada.

— As cobertas estavam viradas quando você chegou aqui por volta das seis?

— Não, senhor, eles vieram mais tarde. Por volta das oito. — Uma pausa. — Provavelmente eu não deveria ter deixado que entrassem, não é?

— Isso não tem importância, Gabe. — Decker estudou o quarto. Havia muitas roupas no armário e um pequeno cofre. Ele perguntou ao menino se sabia o segredo.

— Hum, o deste não, mas sei a senha que ela costuma usar.

— Poderia tentar abri-lo?

— Claro.

Gabe digitou uma série de números. Precisou fazer umas duas tentativas, mas finalmente a porta se abriu. O cofre estava cheio de dinheiro em espécie e joias.

— Você tem alguma coisa em que possa transportar as coisas de valor?

— Por quê?

— Se sua mãe não voltar, você não pode ficar aqui sozinho.

— Ficarei bem.

— Não tenho dúvida de que pode cuidar de si mesmo, mas sou um policial e você é um menor. Eu estaria violando a lei se deixasse você ficar aqui sozinho. Além disso, nas atuais circunstâncias, eu não gostaria que você ficasse sozinho mesmo que tivesse 18 anos.

— Para onde vai me levar?

— Você tem uma escolha. — Decker esfregou suas têmporas. — Sei que tem um avô e uma tia que moram em Los Angeles. Iria se sentir confortável ligando para qualquer um dos dois? Será um prazer levá-lo até lá.

— Essa é minha única escolha?

— Você poderia passar a noite em minha casa, e tenho fé de que as coisas se resolverão de manhã.

— Essa seria minha primeira escolha. Eu preferiria isso a ficar com meu avô. Minha tia é legal, mas um pouco avoada. Ela não é muito mais velha que eu.

— Quantos anos tem a Melissa?

— Tem 21... É muito *imatura* para 21.

— Está certo. Então é isso que vamos fazer. Você vai para casa com minha mulher. Vou ficar por aqui algum tempo e tentar descobrir o que está acontecendo.

— Por que não posso ficar aqui com você enquanto tenta descobrir isso?

— Porque pode levar muito tempo. É melhor você ir para casa com minha mulher e me deixar fazer meu trabalho. Eu o verei amanhã de manhã. Se sua mãe voltar, ligo para você imediatamente. E se por acaso você tiver notícia ou da sua mãe ou do seu pai, ligue para mim na hora, assim não perco tempo. Está certo?

O menino assentiu com a cabeça.

— Muito obrigada, senhor. Fico realmente agradecido.

— Por nada. — Decker tirou um bloco de anotações do bolso. — Tenho o número da sua mãe. Vou precisar dos números do celular do seu pai e do seu.

Gabe desfiou uma série de números.

— Sabe que meu pai troca de telefone o tempo todo. Um número pode estar funcionando um dia e sem funcionar no seguinte.

— Qual foi a última vez que você falou com seu pai?

— Preciso pensar. Chris me ligou sábado de manhã... por volta das onze horas. Tinha acabado de pousar. Contou que estava no aeroporto e iria se encontrar com a mamãe no dia seguinte.

— E você disse o quê?

— Não me lembro realmente. Algo como... "legal". Depois ele perguntou como ela estava e respondi que estava bem. Foi uma conversa de uns dois minutos, o que é muito típico para nós. — Gabe mordeu os lábios. — Chris não gosta realmente de mim. Eu sou um estorvo, algo que fica entre ele e a mamãe. Raramente fala comigo, a menos que seja sobre minha música ou minha mãe, mas é obrigado a lidar comigo, porque eu sou o que o liga à mamãe. É realmente uma confusão.

— Seu pai é confuso. Você não saberia por acaso o número do voo dele, não é?

Gabe sacudiu a cabeça.

— Sabe que companhia aérea ele costuma escolher?

— Quando não viaja de avião particular, pega a primeira classe da American para viajar de costa a costa. Gosta de se esticar.

— Se ele saísse da área de Los Angeles, para onde você acha que ele iria?

— Iria para casa. Ou poderia ir para Nevada e acampar por lá durante algum tempo.

— Ele possui bordéis em Elko, não é? — Quando o menino ruborizou, Decker disse: — Você saberia o nome dos estabelecimentos dele?

— Um é Domo do Prazer. — Seu rosto estava da cor de um pimentão. — Palácio do Prazer... Ele tem uns três ou quatro lugares com a palavra "prazer" nos seus nomes.

— Já tentou telefonar para esses lugares?

O menino sacudiu a cabeça.

— Não tenho os números. Talvez estejam no catálogo. Posso ligar para o serviço de informações, se você quiser.

— Não, posso fazer isso daqui. Por que não põe algumas coisas em uma mala e tira o dinheiro e as joias do cofre? Depois eu o levo de volta ao saguão.

— Peço desculpas por ser uma chateação. Estou me sentindo um idiota.

— Não há nenhum problema. — Ele pôs o braço em volta dos ombros do menino. A princípio, Gabe enrijeceu, mas depois seus ombros relaxaram sob o peso do braço de Decker. — E não fique preocupado demais. Provavelmente, tudo vai se resolver.

— Tudo se resolve. Às vezes as coisas se resolvem bem. E às vezes se resolvem mal. É o mal que me preocupa.

4

Reinou o silêncio no carro a caminho de casa, o menino olhando para fora pela janela do carona, parecendo um cãozinho abandonado. Rina nem sequer se deu ao trabalho de tentar puxar conversa. Precisava de toda a sua energia para dirigir o Porsche de Peter. Ele tinha turbinado o motor para Deus sabe quantos cavalos, e a embreagem requeria força. Felizmente, a maior parte da viagem foi feita em uma autoestrada vazia e em uma única marcha.

Assim que ela estacionou na entrada da garagem, o garoto saltou do carro como um gato engaiolado finalmente posto em liberdade. Sua bagagem era uma mochila que ele carregava por uma alça só, um laptop e uma pequena bolsa de lona. Ele era alto para sua idade, com pernas compridas e magras. Sua calça mal se mantinha nos quadris inexistentes.

Rina enfiou a chave na fechadura da porta da frente.

— O tenente Decker e eu temos quatro filhos, mas só nossa filha ainda mora conosco. Tem 17 anos. — Ela abriu a porta da frente e gritou um alô. De dentro do quarto, Hannah respondeu.

— Temos companhia — disse Rina. — Você poderia aparecer por um momento?

— Agora?

— Está tudo bem — disse Gabe, encolhendo-se.

Rina tentou parecer tranquilizadora quando Hannah irrompeu na sala muito irritada, de pijama e roupão. Os dois adolescentes tomaram conhecimento um do outro com uma olhadela.

— Hannah, este é Gabe Whitman. Ele vai ficar conosco esta noite. Você poderia lhe mostrar o quarto dos seus irmãos e fazer a cama?

— Posso fazer isso — disse Gabe, com as bochechas coradas.

— Hannah também pode — disse Rina.

— Farei isso — disse Hannah, dando de ombros. — Você quer comer alguma coisa? Eu ia pegar umas cerejas para mim. Quer dar uma olhada na geladeira?

— Hum... Com certeza. — Gabe seguiu-a até a cozinha e tudo ficou resolvido.

Por vezes, o aconselhamento entre iguais é muito superior aos melhores cuidados maternos.

Depois de lavar as cerejas, Hannah lhe deu um punhado em uma tigela de papelão. — Estas estão realmente boas. Acho que minha mãe comprou na feira dos produtores.

— As frutas e hortaliças são realmente boas por aqui.

— Por aqui? De onde você é?

— Nova York.

— A cidade?

— Do subúrbio. — Ele estudou sua fruta. — Você conhece Nova York?

— Tenho muitos amigos lá. — Ela mordeu uma cereja e cuspiu o caroço. — E meu irmão estuda na Einstein Med School.

— Minha mãe trabalhou no Mount Sinai durante algum tempo. Ela é médica emergencista.

— Você se interessa por medicina?

— Nem pensar. — O garoto finalmente escolheu uma cereja e comeu-a. — Sabe, sou perfeitamente capaz de arrumar minha cama.

— Por mim, tudo bem. Posso perguntar por que está aqui?

— Minha mãe sumiu... Está desaparecida. Acho que seu pai está procurando por ela. Ele disse que era ilegal eu ficar sozinho em um hotel, por isso se ofereceu para me receber por uma noite.

— Isso é a cara do meu pai.

— Ele é um cara bacana?

— É um cara muito bacana — disse Hannah. — Tem um jeitão de policial, mas tem um coração mole. Minha mãe é ainda mais mole. Eles são uns bananas. Quer alguma coisa para beber?

— Não, obrigado. Eu deveria provavelmente ir para a cama. — Deixou as frutas na bancada. — Obrigado pelas cerejas. Acho que não estou com tanta fome.

— Vai conseguir dormir?

— Provavelmente não.

— Vou mostrar para você como mexer na TV. Ela é um pouco diferente porque é da Idade da Pedra. Faz algum tempo que meus irmãos estão fora de casa. Em que ano você está?

— Eu estava no primeiro ano. Faz pouco tempo que minha mãe e eu nos mudamos para cá, então não tenho ido à escola.

— Então você tem 15 anos?

— Faltam quatro meses. Muita gente pensa que sou mais velho porque sou alto.

— Sim, comigo é a mesma coisa, mas não me importo. — Ela saltou da bancada. — Venha comigo. E tente não se preocupar demais com a situação. Meu pai pode ser um molenga comigo, mas é realmente durão quando se trata de trabalho policial. O que quer que tenha acontecido, ele vai até o fundo.

— Isso é bom. — Gabe sorriu debilmente. — Só espero que quando ele chegar lá, o fundo não desabe.

O primeiro telefonema de Decker foi para sua detetive favorita, a sargento Marge Dunn.

— Estou com um problema aqui. Uma ajuda seria útil.

— O que está acontecendo? — Na respiração seguinte, ela disse: — Tem alguma coisa a ver com Terry McLaughlin?

— Ela desapareceu. — Depois de explicar a situação, Decker disse: — Ela tem uma irmã e um pai na cidade. Já liguei para a irmã dela, Melissa, e informei-a do problema. Faz alguns dias que ela não tem notícias de Terry. Ela também me disse para não me incomodar com o pai. Os dois mal mantêm relações cordiais.

— Ela pareceu preocupada?

— Sim, pareceu. Disse-me que Terry jamais deixaria Gabe sem uma boa razão. Eu lhe falei que a manteria atualizada. Quanto a encontrar Donatti, liguei para todos os números dele que tenho e deixei mensagens. Não deu em nada. Ele possui alguns bordéis em Nevada. Consegui falar com uma recepcionista que me disse que Chris chegaria até amanhã à tarde.

— Isso não significa nada.

— É claro. Telefonei para o Departamento de Polícia de Elko e pedi que me comuniquem quando ele chegar à cidade.

— Eles estão cooperando?

— É difícil saber. Os bordéis rendem uma dinheirama, de modo que é possível que o departamento não esteja ansioso para entregar um dos seus. Estou tentando reconstituir os passos de Donatti a partir do momento em que chegou a Los Angeles. Estou verificando companhias aéreas comerciais, empresas de fretamento de jatos particulares. E empresas de aluguel de carros. Ele tem de estar dirigindo alguma coisa, mas não tive nenhuma sorte com isso.

— Você deu uma busca no hotel?

— Ainda não. Se as coisas tomarem esse rumo, vou ligar para a delegacia de West Los Angeles. É o distrito deles. Por enquanto, gostaria de lidar com isso eu mesmo... com uma pequena ajuda.

— Estou a caminho.

— Voltei do jantar para o hotel... Dei meia-volta assim que o garoto ligou. Não estou com nenhum de meus equipamentos ou sacos para coleta de evidências.

— Alguma coisa está errada?

— Não, tudo parece estar praticamente como deixei. Há um copo que eu gostaria de recolher.

— Vou levar o material.

— Só consigo pensar em duas razões pelas quais Terry teria ido embora sem avisar ao filho. Alguma coisa a assustou ou ela teve um revólver apontado para a cabeça. Pegou a bolsa, as chaves e o carro, mas deixou para trás um maço de dinheiro e suas joias.

— Ai, isso não parece muito bom. Você não disse que o encontro deles tinha corrido bem?

— Pensei que tivesse, mas Donatti é imprevisível. — Decker deu o endereço do hotel a Marge. — Você vai levar cerca de quarenta minutos, se o trânsito estiver bom.

— Onde está o menino?

— Está com a Rina. Vou mantê-lo em nossa casa por esta noite.

Houve uma pausa.

— Você não está ficando um pouco envolvido demais?

— Olha só quem fala — retrucou Decker. — Se você não tivesse adotado Vega depois da ruína de Father Jupiter, ela teria ficado sob a custódia do Estado e sido incluída no programa de acolhimento familiar do Estado. Provavelmente teria se tornado uma delinquente, engravidado dez vezes, se viciado em drogas e se transformado numa prostituta. Em vez disso, você se envolveu demais e agora Vega está quase terminando sua dissertação para um PhD em astrofísica. Portanto, diga-me se estou errado ao ficar um pouco envolvido demais.

Houve uma longa pausa na ligação. Em seguida, Marge perguntou:

— Foi um dia difícil, Pete?

— Um pouco desafiador.

— Logo estarei com você.

— Quanto antes, melhor.

Marge chegou com os equipamentos, os sacos e as luvas. Ela engordara um pouco no último ano, mas a maior parte do peso era músculo. Com

1,78m, era uma mulher de 61 anos enxuta e que fazia exercícios na academia como parte de sua rotina diária. Seu rosto tinha linhas na testa e leves rugas se entrecortavam nos cantos de seus olhos castanhos. O cabelo louro — antigamente castanho claro — estava amarrado em um rabo de cavalo e ela exibia um brinco de pérola em cada orelha. Vestia calça esporte cinza e um suéter preto e calçava sapatos de sola de borracha nos pés.

— Obrigado por vir — disse Decker.

— Alguém tem de levar você para casa — respondeu Marge.

Os dois levaram mais de três horas para fazer uma busca preliminar no hotel, indo primeiro ao bar e ao restaurante, depois percorrendo quarto por quarto e finalmente checando o spa, as áreas de armazenagem e finalmente o restaurante vazio. Gastaram mais uma hora vasculhando o quarto de Terry. Quando acabaram de recolher todas as provas que havia para levar, por mais insignificantes que fossem, o relógio marcava uma hora e Marge viu que Decker ainda estava agitado. O tenente costumava ser completamente profissional.

— O que vou dizer àquele menino?

— Provavelmente ele está dormindo.

— Você conseguiria dormir se fosse ele?

— Não. — Alguns minutos passaram. — Se ele estiver acordado, é isto que você vai lhe dizer: que você fez tudo que podia fazer em uma noite de domingo. Amanhã você vai ligar para a companhia telefônica para ver se o celular da mãe dele foi usado, vai ligar para a companhia de cartão de crédito e ver se houve alguma atividade, e vai ligar para o banco dela para ver se houve alguma retirada suspeita. — Marge sorriu. — Mas provavelmente você vai designar alguém para fazer isso, porque você é um sujeito ocupado e isso nem sequer aconteceu em sua jurisdição. Já ligou para a delegacia de West L.A.?

— Liguei. Fiz um pedido de localização do carro de Terry pouco antes de você chegar. É uma Mercedes E550 de 2009. Alguém terá de voltar e entrevistar todo o pessoal do hotel. Só falei com a funcionária da recepção e ela não sabe de nada.

— Só há uma equipe mínima neste momento, que ficará até o amanhecer.

— O sargento do atendimento me disse que alguém do departamento de Pessoas Desaparecidas da delegacia vai me ligar. Quem quer que receba a ligação tem de saber com quem está lidando.

— Então tudo está sob controle. Vamos embora.

— Estou muito nervoso para encarar o garoto neste momento.

— Você estará bem quando chegarmos ao Valley. Se não, compro para você um copo de chocolate quente em uma das lojas de conveniência.

— Chocolate quente? — perguntou Decker, sorrindo.

— Uma vez mãe, sempre mãe. A Vega pode ser brilhante, mas ainda cuido dela. — Marge deu-lhe uma palmadinha no ombro. — Sabemos melhor do que ninguém no planeta que as pessoas mais inteligentes podem fazer as maiores bobagens.

5

ÀS DUAS DA MANHÃ, A CASA estava escura e silenciosa, como deveria. Decker fechou a porta da frente com a maior delicadeza possível, esperando que o garoto surgisse do quarto de seus filhos. Como isso não aconteceu, foi para seu quarto na ponta dos pés, despiu-se e enfiou-se sob as cobertas. Rina rolou e envolveu as costas dele com um braço.

— Está tudo bem?

— Nada a relatar.

Rina ficou quieta, mas depois suspirou.

— Você está aborrecido. Sinto muito.

— Sim, um pouco aborrecido. Eu deveria ter convencido Terry a não ir ao encontro.

— Você estaria apenas adiando o inevitável. — Rina sentou-se. — Pelo que me contou durante o jantar, ela não estava planejando deixá-lo definitivamente.

— Tem razão, mas, ainda assim, o fato é que ela desapareceu.

Decker virou-se e olhou para a mulher.

— Rina, o que vou dizer ao garoto?

— Que você está fazendo tudo o que pode e o manterá informado. O maior problema é o que *fazermos* com ele. Certamente pode ficar aqui por alguns dias, mas caso isso se prolongue por mais tempo, temos que tomar uma decisão.

— Bem, ele tem um avô que mora em Los Angeles, mas não gosta do homem. Terry não gostava dele. Ele disse que sua tia é legal, mas avoada.

— Que idade ela tem?

— Por volta de 21... Muito imatura para 21, foi o que Gabe me disse.

— Ai, é nova demais para lidar com um adolescente e provavelmente atrapalhada demais para fazer isso. Ela trabalha? Faz faculdade?

— Não sei nada sobre ela, a não ser que fez um aborto recentemente. — Decker suspirou. — Vou tratar disso de manhã. Vamos dormir um pouco.

— Boa ideia. — Ambos se enfiaram debaixo das cobertas.

Peter pegou no sono em dez minutos, mas Rina passou um longo tempo acordada, assombrada por imagens de um menino perdido, sozinho.

Às seis da manhã, Rina estava de pé, mas não foi a primeira a sair da cama. Gabe estava sentado no sofá da sala, quase no escuro, a cabeça para trás, os olhos fechados atrás dos óculos sem aro, sua bagagem a seus pés. Vestia uma camiseta preta, jeans e tênis gigantescos que pareciam ser de número 44.

— Bom dia — disse Rina baixinho.

O garoto levantou a cabeça depressa.

— Ah. — Ele esfregou os olhos. — Olá.

— Vai a algum lugar? — Quando ele sacudiu os ombros, Rina perguntou: — Quer tomar café da manhã?

— Não estou com muita fome... mas obrigado.

— Que tal um chocolate quente ou café?

— Se você for fazer café de qualquer maneira, isso seria bom.

— Venha, faça-me companhia na cozinha.

Com relutância, o menino levantou-se e a seguiu. Apertou os olhos quando Rina acendeu a luz do teto, de modo que ela a desligou imediatamente e se contentou com a iluminação sob o armário.

— Desculpe. — Gabe sentou-se à mesa da cozinha. — Pareço um morcego de manhã.

— De qualquer maneira, está cedo demais para muita luz — disse-lhe Rina. — Tem certeza de que não está com fome? Talvez seja uma boa ideia comer e guardar suas forças. — Ele certamente não dava a impressão de ter muitas reservas para utilizar.

— Sim, tudo bem — disse ele com um sorriso nauseado.

— Quer torradas?

— Está bem. — Uma pausa. — Obrigado por me hospedar por esta noite.

— Ficou bem acomodado?

— Sim, obrigado.

— Lamento muito, Gabe. Se precisar de alguma coisa, por favor me diga.

— Então seu marido não... Quero dizer, minha mãe continua desaparecida?

— Até onde sei, sim. — Ela pôs duas fatias de pão na torradeira. — O tenente Decker vai se levantar daqui a pouco. Você pode lhe perguntar tudo que quiser.

O menino apenas assentiu com a cabeça. Se havia uma personificação da palavra "infeliz", Rina estava olhando para ela. A torrada pulou e ela pôs o prato diante dele, com geleia, manteiga e uma xícara de café quente.

— Creme ou açúcar?

— Os dois.

— Aqui estão.

— Obrigado. — O menino mordiscou o pão seco. — Você sabe para onde vou?

— O tenente Decker me disse que você tem uma tia e um avô em Los Angeles.

Ele assentiu com a cabeça.

— Então ele vai ligar para eles ou...

— Não sei qual é o procedimento. Deixe-me dar uma espiada para ver se ele está de pé. — Quando Rina entrou no quarto, Decker havia acabado de sair do chuveiro. — O café está pronto.

— Sairei em um segundo.

— Ótimo. O pobre garoto está se perguntando onde vai ficar até que as coisas sejam resolvidas.

— Se forem resolvidas. Ele já se levantou?

— Está de pé, bagagem arrumada, e parecendo completamente desanimado. Você o julga?

— É uma desgraça. — Ele vestiu a calça e calçou os sapatos.

Rina fez uma pausa.

— Talvez devamos hospedá-lo por mais um ou dois dias... Só até que ele se encontre.

— E depois fazer o quê? — perguntou Decker. — Lamento pelo menino, mas ele não é problema nosso, Rina.

— Eu não disse que era.

— Conheço você. Tem o coração mole. Já me envolvi demais com a Terry, e veja aonde isso me levou... para onde a levou... Só Deus sabe para onde a levou. Onde está o garoto?

— Na cozinha.

Decker abotoou a camisa.

— Vou conversar com ele e você acorda a sua filha. — Ele riu, enquanto dava o nó na gravata. — Fiquei com a tarefa mais fácil.

O menino tinha os olhos fixos no tampo da mesa.

— Ei, Gabe — disse Decker.

— Oi — respondeu ele, levantando os olhos.

— Ainda não encontramos a sua mãe — disse Decker, com a mão no ombro do garoto.

— E quanto ao Chris? — perguntou o menino, com o lábio trêmulo.

— Estamos trabalhando para encontrar os dois. Ainda temos muita coisa para fazer e muitas opções. Assim, a única coisa que posso lhe dizer é: espere com paciência e nós o manteremos informado.

— É claro — respondeu Gabe, piscando várias vezes.

— Precisamos falar sobre algumas coisas agora mesmo, porém. Sei que seu pai é filho único e órfão. E temos conhecimento dos parentes de sua mãe. Antes de explorarmos isso, você tem alguém em Nova York com quem queira que eu entre em contato?

— Tipo parentes?

— Parentes, amigos, companheiros...

— Tenho amigos, mas não quero ficar na casa de nenhum deles. Pelo menos, não agora.

— Certo, então nos restam os parentes de sua mãe.

— Mal conheço o meu avô. Minha mãe e ele não se dão bem.

— Então, nos resta sua tia muito jovem.

— Acho que eu poderia ficar com ela. — Ele baixou os olhos. — Quais são minhas opções, se eu não for ficar com a minha tia?

— Em longo prazo, você ficaria sob a custódia do Estado e isso significa acolhimento familiar. Você não quer isso. — Decker serviu-se de café. — Diga-me por que não quer morar com sua tia.

— Ela não tem nenhum dinheiro para me sustentar. Está vivendo com o que minha mãe lhe dá. Passa o tempo todo na farra. Fuma maconha e a casa dela é um chiqueiro. Sei que ela me deixaria ficar lá. E, na verdade, gosto dela, mas ela não é muito responsável.

Ele deixou a cabeça cair sobre a mão.

— Isso é realmente ruim em uma vida que já não estava boa!

— Sinto muito, Gabe — disse Decker, sentando-se.

— Isso é... — Ele tirou os óculos e limpou-os com um guardanapo. — Vou ficar bem. Obrigado por me hospedar. — Tamborilou na mesa da cozinha. — Sabe, tenho meu próprio dinheiro. Tenho economias, fundo fiduciário, essas coisas. Você acha que um juiz me deixaria viver sozinho?

— Não com 14 anos.

Ele olhou para Decker. Sua voz estava melancólica.

— Será que eu poderia ficar aqui só por mais uns dois dias, até que as coisas se esclareçam? Sou realmente sossegado. Não como muito e prometo que não vou atrapalhar você. Eu posso pagar...

— Pare, pare. — O menino estava lhe partindo o coração. — Claro que pode passar alguns dias aqui. Já conversei com a sra. Decker. Ela concorda comigo. Na verdade, foi ideia dela.

Gabe fechou e abriu os olhos.

— Muito obrigado. Fico realmente grato. Peço desculpas por eu ser uma chateação.

— Você não é uma chateação e não precisa se desculpar. Está em uma enrascada neste momento. Lamento por você. Vamos enfrentar isso um passo de cada vez.

Nesse instante, Rina entrou com Hannah. Gabe levantou-se.

— Com licença.

Assim que ele saiu da cozinha, Decker levantou as sobrancelhas.

— Ele pediu para ficar aqui mais alguns dias.

Rina olhou para Hannah. A menina deu de ombros.

— Por mim tudo bem, contanto que ele não seja um psicopata ou coisa parecida.

Decker expirou com força e sussurrou:

— Ele não parece ser um psicopata, mas o pai dele é, e na verdade não sei nada sobre o garoto.

— Ele não quer morar com os parentes? — perguntou Rina.

— Aparentemente não — disse Decker.

— De quantos dias estamos falando? — perguntou Hannah.

— Espero logo encontrar a mãe ou o pai.

— Deixe o Gabe ficar, então. — Hannah sorriu. — Mesmo que seja um psicopata, não há muita coisa aqui para roubar.

— Alguns dias não farão muita diferença — disse Decker. — Se a coisa se prolongar além disso, vamos reavaliar.

— Ele deveria estar na escola — disse Rina.

— Não na nossa escola — respondeu Hannah.

— Por que não? — perguntou Decker. — Ela está cheia de desajustados, de qualquer maneira.

— É um semi-internato ortodoxo, *Abba*, e não acho que ele seja judeu.

— Metade das crianças da escola também não é.

— Isso não é verdade — disse Hannah. — Ouçam, posso levá-lo para a escola. Ele é realmente um gato e tenho certeza de que todas as meninas vão ficar loucamente apaixonadas. Só não me responsabilizem se os rabinos tiverem um ataque.

— Ficar sentado aqui só vai fazê-lo se sentir pior — disse Rina. E virando-se para Hannah: — Vá e diga-lhe que você vai levá-lo para sua escola.

— Você quer que *eu* diga isso?

— Sim, quero — ordenou Rina.

— Tenho ensaio do coral esta noite. Vou chegar tarde em casa.

— Leve-o com você — disse Decker. — Acho que estou me lembrando que ele toca piano. Talvez possa acompanhar vocês.

— Certo! — Hannah bufou e foi buscar Gabe no quarto dos irmãos.

— Espero que isso não nos cause problemas no futuro — disse Decker, depois que ela saiu.

— Poderia — disse Rina. — Mas até Deus nos julga por nossas ações presentes, e não pelo que Ele sabe que faremos no futuro. Como podemos nós, mortais, fazer menos?

— É um belo discurso, mas nós, mortais, temos de usar o passado para avaliar o futuro, porque não somos Deus. — Ele sacudiu a cabeça. — Que tipo de adolescente não quer morar com sua jovem e irresponsável tia que vive na farra e usa drogas?

— Um garoto maduro demais para sua idade.

Ele ficou sentado em uma das camas, a mochila a seus pés, olhando para o nada enquanto outras pessoas conversavam sobre o seu destino. Uma posição em que estivera várias vezes antes. O quarto estava cheio de troféus de competições esportivas, brochuras, revistas em quadrinho, CDs e DVDs, a maior parte dos anos 1990. Havia pôsteres de Michael Jordan e Michael Jackson, um de Kobe Bryant quando tinha uns 17 anos. Os CDs incluíam Green Day, Soundgarden e Pearl Jam.

Um quarto absolutamente normal em uma casa absolutamente normal com uma família absolutamente normal.

O que ele não daria para viver uma vida absolutamente normal!

Estava cansado de ter um psicopata como pai, um maluco totalmente imprevisível com um temperamento violento. Estava enjoado de ter uma mãe psicologicamente derrotada. Tinha medo do pai, amava a mãe, mas estava mortalmente enjoado de ambos. E, embora fosse sinceramente apaixonado por sua música e pelo piano, detestava crescer como um menino-prodígio. Isso o levava a fazer cada vez mais e mais e mais. A única coisa que queria era ser a merda de um cara normal. Seria um desejo assim tão difícil de atender?

Ouviu uma batida à porta e enxugou os olhos. Olhou-se no espelho e viu que, ao redor deles, estava vermelho. Puta merda! A menina provavelmente achava que ele era um verdadeiro covarde.

Mãe, onde você está? Chris, que merda você fez com a minha mãe?

— Ei — disse, respondendo à batida à porta.

— Ei — disse ela, sorrindo. — Sabe, se você quiser se esconder aqui por alguns dias, é mais do que bem-vindo.

— Sim, seu pai já me disse isso. Muito obrigado. De verdade. — Ele mordeu o lábio inferior. — Tenho certeza de que até lá as coisas terão se esclarecido. Diga aos seus pais que não vou dar nenhum problema.

— Dou problemas suficientes por nós dois. — Ela sorriu. — Detesto ter de dizer isto a você, mas a mamãe quer que você vá para a escola comigo.

— *Escola*?
— Não culpe o mensageiro.
— Certo. — Ele riu. Que mais havia para fazer? — Certo. Por que não?
— É uma escola religiosa.
— Que religião?
— Judaica.
— Sou católico.
— Tudo bem. Você não terá de fazer nada contra as suas crenças.
— Não tenho nenhuma crença, exceto na maldade inata dos seres humanos. — Ele olhou para ela. — Menos os seus pais.
— Se você achar isso demais para encarar, talvez eu possa fazer minha mãe mudar de ideia.
— Não, tudo bem. — Uma pausa. — Eu me viro. Vou precisar de um caderno ou de alguma coisa?
— Vou pegar um extra para você. Você disse que está no primeiro ano, não é?
— Eu estava.
— Álgebra dois ou pré-cálculo?
— Pré-cálculo.
— Vou cuidar disso. Ouvi dizer também que você toca piano.
Uma centelha de animação apareceu nos olhos dele.
— Você tem um piano?
— Minha escola tem. Você é bom?
Pela primeira vez, Hannah viu um sorriso genuíno.
— Sei tocar — disse ele.
— Então talvez você possa ficar depois das aulas e acompanhar nosso coral. Somos péssimos. Um estímulo não nos faria mal.
— Provavelmente posso ajudar vocês com isso.
— Vamos. — Ela o chamou com um aceno. — Vou guiá-lo. Talvez você não saiba, Gabe, mas está olhando para a chefona.

6

Quando Decker fez uma pausa para o almoço, tinha feito telefonemas e caminhado o suficiente para se certificar de que não tinha havido nenhuma atividade no celular de Terry McLaughlin desde as quatro horas da tarde do dia anterior. Seus principais cartões de crédito não tinham sido usados, a não ser para débitos diários efetuados pelo hotel, e mesmo esses tinham sido feitos mais cedo no dia. Seu nome não tinha aparecido em nenhuma lista de passageiros da American ou da United, em voos domésticos ou internacionais, mas Decker certamente não tinha os meios e recursos para verificar todas as companhias aéreas e todos os aeroportos locais. Se a mulher quisesse fugir, poderia ter feito isso de mil maneiras. Mais especificamente, seu carro não havia sido localizado. Só lhe restava esperar notícias e desejar que elas não fossem ruins.

Donatti também não estava atendendo seu celular. Segundo Gabe, ele sempre trocava de telefone e muitas vezes usava aparelhos descartáveis. Era possível que o número que fora dado a Decker não fosse o do celular que estava usando atualmente. O tenente conseguira descobrir que Donatti chegara ao Aeroporto Internacional de Los Angeles sábado de manhã em um voo da Virgin America Airlines, um dia antes de seu encontro com sua mulher, que estava vivendo separada dele. Não havia registros de que tivesse alugado algum carro. Para descobrir onde Donatti se hospedara antes de se encontrar com Terry, Decker começou a telefonar para hotéis, começando pelo lado oeste. Ligou para o Ritz-Carlton, em Marina, avançando lentamente em direção ao leste. Quando estava prestes a ligar para o Century Plaza, alguém bateu à porta de seu escritório.

Ele pousou o telefone.

— Entre.

Vestindo uma camisa cor de trigo, calça marrom e sapatos sem salto com sola de borracha, Marge entrou em seu escritório. Seus olhos castanhos estavam arregalados e as faces, pálidas. Decker ficou alarmado. — Que foi?

— Um mestre de obras acaba de encontrar uma vítima de homicídio em uma construção... uma mulher jovem pendurada nos caibros...

— Meu Deus! — Decker sentiu-se nauseado. — *Pendurada?*

— Por um cabo... Pelo menos, foi o que me contaram.

— Alguma identificação?

— Até agora não. Os policiais estão na cena, isolando a área.

— Alguém a desprendeu?

— Não. O mestre de obras não tocou nela. Ele ligou para 911 e a polícia chegou cedo o bastante para preservar a cena. A perícia criminal foi comunicada.

Decker consultou seu relógio.

— São duas da tarde. O mestre de obras acaba de descobrir o corpo? Há quanto tempo ele está no canteiro de obras?

— Não sei, Pete.

— Qual é o lugar? — Quando Marge lhe deu o endereço, o coração de Decker disparou. O rosto de Terry com um laço em volta do pescoço surgiu por um instante em seu cérebro. — Isso não fica longe do lugar em que Cheryl Diggs foi assassinada.

— Eu me dei conta disso. É por isso que estou contando isso para você.

Muito tempo antes, quando Chris Donatti, nascido Chris Whitman, estava no último ano do ensino médio, Cheryl Diggs fora sua namorada de adolescência. Na noite da festa de formatura, Donatti tinha sido acusado de assassiná-la e logo depois foi para a cadeia por causa da ideia nobre, mas equivocada, de que estava poupando Terry McLaughlin da experiência penosa de testemunhar no julgamento. Na realidade, Chris era inocente, provavelmente o único crime de que foi inocentado algum dia.

— Estou indo para lá com Oliver — disse Marge. — Devo mantê-lo atualizado ou você quer ir?

— Vou também. — Ele pegou o paletó, o telefone celular e a câmera. — Vou em um carro separado e encontro vocês dois lá.

— Alguma coisa que eu deveria procurar?

— Você sabe qual é a aparência de Terry McLaughlin?

— A última vez que a vi, tinha 16 anos. Uma menina bonita, pelo que me lembro.

— Ela amadureceu, mas continua bonita — Decker bateu o punho contra a palma da mão. — É claro que, se for ela, não estará parecendo nada bonita.

A criminalidade estava em toda parte, e embora a comunidade policiada pela subdelegacia de Devonshire tivesse sua cota de assaltos, roubos e furtos, ela não era considerada uma área de risco no departamento de homicídios. Assim, quando um assassinato ocorria, destacava-se como uma anomalia. Enforcamentos eram tão raros quanto neve em Los Angeles.

Decker dirigiu pelo bulevar principal, dando voltas até chegar a uma das áreas residenciais mais ricas. Era um condomínio planejado, e as casas tinham dois pavimentos e três garagens em terrenos de dois mil metros quadrados. Podia-se escolher entre alguns estilos arquitetônicos: espanhol, Tudor, colonial, italiano e moderno, o qual era basicamente uma enorme caixa com enormes janelas. Havia várias casas em construção.

No endereço indicado, um grupo considerável de curiosos se movia, espichando os pescoços para ver o que estava acontecendo. Uma rádio já havia chegado e, sem dúvida, várias outras estavam a caminho. Decker estacionou a cerca de meia quadra de distância da balbúrdia e caminhou até o local da ação. Mostrou seu distintivo para um dos policiais e abaixou-se sob a fita amarela que demarcava a cena do crime.

A estrutura da casa de dois pavimentos estava pronta: os cômodos tinham sido delineados, as janelas estavam colocadas, o telhado, instalado. A multidão estava reunida nos fundos, principalmente policiais uniformizados, mas Decker podia ver também flashes espocando a pequenos intervalos. Marge, que fora de carro com seu companheiro, Scott Oliver, chegara antes de Decker ao local. Scott exibia a elegância costumeira, usando uma jaqueta *pied-de-poule*, calça preta, uma gravata *jacquard* de seda preta e camisa branca engomada. Quando Decker chegou mais perto do cadáver, o ar tornou-se fétido, com odor de excreção. Um funil de borrachudos, mosquitos e outros insetos alados girava em torno do espaço. Oliver estava enxotando os bichos.

— Sumam daqui, bichos. Vão comer carniça.

Do bolso do paletó, Decker tirou um tubo de Vick Vaporub e aplicou o produto nas narinas. Abanou a mão em frente ao rosto para dispersar os insetos enquanto fitava o corpo que pendia dos caibros. O rosto da mulher estava tão descolorido e inchado que ela mal parecia um ser humano. Estava seminua, seu longo cabelo escuro tentando inutilmente lhe emprestar algum pudor. O cabo fora enrolado várias vezes em torno do pescoço, a ponta amarrada em uma das vigas do telhado. As unhas dos pés, pintadas de vermelho, mal roçavam o chão.

— Alguma carteira de identidade? — perguntou Decker.

— Até agora não — respondeu Marge. — É a Terry?

Decker olhou-a por um longo tempo.

— Gostaria de dizer que não, mas sinceramente ela está deformada demais para se determinar. — Ele puxou seu bloco de anotações e começou a fazer alguns esboços. — Que companhia telefônica atende a esta área?

— A American Lifeline atende a maior parte do Valley — respondeu Marge. — Vou ligar para eles e obter uma relação de quem está trabalhando na área.

— Descubra que tipo de cabo utilizam. Peça também para alguém começar a ligar para lojas de produtos eletrônicos e de computadores na área para descobrir que tipo de cabo eles vendem.

— Farei isso — disse Oliver.

— Não, deixe Lee Wang fazer todas as ligações. Você e Marge, comecem a pesquisar a área. Trarei uns dois outros homens para ajudá-los. — Decker continuou a estudar o corpo. — Vocês têm alguma ideia de quem poderia ser esta pessoa?

— Wynona Pratt está ligando para as outras delegacias, verificando se foi notificado o desaparecimento de alguma jovem.

Decker esfregou a testa e virou-se para o fotógrafo, George Stubbs, um homem atarracado e grisalho na casa dos cinquenta.

— Já terminou de fotografá-la?

— Quase.

— Fez closes do pescoço?

— Fiz alguns. Posso fazer mais.

— Faça isso. Tire também vários instantâneos do nó no teto onde o cabo está amarrado.

Marge calçara luvas e estava estudando o corpo, girando em volta dele como se fosse carniça. Por lei, ninguém podia tocar no cadáver até que o perito criminal autorizasse.

— Isto parece um assassinato sem derramamento de sangue. Nenhum buraco de bala, nenhum ferimento produzido por punhalada. Nenhum ferimento defensivo nas mãos dela. As unhas não estão lascadas ou arranhadas; a francesinha parece nova. — Ela levantou os olhos. — Por acaso você notou se Terry tinha as unhas pintadas?

Decker rememorou, tentando se lembrar das mãos de Terry. Notou então os pés da mulher enforcada — unhas vermelho-vivo.

— Quando falou comigo pela primeira vez, a Terry estava descalça e não me lembro de ver suas unhas dos pés pintadas. — Uma pausa. — Ela pode ter pintado mais tarde, depois que saí, mas será isso provável, a menos que tenha feito isso no salão do hotel?

— Vou ligar e perguntar — disse Marge.

Ele olhou fixamente para o rosto. — Não é ela.

— Tem certeza?

— Quase certeza. — Ele observou os traços, depois sacudiu a cabeça. — Temos alguma evidência forense? Sêmen, impressões digitais, pegadas, talvez algumas marcas de pneu na área? Há muita poeira e sujeira, deveríamos ser capazes de extrair alguma coisa do chão.

— Andei recolhendo lixo — disse Oliver.

— Marcando os locais?

Oliver mostrou alguns pequenos cones laranja marcados com números.

— O que você coletou?

— Principalmente invólucros de sanduíche de fast-food e lixo do *food truck*. A Divisão de Investigação Científica está a caminho, e também uma dupla de investigadores da Crypt.

— Se isto é um canteiro de obras, onde está toda a atividade? — perguntou Decker.

— Nenhuma atividade, porque eles estão esperando que o inspetor da estrutura autorize. A reunião foi marcada para as quatro da tarde. O mestre de obras, Chuck Tinsley, chegou aqui primeiro e estava percorrendo a propriedade para se certificar de que tudo estava em ordem. Ele estava esperando que o empreiteiro e o arquiteto chegassem quando descobriu o corpo. Ligou para 911, depois ligou imediatamente para o empreiteiro, que está a caminho.

— Onde está Tinsley?

Marge apontou para um carro de polícia.

— Está escondido ali dentro. Devo ir buscá-lo?

Decker assentiu, enquanto seu olhar continuava fixo no corpo pendurado. Seus pensamentos vagavam para vários lugares, e nenhum era bom.

7

A porta de trás do carro da polícia estava aberta, com uma policial parada diante do espaço, tomando conta da pessoa sob sua guarda, bem como do veículo. Apertando os olhos, Decker podia ver uma figura encolhida no banco de trás, os braços enrolados em volta do corpo como se fossem tiras de uma camisa de força. A policial curvou-se e falou com o homem encolhido. Ao sair, Tinsley revelou ser de altura mediana, um sujeito troncudo, com braços longos e musculosos, olhos escuros, queixo forte e um rosto com uma barba curta. A policial o levou a Decker, que passou os olhos pela etiqueta de identificação dela.

— Obrigado, policial Breckenridge, eu me encarrego dele agora.

Estendeu a mão para o mestre de obras, cuja tez estava cinzenta sob a barba escura. O homem tinha olhos castanhos, um nariz romano e lábios grossos. Seu cabelo era formado de topetes. Parecia estar na casa dos trinta.

— Tenente Peter Decker.

— Chuck Tinsley — sua voz era grave, mas tinha um leve tremor. — Isto é... Estou um pouco perturbado.

— Este é meu trabalho, e estou muito perturbado — disse Decker.

Tinsley soltou um riso nervoso.

— Se você vir uma poça de vômito, provavelmente é meu.

— Como está o seu estômago agora? — perguntou Decker.

Ele mostrou uma lata de refrigerante.

— Alguém teve a bondade de me dar isto. Acho que foi a policial. Estou um pouco confuso.

Decker puxou seu bloco de anotações.

— Por que não me conta o que aconteceu?

— Não tenho muito para contar. Cheguei cedo para fazer uma limpeza antes que o empreiteiro chegasse. — Mordeu o lábio. — Vi o corpo.

— Podemos focar isso por um minuto?
— Pois não?
— Quando você chegou ao local?
— Faltavam uns quinze minutos.
— Uns quinze minutos para o quê?
— Ah, quinze para as duas... Eram 13h45.
— E quando você deveria se encontrar com o empreiteiro?
— Por volta das três e meia, quatro horas.

Decker consultou seu relógio. Eram quase três.

— Você chegou cedo?
— Sim, para limpar. Sabe como são essas equipes de operários — disse Tinsley. — Eles jogam lixo por toda parte. Tento forçá-los a fazer uma limpeza no fim do dia, mas se tiver sido um dia pesado, deixo passar. É mais fácil eu mesmo fazer a limpeza quando eles não estão aqui. Era o que eu estava fazendo. Com a inspeção chegando, o lugar precisa estar limpo.

— Então você chegou às 13h45 e... o que começou a fazer imediatamente?
— Serviços de limpeza. Recolher pregos, tábuas soltas, juntar ferramentas deixadas para trás, jogar lixo fora... Muito lixo.
— Você tem um saco de lixo com você?
— Sim, é claro.
— Onde está o saco agora?

Os olhos de Tinsley se estreitaram, confusos.

— Não sei. Provavelmente o deixei cair quando vi o corpo.
— Quando viu o corpo, quanto tempo fazia que estava no local?
— Talvez cinco minutos. Vi muitas moscas e imaginei que havia um monte de merda de cachorro que eu precisaria limpar. Não que eu veja muita merda de cachorro dentro da casa, mas pensei: o que mais poderia estar atraindo tanta mosca?
— Então o que fez?
— Acho que encontrei um saco plástico ou uma coisa assim para recolher o cocô. Depois disso, as coisas ficaram confusas. Acho que posso ter gritado. Depois vomitei. Depois liguei para o 911 do meu celular.
— Ligou para o empreiteiro também?
— Sim, liguei para ele, também. Ele me disse que iria se atrasar e esperava chegar antes do inspetor, mas então contei sobre o corpo, que eu tinha chamado a polícia e que ele deveria cancelar a inspeção.
— Então o que você fez depois de ligar para o empreiteiro?
— Realmente não me lembro... A polícia chegou alguns minutos depois. Alguém me disse para esperar no carro e que alguém falaria comigo dali a

pouco. Eu disse que estava um pouco enjoado e alguém me arranjou uma lata de refrigerante. E foi isso.

— Você tocou no corpo? — perguntou Decker. — Procurou sentir o pulso, talvez?

Tinsley ficou verde.

— É possível. Não lembro muito bem.

— Olhou bem para o rosto?

— Só dei uma olhada nele... nela. Não parecia nem humano.

— Você a reconheceu como alguém que conhece ou que já viu em torno da área?

— Para falar a verdade, não olhei por tanto tempo.

— Poderia dar uma olhada no corpo mais uma vez, só para ver se pode identificá-la?

— Acho que sim...

Decker levou-o até o cadáver. Alguém da perícia criminal dera autorização para que a desprendessem. Deitaram-na em uma maca com um lençol sobre a cabeça. A Divisão de Investigação Científica estava tirando as impressões de suas mãos. Decker removeu delicadamente o lençol para expor o rosto. Ainda estava vermelho e inchado, mas um pouco menos deformado.

O mestre de obras olhou para o rosto por alguns segundos e, em seguida, desviou os olhos. Parecia estar controlando seu estômago.

— Não a conheço.

— Obrigado por tentar. — Decker guiou-o para fora da cena, e os dois caminharam até o carro da polícia. Tinsley deu um sorriso nauseado.

— Pelo menos não vomitei dessa vez. Quando posso ir embora?

— Estamos quase terminando — disse-lhe Decker. — Gostaria que você escrevesse exatamente o que me contou, inclusive que não reconhece o cadáver.

— Ah, certamente. Sem problema.

Decker lhe entregou um bloco de papel amarelo pautado.

— Pode se sentar no carro da polícia enquanto escreve. Vou levar a lata de refrigerante, se já tiver terminado. Quer outra?

— Sim, se não se importar. — Tinsley entregou a lata a Decker.

— Tudo bem. Pode também me dar o nome e o número do celular do empreiteiro?

— O nome dele é Keith Wald. Tenho que checar meu celular para ver o número de telefone, porque estou abalado demais para lembrá-lo, embora já o tenha digitado mil vezes.

— Vou procurar o número no celular. Na verdade, você se importaria se eu examinasse o seu celular? Gostaria de registrar as horas exatas em que suas ligações foram feitas.

— Claro. — Tinsley entregou-lhe o telefone. — Você pode até checar para quais números liguei. É o que quer fazer, certo?

— Se não se importa.

— Suponho que seja natural suspeitar de todo mundo. A maior parte das minhas ligações é de trabalho, mas provavelmente há algumas para meus amigos. Eu lhe direi que número pertence a quem. Faço qualquer coisa, desde que tire minha cabeça *daquilo*.

Tinsley apontou para a casa, supostamente para o corpo dentro dela. Um instante depois, Decker avistou um homem de cabelo escuro e bigode atravessando o terreno, escoltado pela policial Mary Breckenridge. O rosto do sujeito era cheio de cicatrizes, sulcos e covas, com um forte queixo dividido e uma cabeleira de cachos espessos e escuros. Os olhos eram encimados por uma testa saliente e ele andava com as pernas arqueadas. Devia ter cerca de 1,72m e parecia ter quarenta e tantos anos.

— Aquele é o empreiteiro, tenente. — Tinsley gritou e acenou os braços.

— Ei, Keith! Aqui.

— Que merda aconteceu? — Wald acelerou o passo numa corridinha. — O que está acontecendo?

— Policial Breckenridge, por que não acompanha o sr. Tinsley até o carro da polícia para que ele possa escrever sua declaração? — pediu Decker.

— Sim, senhor. — Breckenridge empurrou Tinsley delicadamente para frente.

— Por aqui, senhor.

— Espere, espere, espere — disse Wald em voz alta. — Preciso falar com ele.

— Poderá falar com ele depois de conversar comigo. — Decker apresentou-se.

Wald estendeu a mão.

— Certo. Pode me dizer o que está acontecendo? Chuck me disse alguma coisa sobre um corpo pendurando nos caibros.

— Que mais ele lhe disse?

— Que era uma mulher. Meu Deus, isso é horrível. — Wald consultou seu relógio. — O inspetor municipal deve chegar dentro de uma hora.

— Você vai ter de cancelar isso — disse Decker. — Ninguém pode entrar na construção até terminarmos.

— Os proprietários do imóvel vão ter um ataque. Já estamos com uns dois meses de atraso. Não por minha culpa. Os donos não param de mudar de ideia.

— Posso saber os nomes deles? — Quando Wald hesitou, Decker disse.

— Eles vão ficar sabendo. É melhor que a notícia venha de uma fonte oficial.

— Sim, isso é verdade. Grossman... Nathan e Lydia. Ele é médico, por isso trato principalmente com ela.

— Tem um número de telefone?

— Sim... Espere. — Wald checou seu BlackBerry, seu bigode contraindo-se enquanto ele movia o lábio superior. — Aqui está.

Decker copiou o número em seu bloco de anotações.

— O que você pode me dizer sobre eles?

— Ele tem uns sessenta anos, ela é mais jovem... Talvez quarenta anos. Eles têm dois meninos adolescentes, 15 e 13 anos. Acho que ele também tem um filho de outro casamento. Meu Deus, isso é horrível!

A mulher morta parecia já ter passado da adolescência, por isso os meninos não se apresentavam como principais suspeitos. Ainda assim, precisavam ser examinados.

— Que idade tem o filho do primeiro casamento?

— Não faço ideia. — Wald ficou pálido. — Por que está perguntando isso?

— Perguntas de rotina. Quero entrar em contato com todas as pessoas ligadas ao local — disse Decker. — Sabe o nome dele?

— Não.

— Eu perguntarei aos proprietários. Você poderia vir dar uma olhada no corpo? Ver se ele lhe parece familiar?

— Eu?

— Ainda não temos a identificação dela. Talvez seja alguém da vizinhança.

— Não passo muito tempo prestando atenção nas mulheres. Quando estou aqui, trabalho.

— Se puder apenas dar uma olhada nela, eu ficaria agradecido.

— Ai, meu Deus. — Wald deu um suspirou. — Está bem.

— Obrigado. — Decker levou-o até a cena do crime e, pela segunda vez em dez minutos, removeu o lençol para mostrar o rosto. A vítima ainda estava intumescida e roxa, mas seus traços eram reconhecíveis como os de uma mulher jovem. Agora ele podia discernir claramente a marca de um roxo deixada pela ligadura, que fizera um corte em seu pescoço na altura do pomo de Adão.

Agora, podia dizer com convicção que o corpo não era de Terry McLaughlin.

Uma coisa a menos com que lidar... ou a mais com que lidar. Terry continuava desaparecida.

Wald ficou nauseado e bateu a mão na boca.

— Nunca a vi antes. — Virou as costas e afastou-se.

Decker cobriu o rosto da mulher e alcançou Wald.

— Obrigado por ajudar.

— Aquilo foi realmente necessário? Vou ter pesadelos.

— Você ligou para o inspetor?

— Ah, é, vou fazer isso agora mesmo. — Digitou alguns números em seu BlackBerry. Cinco minutos mais tarde, disse:

— Não consigo falar com ele. Merda!

— Não se preocupe com isso — disse Decker. — Cuidaremos dele. Vou precisar de uma lista de todas as pessoas que trabalharam aqui. Isso não deve ser muito difícil, já que vocês ainda estão fazendo a estrutura.

— Trabalho com os mesmos caras há três anos. Não foi um deles.

— Vou precisar dessa lista de qualquer maneira. — Decker procurou outro bloco de anotações e deu-o a Wald. — Inclua na lista todas as pessoas associadas a este projeto, a começar pelos proprietários.

— Há algum lugar onde eu possa me sentar?

Decker chamou a policial Breckenrigde.

— Poderia levar o sr. Wald até um carro da polícia para que ele possa anotar algumas informações para mim? — Ouviu Marge chamar seu nome, deu meia-volta e caminhou até ela e a cena do crime.

— O que está acontecendo?

— Lee Wang ligou. Uma enfermeira que trabalha no hospital St. Timothy, a cerca de seis quarteirões daqui, parece estar desaparecida.

— Ai, meu Deus. Qual é o nome dela?

— Adrianna Blanc. Segundo os dados de sua carteira de motorista, tem 28 anos, olhos azuis, cabelo castanho, 1,70m de altura e 57 quilos.

— Casada?

— Solteira.

— Quem notificou seu desaparecimento?

— A mãe dela. Ela foi ao apartamento da filha para deixar algumas coisas esta manhã e a moça não estava lá. Sua cama não tinha sido desfeita.

— Talvez tenha dormido em algum outro lugar.

— A mãe dela fez alguns telefonemas. O namorado da filha está viajando com seus dois melhores amigos, de férias. As outras amigas íntimas dela não conseguem contatá-la. Ao que parece, Adrianna terminou o turno no hospital esta manhã, mas ninguém teve notícia dela desde então. Seu carro ainda está no estacionamento do St. Timothy.

— Isso não é nada bom. — Decker esfregou a testa. — Onde está a mãe?

— O nome dela é Kathy Blanc e ela está na delegacia — disse-lhe Marge.

— E Lee está com ela?

— Lee fez o telefonema. Wanda Bontemps está com ela agora.

— Diga a Wanda para manter Kathy na delegacia. Vou para lá e conversarei com ela.

— Isso já foi feito — disse Marge. — Usei um computador em um dos nossos carros para baixar a foto dela no Departamento de Trânsito e ver se há alguma semelhança. — Entregou um pedaço de papel a Decker.

— Meio vago, mas é uma possibilidade. Poderíamos trazer a mãe aqui para uma identificação em pessoa ou poderíamos levar alguns dos instantâneos de George até ela.

Decker observou a foto. Uma jovem de cabelo comprido sorria de frente para a câmera. — Temos algumas fotografias *post-mortem* impressas?

— Sim, estas são da câmera de George, impressas a partir de seu laptop.

Decker examinou-as uma a uma rapidamente e comparou-as com a foto. Se apertasse bem os olhos, podia ver que as mulheres eram uma única pessoa.

— Bastante parecidas. Estou mandando você e Oliver ao St. Timothy. Vou levar as fotos *post-mortem* para a mãe. É mais gentil do que lhe pedir uma identificação em pessoa. Terminou de investigar a área?

— Estou só começando... Tinha examinado uns dois quarteirões quando Lee telefonou.

— Chame Drew Messing e Willy Brubeck e peça-lhes para investigar a área por Oliver e você. Eles podem mandar uma turma de policiais percorrer a vizinhança. A primeira coisa que quero que você e Oliver façam é ir ao estacionamento do St. Timothy com uma equipe de criminalística para examinar o carro da moça. Veja se isso nos leva a algum lugar. Que tipo de carro é?

— Um Honda Accord 2002 vinho. — Ela lhe deu o número da placa.

— Enquanto a SID está trabalhando no carro, vá ao hospital e veja se pode rastrear os últimos movimentos de Adrianna Blanc antes de desaparecer.

— Farei isso.

— O empreiteiro está anotando nomes e números de todas as pessoas ligadas ao projeto. Os proprietários da casa têm, juntos, dois meninos adolescentes. Se for Adrianna Blanc, ela provavelmente estaria fora da faixa etária dos meninos, mas ainda precisamos saber onde eles estavam ontem à noite. Há também um filho mais velho do primeiro casamento do pai.

— Quantos anos ele tem?

— Não sei nada sobre ele. Ligue para Wynona Pratt. Diga-lhe para checar a lista, nome por nome.

— Parece um bom plano. — Marge encolheu os ombros. — Pelo menos o corpo provavelmente não é de Terry McLaughlin.

Decker expirou com força.

— Isso significa apenas que tenho de dar más notícias para outra pessoa.

8

Sem dúvida, a pior parte do trabalho era levar más notícias a entes queridos. Isso era simplesmente muito ruim. As mãos de Kathy Blanc tremiam quando Decker lhe entregou a primeira foto e ela precisou dar uma apenas uma olhada para sair correndo de sua sala. Wanda Bontemps estava lá para conduzi-la ao banheiro feminino. Decker sentou-se à sua mesa com o rosto nas mãos, perguntando a si mesmo por quanto tempo conseguiria suportar esse tipo de estresse. E se isso não bastasse, havia um menino de 14 anos com pais desaparecidos morando em sua casa.

Às vezes, nem vale a pena levantar da cama de manhã.

Cinco minutos depois, Wanda Bontemps reconduziu Kathy Blanc à sala de Decker e sentou-a diante da mesa dele. A tez de Kathy havia se tornado cor de casca de ovo; seus olhos estavam vermelhos, com lágrimas pretas, graças ao rímel, correndo pelas suas bochechas. O batom vermelho coloria as rugas acima de sua boca. Seu corpo era todo sacudido pelo tremor e ela se abraçava em uma débil tentativa de detê-lo. O cabelo louro bem penteado da mulher emoldurava um rosto longo, aristocrático, agora manchado com maquiagem. Ela usava brincos de pérolas nas orelhas e vestia calça preta de malha e uma blusa vermelha também de malha. Tinha sapatilhas pretas nos pés.

Wanda Bontemps estava no vão da porta, seus olhos escuros parecendo um tanto sombrios.

— Que tal um pouco d'água e uma toalha molhada?

Decker assentiu com a cabeça e em seguida encarou os olhos súplices de Kathy Blanc.

— Lamento muito, sra. Blanc. Há alguém que podemos chamar para você?

— Meu... ma... rido. — Ela abriu a bolsa, mas Decker foi mais rápido. Entregou-lhe um lenço de papel. — Obrigada.

— Tem um número, senhora?

— O código de área é 213-827... — Seu rosto desmoronou e Decker entregou-lhe outro lenço. Ela conseguiu dizer os quatro dígitos seguintes. Quando Wanda chegou, Decker deu-lhe o número e disse-lhe para fazer a ligação. Deu a água para Kathy juntamente com uma toalha branca úmida.

— Há mais alguém com quem queira que eu entre em contato? — Decker lhe perguntou.

— Não consigo nem pensar.

Decker assentiu com a cabeça.

— Quero que saiba que faremos tudo que for necessário para descobrir o que aconteceu. Temos muita gente trabalhando nisso. Está preparada para responder a algumas perguntas?

— Eu não... — As lágrimas recomeçaram, mas ela acenou a cabeça para que Decker fosse em frente.

— Adrianna estava tendo problemas com alguém?

Ela sacudiu a cabeça negativamente.

— E quanto a um namorado? Você disse a meu detetive que havia um.

— Garth Hammerling.

— Algum problema com ele?

— Não que eu saiba.

— Não quero parecer indiscreto, sra. Blanc, mas você e Adrianna tinham um tipo de relacionamento no qual ela lhe falaria sobre assuntos pessoais?

Kathy deu batidinhas com a toalha nos olhos manchados. Quando viu que sua maquiagem estava saindo, sussurrou um "ai, meu Deus".

— Adrianna não se queixava muito. — Esfregou o rosto com vigor para tirar toda a maquiagem borrada. — Mas se houvesse alguma coisa errada, acho que me diria.

— O que acha de Garth?

— Parecia um bom rapaz — disse ela, continuando a limpar o rosto. — Não acho que Adrianna o levava tão a sério assim.

— Onde ela o conheceu?

— Ele é técnico no St. Timothy. — Kathy levantou os olhos. — Por que está fazendo perguntas sobre Garth? — Seus olhos ficaram úmidos de novo. — Ela foi... violada?

— Não sei...

— Não me sinto bem. — Ela se levantou. — Preciso usar o banheiro.

— A detetive Bontemps vai levá-la.

— Sei onde é. — Ela se levantou e saiu. Bontemps entrou na sala.

— Garth Hammerling era namorado de Adrianna. — Decker escreveu o nome em um pedaço de papel e entregou-o a ela. — Verifique-o... embora eu creia que Marge disse alguma coisa sobre ele estar fora da cidade. Entrou em contato com o marido da sra. Blanc?

— Sim, entrei. Não lhe disse o que estava acontecendo, mas ele sabia que dizia respeito a Adrianna porque Kathy tinha ligado para ele várias vezes.

— Onde ele trabalha?

— No escritório de advocacia Rosehoff, Allens, Blanc e Bellows. Mack Blanc é um dos sócios principais. Ele está a caminho do centro de Los Angeles para cá.

— Deveríamos ter mandado um carro para pegá-lo. Ele não deveria estar dirigindo.

— Não tive chance de lhe dizer muita coisa sobre nada. Ele desligou o telefone na minha cara assim que eu disse que sua mulher estava aqui.

— Dê-me o número. Vou ver se consigo falar com ele. Vá ao banheiro e verifique se a sra. Blanc está bem. Isto é, bem ela não está, mas verifique se não está precisando de cuidados médicos. Se estiver precisando, chame uma ambulância. Peça que a levem para qualquer lugar, menos o St. Timothy.

* * *

— A mãe fez uma identificação com as fotos — disse Decker a Marge pelo telefone. — Isso significa que o carro é parte de uma cena oficial de crime. Os técnicos em criminalística já estão lá?

— Devem chegar a qualquer momento. Você vem para cá?

— Estou esperando para falar com o pai de Adrianna. Irei depois. Você falou com mais alguém do St. Timothy sobre a moça?

— Oliver está tentando entender a cronologia dos fatos. Parece que ela terminou seu turno. Isso significaria que deixou o prédio por volta das oito da manhã. Não se sabe mais nada depois disso. Encontramos uma enfermeira chamada Mandy Kowalski que conhecia Adrianna Blanc havia oito anos. Ela vai ter um intervalo dentro de meia hora e concordou em falar conosco. Estamos tentando encontrar um bom local para conversar. Parece que a cantina está vencendo a eleição.

— Com quem mais você falou no hospital?

— Um pouquinho aqui, um pouquinho ali. As pessoas estão em seu turno de trabalho e relutam em conversar.

— O hospital não está cooperando com você?

— Foi tudo bem com a administração. Vamos ver o que acontece quando descobrirem que se trata de assassinato. Oliver está pegando uma lista dos guardas de segurança que estavam de serviço. Há sempre uma dupla de guardas percorrendo os estacionamentos.

— E quanto a câmeras de vídeo?

— Estamos trabalhando para conseguir as fitas de todas as entradas e saídas. Não sei se há câmeras nos estacionamentos, mas vou verificar.

— O hospital teve algum problema com crime no passado?

— Não sei. Ainda temos muito a investigar. Assim que obtivermos informações, entraremos em contato com você.

— Tudo bem. Obrigada.

— Frequentamos a escola de enfermagem juntas.

Olhos no tampo da mesa, Mandy Kowalski fitava um café ruim. Oliver sabia que estava ruim, pois estava tomando a mesma coisa.

Uma coisinha linda, pensou ele, usando roupa cirúrgica azul, com um rosto de fada, cabelo ruivo vivo e olhos castanho-claros. Uns 12 anos antes ele a teria convidado para sair, apesar da diferença de idade de quarenta anos. Porém, uma vida inteira de escolhas ruins o haviam feito compreender finalmente que por vezes era melhor manter as coisas no nível profissional. Ele estava saindo atualmente com uma professora do ensino médio chamada Carmen que era boa demais para ele. Com a graça de Deus, ela era capaz de desviar das neuroses e das tolices dele com um olhar astuto e uma risada.

— Vocês têm certeza de que ela desapareceu? — Mandy continuava de olhos baixos. — Às vezes as pessoas simplesmente saem sem dizer para ninguém.

Marge e Oliver se entreolharam.

— Mandy — disse Marge —, recebemos um informe recente, e infelizmente a notícia não é boa. Parece que Adrianna foi assassinada.

— Meu Deus! — Mandy arquejou e derrubou a xícara de café com suas mãos trêmulas. Tapou a boca. — Não! Ah, meu Deus! — Levantou a cabeça e lágrimas haviam brotado de seus olhos. — Não é possível!

— Obtivemos uma identificação positiva da mãe dela — disse-lhe Marge.

— Ai, coitada daquela mulher. Coitada da Adrianna. — Enterrou o rosto nas mãos. — Desculpem-me. Não posso...

— Tudo bem — disse-lhe Marge. — Não se apresse.

— Vou pegar um copo d'água para você — disse Oliver, levantando-se. Marge tentou distraí-la.

— Vi que está usando roupa cirúrgica. Você é enfermeira cirúrgica?

— Torácica. — Ela enxugou os olhos com um guardanapo. — Qualquer coisa relacionada ao peito.

— Era isso que Adrianna fazia?

À menção do nome da amiga, Mandy caiu no choro novamente.

— Ela está na UTI neonatal. Ela é... Ela era enfermeira pediátrica. Era excelente em seu trabalho. Costumávamos chamá-la de encantadora de bebês, mas, mesmo quando trabalhava com crianças mais velhas, elas a adoravam.

— Entendo. — Marge puxou seu bloco de notas. — E você conhece Adrianna há seis anos?

— Cerca de seis anos. — Oliver voltou com água e uma nova caixa de lenços de papel. Mandy agradeceu-lhe por ambos os itens. — Acabei de dizer para sua colega que conhecia Adrianna há cerca de seis anos. Estudamos na escola de enfermagem juntas.

— Onde isso? — perguntou Oliver. — Na Universidade do Estado da Califórnia?

— Não — respondeu Mandy. — Cursamos a Howard Professional School. Originalmente, Adrianna ia tentar obter somente o grau de enfermeira licenciada, mas eu lhe disse que ela era inteligente o bastante para ir até o topo da carreira e obter um grau de enfermeira registrada. Era *muito* mais difícil, não vou mentir, mas eu a convenci de que valia a pena.

— Puxa, que bacana isso da sua parte — disse-lhe Marge.

— Fiz isso, em parte, por razões egoístas — disse Mandy. — Encontramo-nos no primeiro dia de orientação e nos demos bem imediatamente. Imaginei que seria mais fácil se eu tivesse companhia. Eu a ajudei a enfrentar algumas dificuldades, mas ela fez os testes e se saiu bem.

— Você parece ser uma boa amiga — disse-lhe Oliver.

— Nessa época, éramos muito boas amigas.

— Mas não eram mais tanto? — perguntou Marge.

— Sabe como é... — Os olhos de Mandy correram de um lado para outro. — As coisas mudam.

— Como assim?

— Nós nos afastamos — disse Mandy. — Fora do trabalho, deixamos de sair juntas.

— O que aconteceu?

— Nada, de fato... Apenas questões de estilo de vida. Adrianna tem... — Mandy passou a língua nos lábios. — Ela tem muito mais energia que eu. Gosta de uma diversão.

— É chegada a uma farra? — sugeriu Marge.

— Isso é fazê-la parecer vulgar — disse Mandy. — Ela gostava de se divertir. Quero dizer, eu também gosto, mas acho que preciso de mais sono que ela.

— A diversão dela incluía drogas? — perguntou Marge.

Mandy hesitou.

— Acho que era uma usuária recreativa.

— Isso alguma vez interferiu em seu trabalho?

— Nunca! — Mandy foi categórica. — Ela operava milagres com aqueles bebês.

— O que sabe sobre o namorado dela? — Marge checou suas anotações. — Garth Hammerling. O que sabe sobre ele?

— Ele trabalha aqui no St. Timothy. É técnico de radiologia.

— Você o conhece bem? — perguntou Oliver.

— Somos conhecidos circunstanciais — respondeu Mandy.

Mas seus olhos estavam em outro lugar.

— Você saberia onde ele mora? — perguntou Marge.

— Por que eu saberia onde ele mora? — retrucou Mandy, desviando os olhos.

— Talvez tenha ido a uma festa lá...

— Não me lembro disso. — Marge olhou para suas mãos. — Eu poderia conseguir o endereço dele para vocês, mas provavelmente podem fazer isso com a mesma facilidade.

— Isso não é um problema — disse Oliver. — Só perguntamos se você saberia disso de imediato, porque precisamos falar com ele. — Quando Mandy não respondeu, ele disse: — Você sabe, precisamos fazer todo tipo de perguntas pessoais.

— Por isso, se eu lhe pedir informação pessoal, você não deveria se ofender — disse Marge.

— Porque pedimos informação pessoal a todo mundo — disse Oliver. — Por exemplo, eu poderia perguntar se você estava tendo alguma coisa com Garth.

— Não! — Marge enxugou seus olhos. — Por que vocês pensariam isso?

— Apenas uma pergunta — disse Marge.

— Porque se você estivesse tendo alguma coisa com ele, acabaríamos descobrindo — disse Oliver.

— Portanto, esta é a hora de admitir — disse Marge. — Esconder coisas será ruim para você.

— Eu não tenho nada... — Seus olhos ficaram úmidos novamente. — Ele deu em cima de mim, certo?

— Está vendo, era simples — disse Marge. — O que pode nos contar sobre isso?

— Não aconteceu nada. Eu não estava interessada. — Ela sacudiu a cabeça. — Foi em uma das festas da Adrianna. Ela dava festas praticamente fim de semana sim, fim de semana não. Ele me encurralou na cozinha e tentou me dar um amasso. Meu Deus, foi constrangedor. Ele estava bêbado. Ela também. — Enxugou os olhos. — É difícil, para mim, falar mal dela, especialmente agora que está... e nós éramos tão boas amigas. Não é que Garth seja um mau sujeito. É apenas um mulherengo. Todo mundo sabe que ele é assim.

— Adrianna sabia?

— Talvez, lá no fundo, soubesse. — Mandy ficou de pé. — Tenho de voltar para o meu turno. Se quiserem falar comigo de novo, por favor, que não seja aqui. Moro em Canoga Park. Meu nome está no catálogo.

— Obrigada, Mandy — disse Marge —, você foi muito útil.

— Tudo bem. Só espero que encontrem o filho da mãe que a machucou. Adrianna pode ter tido seus problemas, mas quem não tem?

— É verdade — disse Marge enquanto observava a enfermeira se afastar. Em seguida, perguntou: — O que você acha?

— Uma garota emotiva para quem tinha se afastado da vítima. — Oliver sacudiu os ombros. — E Garth?

— A secretária eletrônica do telefone fixo dele diz — Marge checou suas anotações — que Garth, Aaron e Greg foram fazer canoagem de rio e não vão atender o telefone durante uma semana. Se ele tiver partido uns dois dias atrás, deu um álibi para si mesmo.

— Algumas pessoas têm um perfeito senso de oportunidade.

— Sabe o que penso, Oliver? — disse Marge. — Senso de oportunidade perfeito é sempre suspeito.

9

DECKER TEVE A IMPRESSÃO DE QUE a linguagem de Mack Blanc era um constrangimento para Kathy, mas ela estava entorpecida demais para detê-lo.

Que porra aconteceu?

Isso é o que estamos investigando, sr. Blanc. Sinto muito.

Não quero as porras das suas desculpas. Quero as porras de algumas respostas!

E assim muitas, muitas e muitas vezes.

Os três estavam na sala de Decker. Kathy permanecia sentada e em silêncio enquanto o marido andava de um lado para outro e praguejava.

Finalmente, Mack tentou uma nova linha de ataque.

— Bem, se você não sabe que porra aconteceu, que porra você sabe?

Decker apontou para a cadeira. Com relutância, Mack sentou-se.

Assim que ele ficou quieto, seus olhos encheram-se de lágrimas. Sem nada dizer, Decker entregou-lhe um lenço de papel.

— O carro dela continua no estacionamento do St. Timothy. Nós o estamos examinando agora mesmo.

— Ela estava... — Kathy sufocou soluços. — Foi no carro que aconteceu?

— Não sei, sra. Blanc. Certamente não quero dar informação errada a você.

Mack segurou a mão da mulher e ela se encostou contra o seu peito, chorando. O pobre homem não podia lhe oferecer nenhuma palavra de consolo.

— Estamos também entrevistando pessoas no hospital para obter uma linha do tempo — disse Decker. Sua mulher teve a bondade de nos dar o número do celular de Adrianna e descobrimos que ela fez umas duas ligações por volta da hora em que terminou seu turno.

— Ela ligou para Sela Graydon — explicou Kathy para o marido.

— Ela e Adrianna se conhecem desde o início do ensino médio — respondeu Mack. — E o outro número?

— Quando ligamos para ele, ninguém atendeu. A caixa do correio de voz está cheia, por isso não sabemos a quem pertence. Temos como descobrir a quem o número pertence e quanto tempo a conversa durou, mas isso vai exigir algumas manobras. Além disso, não há nenhuma garantia de que a pessoa a quem o número pertence seja aquela que atendeu a chamada.

— Não é um número familiar para mim — disse Kathy ao marido.

— E quanto ao Garth? — perguntou Mack.

— Não é o número de Garth.

— Não confio naquele sujeito — disse Mack. — Ele é arrogante. Só Deus sabe por quê.

— Ele é bonito — disse Kathy.

— Como pode dizer isso? — disse Mack. — O cara tem uns vinte *piercings* nas orelhas e aquele cavanhaque maluco. O cabelo dele dava a impressão de que ele tinha enfiado a mão em um soquete de lâmpada.

— É a moda, Mack. Todos os astros do rock têm cabelo assim.

— Ele não era particularmente inteligente. Estava sempre indo para Las Vegas e nunca convidava a Adrianna. Deus sabe onde arranjava dinheiro para essas viagens.

Decker notou as faces de Kathy se ruborizando.

— O que sabe sobre o dinheiro, sra. Blanc? — perguntou.

Kathy levantou os olhos.

— Como disse?

— Adrianna emprestou dinheiro para Garth alguma vez?

— O quê? — Mack encarou a mulher. — Ela deu dinheiro para esse idiota?

— Ela não dava dinheiro par ele, ela emprestava.

— Não acredito... — Ele se levantou de uma vez e começou a andar de um lado para outro novamente. — *Por quê?*

Kathy irrompeu em lágrimas.

— Não sei por que, Mack, a única coisa que sei é que ela fazia isso!

— Ela era uma pessoa fácil de se convencer, em geral? — perguntou Decker.

Mack murmurou alguma coisa baixinho e continuou andando.

— Tinha um coração mole. Foi por isso que se tornou enfermeira.

— Estou tentando apenas compreender como ela era, portanto não se ofendam com minhas perguntas. Até onde vocês sabem, Adrianna consumia drogas ou bebia em excesso?

— Eu não saberia dizer — disse-lhe Kathy.

— É claro que sabemos — disse Mack. — Encontramos maconha na cômoda dela quando estava no ensino médio. Duas vezes!

— Ela disse que parou.

— Disse também que a maconha não era dela, mas, sim, provavelmente fumava maconha e provavelmente bebia demais.

— Ela não tinha um problema, Mack — disse Kathy, enxugando os olhos.

— Eu não disse que tinha um problema.

— Não parece que ela tinha um problema — disse Decker. — Tinha um trabalho importante, e, pelo que ouvi dizer, era muito boa no que fazia.

— Ela trabalhava na UTI neonatal com todos aqueles prematuros doentes. — Kathy começou a chorar. — Todos eles a adoravam.

— Meu Deus. — Mack ficou com os olhos marejados. — Que merda aconteceu?

Vamos voltar ao início.

— O que mais vocês podem me contar sobre Garth Hammerling? — perguntou Decker.

— Estive com ele uma meia dúzia de vezes. Não confiava nele. — Mack parou de andar. — Para dizer a verdade, eu nem sempre confiava em Adrianna. Seu julgamento não era o melhor.

— Uma boa garota — disse Kathy. — Mas podia ser um pouco...

— Ela era rebelde. Estragada por mimos também. *Nós* fomos estragados pela irmã mais velha dela, que nunca nos deu nenhuma preocupação.

— Bea era uma criança diferente. Não faz nenhum sentido comparar.

— Mas nós comparamos de qualquer maneira — disse-lhe Mack. — Mais de uma vez estivemos de pé às quatro da manhã, ligando para os amigos de Adrianna porque o celular dela estava desligado e não sabíamos onde estava. Quando quis ser enfermeira, não acreditei. Mas...

A voz de Mack Blanc falhou.

— A menina provou que eu estava errado. — Ele fungou para conter as lágrimas. — Ela não só se formou, como conseguiu uma função de responsabilidade. Os colegas de trabalho gostavam muito dela.

— Você conheceu os colegas de trabalho dela? — Decker lhe perguntou.

— Ela fez uma festa de Natal em seu apartamento, dois anos atrás. Convidou-nos e nós fomos — disse Kathy.

— Acho que foi quando conhecemos Garth — disse Mack à mulher.

— Vocês se lembram de outros colegas de trabalho?

— Estava lá a amiga dela, Mandy Kowalski — disse Kathy a Decker. — Elas cursaram a escola de enfermagem juntas. Acho que foi Mandy quem aproximou Adrianna de Garth.

— Mandy a aproximou de Garth? — repetiu Decker.

— Acho que sim. — Kathy semicerrou os olhos, tentando evocar lembranças. — Acho que ela conhecia um rapaz que o conhecia... Algo assim.

— Você se lembra do nome do rapaz?

— Não. — Mack agitou a mão no ar. — Nós nos mantemos fora dos assuntos da Adrianna.

— O nome dele era Aaron Otis — disse Kathy.

— Como você se lembrou disso?

— Simplesmente me lembrei.

— Ela é um fenômeno para nomes.

— Isso é muito bom — disse Decker. — Aaron Otis. Vocês chegaram a conhecê-lo?

— Devo ter me encontrado com ele uma vez, porque lembro que ele era alto e tinha cabelo louro-escuro... A menos que eu esteja confundindo as coisas. — Ela baixou os olhos. — Isso é certamente possível.

— Isso é útil — disse Decker. — E quanto aos nomes dos outros amigos de Adrianna?

— Você pode começar com Sela Graydon e Crystal Larabee. As três formavam um grupinho muito unido.

— Alguma delas se tornou enfermeira?

— Longe disso — disse Mack. — Acho que Crystal queria ser atriz. Aos 29 anos, acho que isso não vai acontecer. O que ela faz? Uma espécie de *barwoman*?

— Ela é uma das principais recepcionistas no Garage.

— Sim, à espera de ser descoberta.

— Seja legal, Mack. — Kathy olhou para Decker. — O Garage é o mais novo restaurante de Helmet Grass. Fica no centro... Bem perto do New Otani.

— Entendi. E Sela Graydon? O que ela faz?

— É advogada — disse-lhe Mack. — Sempre foi a mais inteligente das três.

— Essas duas mulheres moram na cidade?

— Sim — disse Kathy. — Vou conseguir os números dos telefones delas para você.

— Vocês sabem alguma coisa sobre Mandy Kowalski?

— Apenas que Adrianna a conheceu na escola de enfermagem — disse Mack. — Ela parecia bastante simpática.

— Ela costumava ajudar Adrianna nos estudos, especialmente quando chegavam as provas finais. Adrianna entrou em pânico quando as fez pela primeira vez. Eu não podia ajudá-la. Não sei absolutamente nada sobre o sistema nervoso ou o sistema circulatório, mas depois de estudar com Mandy, ela não só foi aprovada, como se saiu bem. Chegou até a ganhar a nota máxima em algumas disciplinas.

As lágrimas corriam pelas faces de Kathy.

— Ela ficou tão... orgulhosa!

Decker deu-lhe outro lenço e ficou vendo a mulher soluçar. Nem a mais avançada tecnologia do mundo seria capaz de conter essa torrente.

— Não há muita coisa em que possamos nos apoiar. — Marge estava bem ao lado do estacionamento do St. Timothy, porque o sinal do seu celular era melhor ali. — O carro está sendo analisado e encerramos agora mesmo nossas entrevistas preliminares. Falamos com alguns dos colegas de trabalho dela. Além disso, conversamos com uma mulher chamada Mandy Kowalski. Ela e Adrianna cursaram a escola de enfermagem juntas, mas não trabalham no mesmo pavimento.

— Sim, o nome de Mandy veio à tona quando entrevistei a mãe — disse-lhe Decker. — Ela acha que Mandy talvez tivesse aproximado Adrianna de Garth.

— Humm. Mandy deixou de mencionar isso. Ela contou que Garth deu em cima dela.

— Certo — disse Decker. — Alguém acha que havia um triângulo amoroso?

— É possível — disse Marge. — Vou ver se consigo esclarecer os relacionamentos. Temos também uma hora marcada para entrevistar a enfermeira supervisora de Adrianna amanhã. Ela era querida, fazia seu trabalho, mas várias pessoas comentaram que gostava de se divertir.

— Isso é coerente com a imagem que obtive dos pais dela.

— Eles lhe disseram que ela gostava de uma farra?

— Principalmente o pai dela. Ele a descreveu — e sem muita delicadeza — como uma garota farrista.

— É incomum que um pai admita isso nessas circunstâncias.

— Fiquei com a impressão de que ele andava zangado com a filha havia muito tempo.

— Mas ela está *morta*, Rabino. Que ele sequer insinue hostilidade... isso é estranho.

— As pessoas enfrentam dificuldades das mais diferentes maneiras. Talvez ele imagine que se puder se sentir zangado com a filha, ela não esteja realmente morta. Seja como for, há outra irmã na família, Beatrice Blanc. Ela precisa ser entrevistada separadamente.

— Farei isso.

— Há também duas grandes amigas dela do ensino médio: Sela Graydon e Crystal Larabee. — Decker soletrou os nomes e deu a Marge os números de telefone. — Por fim, precisamos descobrir o nome do filho mais velho do proprietário

— Fiz isso. Trent Grossman. Tem 26 anos. Mora em Boston com a mulher e estava em uma festa ontem à noite. Portanto, podemos excluí-lo. Os dois meninos Grossman mais novos estavam em casa ontem à noite, segundo os pais. Para verificação, vi que enviaram e-mails e mensagens de texto e postaram no Facebook. Não investiguei mais a fundo, mas farei isso, se você quiser.

— Quantos anos eles têm? Algo como 15 e 13?

— Isso.

— Ponha-os em último lugar por enquanto. Vamos voltar às colegas de Adrianna, Crystal e Sela. Marque entrevistas com elas, porque... tudo bem... aqui está.

Decker folheou suas anotações.

— Adrianna ligou para Sela Graydon esta manhã assim que saiu do trabalho. Descubra do que se tratava. Adrianna também fez uma outra ligação, mas não sabemos de quem é o número. Todas as vezes que liguei para ele, a caixa do correio de voz estava cheia. É um celular, por isso nossos catálogos defasados não vão funcionar. Talvez precisemos de um mandado para descobrir a quem o número pertence. Dê uma sondada por aí e veja se consegue descobrir se é de algum dos amigos dela.

— Farei isso — disse Marge, e perguntou-lhe: — Tivemos alguma sorte com a investigação da área?

— Até agora não recebi nenhuma informação. Que tal nos encontrarmos mais para o fim da tarde e compararmos nossas anotações?

— É uma ideia. Falo com você mais tarde.

Marge desligou seu celular e começava a ligar para o número de Sela Graydon quando uma técnica de cena do crime foi andando em sua direção. A mulher batia no estômago de Marge. Talvez fosse um pouquinho mais alta que isso, mas certamente não passava muito de 1,50m. Era jovem, asiática e delicada como uma teia de aranha, mas tinha uma voz de fumante. Seu nome era Rebel Hung.

— Praticamente terminamos o que podemos fazer aqui. — Rebel arrancou suas luvas de borracha. — Chamei o caminhão. Vamos rebocar o carro para o laboratório e submetê-lo a um exame completo.

— Não parece que isto é uma cena de crime — disse Marge.

— Concordo — disse Rebel. — Quem sabe se ela sequer chegou a vir até o carro?

— Pegadas?

— Obtivemos algumas parciais. Conseguimos grande quantidade de impressões digitais latentes. Talvez apareça alguma coisa.

— Espero que sim.

— E quanto à verdadeira cena do crime? — perguntou Rebel. — Onde vocês a encontraram pendurada.

— É uma cena de crime, mas não temos certeza de que é a cena do assassinato. Se ela tiver sido morta lá, parece não ter tentado lutar. Os investigadores da perícia criminal não encontraram ferimentos de bala ou punhalada, mas ela pode ter sido envenenada ou sedada antes de ser enforcada. Vamos submetê-la a um exame toxicológico.

— Foi abusada sexualmente?

— Não parece ter sido, mas saberemos mais depois que a autópsia for feita.
Rebel franziu os lábios.
— O enforcamento é uma maneira estranha de cometer assassinato.
— Sim, alguém a enforcou para produzir um efeito dramático.
— Muito dramático... Como nas ações típicas de um serial killer.
— Sim, de fato, certamente não excluímos essa possibilidade.

10

Quando os calouros armaram as cadeiras, Hannah levou Gabe até a regente do coral. A sra. Kent era uma mulher enérgica, corpulenta e com o cabelo preto em um corte de cuia e óculos pendurados em uma corrente.

— Este é o Gabe — disse Hannah. — Ele toca piano.

Colocando seus óculos no nariz, a sra. Kent examinou o menino de cima a baixo.

— Em que ano você está?

— No primeiro, mas estou só visitando.

— Visitando? — A sra. Kent deixou os óculos caírem sobre o peito. — Por quanto tempo?

— Não sabemos — disse Hannah. — Talvez um ou dois dias. Pensei que se ele pudesse tocar "My Heart Will Go On" em seu lugar, assim a senhora poderia se concentrar nos vocais. Embora provavelmente vá ser necessário muito mais que isso para nos manter afinados.

— Esse é um comentário muito cético, vindo da presidente do coral. — Ela olhou para Gabe. — Você conhece a música?

— Posso enganar direitinho. Ela é em mi, certo?

— Sim, é em mi. Você sabe ler música?

— Com a partitura é ainda melhor — disse Gabe.

— Ela está no piano — disse-lhe a sra. Kent. — Decker, ajude os garotos a se prepararem.

Gabe encontrou um pequeno piano em um canto, mas virado de frente para o palco. Era um Gulbransen, e embora não fosse exatamente o Steinway alemão, a marca era aproveitável. Ele empurrou os óculos para cima no nariz, depois tocou as teclas de marfim do dó intermediário até duas oitavas acima usando os dedos da mão direita. Com os dedos da mão esquerda, foi do dó intermediário até duas oitavas abaixo. Depois tocou teclas ao acaso. O som era mais ou menos o que se esperava de um piano pequeno. Sua afinação era boa, embora nem todas as notas fossem perfeitas. Isso o incomodaria. Tudo que não fosse musicalmente perfeito o incomodava, mas tinha aprendido a conviver com isso. Raramente comparecia a shows de rock ao vivo, a menos que fossem de *trash metal*, em que o som era distorcido e deformado de qualquer maneira, de modo que ninguém se preocupava com o tom. Os cantores pop eram os piores. Apesar das ferramentas de edição de som, havia muito poucos cantores que atingiam as notas o tempo todo.

Lançou um olhar para a partitura. Ela requeria alcance de voz. Sem dúvida, o coral a massacraria, como Hannah previra. Ele gostava de Hannah. Ela era amistosa, mas discreta. Puxava conversa, mas evitava tudo que fosse pessoal. Tinha autoconfiança sem ser arrogante.

Havia 23 adolescentes no coral, alinhados na plataforma em degraus. Assim que a professora começou a falar com eles, Gabe se distraiu. Cerca de cinco minutos depois, deu-se conta de que ela estava falando com ele.

— Como disse?

A sra. Kent soltou um suspiro dramático.

— Perguntei se você achava que podia tocar a música.

— Com certeza.

— Com certeza?

— Sim, com certeza. — Gabe sorriu. — Não é Rachmaninoff.

A sra. Kent olhou bem para ele.

— Você deve ser parente da Hannah. Vocês têm o mesmo senso de humor.

Gabe sorriu, mas não disse nada.

— Podemos começar assim que você estiver pronto.

— Estou pronto.

— Então comece.

Gabe sufocou um riso. Quando começou a introdução, viu os olhos da professora do coral se arregalarem. Era tolice dela estar chocada. Por que diria que podia tocar se não pudesse? Era uma habilidade motora — impossível de simular.

Como Hannah previra, o coral foi medonho; a desafinação predominou especialmente na seção das sopranos. Foi aflitivamente penoso para seu ouvido. Na metade da peça, ele parou de tocar. A professora interrompeu o coral e lhe perguntou qual era o problema.

— Não quero ser insolente, mas está um pouco alto demais para as vozes de vocês. Gostariam que eu descesse para mi-bemol? Ou talvez baixar uma nota inteira para ré? Não gosto de transformar canções em tom agudo em canções meio tom abaixo, mas esta é apenas minha opinião.

A sra. Kent olhou fixamente para ele.

— É capaz de fazer isso? — Sem esperar, acrescentou: — Eu sei. Não é Rachmaninoff. Tudo bem, dê-nos uma nota de saída.

Gabe deu-lhes um ré e eles executaram o número de novo. Ainda foi terrível, mas pelo menos as sopranos não se esforçaram tanto. Quando a sra. Kent pediu cinco minutos de intervalo, Hannah foi até o piano.

— Temos mais uma hora, aproximadamente. Sinto muito que isso nos atrase tanto.

— Não vou a lugar nenhum. Se seu pai tivesse alguma coisa para me dizer, ligaria para mim, não é?

— Sim, ligaria. Sinto muito.

Gabe deu de ombros.

— Sua execução é realmente maravilhosa.

— Com algum treino, qualquer idiota poderia tocar isto.

— Não, não acredito nisso.

— É verdade. Pelo tempo que toquei, eu deveria ser melhor.

— Como poderia ser melhor?

Ela fizera a pergunta com toda sinceridade. Gabe teve de sorrir.

— Obrigado, vou procurá-la da próxima vez que precisar de um reforço de ego.

— Nós somos horríveis, né?

— Tudo bem.

A sra. Kent aproximou-se.

— Quanto tempo vai passar conosco, sr. ...?

— Whitman — disse Gabe.

— Um ou dois dias — respondeu Hannah no lugar dele.

— Já pensou em se transferir para esta escola? Temos uma orquestra e sempre temos lugar para um solista.

— Vou me lembrar disso — disse Gabe.

— Você já executou peças solo algum dia?

Ele não iria tocar para ela de jeito nenhum. Queria anonimato, não atenção. — Não faço isso há algum tempo. Estou um pouco enferrujado.

— Eu gostaria muito de ouvi-lo quando estiver disposto.

— Certamente. Outra hora.

Quando a professora se afastou, Hannah sussurrou:

— Sinto muito. Ela é incansável.

— Está apenas sendo uma professora. — Ele fez uma pausa. — Hannah, se eu tiver de voltar aqui com você, acha que posso praticar quando ninguém estiver usando a sala? Sabe, é realmente uma bobagem eu estar na sua escola tentando aprender alguma coisa. Meu tempo seria mais bem gasto praticando. Quero dizer, não é que eu *tenha* de tocar, mas tocar me acalma.

— Tenho certeza de que não há problema, mas vou ter de pedir permissão à sra. Kent. — Hannah levantou as sobrancelhas. — Fique avisado de que se fizer isso, vai fazer um pacto com o demônio. Em troca, ela fará você vir tocar com a orquestra enquanto estiver aqui.

— Então virei. Contanto que não tenha de fazer solos.

— Entendi. Mas talvez você queira reconsiderar com relação à orquestra. Somos realmente ruins! Piores que o coral.

— Tudo bem, Hannah. Já tive de passar por coisas muito mais cabeludas que algumas notas erradas.

— Se fossem apenas algumas, eu não diria nada. — Ela sacudiu o dedo no rosto dele. — E pare de ser tão gato. Está distraindo toda a seção das sopranos. E caso não tenha notado, elas já têm dificuldade suficiente para permanecer no tom.

Depois que os Blanc saíram de seu escritório, Decker sentiu como se tivesse tirado um casaco de inverno em um aposento superaquecido: ficou dez quilos mais leve e pôde finalmente respirar fundo. Kathy Blanc lhe contara que o apartamento da filha parecia em ordem, mas admitiu que não o examinara com muita atenção.

Decker começou a programar seu tempo. Conseguiria dar uma rápida passada em casa para jantar e depois iria à casa de Adrianna... ou talvez devesse ir ao St. Timothy e ver o que Marge e Oliver estavam fazendo. Estava com a mente em outro lugar quando seu celular tocou e não prestou atenção no número de identificação que aparecia na tela. Isso não teve importância, porque era um número restrito, mas a voz lhe disse quem estava falando em uma única palavra.

— Quê?

Parecia mais irritado que ansioso, mas isso era típico de Donatti. O coração de Decker acelerou-se.

— Seu celular está com defeito, Chris? Estive ligando para você nas últimas 24 horas.

— Sabe como é, Decker. Às vezes a gente simplesmente não quer ser perturbado.

— Onde andou?

— Onde andei? — Uma risada pelo telefone. — Que diferença isso faz?

— Estou só me perguntando o que manteve você tão preocupado que não quis se dar ao trabalho de checar seus telefonemas.

Outra risada.

— Você parece irritado.

— Onde você esteve?

— Agora parece que está me interrogando. Não estou gostando do seu tom. Para falar a verdade, não gosto de você. Tem dois segundos para me dizer o que quer antes que eu desligue.

— Você não quer retornar minhas ligações, muito bem, mas eu pensaria que você atenderia às ligações do seu filho. Ele ficou tão perturbado que ligou para mim. — Houve a pausa esperada. Podia ter sido real ou simulada. — Estamos com um grande problema, Chris. Terry está desaparecida.

Desta vez a pausa foi muito maior.

— Continue.

A raiva desaparecera, mas a voz dele continuava sem entonação.

— É isso — repetiu Decker. — Terry está desaparecida.

— O que você quer dizer com *desaparecida*?

— Não conseguimos encontrá-la...

— Sei o que a merda da palavra "desaparecida" significa. O que quer dizer com *ela está* desaparecida?

Donatti fora da falta de entonação à agitação em cinco segundos. Estava claramente agitado, mas isso podia ser fingimento também. Não era possível aferir a veracidade de suas emoções pelo telefone.

— Você precisa vir à delegacia, Donatti. Precisamos conversar.

— Não enquanto você não me contar que porra está acontecendo.

— Seu filho ligou para mim ontem por volta das nove da noite. Estava consternado. Quando ele voltou para o hotel às sete horas, Terry tinha saído. Ela não estava atendendo o celular, por isso ele ligou para você. Quando não conseguiu entrar em contato com nenhum de seus pais, ele ligou para mim. Por isso eu o hospedei por esta noite, porque ele não quis dormir na casa da tia. Assim, sou responsável pelo seu filho até você chegar aqui. Onde você *está*?

— Estou em Nevada. Minha recepcionista me disse que você ligou.

— Você precisa vir para Los Angeles. Precisamos conversar.

— Que merda aconteceu?

— Não sei, e é por isso que precisamos conversar...

— Então fale, porra!

— Não por telefone — disse Decker calmamente. — Pessoalmente. Você tem de vir para cá de qualquer maneira. Seu filho está aqui, lembra-se?

— Certo, certo, me dê um tempo. — Ele estava murmurando consigo mesmo. — Quando ela... Quero dizer, quanto tempo faz que ela está desaparecida?

— Tempo suficiente para que possa haver um problema...

— O carro dela desapareceu?

— Chris, não posso contar por telefone. Em quanto tempo pode chegar a Los Angeles?

— Merda! Que horas são?

— Por volta de seis.

— Porra! — O som de alguma coisa se quebrando na linha. — Porra, porra, porra! Quando isso aconteceu? Ontem?

— Sim, Chris. Vou dar todas as informações a você quando estiver em Los Angeles. Quando pode chegar aqui?

— Estou a duas horas de Las Vegas. Vim dirigindo, por isso não estou com meu avião. Até eu chegar ao McCarran e ao LAX, eu não poderia estar aí antes das onze horas. Dirigindo, eu levaria de cinco a seis horas... merda! Vou ver se consigo alugar alguma coisa no aeroporto local. Eu ligo de volta para você. — Donatti desligou.

Decker pousou seu celular e tamborilou na mesa, à espera de mais informação, mas sua mente estava num pensamento específico.

Vim dirigindo, por isso não estou com meu avião.
Vim dirigindo.

Muitas terras vazias e rodovias desertas entre a Califórnia e Nevada. As vastas trilhas despovoadas que cortavam o deserto de Mojave, com seus infinitos quilômetros de vazio, sempre haviam proporcionado abundantes terrenos de desova.

11

Embora a happy hour já tivesse passado, o bar estava lotado. O Ice era um daqueles restaurantes elegantes com paredes e tetos compostos de painéis em cores pastel iluminados por trás, que mudavam de tom no curso de um jantar. O matiz do momento era azul-piscina, conferindo ao lugar a aparência de um iglu. A temperatura no interior certamente se beneficiaria com um pouco do vento ártico do Polo Norte. O dia havia sido extremamente quente e desagradável para aquela época do ano. Embora estivesse vestida para o calor, com calça de linho bege e uma blusa de algodão branca, Marge sentia-se pegajosa, como se suas roupas tivessem sido coladas em seu corpo. Pelo telefone, Sela Graydon dissera que estaria usando um terninho cinza, blusa vermelha e escarpins pretos, portanto seria fácil localizá-la.

A advogada estava envolta em uma cabeleira castanha ondulada que lhe caía até os ombros. Tinha a cabeça baixa, os olhos fixos no tampo do bar, com o queixo nas mãos. Estava ouvindo a conversa de um homem de trinta e poucos anos com a sombra dourada de uma barba loura por fazer. Volta e meia, Sela levantava a cabeça, enxugava os olhos com as pontas dos dedos e depois abaixava a cabeça e continuava a olhar para o nada. Marge introduziu-se em meio à multidão e apoderou-se do assento junto a ela.

— Sela Graydon?

— Você é da polícia? — perguntou a mulher, levantando os olhos para o rosto de Marge.

— Sargento Marge Dunn. Nós nos falamos por telefone. Obrigada por se encontrar comigo dentro de tão pouco tempo.

Sela mordeu o lábio, mas não disse nada. O homem louro estendeu a mão para Marge.

— Rick Briscoe. Trabalho com Sela na Youngblood, Martin and Fitch. — Marge apertou-lhe a mão no mais breve dos cumprimentos. — Achei que ela não deveria ficar sozinha.

— Gentil da sua parte. — Para Sela, Marge disse: — Que tal se ficássemos em uma mesa de canto? Elas dão um pouco mais de privacidade.

— Estão ocupadas — disse Sela, olhando à sua volta.

— Meu colega, detetive Oliver, está guardando uma para nós.

— Vá lá, Sela — disse-lhe Rick. — Vou esperar aqui até que você termine. Estou trabalhando nos depoimentos de Claridge, de qualquer maneira. Se precisar de alguma coisa, é só gritar.

Sela assentiu com a cabeça, escorregou do banquinho e ficou de pé. Media por volta de 1,60m. Marge conduziu-a até a mesa em que Oliver bebericava água tônica. Ele se apresentou e perguntou se ela estava com fome.

— Não... — Ela se sentou e lágrimas lhe escorriam dos olhos. — Não posso pensar em comida. Kathy me ligou, me pedindo para ir lá. Eu disse que sim, é claro, mas não sei por quê. Ainda estou em choque. Tenho certeza de que não poderei ajudá-la em nada.

— Kathy é a mãe de Adrianna? — Oliver perguntou para confirmar.

— Sim, desculpe. Ela é quase uma segunda mãe. Vai ser tão horrível.

— Às vezes, a melhor coisa é não dizer nada — disse-lhe Marge. — Você falou com Adrianna esta manhã.

— Não falei com ela — disse Marge. — Ela deixou uma mensagem no meu celular.

— A ligação durou quase dois minutos.

— Ela deixou uma mensagem *longa*.

— Sobre o quê? — perguntou Oliver.

— Eu gostaria de lhes contar tudo que ela disse. — Um grande suspiro. — A verdade é que às vezes a Adrianna começa a divagar e não presto atenção. Na verdade, deletei a mensagem antes de ouvi-la inteira.

— Sobre o que era?

— Algo sobre nos encontrarmos hoje à noite porque o Garth está fora da cidade, mas não que a presença dele fosse impedi-la de todo modo, porque ele estava sempre fora. Depois ela começou a dizer que é bom que ele tenha ido, e se ela fosse realmente inteligente se livraria do namorado, porque ele a esgotava emocional e financeiramente. E ele nunca valoriza nada que ela faz por ele e há muitos outros homens por aí e blablablá. — Marcas úmidas riscavam seu rosto. — Apaguei a mensagem quando cheguei à parte do blablablá.

— Você ligou de volta para ela, srta. Graydon.

— Isto é uma afirmação ou uma pergunta?

— Temos o celular dela, por isso sabemos que ligou de volta para ela.

— Liguei para ela. Deixei uma mensagem muito curta. Eu estaria ocupada esta noite. "Que tal nos encontrarmos para um *brunch*, domingo?" É sempre mais fácil lidar com Adrianna à luz do dia.

— O que quer dizer? — perguntou Oliver.

O sorriso de Sela foi dolorosamente triste.

— Não entendam isso da maneira errada. Eu amava Adrianna de todo o coração, mas às vezes... especialmente se ela estivesse se sentindo deprimida... tinha dificuldade em saber quando parar. — Enxugou os olhos novamente. — Ela nunca era uma bêbada má... mas podia ficar descuidada com suas palavras.

— Pode me dar um exemplo? — pediu-lhe Marge.

— Deixe-me pensar como dizer isso exatamente — disse Sela. — Quando bebia demais, Adrianna começava a dar conselhos... que eu precisava sair mais, que eu precisava fazer mais exercício. Ela tentava promover encontros entre mim e pessoas que eu detestava. Eu sabia que ela estava embriagada, mas percebia que estava dizendo o que realmente pensava. Isso dava nos nervos.

Marge assentiu com a cabeça.

— Ela podia ficar realmente ridícula. — Um rubor subira às faces da advogada. — Não quero parecer esnobe, mas estávamos em níveis diferentes. E a Adrianna insistia em equiparar nossas condições de vida. Eu não me importava com isso, mas mesmo quando ela não estava embriagada, dizia algumas coisas. Como na ocasião em que eu estava me queixando para ela de que tinha marcado alguns clientes para as mesmas horas e não sabia o que ia fazer. Então, em vez de ser solidária, a Adrianna me disse: "Oh, você tem clientes. Não é fofo?" Juro que tive vontade de esmurrá-la.

A mesa ficou em silêncio.

— Ai, Deus, isso é horrível da minha parte! — Sela começou a chorar. — Ela podia ser difícil, mas era a pessoa mais encantadora do mundo. Eu realmente a amava.

— Claro que sim — disse Marge, pondo a mão no ombro dela. — Vocês eram próximas. E pessoas próximas sabem como irritar uma à outra.

— É horrível que ela tenha morrido dessa maneira tão trágica, brutal — disse Oliver. — Mas você não precisa exaltar tudo que ela fez na vida. Pessoas mesquinhas morrem também.

— Ela não era mesquinha, era apenas descuidada.

— Ela podia ser problemática. O próprio pai dela disse isso.

— Ela não se dava bem com ele.

— Deduzimos isso. Por que motivos eles brigavam?

— Que diferença isso faz? Ele não a matou. Isso eu posso garantir.

— Apenas tentando obter um panorama completo — disse Marge. — Por exemplo, quando Garth estava fora da cidade e Adrianna bebia demais, ela se envolvia com outros homens?

Houve uma longa pausa. Finalmente Sela disse:

— Ela não desapareceu de um bar, desapareceu do trabalho.

— Mas talvez tivesse se encontrado com alguém com quem tenha transado na noite anterior — disse Marge. — Pelo que ela estava lhe dizendo sobre Garth, parecia que estava furiosa com ele.

— Ela sempre estava furiosa com ele, mas sempre voltava... Essa era uma das razões pelas quais parei de ouvir suas queixas. Ela nunca *fazia* coisa alguma a esse respeito.

— Talvez enganá-lo fosse sua maneira de fazer alguma coisa a esse respeito — sugeriu Oliver.

— Como ela teria podido enganá-lo com um cara? Ela trabalhou ontem à noite.

— O turno dela só começou depois das onze da noite — observou Oliver.

— Ela não teria ido a um bar antes do trabalho. — Os olhos de Sela moviam-se de um lado para outro. Oliver podia perceber que estava nervosa. — Ela era dedicada ao trabalho. Não a vi ontem à noite, se é o que vocês querem saber.

— Você saberia se Adrianna tivesse saído para jantar ou para tomar uma Coca-Cola em um bar antes de ir para o trabalho? — perguntou Oliver.

— Já disse, ela não estava comigo.

— Isso não responde à pergunta — disse Marge. — O que estamos perguntando é: você sabe se Adrianna saiu ontem à noite?

— Certo, o que aconteceu foi o seguinte. — Um suspiro. — Descobri depois, porque a Crystal me ligou. Crystal Larabee. Nós três éramos inseparáveis durante todos os anos na escola. Deus, parece que isso foi séculos atrás. De qualquer maneira, ela me contou que esteve no Garage ontem à noite e que Adrianna estava flertando com alguém. Mas Crystal insiste que eles não saíram juntos... Que o sujeito deu em cima de outras mulheres depois que ela saiu para o trabalho. E como ela foi trabalhar, a história com o cara provavelmente não deu em nada. Por isso Crystal não quis dizer nada, especialmente para a polícia, porque não queria se meter em confusão.

— Por que ela se meteria em confusão?

— Não posso dizer com certeza, mas suspeito de que ela estava servindo a Adrianna sem cobrar. Talvez estivesse fazendo isso também com o cara que estava com ela. Já tinha feito antes. A Crystal provavelmente não queria que o gerente descobrisse que ela servia bebidas gratuitamente.

— Então por que continua a servir pessoas sem cobrar?

— Porque a Crystal é a Crystal. O importante é que a Adrianna não saiu com ninguém, portanto, provavelmente, não houve nada.

— E se Adrianna e o rapaz com quem estava conversando tivessem decidido se encontrar na manhã seguinte? — perguntou Marge.

— Pelo telefonema que ela me deu, não parecia que havia alguém à espera. Ela estava cansada e zangada. Tinha acabado de sair do seu turno, portanto, certamente não estava em sua melhor forma.

— Crystal não está no trabalho — disse Oliver. — Já ligamos para o Garage à procura dela.

— Ela tirou um dia de licença por motivo de saúde — disse-lhe Sela. — Quando falei com ela, estava em casa e de cama.

— Passamos pela casa dela — disse-lhe Marge. — Não estava lá.

— Tem alguma ideia de onde ela poderia estar? — perguntou Oliver.

— Não sei. Não costumo espionar meus amigos.

— Estamos apenas perguntando se você sabe onde Crystal gosta de passar seu tempo livre — disse Marge. — Precisamos falar com ela.

— Mas ela não atende o celular — completou Oliver.

— Talvez ela não goste de receber chamadas de um número restrito. Por isso, tive uma ideia. Por que você não liga e pergunta onde ela está? — disse Marge.

— Vocês querem que eu dê uma de delatora?

— Não é delatar — disse Oliver. — É... localizar uma pessoa, só isso.

— E nós sabemos, Sela — disse Marge —, que você quer fazer tudo que for possível para encontrar o assassino de Adrianna.

Sela tentou massagear sua têmpora. Depois pegou seu celular e digitou alguns números.

— Ei, é você?... Não posso ir aí, tenho de visitar Kathy Blanc. Você já ligou para ela? ... Sim, prometo. Tenho certeza de que ela vai querer vê-la também... Não, não estou mandando você fazer nada, estou só sugerindo... Não, não precisa ser agora mesmo, só... Crys, quão bêbada você está? ... Não, não estou insultando você, mas... eu sei que você sente... ai, meu Deus... pare de chorar, tudo bem ... *sinto muito*, tudo bem ... Estou me sentindo uma merda também, mas não posso ir para aí e beber. Eu tenho trabalho aman... Eu ligo... certo, tudo bem, tudo bem, eu vou. Tchau. — Sela virou-se para os detetives. — Agora eu a deixei irritada. Satisfeitos?

— Onde ela está? — perguntou Marge.

— No Port Hole, em Marina Del Rey.

— Muito obrigada, srta. Graydon.

— Pode me chamar de Sela, e estou me sentindo uma dedo-duro. — Ela se levantou e pegou a bolsa. — Se ela perguntar como a encontraram, não mencionem o meu nome.

Assim que Hannah parou na entrada da garagem, o estômago de Gabe revirou. Embora a escola não fosse a sua escola, era um ambiente familiar —

garotos, professores, salas de aula, armários. Na casa dela, ele era um estranho. Não queria ter de conversar com a mãe dela. Ela parecia muito simpática, mas, como a maioria das mães, era uma mãe normal. A mãe dele era diferente: parte mãe, parte colega, parte protetora, parte cúmplice. Os dois estavam sempre tentando descobrir maneiras de evitar deixar o pai dele furioso. Na maioria das vezes, conseguiam. Às vezes não, e um Chris Donatti furioso era uma coisa perigosa. Várias vezes, quando estava bêbado ou chapado, Chris criticava Gabe só para se divertir. Ele sempre dizia a mesma coisa.

Pare de parecer tão apavorado. Se eu tivesse querido matá-lo, você estaria morto.

Ele amava a mãe — realmente amava —, porém ela tinha feito algumas escolhas de vida ruins. Mas ele não era muito desdenhoso. Se ela tivesse sido mais sensata, ele não existiria. Havia até uma parte dele que amava seu pai. Seus pais eram seus pais. E agora os dois tinham desaparecido e ele estava mais uma vez num limbo. De uma maneira perversa, esse dia tinha sido um dos mais fáceis de que conseguia se lembrar, não tendo tido de lidar com nenhum dos dois.

Hannah desligou o motor.

— Você está bem?

— Sim. — Ele tirou os óculos, limpou-os na camiseta e colocou-os de novo no nariz. — Certamente.

— Hum, acho que minha irmã e meu cunhado estão aqui. Quer dizer, sei que estão. Aquele é o carro deles.

— OK.

— Só quis avisar a você. Minha mãe é uma ótima cozinheira. Provavelmente vai ser uma refeição em grande estilo, com Cindy e Koby ficando para jantar. Não se sinta obrigado a comer nada.

— Acho que me esqueci de comer hoje. Estou com uma certa fome. Quantos anos tem sua irmã?

— Trinta e poucos. Ela é do primeiro casamento de meu pai. É policial. Koby é enfermeiro. Ele é um cara legal. Acho que talvez minha irmã esteja grávida. Talvez seja por isso que estejam aqui. Espero que isso não seja demais para você lidar.

— Tudo bem. — Gabe puxou a maçaneta do velho Volvo de Hannah.

Os dois andaram até a porta e entraram na casa. As irmãs se pareciam — ambas altas, com um rebelde cabelo ruivo, rosto comprido e um queixo forte, mas não desprovido de feminilidade. As duas tinham olhos amendoados. Os de Cindy eram castanhos, os de Hannah, azuis. Cindy era alguns centímetros mais alta — tinha cerca de 1,75m —, mas Hannah provavelmente ainda ia crescer. O cara era negro. Isso o surpreendeu, embora ele não soubesse por quê. Koby era mais alto que ele, mas mais baixo que seu pai — por volta de 1,87m.

— Cindy, Koby... Gabe — disse Hannah.

Koby estendeu a mão e Gabe apertou-a.

— Papai deve chegar em casa a qualquer minuto — disse Cindy a Hannah.

— Uma refeição em família? — Hannah olhou para a barriga da irmã e detectou certa protuberância. Sorriu interiormente. — Qual é a ocasião?

— A ocasião é que não vejo o papai há duas semanas. — Cindy sorriu para Gabe. — Espero que você esteja com fome. Rina cozinhou o suficiente para um exército.

— Ela cozinha muito bem — disse Koby.

— Ótimo. — Gabe deu-lhe um meio sorriso forçado. — Acho que vou tomar um banho.

Depois que ele saiu, Hannah soltou um suspiro.

— Caramba.

— Foi difícil para você? — perguntou Koby.

— Não, ele é um bom garoto. Deve ser estranho para ele. Tenho a impressão de que a vida dele é estranha.

— Legal sua mãe deixá-lo ficar aqui — disse Koby. — Vou ver se ela precisa de ajuda.

— Daqui a pouco vou para lá também — disse Cindy. E depois que ele saiu para a cozinha: — Acho que papai localizou o pai do garoto. Mas não diga nada, certo?

— Tudo bem. Essa é uma boa notícia.

— Espero que seja uma boa notícia. Acho que o pai dele é um maluco.

— Em que sentido?

— Não sei ao certo. Ele falou sobre o pai?

— Não disse muita coisa... Que é o que eu faria se fosse ele.

Ambas ouviram o carro parando. Decker destrancou a porta e abriu um sorriso ao ver suas meninas.

— Como vão minhas duas filhas favoritas? — Beijou ambas no rosto. — A que devo esta honra?

— Você pareceu mal-humorado ao telefone — disse Cindy. — Sendo totalmente narcisista, imaginei que minha presença o alegraria.

— E alegra. — Ele olhou para Hannah. — Como foi seu dia?

— Sem incidentes.

— Como foi com Gabe?

— Bem. Ele está no quarto. Alguma sorte com os pais dele?

— Nenhum notícia da mãe, mas o pai me telefonou.

— Isso é bom — disse Hannah. — Alguma razão para ele ter ligado para você e não para Gabe?

— Não faço ideia. Falarei com Gabe daqui a pouco. Onde está o Koby?

— Na cozinha com *Eema*.

Decker dirigiu-se para a cozinha e entrou no momento exato em que Koby tirava do forno uma enorme travessa de ferro.

— Alguma coisa está com um cheiro incrivelmente bom.

— Bom e intenso — disse Koby.

— Paella de frango com linguiça. — Rina beijou o marido. Ela usava um avental estampado com borboletas e seu cabelo preto estava puxado para trás num rabo de cavalo. — Adoro refeições de um só prato.

— Há uma salada também. — Koby colocou a travessa quente no fogão.

— Refeições de dois pratos, então.

— E todos os antepastos. E sobremesa. — Koby sorriu. — Não se preocupe, Rina. Vou comer isso tudo. Sempre como.

— Como você pode comer tanto e continuar tão magro? — Decker perguntou.

— Não sei, Peter. Eu diria que a maioria dos homens etíopes é magra, mas a maioria de nós na África está submetida também a uma dieta de subsistência. Acho que é genética e sorte. — Ele deu palmadinhas em seu estômago e pegou uma pilha de pratos. — Vou pôr a mesa.

— Posso fazer isso — disse Decker.

— Você fica com a Rina e banca o *sous-chef*. Minha mulher e minha cunhada vão ajudar. Elas provavelmente vão me desobrigar de pôr a mesa de todo modo, o que acho ótimo. Não li o jornal hoje.

— Está na mesa da sala de jantar — disse-lhe Rina.

Depois que Koby saiu, Decker fitou os inquisitivos e brilhantes olhos azuis da mulher. Ela estava envolta por um brilho de suor e parecia incrivelmente sexy.

— Encontrei Chris Donatti. Ou melhor, ele me encontrou. Está vindo de carro de Nevada e deve chegar à cidade à meia-noite.

— Isso é bom... Acho.

— Veremos. Tenho de falar com o garoto.

— Ainda não o vi.

— Ele e Hannah já chegaram. Ele está no quarto.

— Tudo bem — disse Rina. — A conversa de vocês vai ser longa?

— Suspeito que não. Precisa de alguma ajuda?

— Eu ia pedir para você escolher uma garrafa de vinho, mas posso fazer isso. Que tal um Sangiovese?

— Qualquer coisa, desde que tenha álcool. — Decker fez uma pausa. — Mas não demais. Tenho trabalho para fazer com um novo homicídio e depois lidar com Donatti. Preciso estar alerta.

— Sim, o enforcamento. Foi horrível. Como vai indo isso?

Decker bufou.

— Parece que a moça gostava de se divertir. Nada errado com isso, mas comportamento de risco amplia a rede de suspeitos. Estamos longe de resolver.

— Vai ser uma longa noite para você.

— Quando não é? — Decker puxou a mulher para seus braços. — Para minha sorte, tenho uma mulher compreensiva que cozinha maravilhosamente bem.

Ela lhe deu um beijo prolongado.

— O que é mais importante para você? A parte da compreensão ou a parte da cozinha?

— Depende da minha fome. Neste momento, você poderia ser malvada comigo e eu não daria a mínima. Contanto que eu recebesse minha justa porção de paella.

Deitado numa das camas, as mãos atrás da cabeça, Gabe sentiu seus olhos se fecharem alguns segundos antes de ouvir a batida. Não era hesitante, não era excessivamente forte. Era uma batida de detetive. Ele se sentou.

— Entre.

Decker entrou e sentou-se na outra cama.

— Não sabemos nada sobre sua mãe, mas seu pai me ligou cerca de uma hora atrás, de Nevada. Ele não conseguiu um voo que fosse conveniente, por isso vem dirigindo. Deve estar aqui por volta da meia-noite.

Gabe sentiu sua voz ficando presa na garganta. Assentiu com a cabeça.

— Como se sente em relação a isso? — perguntou-lhe Decker.

— Está tudo bem.

— Está mesmo? — Quando o menino não respondeu, Decker disse: — Não faz sentido ser evasivo. Ambos sabemos quem e o que seu pai é. Quão seguro você se sente estando com ele?

— Seguro. Ele não é mau.

— Ele bateu na sua mãe. Algum dia bateu em você?

— Não. — Gabe fez uma pausa. — Foi a primeira vez que ele bateu nela, você sabe?

— Talvez — disse Decker. — Mas sei também que seu pai tem métodos muito mais sofisticados que seus punhos para intimidar. Se você realmente conhecesse seu pai, morreria de medo dele.

— Conheço meu pai. — Gabe lambeu os lábios. — Sei lidar com ele.

— Ninguém deveria viver com medo. Isso é o básico.

— A questão é... — Ele sacudiu a perna para cima e para baixo. — Se minha mãe continuar desaparecida, meu pai não vai ficar por perto para me criar. Mesmo quando está em casa, ele cuida de suas próprias coisas. Sou um estorvo para ele. Além disso, não preciso de ninguém para me criar. Só preciso de um lugar para morar, acesso a um carro e motorista, e um professor de piano. Chris me dará dinheiro.

— Você tem outras opções, Gabe.

— Mal conheço meu avô e não vou morar com a minha tia. Ela é uma pessoa relaxada e sou obsessivo-compulsivo. Os hábitos dela me incomodam muito mais que o temperamento do meu pai. Pelo menos ele é tão organizado quanto eu.

— Certo — disse Decker. — Se precisar de alguma coisa, basta me ligar. Você é certamente bem-vindo para passar alguns dias aqui para resolver tudo isso.

— Obrigado. — O menino tirou os óculos e limpou-os na camisa. Conseguiu exibir um sorriso, embora seus olhos estivessem à beira das lágrimas. — Muito obrigado. Então você não soube nada mesmo sobre minha mãe?

— Você será o primeiro a saber. — Decker levantou-se. — Estamos quase prontos para comer. Tem muita comida. Espero que esteja com fome.

— Estou. Daqui a pouco vou.

Decker fechou a porta e deu ao menino sua privacidade. Fingiu não o ouvir chorar.

12

Hannah soube que alguma coisa estava acontecendo quando Cindy não tomou o vinho e *Eema* não parou de lhe empurrar comida.

— Que tal um pouco mais de torta? — perguntou Rina.

— Se eu comer mais um pedaço, vou explodir — respondeu Cindy.

— Então o que acha de levar para casa? Vou separar também um pouco de paella. — Rina levantou-se da mesa de jantar e foi para a cozinha antes que a enteada pudesse protestar. Cindy consultou seu relógio. Passava das nove.

— O tempo passou depressa. Temos de ir. Vou ajudá-la a embalar.

— Vou ajudar também. — Hannah correu atrás da irmã e encontrou-se com ela na cozinha. — Você tem certeza de que não tem nada para me contar? — perguntou-lhe.

Cindy sentiu seu rosto ficar quente.

— Você é uma abelhuda, não?

— Sim, não, talvez?

— Hannah, você está tendo um comportamento completamente inadequado — disse Rina.

— Pooor favooor...?

— Fale baixo — disse Cindy. — A resposta é sim, mas não tive muito jeito de dizer algo na frente do menino.

Hannah bateu palmas com as pontas dos dedos.

— Para quando?

— Fim de dezembro.

— Sabe se é menino ou menina?

— Chega, Hannah! — disse Rina.

Ela se virou para a mãe.

— Há quanto tempo *você* sabe?

— Desde que Cindy quis que eu soubesse. E fale baixo, por favor.

— Sua mãe está certa. Vamos ser discretas sobre isso.

— Posso ir comprar o berço com você?

— Você pode ir comprar um berço comigo. Vamos deixar um aqui — disse Rina.

— Não posso acreditar que você e *Abba* esconderam isso de mim. — Hannah fez uma pausa. — Posso acreditar que você escondeu, mas não *Abba*. Ele deve estar tão feliz!

— Feliz é pouco — disse Rina. — Não foi assim tão difícil, porque vocês raramente se cruzam, com seus horários cheios.

Hannah não conseguia tirar o sorriso de seu rosto.

— Vou ajudar *Eema* a embalar a comida para você. Vá se sentar e relaxar.

— Estou me sentindo ótima, não sou uma inválida. Vá se sentar *você*. Cada vez que você sai da mesa, aquele pobre menino parece ter engolido soda cáustica. Faça um favor a ele e peça licença para se retirar, para que ele possa fazer isso também.

— Certo. — Hannah deu um enorme abraço na irmã. — Amo você.

Em seguida, ela voltou aos pulinhos para a sala de jantar, onde trocou sorrisos largos e cúmplices com o pai. Gabe não pareceu notar. Ele e Koby falavam sobre música. Veio à tona o fato de que Gabe tocava um zilhão de outros instrumentos.

— Vi que há alguns *cases* de instrumentos no armário. Você se importa se eu der uma olhada? — perguntou ele a Decker.

— É uma guitarra e um baixo — disse Decker. — Acho que nenhum dos dois tem tocado muito. Faça o que bem entender.

— Nenhum de nós tem qualquer talento musical — disse Hannah. — Koby tem uma bela voz, mas é só porque não é nosso parente de sangue. Posso me levantar?

— Ainda vejo pratos na mesa — disse Decker.

Hannah suspirou com impaciência e começou a recolher os pratos de sobremesa. Quando Gabe se levantou para ajudar, Decker disse:

— Você é um hóspede. Ela pode fazer isso.

— Não me incomodo, tenente. Isso faz eu me sentir normal.

Decker consentiu com a cabeça. Quinze minutos mais tarde, o casal fora embora e a porta do quarto dos seus filhos estava fechada.

Música de verdade vinha de trás das paredes, embora o volume do amplificador estivesse muito baixo. Decker ouviu por um momento enquanto notas fluíam em rápida sucessão — distorcidas, deformadas, retorcidas. *Riffs* atonais, mas interessantes. Quando Decker bateu suavemente, a música parou. Gabe abriu uma fresta na porta.

— Alto demais?

— De maneira alguma. Quero apenas comunicar a você qual será minha programação, caso você precise de mim. Seu pai deve chegar daqui a umas três horas. Ainda tenho um pouco de trabalho para fazer. Voltarei por volta das onze horas. Quero estar aqui quando ele vier apanhá-lo. Tenho de conversar com ele de qualquer maneira. Se quiser entrar em contato comigo mais cedo, ligue para meu celular, tudo bem?

— Obrigado. Ficarei bem.

— Está com as malas prontas?

— Estarei. Não tenho muita coisa para arrumar.

— Precisa de alguma coisa?

— Não, estou bem. Obrigado. — O adolescente fez uma pausa. — Obrigado por tudo.

— Gabe, se você quiser alguns dias para pensar sobre as coisas, posso fazer isso acontecer. Você não tem que ir com ele de imediato.

— Ficarei bem.

— Só para você saber, certo?

Ele assentiu com a cabeça.

— Não tive nenhuma notícia ruim sobre sua mãe ou o carro dela. Talvez ela tenha apenas precisado de alguns dias para pensar.

Gabe engoliu em seco enquanto assentia com a cabeça.

Decker pousou a mão no ombro dele.

— Você é um garoto forte, mas mesmo garotos fortes precisam de ajuda de vez em quando. Não hesite em ligar.

— Tudo bem.

— Até mais tarde.

— Certo. Tchau. — A porta se fechou devagar.

A música que se seguiu era suave e melancólica.

O Port Hole era um bar e restaurante esportivo de frente para o mar que anunciava tira-gostos gratuitos durante a happy hour, ofertas especiais nos dias úteis e jogos locais transmitidos numa tevê de tela plana de 120 polegadas. Fazendo jus à propaganda, a gigantesca televisão estava transmitindo o jogo de basquete do Lakers contra o Nuggers com Kobe Bryant na linha de ataque, seu rosto suado filmado de perto, revelando cada poro aberto. A alta resolução podia ser excessiva, pensou Marge. A descrição que Sela Graydon fizera de Crystal Larabee fora a seguinte: loura, olhos azuis, corpo bonito, provavelmente vestindo roupas sexy e tomando *cosmopolitans*. Havia três candidatas, todas no bar: uma loura com uma regata e jeans, outra loura de camiseta vermelha e minissaia de lamê, e, por fim, uma loura usando um tomara que caia preto e jeans de cintura baixa com a calcinha aparecendo.

— Minha intuição diz que é a número três — disse Oliver.

— Estou com você, parceiro.

Os dois foram furtivamente rumo à multidão com três fileiras de pessoas aglomeradas junto ao bar, até que Marge estava olhando sobre o ombro de Crystal à direita e Oliver estava à esquerda dela. Os seios da moça estavam praticamente saltando do tomara que caia justo e seu rímel era espesso como alcatrão. Conversava animadamente com um homem parrudo e de pescoço grosso que tinha a mão na parte baixa das costas dela, um dedo enfiado sob a tira da calcinha. Ele parecia uns bons dez anos mais velho que sua presa.

— Crystal? — perguntou Oliver.

— Oi... — Ela se virou lentamente para encará-lo. — Quem é você?

Sua fala estava enrolada. Havia uma gota de saliva no canto de sua boca. Oliver sacou seu distintivo.

— Polícia. Eu gostaria de falar com você.

As pálpebras pesadas da moça estavam semicerradas.

— Que está acontecendo?

— Sim, o que está acontecendo? — ecoou o homem parrudo.

— Precisamos de um pouco de privacidade — disse Marge, mostrando seu distintivo. — Dê-nos uns dois minutos e a deixaremos em paz.

— Está certo — disse Crystal. — Estou cansada mesmo. — Jogou um suéter preto nas costas e pendurou a bolsa no ombro. — Quero cair fora daqui.

Escorregou de seu banco junto ao balcão e tropeçou. Oliver segurou-a antes que fosse ao chão.

— Que tal fazermos uma pequena caminhada?

— Não preciso de uma caminhada... — Ela pescou suas chaves.

Marge as tirou de sua mão delicadamente. Nenhuma resistência.

— Realmente acho que você precisa andar um pouco primeiro.

Ela olhou para Marge, piscando várias vezes.

— Quem você é?

— Somos da polícia — disse Marge. — Precisamos falar com você sobre Adrianna Blanc. Você se lembra dela. É uma de suas melhores amigas.

Imediatamente, Crystal caiu no choro.

Marge pôs o braço em volta dela e Crystal apoiou a cabeça contra o peito da detetive e soluçou.

— Eu sei, querida. Está sofrendo.

— Muito! — Crystal gemeu.

Um elegante e moreno barman latino levantou os olhos.

— Podem tirá-la daqui, por favor?

Oliver segurou um braço de Crystal e Marge, o outro. Juntos, levaram-na para fora do restaurante, atravessaram o estacionamento asfaltado e fizeram-na dar meia dúzia de passos até chegarem ao píer. Era uma noite nublada e os postes de luz esporádicos emitiam uma tênue luz amarela aureolada por neblina. Eles a conduziram com dificuldade ao longo do vacilante caminho de madeira, passando por rampa após rampa após rampa, os espaços abrigando tudo — de lanchas-cruzeiro de tamanho médio até enormes iates com antenas e pratos de satélite. Uma suave brisa salina soprava do oceano. Com suas plataformas, Crystal tinha dificuldade para se manter ereta.

— Por que, por que, *por quê?*

— Isso é o que estamos tentando descobrir — disse Oliver. — E você pode nos ajudar, Crystal, mas tem de se concentrar.

— Não quero me concentrar. — Ela enxugou os olhos no braço, tatuando a pele com uma mancha preta de rímel. — Quero ir para casa. Quero dormir! — Fungou e começou a remexer na bolsa à procura das suas chaves.

— Onde você mora? — Marge já sabia a resposta. Ela e Oliver tinham passado pelo lugar mais cedo.

— No Valley.

— Muito conveniente! Eu moro lá também. Por que não a levo para casa e o detetive Oliver dirige seu carro para você?

— Estou... bem.

— Eu sei, meu bem, mas dessa maneira você pode descansar. — Marge já a conduzia de volta para o estacionamento. — Onde está seu carro, querida?

Ela apertou os olhos.

— Acho... — Cambaleou e parou.

— Qual é a marca do seu carro? — perguntou Marge.

— Um Prius. Ele é tipo... *econonológico.*

Havia vários deles no estacionamento.

— Que cor?

— Azul.

— Já o vi. — Marge jogou as chaves para Oliver. — Até mais tarde.

— Boa sorte.

Marge ajudou-a a se acomodar no banco do passageiro do carro de polícia sem identificação e afivelou seu cinto de segurança.

— Confortável? — Nenhuma resposta.

Marge ligou o motor e rumou para a autoestrada.

Crystal roncou durante todo o trajeto para casa.

13

Adrianna morava num condomínio que se estendia por toda uma quadra, com prédios pardos de três andares num terreno plantado com samambaias e palmeiras e iluminado à noite por refletores coloridos. O número de seu apartamento era 3J, e Decker percorreu silenciosamente o apartamento de dois quartos e dois banheiros. Ela podia ter sido uma garota festeira, mas mantinha sua casa bem-arrumada. Talvez isso fizesse parte da formação dos enfermeiros. Quando ele era paramédico no exército, descobriu que organização não era apenas conveniente, era imperativa. Vidas dependiam disso.

Era um projeto de sala e cozinha integradas. A sala de estar/sala de jantar estava equipada com o básico — um sofá modular com uma poltrona, um par de mesas laterais e um baú fazendo as vezes de mesa de centro. Havia uma mesa de jantar quadrada e quatro cadeiras. A cozinha era minúscula, com bancadas de azulejos beges e utensílios brancos. Uma tela plana fora instalada na parede em frente ao sofá. O apartamento poderia pertencer a qualquer pessoa nos Estados Unidos, a não ser pelo único item revelador no espaço — uma estante de livros.

Não muitos livros, mas grande quantidade de DVDs. Mais importantes eram as fotografias emolduradas de Adrianna. Ela havia sido uma mulher atraente, com um longo cabelo castanho e um amplo sorriso. Em uma delas, estava parada num declive segurando esquis com um sorriso bobo; em outra, posava com as amigas num restaurante levantando uma taça de *margarita*; também exibia-se orgulhosa de capelo e beca com um dos pais de cada lado. Havia várias fotos dela com o mesmo homem — altura mediana, cabelo louro-escuro espetado, olhos claros e vários piercings no lóbulo de cada orelha. Rapaz bonito. Provavelmente Garth Hammerling. Decker enfiou uma das fotos dele na sua pasta.

Passou ao banheiro — analgésicos vendidos sem prescrição médica, cremes faciais, pílulas anticoncepcionais e um saco de bom tamanho de maconha.

Deixou tudo como estava e foi ao outro quarto, que Adrianna arrumara como um escritório. Havia uma escrivaninha barata, com um laptop Dell e uma impressora em cima, uma cadeira de balanço e um sofá-cama desdobrável.

Um computador era algo valioso. Ele desconectou o laptop, fechou a tampa e enfiou-o com cuidado numa maleta. Em seguida, começou a vasculhar a escrivaninha — lápis, papéis, recibos, recortes de papel, elásticos, fita adesiva, *Post-its* e dúzias de fotografias soltas.

Ele passou os olhos em algumas das fotos. Adrianna tinha uma mente ordenada. No verso da maior parte das fotos, escrevera os nomes das pessoas e as datas. Os mesmos nomes e rostos estavam sempre aparecendo: Sela Graydon, Crystal Larabee, Mandy Kowalski, Garth Hammerling — o rapaz bonito da foto emoldurada na sala de estar — e alguns amigos de Garth, como Aaron Otis e Greg Reyburn. Mais uma vez, Decker selecionou algumas fotos e guardou-as na sua pasta.

Não havia muito mais coisas na escrivaninha. Uma gaveta era dedicada a papel para impressão; outra continha um emaranhado de cabos. Ele se levantou e examinou o armário. Era usado como sobressalente: havia casacos pesados de inverno, um par de esquis, uma prancha de *body board*, seis vestidos de festa pretos e um jogo de malas.

O quarto também estava em ordem. Um edredom com estampa *paisley* cor-de-rosa cobria uma cama *queen*. Dois abajures, um de cada lado, sobre duas mesas de cabeceira idênticas, sobre as quais se viam um rádio-relógio, um telefone fixo, um bloco e um lápis. Decker pegou o bloco em branco e um lápis. Com um toque leve, esfregou o lado da ponta do lápis contra o bloco, as marcas revelando uma antiga lista de armazém. Deixou o bloco.

Uma tela plana fora colocada em cima de um rack. O armário do quarto estava abarrotado. Era arrumado, mas não compulsivo. Diferentes seções para blusas, camisas, saias, calças e vestidos, mas não arrumados por cor. Roupas formais se misturavam às informais. Ela tinha grande quantidade de sapatos e de tênis para correr. Dúzias de bolsas, cintos e lenços de pescoço e dez pares de óculos escuros. Nada assinado por estilistas famosos, apenas eram de excelente qualidade.

Decker deu uma olhada no relógio. Era hora de voltar, para o caso de Donatti decidir exceder o limite de velocidade e chegar cedo. Ele não queria que Chris buscasse Gabe sem sua presença lá. Deu uma olhada final no quarto. Movido por um impulso, andou até a mesa de cabeceira da direita e puxou a pequena gaveta de cima. Estava repleta, com um livro de Sudoku, várias lapiseiras, uma lixa de unha, vários absorventes e um bloco de *Post-its*. A gaveta da mesa da esquerda continha uma cartela de pílulas anticoncepcionais, o controle remoto para a TV e um caderno de couro com fecho. Decker pegou-o. Um diário.

Não costumava deparar com um desses com muita frequência. Sentiu-se com sorte.

Guardou o diário em sua pasta.

Sua leitura para a hora de dormir.

O apartamento de Crystal Larabee ficava num prédio revestido de estuque dos anos 1960. Ela morava no segundo andar e Marge teve pena da pessoa que morava embaixo. Era assombrosa a quantidade de barulho que a moça conseguia fazer usando sapatos com plataforma de cortiça. Assim que os tirou, fazendo um barulho, Marge se deu conta de que Crystal era uma mulher bem miúda, com cerca de 1,52m. As bainhas do seu jeans arrastavam-se pelo chão. Ela desabou em seu sofá e jogou as pernas sobre uma mesa de centro de vidro.

— Que horas são? Quero ir dormir.

— Não está tarde — mentiu Marge. — Só ficaremos aqui por alguns minutos.

— Estou cansada — disse ela, com um bocejo.

A campainha da porta tocou.

— Quem está aí? — perguntou Crystal.

— Meu colega.

— O cara?

— Sim, o cara. — Marge levantou-se e abriu a porta.

— Este é o detetive Oliver. Ele trouxe o seu carro do Port Hole.

— Trouxe? — Crystal esfregou os olhos e notou uma mancha preta em seus dedos. — Tenho que lavar o rosto. — Correu a língua pelos dentes e fez uma careta. — Minha boca está nojenta. Não me sinto muito bem. Isso não pode ser em outro dia?

— Que tal se você lavar seu rosto, e eu faço um pouco de café? — Disse Marge. — Você tem pó de café, não tem?

— Sim.

— Então vou fazer um pouco de café, está bem?

— Como queira. — Ela desapareceu, indo para um quarto.

— Quanto de informação você acha que vamos tirar dela? — perguntou Oliver, revirando os olhos.

— Nesta altura, quero apenas o nome do sujeito com quem Adrianna estava flertando. Ou talvez ele estivesse flertando com ela.

Os dois detetives deram uma olhada no espaço em que Crystal vivia. O tapete não era aspirado havia algum tempo e as persianas estavam salpicadas de poeira. Viam-se exemplares das revistas *Cosmo*, *People* e *Us* espalhados pela mesa e pelo chão. A mobília era simples: sofá, um puff, mesas laterais, uma mesa de jantar e cadeiras, e uma televisão de tela plana sobre um suporte. Desarrumado, mas não imundo.

A cozinha era outra história: pratos na pia, bancadas pegajosas, areia no chão e uma lata de lixo transbordando embaixo da pia. Marge encontrou algum pó de café na geladeira e leite que felizmente ainda estava no prazo de validade. Preparou um bule de café forte, encontrou algumas canecas limpas — enxaguou-as, por via das dúvidas — e serviu uma xícara para Oliver e para si.

Crystal estava demorando a aparecer. Marge levantou-se do sofá.

— Vou ver o que está acontecendo.

Encontrou Crystal em seu quarto, só de calcinha e dormindo profundamente sobre seu edredom.

— Caramba. — Marge lhe deu uma leve sacudida. — Crystal, precisamos falar com você. — Outra sacudida. — Acorde, querida.

— O quê? — disse Crystal, abrindo os olhos.

— A noite passada, querida — disse Marge. — Precisamos falar sobre a noite passada.

— Eu estava no Port Hole.

— Não esta noite, Crystal, a noite passada. No Garage... onde você estava trabalhando.

— Tirei o dia de folga.

— Quero falar sobre Adrianna, Crystal — disse Marge, sacudindo-a. — Ela estava flertando com um homem no Garage. Quero falar sobre esse homem.

— Hum? — disse Crystal, virando-se para encarar Marge.

— Ontem à noite no Garage. Você estava servindo drinques gratuitos aos dois. Poderia se meter em apuros por isso.

Estas palavras chamaram a atenção de Crystal. Ela se sentou.

— Você vai contar alguma coisa?

— Não se conversar conosco — disse Marge. — Vista um roupão, venha para a sala, e nos deixe conversar com você por alguns minutos. Depois pode ir dormir.

— Certo. — Crystal piscou várias vezes. Suas pálpebras, livres do peso esmagador do rímel, podiam se mover. Com o rosto limpo e sem maquiagem, parecia muito mais vulnerável.

— Vou sair daqui a pouquinho.

— Vamos esperar na sala de estar.

Um pouquinho foram 15 minutos, mas ela apareceu, e quando o fez, Marge lhe deu um copo de café.

— Beba.

Crystal obedeceu. Sua voz estava trêmula.

— Você não pode contar ao meu chefe... sobre os drinques. — Ela esfregou os olhos com o punho direito. — Se ele descobrir, vou ser demitida.

— Por servir alguns drinques como cortesia? — perguntou-lhe Oliver.

— É que não foi... a primeira vez. — Outro gole de café. — Não é que seja lá uma grande coisa. Meu Deus, eles diluem a merda, de qualquer maneira. O que estou servindo como cortesia é principalmente água.

— Você é uma boa amiga — disse Marge.

Os olhos de Crystal encheram-se de lágrimas.

— Eu não esperava a Adrianna ontem à noite. Ela simplesmente apareceu, mas eu não devia ter ficado surpresa. Ela faz isso muito quando Garth não está por perto.

— Faz o quê?

Crystal pareceu refletir profundamente.

— Quando ele viaja, ela se sente solitária. Gosta de um pouco de companhia. Geralmente não vai ao Garage porque é caro... as bebidas são. Mas ela sabia que eu estava trabalhando e sabia que eu facilitaria as coisas para ela.

— Você conhece o cara com quem ela estava flertando?

— Não me lembro de conhecê-lo — disse Crystal. — Ele não é um frequentador habitual.

— Soube qual é o nome dele?

Ela fez um grande esforço para lembrar.

— Acho que ouvi alguém chamando o cara de Farley.

— Esse é o primeiro nome dele ou o sobrenome?

Ela deu de ombros.

— Como ele é fisicamente? — perguntou Oliver.

— Não sei. Altura mediana, peso mediano... ombros realmente grandes.

— Bonitão? — perguntou Marge?

— Não era dos piores.

— Tipo forte e atraente?

— Sim. Ombros enormes.

— Os dois estavam se entendendo bem?

Crystal tomou mais um gole de café.

— Talvez ele achasse que sim. Adrianna não estava muito a fim de transar naquela noite. Tinha que trabalhar.

— A que horas ela saiu do Garage?

— Por volta das dez.

— Farley pareceu irritado quando ela se levantou para ir embora?

— Não sei se esse era o nome dele, detetive.

— Vamos apenas chamá-lo assim neste momento. Ele pareceu zangado quando ela saiu do bar?

— De maneira alguma. Acho que eles até trocaram um aperto de mão.

— Poderiam ter planejado se encontrar mais tarde, depois do turno de Adrianna?

— Não sei. — Ela terminou o seu café. — Ela saiu e ele se aproximou de outras mulheres. Talvez tenha até saído com uma. E mesmo quando Adrianna "chega aos finalmentes", não é sério. Ela é realmente vidrada pelo Garth.

— O que seriam os "finalmentes"?

Um grande suspiro.

— Para Adrianna, não é nada sério. Pelo menos na cabeça dela, mas vocês sabem como é... Valorize a pessoa com quem você está. Garth some várias vezes.

— Ouvi avaliações variadas sobre o namorado dela — disse-lhe Oliver.

— Ele é realmente um gato e sabe disso. Ele se aproveita dela.

— De que maneira?

— Está sempre pedindo dinheiro emprestado para ela. Acho que talvez ele tenha um problema. Posso tomar outra xícara de café?

— Vou pegar para você. — Marge foi à cozinha e preparou uma xícara de café fresco para a jovem. Ao voltar, perguntou: — Qual é o problema de Garth? Para mim, isso significa uso de drogas.

— Ele fuma maconha, mas não é disso que estou falando. Ele pede dinheiro emprestado para viajar nos fins de semana. Vai muito para Las Vegas.

— Ele joga — disse Oliver.

— Sim, isso, e talvez esteja pondo chifre nela.

— Talvez eles tenham um acordo — disse Oliver. — Ela põe chifre nele, ele põe chifre nela.

— Ela só põe chifre nele porque ele viaja o tempo todo. — Crystal pensou por um momento. — Adrianna me contou que, às vezes, Garth tem um pouco de dificuldade no departamento amoroso. Ela põe a culpa na maconha que ele fuma... Ele fuma muito mesmo, mas eu fico achando que isso acontece com Garth porque ele faz sexo com outras pessoas.

— Então você está dizendo que Garth está basicamente explorando Adrianna.

— Talvez isso seja um pouco forte.

— Ele pede dinheiro emprestado a ela, fuma muita maconha, faz sexo com outras mulheres. O sujeito tem alguma coisa de positivo?

— É lindo.

— Estamos tentando entrar em contato com Garth — disse Marge —, mas ele viajou para fazer canoagem.

— Ah, *tá* bom! — Crystal falou com desdém. — Por coincidência, ele está fazendo canoagem perto de Reno.

— Realmente — disse Marge. — Como você sabe?

— Sou amiga de Greg Reyburn, um dos amigos de Garth. Ele me contou que iriam fazer canoagem, mas fariam também um desvio até os cassinos. Ele também me disse para não contar para a Adrianna.

— E você contou? — perguntou Oliver.

— Eu não ia contar, mas então ela pareceu tão solitária... Então, posso ter dito alguma coisa sobre Garth não ser totalmente honesto com ela e que ela devia se divertir e tirá-lo da cabeça. — Crystal olhou para o teto. — Acho que isso foi um erro.

Você acha?

— Como Adrianna reagiu? — perguntou Marge.

— Ela perguntou o que eu queria dizer. Eu contei que soubera que os garotos iriam também a Reno para repousar e relaxar um pouco. Ela perguntou como eu tinha sabido disso. Eu disse que tinha sido pelo Greg. Daí ela perguntou por que eu não tinha contado para ela. Eu disse que tinha falado para o Greg que não contaria. Aí ela perguntou por que eu tinha acabado de contar a ela. E eu disse que achava que ela devia saber a verdade para poder se divertir um pouco.

Os olhos de Crystal moveram-se rapidamente para a esquerda.

— Ela ficou furiosa. Contou que emprestara quinhentos dólares ao Garth porque ele tinha dito que iria fazer canoagem, não jogar. Se ela tivesse sabido que eles iriam para Reno, não teria emprestado o dinheiro, mas depois ela se levantou e começou a conversar com Farley, ou seja lá qual for o nome dele. Começou a rir e levantou o polegar para mim. Eu ainda me sentia culpada. Por isso servi alguns drinques como cortesia para eles.

— Garth parece ser um verdadeiro babaca — disse Marge. — Tem alguma ideia de por que ela não rompeu com ele há muito tempo?

— Como eu disse, ele é lindo. Mais bonito que Adrianna, para falar a verdade. E ela me contou que quando eles realmente transavam, ele era bom de cama. Então, talvez isso bastasse. Ou talvez ele fosse um acompanhante de encher os olhos, e isso fazia a Adrianna se sentir bem. Algumas meninas realmente gostam desse tipo de merda.

— Crystal, quero sua opinião sobre uma coisa — disse Marge. — Depois que você contou sobre a mentira de Garth, poderia ela ter ligado para ele e terminado o namoro?

— Não sei. Veja os registros no telefone dela.

— Fizemos isso — disse Oliver. — Ela não ligou para ele, mas ligou para duas pessoas diferentes quando saiu do trabalho. Uma foi Sela Graydon. O outro número é um mistério para nós, mas sabemos que não é o do telefone celular de Garth.

— Talvez você possa nos ajudar a identificá-lo — disse Marge.

Quando leu os dígitos, Crystal sacudiu os ombros.

— Não conheço esse número. Não é o do Greg, com certeza. O que acontece quando vocês ligam para ele?

— A caixa postal está cheia, sem nenhuma identificação. Parece que a pessoa não checa as mensagens há algum tempo.

— Talvez essa pessoa tenha viajado para fazer canoagem — disse Oliver. — Que tal outro amigo de Garth... Aaron Otis?

— Não sei o número do celular do Aaron. Poderia descobrir para vocês. Tenho que ligar para algumas pessoas.

— Ótimo. Vamos esperar.

— Por que ela ligaria para o Aaron?

— Para entrar em contato com Garth.

— Por que não ligaria simplesmente para o Garth?

— Não sei, Crystal. Estamos apenas explorando todas as possibilidades neste momento.

— Vocês sabem, mesmo que Adrianna tivesse ligado para o Garth e rompido o namoro, não acho que ele iria se importar. Ele não era tão ligado nela assim, sabe.

— Ele poderia não se importar com ela, mas se importar com o dinheiro — disse Oliver.

— E a gente nunca conhece de verdade as pessoas, meu bem — disse Marge.

— É verdade. — Crystal pousou sua caneca. — É como o que eu aprendi em ciências lá no ensino médio... que energia útil... vocês sabem, energia que faz as coisas... ela quer se transformar em caos. Bem, isso é verdade com as pessoas também. Às vezes nós compreendemos as pessoas e tudo faz sentido, mas geralmente nós simplesmente fazemos uma cagada e tudo vira merda.

14

— Crystal Larabee conseguiu para nós uma identificação do número misterioso. É o celular de Aaron Otis — disse Marge pelo telefone.

Decker fez uma careta, embora Marge não pudesse vê-la.

— O companheiro de canoagem de Garth?

— O próprio. A caixa postal de Otis continua cheia, portanto faz sentido que ele esteja no meio do nada, mas Crystal tem suas dúvidas.

— O que você quer dizer?

— Um dos outros caras, Greg Reyburn, contou a Crystal que eles iriam também para Reno a fim de repousar e relaxar um pouco. — Ela resumiu a entrevista deles. — Parece que Garth gosta de um jogo de azar e de todos os vícios imediatamente associados a isso.

— Interessante. — Decker estava esparramado na cama, falando na extensão de sua mesa de cabeceira. — Quando os rapazes devem voltar à cidade?

— Segundo a mensagem no telefone de Garth, deve ser dentro de alguns dias — disse Marge. — Ao que parece, Adrianna ficou zangada quando soube do desvio de Garth. Talvez ela estivesse pensando em finalmente terminar o namoro.

— Se Adrianna queria romper com Garth, por que ligar para Aaron e não para Garth?

— Talvez soubesse que se ligasse para o número de Garth, ele não atenderia.

— Ou talvez estivesse tendo alguma coisa com Aaron.

— Parece que trair era um passatempo dos dois. Alguma indicação no diário de Adrianna de alguma coisa entre ela e Aaron?

— Até agora não, mas só passei os olhos por ele. A última anotação estava datada de cinco dias atrás e dizia apenas que Garth ia sair da cidade numa excursão para fazer canoagem. A leitura cuidadosa de todo o diário vai tomar tempo. — Decker olhou para o relógio sobre a mesa de cabeceira. Passava um pouco da meia-noite e Donatti ainda nem telefonara. — Talvez eu tenha bastante tempo. Ainda estou esperando que Chris Donatti venha buscar o filho.

— Ele está atrasado?

— Ainda não, mas até que ele chegue aqui, estou cético. De qualquer maneira, a maior parte do que li até agora respalda o que Crystal disse a vocês sobre Adrianna e Garth — que a vida sexual dela era insatisfatória e que ela se perguntava algumas vezes se ele não estava fazendo sexo com outras pessoas.

— Ela estava irritada?

Decker fez uma pausa.

— Mais desiludida que qualquer outra coisa.

— Alguma candidata para as aventuras de Garth no diário dela?

— Não até agora, mas estive pensando em Mandy Kowalski. Você não me disse que Garth deu em cima dela?

— Isso foi o que ela nos disse. Ela contou que Garth era um mulherengo e provavelmente está certa quanto a isso.

— Se Garth era um mulherengo, por que Mandy o aproximou de Adrianna? — perguntou Decker.

— Não faço ideia.

— Pergunte a ela sobre isso. E descubra onde ela estava na manhã do assassinato.

— Ela estava trabalhando.

— Obtenha uma linha do tempo das coisas que ela fez. Talvez haja algumas ausências não explicadas.

— A investigação criminal está bastante convencida de que Adrianna morreu de asfixia. Ela tinha petéquias nos olhos e no rosto. Mandy é enfermeira. Poderia ter envenenado Adrianna, mas não a vejo tendo força suficiente para sufocá-la até a morte, depois pendurar o corpo. Peso morto, sem querer fazer trocadilho, é muito pesado.

— Talvez ela tenha tido ajuda — disse Decker. — É por isso que você precisa conversar com ela novamente. E qual é a desse Farley, o homem com quem Adrianna se encontrou no Garage? Isso é um nome ou um sobrenome, aliás?

— Não sabemos, Pete — disse-lhe Marge. — Crystal estava muito bêbada quando conversamos, por isso tudo é duvidoso. Vamos fazer outra tentativa no Garage esta noite.

Decker consultou a hora no rádio-relógio da mesa de cabeceira.

— Eu deveria desocupar a linha para o caso de Donatti estar tentando ligar.

— Como está se sentindo com relação a entregar o garoto para Donatti?

— Ele é o pai. Estou legalmente de mãos atadas, a menos que possa provar abuso, e não posso.

— E nada sobre Terry?

— Nem um pio.
— Isso é inquietante.
— Sim, é. Durma um pouco, sargento. Eu a verei amanhã.

Decker sentou-se na beira da cama e calçou os sapatos. Foi até a sala de estar, onde Rina estava deitada de lado no sofá, um travesseiro atrás da cabeça. Estava resolvendo palavras cruzadas e levantou os olhos quando ele entrou.

— Posso fazer um pouco de café para você?
— Não, estou bem. Onde está Gabe?
— No quarto dos meninos. Faz algum tempo que não falo com ele. Imaginei que se quisesse alguma coisa, pediria. Suspeito que ele queira privacidade.

Decker sentou-se e pôs os pés de Rina no seu colo, esfregando as solas.
— Por que não vai dormir?
— Detesto deixá-lo sozinho com ele... caso tente alguma coisa.
— Ele não vai tentar nada.
— Peter, você se intrometeu nos assuntos pessoais do homem com a mulher. Você a protegeu dele. Você os ouviu discutir. Você tirou as armas dele, e isso é equivalente a castrá-lo. Em outras palavras, você humilhou Donatti. E não acha que ele vai tentar se vingar?

Ela apresentara alguns argumentos pertinentes.
— Ele tem outras coisas em mente, como encontrar a mulher.
— Se ainda não a matou. Provavelmente está fervendo por dentro. Aposto que está armando para você.
— Por mais furioso que possa estar comigo, ele ainda está atendendo meus telefonemas. Além disso, é um pistoleiro profissional. Se quiser me matar, vai me matar.
— Isso é muito encorajador.
— Ele não vai me ferir — disse Decker, sorrindo.
— Como sabe?
— Por que se ele não tiver matado a mulher, está preocupado com ela e sabe que posso ajudá-lo. Se tiver matado, vai querer me sondar, descobrir o quanto sei sobre isso. De uma maneira ou de outra, sou melhor para ele vivo que morto.
— Você acha que ele a matou?
— É uma possibilidade.
— E você está entregando Gabe para ele mesmo achando que ele assassinou a mulher?
— Se Gabe quer ir com ele, não tenho escolha.
— Gabe só quer ir com ele porque não quer ir com a tia ou o avô. Talvez queira ficar aqui.

— Rina, se Donatti quer o filho e Gabe está disposto a ir com ele, não vou me meter no caminho. Isso seria provocação desnecessária. Neste momento, a única coisa que quero é que ele chegue aqui. Tenho muitas perguntas a fazer para ele.

— Ele não vai confessar para você, Peter.

— Não, claro que não. E há a possibilidade de que ele não seja o culpado. Donatti fez muitos inimigos. Talvez o desaparecimento de Terry tenha a ver com um deles.

Rina pensou sobre essas palavras.

— Isso faz sentido.

Decker deu-lhe um beijo na testa.

— Vá para a cama. Deixe-me acabar logo com isto, certo?

— Não vou conseguir dormir até que você esteja ao meu lado.

— Então provavelmente vai passar a noite toda acordada. Isso vai levar muito tempo.

— Está tudo bem. Vou ficar acordada. — Ela mostrou a revista. — Aqui tem cinquenta palavras cruzadas dificílimas e estou só na de número quatro.

Às três da manhã, Decker levantou-se do sofá e bateu à porta do quarto dos enteados. Depois de alguns segundos, Gabe abriu a porta.

— Ele chegou?

— Você pareceu surpreso. — Quando Gabe não respondeu, Decker sacudiu a cabeça e disse: — Não, ele não está aqui e não telefonou. Estou com a impressão de que não vai aparecer.

Gabe entrou de novo no quarto e empoleirou-se na beira da cama de Sammy, as mãos cruzadas no colo. Decker sentou-se em frente ao menino, na cama de Jacob. As duas camas eram separadas por uma mesa de cabeceira.

— Sinto muito.

— Eu não — disse Gabe. — Estou aliviado.

— Você está aliviado?

O garoto assentiu com a cabeça.

— Eu disse a você que não tinha de ir com ele.

— Na verdade, sim, eu iria. Quando Chris diz para você ir, você obedece. Mas não aparecendo, ele fez a escolha. Pelo menos uma vez tive sorte no meio de tantas coisas ruins.

— Agora você me põe numa situação difícil. O que eu devo fazer caso ele apareça?

— Tenente, se ele quisesse estar aqui, já teria chegado. Meu pai é obsessivo. Isso inclui ser pontual. Ele não vai aparecer.

— Então está tudo bem para você?

— Sim, assim está *realmente* tudo bem para mim.

Decker fitou o adolescente. Havia bolsas sob seus olhos e ele parecia abatido, apesar de ter jantado bem.

— Tem certeza de que ele nunca bateu em você?

— Não. Nunca. Mas o simples fato de ele não ter me machucado não significa que quero viver com ele, especialmente sem minha mãe. Ele é maluco.

— Então por que não me disse isso logo?

— Porque se ele quisesse a minha custódia, ele teria. Não quero deixar Chris com raiva. Isso é suicídio. — Gabe tirou os óculos e esfregou os olhos. — Se ele me quisesse, teria vindo me buscar. Está me jogando em cima de você, tenente. Você sabe que é isso que ele está fazendo.

— Eu convidei você para ficar aqui, Gabe. Você não está sendo jogado em lugar nenhum.

Porém, Gabe sabia a verdade. Embora não fosse completamente desprovido de recursos, seu futuro era sombrio. Então, o que mais era novidade?

— Conhecendo meu pai, provavelmente ele vai mandar algum dinheiro. Isso seria algo do estilo dele. Ele pensa que dinheiro resolve tudo. — Gabe levantou os olhos para Decker. — E agora, o que vai acontecer?

— Não sei, Gabe. Não pensei com tanta antecipação.

— *Não* vou viver com meu avô. Minha mãe o detestava. — Ele levantou os olhos. — Acho que minha tia Missy poderia ficar comigo. Ela é legal... infinitamente melhor que adoção.

— Ninguém vai pôr você para adoção, Gabe. Isso não está em questão. Você pode ficar aqui até que tenhamos resolvido isso.

— Obrigado. — Ele passou a mão nos olhos e voltou a pôr os óculos. — De verdade. Está tudo bem para a sua mulher?

— Ela tem o coração mais mole que eu. É tarde demais para começar a pensar em soluções. Vamos dormir e as coisas ficarão mais claras de manhã. — Decker sorriu. — Tenho trabalho e você tem escola.

— Tenho de ir para a *escola* amanhã?

— Sim.

— São três e meia da madrugada.

— Você ficará apenas um pouco cansado. Tenho certeza de que já passou por coisas piores. — Isso arrancou um sorriso do garoto. — Você precisa de escola porque precisa estar em um ambiente normal, embora Hannah possa contestar minha definição de "ambiente normal". Se você estiver lá, sei onde está e você será supervisionado, caso Chris apareça.

— Eu me sinto mal por colocar você nessa situação.

— Sua mãe está desaparecida. É um problema da polícia. Então você não está me colocando em lugar nenhum. — Ele pôs a mão no ombro do menino.

— Durma um pouco, tudo bem?
— Certo. Obrigado por tudo.
— Não há de quê.

Gabe mordeu o lábio.

— Se importa, minha mãe gosta realmente de você, sabe. Ela sempre falou sobre como gostaria que você fosse meu pai.

— Sua mãe é uma boa menina.

— E eu acho que, de uma maneira estranha, o Chris gosta de você também.

— "Gosta" não é a palavra certa. — Decker pensou por um momento. — "Respeita", talvez.

— Sim... é uma palavra melhor.

Decker levantou-se.

— Vou contar uma coisa, Gabriel. Quando seus pais eram jovens, não muito mais velhos do que você é agora, eles eram loucamente apaixonados. É fácil entender por que sua mãe caiu de amores pelo seu pai. Ela era jovem e ingênua e seu pai era não só bonitão e talentoso como um cara realmente encantador. Mas, sinceramente, seu pai se apaixonou com a mesma intensidade por sua mãe. Ele era completamente louco por ela.

— Ainda é. Ele é absolutamente obcecado por ela. É por isso que não acho que ele machucaria a minha mãe. Sei que ele bateu nela, mas acho que isso foi um acidente. Por mais que eu ache que ele é maluco, não acho que mataria a minha mãe.

Decker concordou com a cabeça, embora soubesse a verdade. A primeira vez era sempre a mais difícil. As vezes subsequentes ocorriam muito mais facilmente.

Gabe tinha uma expressão distante nos olhos.

— Eu fui o que meu pai usou para se aproximar dela. Se não tivesse sido por mim, ela poderia ter fugido. — Ele fitou o teto. — Coitada da minha mãe. Tinha só 16 anos. Não sabia no que estava se metendo.

15

Caminhando penosamente para a cozinha com uma trouxa de roupas debaixo do braço, Gabe sentia-se acabado. Apesar de seus melhores esforços, não conseguira dormir e desistira às seis da manhã. Ficou surpreso ao encontrar sra. Decker em plena atividade. Ela vestia uma saia de algodão e uma camiseta de mangas compridas e tinha a cabeça coberta com um lenço. Hannah lhe explicara que mulheres judias ortodoxas casadas se vestiam com recato.

Um pouco diferente daquilo a que ele estava acostumado.

As mães de seus amigos eram papa-anjos, vestidas com camisetas regatas e minissaias ou jeans justíssimos. De vez em quando usavam vestidos tão justos quanto uma segunda pele. Todas tinham silicone nos seios. Todas usavam cabelo comprido e rebocavam a cara com maquiagem. A ideia era seduzir o maior número de adolescentes que pudessem. Ele sempre era *o* troféu entre troféus por ser o filho de Donatti. Elas tentavam e tentavam, e ele rejeitava e rejeitava.

Elas o chamavam de bicha, mas não na sua frente.

A sra. Decker deu-lhe um alegre bom-dia, aliviando-o da trouxa que carregava. Era ótimo estar perto de uma mulher mais velha que não estava tentando agarrá-lo. Ele estava de péssimo humor — furioso, abandonado, enjoado — e queria acertar em alguma coisa. Simplesmente arrebentar o que estivesse no seu caminho. Em vez disso, decidiu que era mais proveitoso lavar suas roupas malcheirosas quando pensava que não haveria ninguém de pé.

— Realmente não tem problema, sra. Decker. Lavo roupa toda hora.

— Eu também. — Mais um sorriso. — Gabe, você parece exausto. Gostaria de ficar dormindo esta manhã e deixar que eu leve você para o colégio à tarde?

— Vou ficar bem, mas obrigado.

— Está com fome?

— Não muita. — Silêncio. — Talvez eu vá só descansar por meia hora.

— É uma boa ideia.

— Certo. — Ele fez uma pausa. — Obrigado por me receber e por tudo.

— Está tudo bem. As camas estão ficando vazias, de qualquer maneira.

— Quantos anos têm os seus filhos?

— Vinte e poucos. Meu filho mais velho, Sammy, está se formando em medicina e fará a residência em Nova York. Não sei do Jacob. Ele se formou em bioengenharia, mas trabalha prestando assistência jurídica como voluntário. Ele sempre fez o que queria.

Gabe assentiu com a cabeça.

— Entendi... De qualquer maneira, obrigado de novo.

Nesse momento, Decker entrou. Olhou para o menino.

— Você se levantou cedo. Ou talvez simplesmente não tenha dormido.

— Estou bem. — Um silêncio desajeitado. — Acho que vou deitar um pouco.

— Tem certeza de que não quer dormir até mais tarde? — Rina perguntou-lhe.

— Não posso. — Abriu um sorriso genuíno. — Ordens do tenente.

— Você sabe que existe um posto acima do de tenente — disse Rina. — Chama-se esposa.

— Obrigado, mas vou ficar bem. Vejo vocês logo mais. — Gabe saiu da sala, sabendo que assim que se afastasse, eles estariam decidindo o seu destino.

— O café está cheirando bem. — Decker sentou-se à mesa da cozinha.

— Para sua sorte, fiz o bastante para nós dois. — Ela lhe entregou uma xícara fumegante. — O que quer de café da manhã?

— Que tal um cérebro que funcione? — Ele deu uma tapa na própria testa. — O que eu estava pensando, me envolvendo com Terry daquela maneira? Burro, burro, burro.

— Você não poderia deixar que ela se atrapalhasse, Peter. Às vezes precisa se envolver. E não é bom que tenha feito isso? Sua consciência está tranquila e Gabe tem um lugar para ficar. — Ela se sentou ao lado dele. — Já contei para você que os meus pais acolheram uma amiga minha quando eu tinha 15 anos?

— Não, não contou. Como foi isso?

— Eu tinha essa amiga. O pai dela morrera havia muito tempo e a mãe se suicidou quando eu a conheci. Ela tinha um irmão mais velho e uma irmã mais nova. O irmão vivia sozinho e a irmã mais nova foi mandada para viver com alguns parentes, mas a do meio, a minha amiga, não tinha para onde ir. Perguntei a meus pais se podiam recebê-la.

— E o que eles disseram?

— Sim, sem um minuto de hesitação. Ela morou conosco durante um ano. Depois foi de volta para o Leste por dois anos. Mais tarde voltou e viveu com meus pais por mais seis meses depois que me casei. Não era fácil tê-la em casa. Por vezes eu ficava furiosa com meus pais por concordarem em hospedá-la, ainda que eu mesma tivesse pedido. De vez em quando, eu tinha impressão de que meu espaço havia sido invadido, mas nunca me arrependi de ter pedido. E meus pais fizeram isso porque eram pessoas maravilhosas e provavelmente, sendo sobreviventes do Holocausto, sabiam o que era estar perdido.

— O que aconteceu com a menina?

— Por mais estranho que pareça, não sei. Perdemos o contato. Ela se chamava Julia Slocum. Não era nem judia. Eu a conhecera na aula de arte depois da escola, quando tínhamos uns 12 anos. Logo nos tornamos amigas, porque ela era engraçada e inteligente e estava sempre rindo. As coisas deviam ser muito difíceis para ela, mas nunca deixava transparecer.

— Seus pais são o máximo.

— São mesmo. — Rina fez uma pausa. — Sei que ela se casou e teve filhos. Não sei nada além disso e acho que nunca fiquei curiosa o bastante para procurar saber mais. Foi uma amizade durante aquela época. Meus pais se sentiram moralmente obrigados a ajudar e ajudaram.

— Sei o que está querendo dizer.

Ela lhe segurou a mão.

— Você fez a coisa certa ao se envolver. — Rina fez uma pausa. — Agora passemos ao problema que nos ocupa. O que você quer fazer com o menino?

— Devolvo a pergunta para você, querida. O que quer fazer?

— Há duas soluções: uma solução rápida de curto prazo e uma solução de longo prazo, mais permanente. A de curto prazo é ficarmos com ele aqui e esperar que sua situação se resolva por si mesma... que sua mãe ou pai ou ambos apareçam e o levem para casa.

— Parece bom. Quanto tempo se passa antes que a solução rápida de curto prazo se torne um problema de longo prazo?

— Eu diria um mês.

— E se ainda estivermos na mesma situação após um mês?

— Nesse caso, eu diria para esperarmos pelo menos até que o ano escolar termine. E então reavaliamos.

— Nessa altura, estaremos num estágio um pouco avançado do jogo para tirar o menino da nossa casa.

— Então obviamente não vamos expulsar o Gabe daqui, mas pode haver outras possibilidades. Aposto que ele tem dinheiro. Talvez possa se tornar legalmente emancipado.

— Não aos 14 anos.

— Não, não aos 14 anos. Mais provavelmente aos 16 ou 17. Se ele quisesse morar em sua própria casa, como o pai dele fazia, poderia. Ou poderia passar metade do dia com a tia, metade conosco. Não sei qual seria a solução. Podemos até não ir tão longe. Poderia acontecer que detestasse isto aqui e fosse embora, não sabemos para onde. Vamos levar isto adiante por algum tempo e ver o que acontece.

— O que você vai fazer com relação aos estudos dele? Ele não é judeu.

— Tenho que conversar com a escola. Prefiro que frequente a escola de Hannah a mandá-lo para uma escola pública. Há mais controle na qualidade do ensino. Obviamente ele não vai assistir às aulas de religião, mas não acho que seria muito complicado deixá-lo levar adiante seus estudos seculares até o fim do ano.

Decker não disse nada.

— Em que está pensando? — perguntou-lhe Rina.

— Ainda estou pensando no longo prazo, Rina. Eu estava esperando ansiosamente pela aposentadoria, por netos e por viagens depois que Hannah fosse para a faculdade.

— Tenho certeza de que a tia ficaria com ele sempre que nos ausentássemos. E quantas viagens você vai querer fazer com um neto vindo aí?

— A questão não é essa. Se ele quiser ficar conosco, serão mais três anos educando uma criança. Significa acolher um adolescente cheio de problemas. Você é jovem, mas eu não.

— Aonde você for, eu vou, companheiro. Temos de estar muito unidos nesta decisão, porque ela é muito importante. No entanto, não se trata de uma decisão que precisamos tomar de imediato. Assim, vamos apenas dizer a ele que pode ficar aqui até que as coisas se acomodem. Ele precisa sentir que tem alguma estabilidade. O resto nós resolveremos depois.

— Vamos incluir Hannah nessa decisão?

— A vida dela será afetada, mas acho que a decisão é apenas nossa. — Rina beijou-o na testa. — Quer ler o jornal?

— Como se eu não estivesse deprimido o bastante. — Mas ele pegou o jornal de qualquer maneira, lendo sobre um mundo muito menos organizado que sua própria vida. Cinco minutos depois, Gabe voltou à cozinha.

— Olá — disse Rina. — Você foi rápido.

— Estou um pouco nervoso.

— Compreensível. Quer algumas torradas?

— Ainda tem café?

— Tem. Sente-se. Talvez você possa animar o tenente. Ele parece um pouco chateado esta manhã.

— Você me deu o jornal — disse Decker entre dentes atrás do jornal. — Como eu deveria me sentir depois de ler todas estas notícias deprimentes?

— Você é muito sensível — disse-lhe Rina. — Sente-se, Gabe. Coma um pouco de cereais. — Ela colocou uma tigela de cereais diante dele. — Coma.

Alguns minutos depois, Hannah entrou na cozinha, com olhos sonolentos e semivestida em seu uniforme escolar. Estava com uma saia azul, mas ainda vestia a blusa do pijama. Olhou para Gabe.

— Você ainda está aqui.

Uma afirmação, não uma pergunta.

— Desculpe-me por isso.

Hannah sentou-se.

— O que aconteceu?

— Meu pai não apareceu — disse Gabe. — Grande choque.

— Você pode ficar aqui, se quiser. — Ela olhou para os pais. — Quero dizer, não tem problema, certo?

— Vamos conversar sobre isso um pouco mais tarde — disse Gabe.

— Você pode ficar aqui, Gabe — disse Rina. — O tenente e eu já conversamos sobre isso. Nesse meio-tempo, vamos matricular você na escola de Hannah.

— Coitado de você — disse Hannah. — Vai para a minha escola e nem é judeu.

— Não se sinta pressionado a ficar, Gabe — disse Decker. — A decisão é sua. Estamos aqui para apoiar você. Pense sobre isso e diga-nos o que é melhor para você.

— Estou bem aqui. — Gabe tirou os óculos e esfregou seus olhos vermelhos. — Gosto daqui. Muito, muito obrigado.

Decker levantou-se da mesa.

— Vejo vocês todos à noite, contanto que a boa gente de meu distrito se comporte.

— Tchau, *Abba*. Amo você.

— Eu também amo você, querida. — Ele beijou o cabelo ruivo da filha. — Dirija com cuidado. Ah, e talvez você queira trocar de blusa.

— Haha.

— Preciso verificar algumas coisas no meu computador antes de ir para o trabalho. — Rina deu um beijo na filha. — Vejo vocês dois mais tarde na escola. Dirija com segurança.

— Tchau. — Depois que seus pais saíram, Hannah virou-se para o menino. — Você está bem?

— Cansado, mas estou bem.

— Que pena quanto ao seu pai.

— De verdade, é melhor assim. Conheço seu pai há dois dias e gosto bastante dele, muito mais que do meu próprio pai.

— Ele é um cara legal... meu pai.

—Você tem realmente muita sorte, por ter uma mãe e um pai normais e irmãos e uma irmã e um jantar normal e todos esses tipos de coisas normais.

— Tenho sorte. Amo minha família, mas não somos normais, Gabe, porque não existe isso de família normal. — Ela chegou sua cadeira mais perto dele para que pudesse baixar a voz, evitando que a mãe a ouvisse. — Minha irmã é do primeiro casamento de meu pai, meus irmãos são do primeiro casamento de minha mãe. Minha mãe e seu primeiro marido se casaram quando ela tinha só 18 anos. Depois ele morreu de um tumor cerebral quando meus irmãos eram muito pequenos. Meu pai os adotou. Na verdade, meu pai é adotado. Meus avós do lado dele são batistas realmente religiosos que provavelmente acham que eu vou para o inferno porque sou judia, mas eles me amam e eu amo os dois, e vovó Ida faz as melhores tortas de todo o mundo. O irmão do meu pai, tio Randy, foi casado umas três ou quatro vezes. Os pais da minha mãe são sobreviventes do Holocausto, então há sempre esse fantasma rondando. O irmão de minha mãe vive em Israel e é um fanático religioso. O outro irmão dela é médico e ele e minha tia são legais. Os dois primeiros filhos deles são médicos também, mas o mais novo tem entrado e saído de clínicas de reabilitação desde que tinha 16 anos. Se eu escavasse mais fundo, provavelmente iria arrancar mais patologia. — Ela sacudiu os ombros. — Perdão por desapontá-lo, mas no que diz respeito à nossa família, você vai se encaixar muito bem.

16

Na esperança de encontrar uma hora tranquila para ler o diário de Adrianna do começo ao fim, Decker já estava na sua mesa às 7h15 e começou a examinar papéis cor-de-rosa com recados telefônicos escritos. A maioria deles podia esperar, mas alguns exigiam providências. Havia um telefonema do médico criminalista relacionado a Adrianna Blanc, duas chamadas de Kathy Blanc querendo saber quando o corpo seria liberado, duas chamadas de Melissa McLaughlin, meia-irmã de Terry, e uma da delegacia de West L.A. relacionada a Terry McLaughlin.

Ele ligou primeiro para o Departamento de Polícia de Los Angeles, para a detetive Eliza Slaughter, do setor de Pessoas Desaparecidas, que estava lidando com o caso. Àquela hora, teve sorte ao encontrá-la no trabalho.

— Nada de corpo, nada de carro, nada — disse ela. — Onde posso encontrar o marido dela? Gostaria de conversar com ele, e o número dele que tenho não funciona.

— Você tem alguns minutos? — perguntou Decker. — Preciso colocar você a par da situação e dar uma ideia de com que e com quem você está lidando.

Com perguntas e respostas, os poucos minutos se estenderam para vinte.

— Ai, ai, ai — disse Eliza. — É uma história e tanto. Esse sujeito é realmente um pistoleiro?

— Foi o que me disseram.

— Então por que não foi preso?

— Ele é excelente no que faz.

— E você fala com ele habitualmente?

— Não habitualmente, mas entramos em contato algumas vezes ao longo dos anos. Como eu disse a você, ele deveria ter vindo apanhar o filho ontem à noite. Não sei onde está, mas em algum momento ele vai entrar em contato comigo ou com o filho ou com ambos.

— Isso é um pouco demais para eu absorver de manhã tão cedo. Você disse que ele possui bordéis?

— Ele é dono de alguns legais em Elko, Nevada. Antigamente tinha outros espalhados pelos estados onde isso era ilegal. Talvez tenha vendido esses para comprar os legais. Não tenho acompanhado suas aventuras comerciais.

— Como obteve uma licença para dirigir bordéis legítimos se é um delinquente?

— Está tudo no nome da mulher dele: uma das razões por que se casaram.

— Eu deveria ligar para o Departamento de Polícia de Elko?

— Sabe, andei pensando sobre isso. Se Donatti acha que vai ser encurralado, deve ter desaparecido. Minha impressão é a de que o melhor é esperar pelo que ele vai fazer, mas você é quem sabe.

— E se ele tiver matado a mulher? Por que iria ficar em algum lugar para que você o espere sair?

— Ele poderia ter matado a mulher, mas o fato de ter retornado a minha ligação indica que talvez não o tenha feito. Você teve a oportunidade de conversar com o pessoal do hotel ontem?

— Falei com o funcionário da recepção e com a *concierge*... espere, vou ver meu arquivo. — Isso levou alguns minutos. — Harvey Dulapp e Sara Littlejohn. Os dois conheciam Terry muito bem, pois ela passou algum tempo lá.

Decker pegou um bloco de anotações.

— Qual foi a última vez que eles a viram?

— Nenhum dos dois se lembra de ter visto Terry no domingo. Ela pagou pelo mês todo. Se você quiser voltar ao quarto e dar uma olhada a qualquer momento, não há problema.

— Você falou com alguém no estacionamento? Talvez alguém se lembre de tê-la visto sair...

— Não tive a chance de falar com manobristas de serviço. Há também uma área em que os próprios donos dos carros os estacionam, onde fica um funcionário. Provavelmente era ali que ela deixava o seu. Eu gostaria de voltar hoje e ver se alguém se lembra de tê-la visto sair depois que o menino falou com ela. Quer se encontrar comigo no hotel?

— Tenho um grande romance policial para elucidar na minha mesa. Posso conseguir um tempo à tarde.

— Pode ser. Estou tentando montar uma linha do tempo para Donatti no domingo. A que horas você saiu do hotel?

— Por volta das duas e meia. Chris e eu fomos juntos para o estacionamento. Eu o vi indo embora. Estava dirigindo um Lexus 2009 preto ou um GS 10 ou um ES 10. Eu, idiota, não anotei a placa.

— E ele não voltou?

— Se voltou, Terry não me ligou para contar. Mas talvez depois de se encontrar com ele e ter conseguido o que queria, ela tenha se sentido segura o bastante para se encontrar com ele a sós.

— Realmente precisamos falar com ele, tenente.

— Primeiro precisamos encontrá-lo. Ele é um peixe muito, muito grande, detetive. Se tentarmos enrolar a linha depressa demais, vai arrebentá-la e escapar. Você tem de cansá-lo.

— Tudo bem, tenente, você não só manda, como conhece a história. Vou acreditar em você. Quando gostaria de se encontrar comigo no hotel?

— Que tal às duas da tarde?

— Parece possível. Encontro você no estacionamento. Vou manter um alerta de "procura-se" para o carro de Terry. Você sabe, se esse sujeito é o babaca que você diz, talvez ela tenha decidido cair fora.

— É possível, mas não consigo ver Terry abandonando o filho. — Decker fez uma pausa. — Ela decididamente não o deixaria com Chris. Posso imaginá-la deixando Gabe comigo.

— Talvez seja por isso que o menino está com você agora. Até às duas horas.

Ela desligou e Decker esfregou as têmporas. A seguir, estava a ligação para Melissa McLaughlin. Ela atendeu após dois toques.

— É o tenente Decker, Melissa. Como vai você?

— Nada sobre minha irmã?

— Se eu tivesse alguma informação, ligaria para você imediatamente. Ela continua desaparecida.

— Ele matou a Terry! Tenho certeza! O filho da mãe finalmente fez isso!

O filho da mãe que sustentou a cunhada durante os últimos quatro anos desde que ela passou a morar sozinha. Decker podia ouvir Melissa andando de um lado para outro no fundo.

— Você teve notícia de Chris?

— O que quer dizer?

— Ele ligou para você?

— Por que iria me ligar?

Vá devagar.

— Melissa, há uma possibilidade muito clara de que ele tenha matado sua irmã. Há também uma possibilidade de que não tenha feito isso e esteja à procura dela. Ele poderia ligar para você para pedir informação.

— Que tipo de informação?

— Informação do tipo "tem notícia de Terry?".

— Por que eu teria notícia dela se ele matou minha irmã?

Decker suspirou baixinho.

— Talvez ele não tenha matado. Talvez ela tenha desaparecido por conta própria.

— Ela nunca teria deixado Gabe. Estava constantemente com medo do que Chris poderia fazer com ele.

— Ele maltratou Gabe?

— Não que ela tenha me contado, mas Chris é capaz de qualquer coisa.

Aborde o assunto de um ângulo diferente.

— Melissa, se Terry fosse fugir, e não estou dizendo que ela fez isso, mas se ela fosse fugir, você tem alguma ideia de para onde poderia ir? — perguntou Decker. — Ela tinha algum lugar favorito onde gostava de passar férias?

— Férias! Haha! O cara não deixava Terry sair da sua vista. Ela não tinha nenhuma liberdade. Sua única tentativa de liberdade foi mudar-se para cá depois que ele bateu nela. E agora ela desapareceu.

— Então, você não sabe de nenhum lugar ou país para onde ela poderia ter fugido.

— Você não está me entendendo. Ela não deixaria Gabe... Você pode me dar licença? Tenho uma ligação na outra linha.

— Claro. — Decker revirou os olhos. Paciência. Ela não passava de uma garota.

Ela voltou um minuto depois.

— Oi. Tenho que ir. Apenas encontre o filho da mãe, tudo bem?

— Sim. Se por acaso o filho da mãe entrar em contato com você, pode me avisar?

— Se ele chegar sequer perto da minha porta, vou ligar para 911.

— Provavelmente uma boa ideia. Se Terry por acaso entrar em contato com você, avise também.

— Se ela entrar em contato comigo, vai ser durante uma sessão espírita. Porque, para mim, ela não tem outra maneira de falar comigo a não ser do túmulo. — A moça desligou.

Kathy Blanc vinha a seguir na longa lista de obrigações de Decker.

— Quando vamos poder dar um enterro digno para a minha filha? — perguntou a mãe aflita.

— Deixei um recado para o patologista — disse Decker. — Vou ligar para você assim que a liberação for emitida.

— E quando vai ser isso?

— Não demora muito. Provavelmente até o fim da semana, no máximo.

— Isso é muito tempo.

— Vou tentar acelerar as coisas. Obrigado pela paciência.

— Tenho alguma escolha? — Quando Decker não respondeu, ela disse: — Como o caso da minha filha está progredindo?

— Estamos investigando os amigos e conhecidos dela.

— E se não tiver sido um desses amigos ou conhecidos?

— Estamos explorando tudo, inclusive a possibilidade de que o crime tenha sido cometido por alguém que ela não conhecia. Estou enviando uma equipe para investigar o condomínio dela. Adrianna tinha se queixado alguma vez de que havia alguém a incomodando... talvez a seguindo?

— Alguém que morava no condomínio dela?

— Alguém que morava no condomínio dela, alguém do trabalho, qualquer coisa assim.

Houve um momento de silêncio.

— Não me lembro de ouvi-la mencionar um seguidor algum dia, mas ela era uma pessoa muito amistosa. É possível que alguém tenha confundido sua sociabilidade com alguma coisa mais profunda.

— É claro — disse Decker. — Por acaso você conhece algum dos lugares que ela mais gostava de frequentar?

— Ela gostava muito de cinema.

— E restaurantes? — Mais provavelmente restaurantes com bares, porém Decker não fez a especificação.

— Crystal, a amiga dela, trabalhava no Garage, no centro. Ela ia lá às vezes. Além disso, sei que ela gostava de ir à marina.

— E quanto a restaurantes mais próximos do trabalho? Sei que a amiga dela, Sela Graydon, às vezes vai ao Ice.

— Realmente não sei, tenente. Éramos mãe e filha, não companheiras de copo.

— Está bem, sra. Blanc. Eu apenas precisava perguntar. Há mais alguma coisa com que eu possa ajudá-la neste momento?

— Apenas descubra... quando podemos apanhá-la.

— Farei isso. Ligue para mim se precisar de alguma outra coisa.

— Preciso de muitas coisas, tenente, mas duvido que possa me ajudar com qualquer uma delas.

Marge deu uma batida no batente e entrou pela porta aberta. Estava vestida para o verão, embora a primavera tivesse acabado de começar — calça de linho bege, blusa branca e tênis brancos.

Colocou uma xícara de café quente na mesa dele.

— Para você.

Decker pegou a caneca e deu um gole sem levantar os olhos.

— Bom. — Correu os dedos pelo cabelo, alisou o bigode e depois sorriu para sua sargento preferida.

— Obrigado pela bebida.

— Não há de quê. Você parece exausto e são apenas dez da manhã.

— Pondo em dia meus telefonemas. — Ele apontou para uma cadeira e Marge sentou-se. — Adrianna morreu asfixiada, mas não havia nada em seu corpo além das marcas do cabo: nenhuma contusão, nenhum arranhão, nada sob suas unhas. Minha opinião? Ela foi drogada ou estrangulada antes de ser enforcada — ou ambas as coisas. O cabo em volta de seu pescoço poderia ter apagado marcas manuais.

— E quanto ao conteúdo do estômago?

— Na hora em que morreu, ela não tinha muita comida não digerida. Testamos o sangue para álcool e deu negativo. Não parecia haver tampouco cocaína ou maconha em seu organismo. Para as drogas mais exóticas, teremos de esperar até os exames de laboratório fiquem prontos.

— Alguma evidência de agressão sexual?

— Não foi encontrado nenhum sêmen, mas hoje em dia nossos psicopatas estão ficando muito hábeis em não deixar evidências para trás. Ele poderia ter usado camisinha.

— Alguma indicação de atividade sexual?

— Nada forçado.

— Mandei Lee Wang examinar casos antigos em aberto para ver se temos algum enforcamento não elucidado. Não há nada que se destaque.

— É uma estranha maneira de morrer, a menos que seja suicídio ou um enforcamento erótico, e isso é mais coisa de homem que de mulher. E em geral com corda, não com cabo. Você encontrou um banquinho ou uma caixa em que ela teria podido ficar de pé?

— Nada — disse Marge. — Mas havia pilhas de tábuas perto dos pés dela. Vou contar para você o que descobri. A companhia telefônica retornou a ligação. Eles afirmam que não havia ninguém na área ontem.

— Que droga. Em que ponto estamos na localização de Aaron Otis?

— Engraçado você perguntar.

Decker empertigou-se na cadeira.

— Você o encontrou?

— Finalmente ele decidiu limpar a caixa de mensagens. Acabo de falar com ele pelo telefone.

— Então o que aconteceu?

— Aaron realmente falou com Adrianna pelo telefone e, segundo ele, foi isto que ela lhe disse. — Marge pegou suas anotações. — Ele disse que Adrianna pediu a ele, Aaron, que desse um recado para Garth. O recado era, e estou citando, que ele podia se foder. Depois Adrianna disse que estava cansada de lhe dar dinheiro que ele gastava em férias sem ela. Disse também que Garth não deveria se dar ao trabalho de ligar de volta para ela nem agora nem nunca. Ela iria simplesmente desligar na cara dele. Quando Aaron se ofereceu para passar o telefone para Garth, ela desligou. A conversa, segundo ele, durou cerca de dois minutos. Segundo os registros, foram dois minutos e 52 segundos.

— Se ela queria romper com Garth, por que não ligar para Garth?

— Não sei, Pete. Aaron achou que talvez ela o estivesse usando com um mensageiro de más notícias.

— Ele deu o recado para Garth?

— Deu, e é aqui que a coisa fica interessante.

— Diga.

— Os rapazes iriam passar uma semana fazendo canoagem, mas decidiram abreviar isso para cinco dias e passar alguns dias em Reno para repousar e relaxar um pouco.

— Portanto, isso bate com o que Crystal contou para você ontem à noite.

— Sim. Aaron recebeu o telefonema de Adrianna algumas horas antes da partida deles para a excursão de canoagem — por volta das oito da manhã.

— Isso também corresponde aos registros.

— A princípio, Aaron não contou a Garth de imediato porque imaginou... Ela folheou suas anotações. — E novamente eu cito: "Por que estragar a diversão do cara?" Mas depois pensou bem e decidiu que era melhor contar antes da excursão para o caso de ele querer ligar para Adrianna. Depois que eles avançassem muito entre as montanhas, seus celulares não funcionariam.

— E?

— A reação de Garth foi inesperada. "O cara surtou!", foi o que Aaron me contou. Quis voltar para Los Angeles imediatamente, mas os outros rapazes não quiseram. Eles tinham passado algum tempo planejando as férias e tentaram convencer Garth a ir junto, mas ele disse que iria voltar para casa de qualquer forma. A reação de Garth chocou Aaron. Eles eram amigos havia muito tempo e ele realmente não pensava que Garth gostasse tanto de Adrianna.

— Certo. Então, o que ele fez?

— Segundo Aaron, Garth arrumou a bagagem na mesma hora e partiu num táxi rumo ao aeroporto.

— Então Aaron acha que Garth voltou para Los Angeles?

— Esse era o plano de Garth.

— Aaron sabe que horas eram quando Garth partiu?

— Ele acha que foi por volta das nove da manhã. Aaron e Greg puseram as coisas no carro e partiram para as montanhas cerca de uma hora mais tarde. Depois de algumas horas, seus celulares ficaram fora de área, por isso ele não estava atendendo o telefone.

— Então isso foi por volta de... meio-dia, talvez uma da tarde?

— Algo assim — disse Marge. — Quando eles finalmente chegaram ao ponto onde deveriam acampar, ambos se deram conta de que o rio estava realmente cheio. Além disso, fazia muito frio. Eles mudaram de ideia quanto à canoagem. Acamparam durante a noite e decidiram voltar para Reno. Assim que seu telefone entrou na área de alcance, Aaron checou suas mensagens. Greg fez o mesmo. Os dois ficaram sabendo sobre Adrianna mais ou menos ao mesmo tempo, porque todo mundo estava ligando para eles. Ficaram assustados. Aaron ficou especialmente apavorado porque recebeu uma ligação nossa... da polícia. Ambos tentaram ligar para Garth, mas ele não estava atendendo o celular nem o telefone fixo. Aaron diz que está totalmente chocado com o assassinato.

— Onde Aaron e Greg estão agora?

— Estão dirigindo de Reno para cá. Já informei os dois de que precisam comparecer à delegacia. Trata-se de um caso policial grave. Até agora, eles têm sido cooperativos.

— E eles sabem onde Garth está?

— Não têm a menor ideia. Fiz algumas ligações para as companhias aéreas, Oliver está ligando para os parentes e amigos de Garth, e Brubeck e Messing estão mantendo o apartamento dele sob vigilância. — O BlackBerry de Marge vibrou. Ela olhou para o telefone. — Hum... Isto é bom.

— O quê?

— Apenas uma mensagem de texto. Ontem houve um voo da Mountaineer Express de Reno para Burbank que partiu às 10h10 da manhã, chegando a Bob Hope às 11h55. Era a funcionária da companhia aérea. Ela concordou em checar a lista de passageiros para ver se Garth estava no voo. — Marge guardou o celular no bolso. — Ligarei de volta daqui a pouquinho.

— Se Garth estava nesse voo, não teve muito tempo para agir — disse Decker.

— São necessários apenas de seis a nove minutos de estrangulamento antes que a pessoa morra — disse Marge. — Pelos meus cálculos, ele teve muito tempo.

17

Metade das aulas era sobre assuntos judaicos, então Gabe tinha muitos períodos livres — no fim das contas, um ótimo negócio.

Às 7h35, acontecia a prece matinal.

Ele estava dispensado disso.

Havia uma coisa chamada Gemara: Hannah disse que isso era uma interpretação das escrituras.

Ele estava dispensado disso.

Aula de Inglês era aula de Inglês mesmo. A única diferença era que a turma era mais bagunceira do que ele estava acostumado. Se seus amigos respondessem para seus professores da maneira que essas crianças judias faziam, teriam não apenas sido expulsos, mas levado uma surra em regra dos pais. O St. Luke era para ser uma escola preparatória católica, mas era sobretudo um local de permanência até que os meninos partissem para entrar nos negócios dos pais, e as meninas ficassem grávidas, se casassem e se divorciassem — ah, perdão, anulassem seus casamentos. Havia alguns garotos inteligentes que conseguiam chegar às universidades da Ivy League, mas a maioria ia para as estaduais, desde que seus cérebros não estivessem completamente cheios de álcool ou drogas quando se formavam no colégio.

Até agora, estava tudo bem na nova escola. Ninguém tentava se meter com ele, que ficava no seu canto.

Depois da aula de Inglês, havia História Judaica. Como essa aula era dada em inglês, disseram-lhe para entrar e experimentar. Era sobre o Holocausto: ele realmente encontrou uma situação que era muito pior que a sua. Estavam falando sobre o Gueto de Varsóvia, sobre o qual nunca ouvira falar.

História Americana era História Americana.

Depois de assistir à aula de Matemática, ficou claro que a escola valorizava mais os cérebros que os músculos. Ele podia competir naquele nível, mas para que se dar ao trabalho? Não é que os garotos fossem uns babacas, acontecia apenas que sua vida instável se tornara ainda mais temporária, por isso não fazia nenhum sentido tentar se integrar. As meninas cobriam toda a escala de feias a lindas. Não havia muitas louras. Cerca da metade das morenas tinha pele clara, a outra metade tinha pele cor de oliva, com cabelo preto ondulado — aparência mediterrânea que o agradava, porque havia crescido com muitos italianos. As meninas lhe lançavam olhares furtivos, com os olhos semicerrados. Ele não estava interessado, e mesmo que estivesse, de que adiantaria? A única menina verdadeiramente ruiva que vira era Hannah.

Ele gostava de Hannah. Ela era de fácil convívio, não fazia perguntas, tinha um senso de humor travesso, e não havia absolutamente nenhuma tensão sexual entre eles. Era como se ela fosse uma irmã mais velha temporária. Ele estava pasmo ao ver como ela aceitava bem sua invasão. Ele sabia que se a situação fosse invertida, não teria sido nem de longe tão generoso.

A matéria seguinte era Bíblia, e essa era dada em hebraico, por isso ele era dispensado. Ele queria ir para algum lugar e passar 12 horas dormindo, mas como dependia de Hannah para se locomover, não tinha escolha senão ficar por ali. Além disso, se não aparecesse na aula de Biologia, alguém poderia dizer alguma coisa e ele não queria causar nenhum problema.

Durante seus tempos vagos, ele estivera tocando muitas escalas, mas o instrumento estava desafinado e vinha matando seus ouvidos. Ele não se importava de batucar um "My Heart Will Go On" fora do tom, mas Chopin merecia coisa muito melhor. Como a afinação de um piano era um ofício especializado, acabou desistindo.

Havia uma lanchonete do outro lado da rua e uma xícara de café lhe cairia bem. Tecnicamente, alunos do segundo ano não tinham permissão para deixar o campus da escola, mas os guardas eram uma piada. Dentro de segundos, ele sumiu da vista deles e ficou livre — fosse qual fosse o significado disso.

Não tinha dado mais que alguns passos quando ouviu o assobio — um deslizamento melódico que ia do sol ao dó sustenido —, sempre o mesmo tempo, a mesma duração e a mesma altura.

Gabe tinha de quem puxar o seu ouvido.

Parou de andar, havia ácido se agitando em seu estômago enquanto seu cérebro ficava momentaneamente preto. Não fazia nenhum sentido fingir que não ouvira — era óbvio que ouvira, porque parara de andar —, portanto agora era apenas uma questão de escolher o carro certo para não ficar parecendo um idiota.

Havia três carros parados junto ao meio-fio. O Honda Accord estava fora de cogitação — prosaico demais e sem aceleração. O Jaguar era vistoso demais e da cor errada — ele jamais dirigiria um carro azul-celeste. O último era um Audi A8-2008. Bom carro, com bastante aceleração e, o principal, com espaço suficiente na frente para o pai acomodar suas pernas compridas e seu corpanzil de 1,95m. As janelas eram de vidro fumê, mas não escuras o suficiente para despertar suspeita.

Num único movimento, Gabe puxou a maçaneta da porta do carona e deslizou para dentro. Uma vez lá, ficou olhando para fora pelo para-brisa, contando os segundos à medida que eles passavam. Ele sabia que a única maneira de lidar com Chris Donatti era absorver a força dos golpes. Seu pai levou uns bons cinco minutos para pronunciar um som.

— Você está bem?

Gabe assentiu com a cabeça, os olhos ainda fixos à sua frente.

— Tudo bem. — Podia ouvir seu pai respirando com força. Nenhum cheiro de bebida; o homem estava sóbrio e isso o deixou mais amedrontado. Um momento depois, um envelope caiu no seu colo. Estava com um fecho de metal e colado com fita adesiva várias vezes em volta da aba.

— Sua certidão de nascimento, seu passaporte, seu cartão da Previdência Social, além de cerca de dez mil dólares em espécie, dois cartões de débito e os números de suas contas bancárias. Você tem uma conta que está ativa com cerca de cinquenta mil dólares de saldo. Pode emitir cheques dela ou usar seu cartão de débito. Também tem toda a documentação para sua conta-poupança. Isso é seu quando você fizer 18 anos. Há cerca de cem mil dólares nela. Os últimos são documentos para seu fundo fiduciário. Você terá acesso a ele quando fizer 21 anos: há cerca de dois milhões de dólares nessa conta. O banco é o curador. Se precisar de alguma coisa antes de chegar à maioridade, recorra a eles. Não sei por quanto tempo cinquenta mil dólares serão suficientes para você, mas mandarei dinheiro com certa frequência. Se precisar de mais, serei informado e depositarei o dinheiro na sua conta. Acho que você vai ficar bem.

Gabe ainda não tinha tocado no envelope. Assentiu com a cabeça.

— Alguma pergunta?

Gabe baixou os olhos para o envelope, sua tábua de salvação para o mundo.

— Você vai sair do país?

— Gabe, neste momento estou muito fodido, não sei o que vou fazer.

A revelação o fez lançar os olhos para o pai antes de voltar a fitar o para-brisa. Chris raramente parecia saudável, mas agora parecia excepcionalmente abatido. Seu rosto estava coberto por uma barba loura por fazer. Os olhos estavam patrióticos, nas cores da bandeira dos EUA — vermelhos, brancos e azuis. Às vezes era impossível acreditar que Chris só tinha 34 anos. Por outro lado, havia outras vezes — quando o pai estava limpo, sóbrio, tivera uma boa noite de sono e se alimentara bem — em que as pessoas pensavam que eles eram irmãos.

— Imaginei que a melhor coisa que podia fazer por você era deixar seus negócios em ordem para o caso de acontecer alguma coisa comigo.

— O que aconteceria com você? — perguntou Gabe.

— Está falando sério? — disse Donatti, deixando escapar um sorrisinho. Silêncio.

— Olhe para mim, Gabriel — disse Donatti. Quando o menino obedeceu, ele enunciou sua frase palavra por palavra: — Eu... *não*... matei sua mãe.

Gabe desviou os olhos.

— Tudo bem. — Silêncio. — Acredito em você.

— Mas... — Donatti levou a mão à boca e tirou. — Mas é complicado. Silêncio.

— Voltei ao hotel... depois que Decker saiu... — Uma pausa. — Como ele está tratando você?

— Ele é legal.

— Ele falou com você sobre mim?

Gabe negou com a cabeça.

— Não acredito nisso.

— Quer dizer, ele me pediu para contar se tivesse notícia de você, mas eu não tinha, então...

— Então sobre o que você fala?

— Com Decker?

— Sim, com Decker.

— Nada, na verdade. Quando falamos alguma coisa, ele me pergunta sobre a mamãe. Se ela parecia perturbada na última vez que falei com ela...

— E parecia?

Gabe olhou para o pai

— Na verdade, não, mas eu não estava prestando atenção. — Seu coração batia forte em seu peito. — O que aconteceu, Chris?

— Voltei depois que ele saiu... Decker. — Donatti contorceu-se em seu assento. — Ela me deixou entrar. Brigamos. Foi uma briga feia, Gabe. Eu me descontrolei.

— Você *bateu* nela de novo?

— Não, não, não. — Ele fez uma pausa. — Não bati nela e certamente não a *matei*. Ela estava viva quando saiu do quarto. Estava apavorada, mas muito viva.

— Por que estava apavorada?

— Porque eu disse que se ela não voltasse para a porra da nossa casa, eu iria arrastá-la viva ou morta.

Donatti limpou a saliva que tinha no canto da boca. Acendeu um cigarro. Chris só fumava quando estava arrasado.

— Devo ter gritado. Você me conhece, nunca grito.

— Não, realmente não.

— Ninguém consegue me deixar tão irritado quanto sua mãe. Ela sabe como me irritar e estava fazendo isso muito bem aquele dia. Merda, simplesmente explodi. Fiz um estardalhaço e foi ruim.

Deu uma tragada no cigarro.

— O que tornou as coisas realmente ruins foi que um dos merdas dos jardineiros ou dos homens da manutenção, ou seja lá que porra que ele era, me ouviu gritando. Bateu à porta, perguntando se estava tudo bem.

— Ele chamou a polícia?

— Não. Sua mãe abriu a porta e disse que estava tudo bem, mas teria que ser um idiota para acreditar nisso. O cara estava à beira de dizer alguma coisa. Por isso apareci e ofereci dinheiro a ele. Uns mil dólares.

Donatti riu.

— Ele pegou o dinheiro e fez o problema desaparecer... temporariamente. — Deu outra tragada no cigarro. — Bem, não gosto de Decker. Acho que é um filho da puta hipócrita e arrogante que sente prazer em me torturar, mas é um bom detetive. Quanto tempo você acha que ele vai levar para localizar aquela estúpida?

Gabe ficou em silêncio.

— Ele vai descobrir que eu briguei com ela. Vai descobrir que a ameacei. E agora ela desapareceu. — Outra tragada. — Evidências circunstanciais... porque não há nenhum corpo e sem um corpo não se tem boas evidências forenses. Seria difícil provar uma acusação contra mim. Meu advogado afirmaria que ela fugiu e está escondida. Essa é uma rua de mão dupla, dada a mais recente interação dos meus punhos e o rosto da sua mãe. Ela se esconder faz sentido, mas se eu tivesse matado a sua mãe, também faria sentido. Júris são imprevisíveis e não estou querendo correr esse risco.

Ele bateu as cinzas num copo de papel.

— Se ela tiver ido embora para fugir de mim, vou encontrá-la. Ela não tem nenhuma chance.

Gabe olhou de relance para ele, em seguida desviou os olhos.

Donatti expirou ruidosamente.

— O que eu quero dizer é que posso encontrar qualquer pessoa. E quando encontrar, não vou machucá-la. Preciso apenas que ela me ouça. Preciso... você sabe... acertar as coisas.

Gabe assentiu, embora duvidasse que eles dois tivessem a mesma definição para "acertar as coisas".

— Mas há também a possibilidade de que algo de ruim tenha acontecido com ela... — Donatti terminou o cigarro e jogou-o no copo. Devia haver líquido ali, porque a brasa chiou. — Tenho de saber o que aconteceu com ela, e se for ruim, quem fez isso. Fazer meu próprio tipo de vingança com o filho da puta. Se eu estiver preso, como vou fazer isso?

Gabe fitava o envelope — sua vida resumida num pacote de papel.

— Você entende, certo?

— É claro.

— E vai ficar calado a respeito disso?

— É claro.

— Olhe para mim e diga isso.

Gabe olhou nos olhos do pai.

— Se você não machucou a mamãe, eu nunca trairia você. Você é meu pai.

— Seja lá o que isso significa.

— Significa alguma coisa para mim.

— Você me odeia?

— Às vezes. E, às vezes, amo você. Na maior parte do tempo, tento ficar fora do seu caminho.

Donatti fitou o rosto do adolescente.

— Você sabe que você foi um acidente, mas não fiquei infeliz por isso.

— Obrigado... eu acho.

— Então como vai explicar isso para Decker? — Donatti apontava o envelope.

— Antes de sair do hotel, tirei coisas do cofre e coloquei na minha mochila.

— Que tipo de coisas?

— Algumas das joias da mamãe e muito dinheiro. O que interessa é que o tenente não sabe o que peguei.

— Quanto dinheiro?

— Não sei. Não contei.

— Faça uma estimativa.

— Talvez uns cinco mil dólares. Está em notas de cem. Você quer o dinheiro de volta?

— Não, não quero de volta. — Donatti acendeu outro cigarro. — Se ela deixou dinheiro em espécie para trás, isso não é bom. — Ele inalou profundamente sua fumaça. — Por outro lado, até onde ela poderia ir com cinco mil dólares? Merda! Isso está mexendo com a minha cabeça. Não consigo dormir, não consigo fazer negócios, não consigo pensar. Provavelmente não consigo nem atirar direito. Tenho muitos inimigos, Gabe. Estou sempre olhando por cima do meu ombro. Tenho que ficar alerta. Preciso saber o que aconteceu com ela. Simplesmente não conseguirei funcionar até ter resolvido isso de uma maneira ou de outra. — Uma pausa. — Você não vai contar a ninguém esta conversa, certo?

— É claro.

— Não acredito em você — disse Donatti. — Não porque você seja desonesto, mas porque é sincero demais. Vai escapulir.

— Sei mentir. — Ele olhou para o pai. — Aprendi com os melhores.

— Você acha? — Donatti riu. — Você é o filho da sua mãe. Se seu ouvido não fosse tão bom como é, eu juraria que sua mãe fodeu com algum outro sujeito alto enquanto eu estava na cadeia. Seu rosto é fácil de decifrar, e se eu consigo decifrar você, Gabe, Decker também consegue.

— Juro que não vou dizer nada. O que mais você quer de mim?

Donatti ficou em silêncio por uns dois minutos. Depois disse:

— Dê-me três dias para desaparecer. Posso fazer meus rastros sumirem em três dias, tudo bem?

— Tudo bem.

— Depois disso, quero que você conte para ele que conversamos. Conte que vim e assim pude dar toda essa merda que dei para você. Diga para ele que não matei sua mãe, mas não conte sobre a briga e não conte sobre o cara que subornei. Deixe Decker descobrir isso por si mesmo. Combinado?

— Tudo que você quiser, Chris. Você manda.

— É isso que eu quero.

— Vou fazer e dizer tudo que você quiser que eu faça, contanto que você não tenha ferido a minha mãe.

— Quando eu saí, ela estava viva. Juro sobre o túmulo de minha mãe, essa é a verdade.

— Então, negócio fechado.

Donatti pôs sua mão grande no ombro do menino.

— Você vai ficar bem?

— Estou bem. — Na verdade, estava aliviado pela confissão do pai. Claro, sua mãe continuava desaparecida, mas, naquela altura, o que mais lhe convinha era acreditar em Chris.

Donatti deu uma última tragada em seu segundo cigarro e jogou-o no copo também.

— Você sabe que está em boas mãos. Melhor do que comigo. Nós dois sabemos disso.

— Eu ficaria bem com você, Chris. Estou bem onde quer que esteja.

— Essa menina com quem você está andando... ela é filha de Decker, certo?

— Certo.

— Você deveria trepar com ela.

Gabe sentiu seu rosto ficar quente.

— Não acho.

— Por que não? — Donatti fez uma pausa. — Você é bicha?

— Não, não sou bicha.

— Eu não me importaria se fosse.

— Sei que não. — Era verdade. Seu pai provavelmente era bissexual. Muitas vezes, quando sua mãe estava trabalhando até tarde ou fora da cidade, Gabe via Chris levando para o quarto tanto as mocinhas quanto os garotos que "trabalhavam" para ele.

Chris Donatti transava com tudo que se movia.

— Você ainda é virgem?

— Podemos falar sobre alguma outra coisa?

— Sim ou não?

— Chris, nenhum cara com mais de 14 anos no St. Luke ainda é virgem. — Isso também era verdade. Era um ritual: uma das meninas de classe alta do St. Beatriz transaria com você no carro dela. Sua primeira vez tivera mais ou menos a mesma complexidade de uma execução de "Heart and Soul" no piano. Ela gostara dele e se oferecera para fazer aquilo de novo. Ela tinha uma aparência esquisita, mas, mesmo assim, ele disse que sim. Como seu pai, ele nunca teve dificuldade para conseguir meninas.

Chris estava falando com ele.

— ... não quer transar com ela?

Ele olhou para o pai, fitando olhos frios, mortos. Por incrível que parecesse, eles ficavam ainda mais frios quando Chris se irritava.

— Você sabe, pai, nem tudo gira em torno de sexo.

— Você está errado, Gabriel. — Donatti deu uma batida em seu rosto cinzento. — *Tudo* gira em torno de sexo.

18

O ESTACIONAMENTO SEM MANOBRISTA FICAVA EM FRENTE ao hotel, elevado e pavimentado, um quadrado de asfalto espalhado sobre a montanha como manteiga sobre um bolinho. Terra não aproveitada em Bel Air era valiosa e era só uma questão de tempo antes que algum conglomerado fizesse alguns cálculos e propusesse um novo esquema de desenvolvimento imobiliário.

E parecia que o momento havia chegado.

Decker leu o cartaz afixado no balcão dos manobristas. Ele anunciava o fechamento do hotel para reformas e agradecia a seus clientes leais pela preferência. Decker perguntou a um manobrista de camisa turquesa sobre o fechamento. Era um sujeito alto e jovem chamado Skylar.

— Vão modernizar o hotel. Isso vai levar uns dois anos. Posso ajudá-lo em alguma coisa, senhor?

— Estou esperando uma pessoa. — Em seguida, Decker reconheceu o manobrista: ele estivera de serviço no sábado anterior. — Mas já que estou aqui... — Sacou seu distintivo. — Estou tentando localizar uma mulher que estava hospedada aqui com o filho. — Puxou algumas fotos que tinha baixado da página de Gabe no Facebook. Não eram das melhores, mas mostravam bem os rostos de Terry e Gabe. — Ela passou seis semanas aqui.

Skylar olhou para o distintivo e depois para as fotos, seu maxilar movendo-se furiosamente enquanto ele mascava um chiclete. — Esta é a sra. McLaughlin.

— Sim, é.

— E você está tentando encontrá-la?

— Sim, estou.

— Ela está desaparecida?

— Ela pode estar desaparecida ou pode ter deixado a cidade por vontade própria. Ainda estamos no estágio de investigação.

— Por que estão investigando essa senhora?
— É a pedido do filho dela.
— Ah. — Skylar devolveu as fotos para Decker. — Ela era encantadora. — Uma pausa. — Quero dizer, encantadora em sua personalidade. Era bonita e muito simpática. Costumava nos dar gorjetas, embora nunca usasse o serviço de manobrista. Umas duas vezes eu a ajudei a carregar coisas do seu carro no estacionamento do outro lado da rua para o seu quarto no hotel. Depois ela me dava uma gorjeta em dobro, embora eu dissesse que não era necessário.

Decker tinha puxado seu bloco de anotações.

— Quando se lembra de tê-la visto pela primeira vez?
— Não sei... talvez há cerca de um mês.
— Como você acha que ela estava?
— Como eu acho? — Não esperou elucidação. — Tinha umas duas contusões que já estavam desaparecendo nas bochechas e embaixo do olho... e os lábios estavam inchados. Muitas vezes, as pessoas vêm aqui para relaxar depois de fazer uma cirurgia plástica. Não sei que aparência tinha antes, mas a cirurgia deve sido um verdadeiro sucesso. Ela era linda.

Decker não se deu ao trabalho de corrigir o equívoco.

— Como ficou sabendo o nome dela?
— Ela se apresentou. Contou para a gente que estava hospedada aqui por algum tempo para descansar e relaxar. Lamento tanto que ela...

Decker assentiu com a cabeça.

— Ela alguma vez pareceu preocupada... inquieta?
— Não que eu pudesse perceber. Era sempre simpática.
— Alguma vez a viu com alguma pessoa além de seu filho?

Um Rolls-Royce Phantom prata chegou ao balcão. Skylar desculpou-se, cumprimentou o motorista e estacionou o carrão num local cobiçado. Voltou alguns minutos depois.

— O que você me perguntou? — Decker repetiu a pergunta e o manobrista dedicou-lhe alguma reflexão. — Não, não me lembro de vê-la com ninguém além do menino. Ele tem uns 15 anos, certo?
— Mais ou menos.
— Menino calado. Ela costumava conversar conosco, dizendo coisas como "Ei, Skylar, como vão as audições?" ou "Quando vou ver seu nome nos cartazes?" Apenas coisas que nos mostrassem que ela nos considerava seres humanos. O filho... — O manobrista pensou um momento. — O nome dele era Dave?
— Gabe.
— Sim, isso mesmo.

Uma Ferrari vermelha clássica entrou rugindo no estacionamento. Skylar estava lá com o tíquete e um sorriso. Depois de estacionar o cavalo bravo, ele voltou correndo para Decker.

— O garoto era calado. Sempre que sua mãe conversava com a gente, ele ficava lá, parecendo constrangido... você sabe, como adolescentes ficam quando estão perto dos pais. Era um menino bonito. — Estalou os dedos. — Tocava piano.

— Como descobriu isso?

— Temos um piano em nosso salão principal. A gerência deixava o menino tocar quando não havia ninguém por perto. Eu o ouvi umas duas vezes. Cara, ele era inacreditável. Um verdadeiro *profissa*. — Skylar assumiu uma expressão de perplexidade. — Ela está mesmo desaparecida?

— No momento, estamos tentando localizá-la.

— E Gabe?

— Ele está sendo cuidado. — Decker mostrou-lhe uma foto de Donatti. — Que me diz deste homem? Já o viu alguma vez antes?

Skylar estudou o rosto.

— Talvez tenha visto uns dias atrás.

— Isso seria quando? Sábado? Domingo?

— Talvez domingo.

— Você se lembra a que horas?

— Talvez por volta do meio-dia. Temos *brunch* a essa hora e geralmente há muitos carros aqui. Acho que ele não estava com um carro. Provavelmente ele mesmo o estacionou.

— Você dá tíquetes para os carros estacionados pelos próprios donos?

— Sim, mas não para hóspedes por longas temporadas. Nesse caso, eles são debitados diariamente pelos seus quartos, então qual seria o sentido de dar um tíquete?

— Mas para alguém que usasse o restaurante, digamos. Ele ganharia um tíquete?

— Sim, muito provavelmente.

— Dê uma olhada na foto novamente. Pode me dizer alguma coisa sobre ele?

Skylar olhou fixamente a fotografia.

— Ele era alto... acho que estava carregando flores, talvez.

Era Chris.

— Você o viu sair?

— Acho que não. — Ele olhou para um Aston Martin cor de ameixa que passava pelo portão da entrada de automóveis. — Mas largo às três, então ele pode ter saído mais tarde. Por que não fala com um dos atendentes do estacionamento sem manobrista?

— Quem estava de serviço domingo?

— Trent ou Alex. Acho que Alex entra às três. Com licença.

Enquanto esperava que o manobrista estacionasse o Aston Martin, Decker percebeu uma morena acenando para ele. Retribuiu o gesto, mesmo sem ter certeza de ser o destinatário do aceno. Ela usava um terninho preto, blusa vermelha e sapatos de salto baixo. Carregava uma pasta, marchando através do estacionamento com passos rápidos. Quando o manobrista voltou, Decker disse:

— A sra. McLaughling conversava com alguém além de você?

— Conversava com todos os manobristas. Provavelmente com outros funcionários também. Era simpática.

— Tudo bem. E uma última pergunta: quando se lembra de tê-la visto pela última vez?

— Ai, meu Deus... — Ele pensou bem, revirando o tíquete de estacionamento que tinha nas mãos. — Não me lembro de tê-la visto no domingo. — Olhou para Decker. — Mas não tenho certeza. Sinto muito.

— Você foi de grande ajuda. — Decker apertou-lhe a mão. — Muito obrigado, Skylar. Espero que mantenham seu emprego.

— Estão demitindo todo mundo — disse o manobrista, com uma combinação de amargura e melancolia. — Estão tentando dessindicalizar o pessoal e a única maneira de fazer isso é fechando durante dois anos. Mas não se preocupe comigo. Como disse a sra. McLaughlin, um dia você vai ver meu nome nos cartazes.

De perto, Eliza Slaughter parecia ter cerca de 1,52m, quarenta quilos e ossos tão delicados quanto os de uma ave canora.

— Caramba! — exclamou ela. — Qual é a sua altura? Cerca de 1,96?

— Meço 1,93.

— Eu pareço um dos seus bastões de esqui. Desculpe o atraso. — Tinha a cabeça esticada para cima. — O trânsito estava um horror.

— Não tem problema.

O rosto dela era igualmente delicado. Tinha cabelo curto, macio, argolas nas orelhas e bochechas cor-de-rosa. Usava muito pouca maquiagem e as unhas das mãos estavam cortadas quase até o sabugo. Apresentou-se a Skylar, que pediu licença e foi ao encontro de um Maserati.

— O sujeito foi muito útil. — Decker resumiu a conversa enquanto os dois atravessavam a ponte, andando por uma trilha que atravessava o equivalente a uma selva de folhagens plantadas em vasos e no chão, em plena floração de primavera. O perfume variava do pungente ao doce, as folhas verdejantes gotejando água de uma névoa recente.

— Como Terry parecia ser amistosa, deveríamos falar com os funcionários, mesmo com os que estavam de folga no domingo. Talvez consigamos uma lista com alguém no saguão — disse Decker.

— Não sei se vão ser cooperativos. Violação dos direitos de seus hóspedes, esse tipo de coisa.

— Se a administração quisesse fazer jogo duro, sim — disse Decker. — Por outro lado, o lugar está fechando; por isso, talvez nos deem alguma liberdade para agir. Vamos pedir uma lista de todos os empregados, o que não conseguiremos. Depois vamos pedir apenas uma lista das pessoas de serviço no domingo, o que provavelmente conseguiremos. Vamos passar pelo escritório depois de examinar a suíte de Terry. Precisamos realmente falar com Alex ou Trent, os funcionários do estacionamento sem manobrista. Agora que Terry é oficialmente uma pessoa desaparecida, quero ver se (a) alguém se lembra de tê-la visto saindo em seu carro; (b) caso alguém se lembre de tê-la visto saindo, se estava sozinha; (c) se não estava sozinha, com quem estava; (d) se alguém se lembra de Chris Donatti chegando, indo embora e voltando; (e) caso se lembrem disso, qual foi o intervalo de tempo.

— É muita coisa para lembrar.

— Talvez o atendente não prestasse muita atenção a Chris, mas estou apostando que se lembraria de Terry. Ela ficou escondida aqui por algum tempo, e como estou dizendo, parecia ser uma pessoa amigável.

Eles pararam à porta da suíte de Terry. Como ela pagara até o fim do mês, o cartão de acesso que fora dado a Gabe ainda funcionava. Na noite da partida ou desaparecimento de Terry, Decker instruíra o hotel a não permitir que ninguém entrasse para limpar a suíte. Foi um compromisso fechado entre um funcionário reticente e ele. Em troca, concordou em não estender um cordão na porta para isolar a cena do crime.

Os cômodos estavam exatamente como Marge e ele os tinham deixado. Cheiravam um pouco a mofo no calor. Decker abriu a porta que dava para o pátio e saiu. Examinou a área plantada que cercava a área atijolada — azaleias, marias-sem-vergonha, gardênias e camélias. Estava à procura de qualquer coisa que indicasse uma briga ou uma luta: galhos quebrados, arbustos esmagados, pegadas na terra. O espaço estava impecavelmente bem-cuidado e em plena floração. Ele entrou de volta na suíte.

Eliza estava no banheiro.

— O armário de remédios está vazio.

— Recolhemos os conteúdos.

— O que encontrou?

— Advil, Tylenol, Benadryl e dois remédios controlados, Zolpidem, comprado recentemente, e Vicodin. O frasco tinha data de dois meses atrás e estava pela metade. Não creio que ela o tivesse tomado recentemente. Quer que eu deixe essas coisas na West L.A.?

— Não, você pode guardar isso na sua sala de evidências — disse Eliza. — E quanto a pílulas anticoncepcionais?

— Não encontrei pílulas — disse Decker, levantando as sobrancelhas.

— Há quanto tempo ela está com o marido?

— Não sei exatamente quando se casaram, mas se conhecem há cerca de 16 anos.

— Ela devia estar tomando alguma coisa para evitar futuros bebês, você não acha?

— Na verdade, foi isso que fez Donatti explodir. Ele pensou que ela havia abortado um bebê dele. Só que ela estava pagando pelo aborto da meia-irmã.

— Então eles vinham tentando ou...

— Quem sabe? Ele obviamente não queria que ela fizesse um aborto. — Decker pensou um momento. — Terry ia alugar uma casa em Beverly Hills. Ela conseguiu que Donatti concordasse em pagar por seu arranjo para a coexistência dos dois, embora ele provavelmente não fosse morar lá.

— E o marido controlador e pistoleiro dela concordou com isso?

— Chris estava cheio de remorso. — Decker alisou o bigode. — Terry fez questão de lhe dizer que ele teria a chave e que poderia ir lá sempre que quisesse. Sugeriu que eles ainda compartilhariam um quarto quando estivesse na cidade.

— Então, se o relacionamento deles continuava, ela estava provavelmente tomando pílula.

— Ou quis que Chris e eu acreditássemos que continuava.

— Acha que ela estava ludibriando você?

— Não, não me ludibriando. Talvez estivesse tentando convencer pessoas como eu de que aconteceu alguma coisa com ela. Talvez estivesse planejando isto, sabia que nunca mais veria Chris Donatti de novo e jogou fora suas pílulas.

— E você acha que ela simplesmente se levantaria e iria embora sem o filho?

— Sim, esse é o problema, e é um problema e tanto. Certamente é possível que Donatti tenha voltado para dar um sumiço nela.

— Dar um sumiço? Você quer dizer matar?

— Talvez. Não sei. Ele pareceu aceitar bem que ela alugasse a casa quando eu estava por perto, mas podia ser encenação. — Ele correu os olhos pelo quarto. — Se Terry saiu do hotel com Chris, não me deixou nenhum sinal de que saiu aflita.

— Você acha que ele poderia matá-la aqui e não deixar escapar nenhum tipo de evidência?

— Em geral, alguma coisa é deixada para trás, mas ele é... bom no que faz. Marge e eu examinamos os carpetes, as paredes, os rodapés, os arremates. Examinamos minuciosamente os banheiros e pias e o ralo da banheira. Não encontramos nenhum sinal de sangue. Também não encontramos qualquer evidência de que alguém os havia limpado. Nenhum cheiro de desinfetante, nenhuma toalha faltando, nenhuma caixa de lenços de papel usada.

— O carro dela desapareceu — disse Eliza. — Se ela tivesse desaparecido para sempre, tipo morta, por exemplo, provavelmente teria deixado suas pílulas para trás.

— Sim, ela poderia ter fugido com outro homem. Como Donatti praticamente a seguia, não vejo como poderia ter desenvolvido um relacionamento com outra pessoa.

— Mas mesmo o mais diligente seguidor não está lá o tempo todo. O que diz o filho dela sobre isso?

— Ele parece genuinamente perplexo com o desaparecimento dela. Talvez ela não tenha lhe contado seus planos.

— Ou não havia planos — disse Eliza. — Donatti voltou e assassinou-a.

— Ou alguma outra pessoa a matou. Até encontrarmos o corpo dela, não temos a menor ideia de com quem estamos lidando. — Decker deu uma olhada final no quarto. — Não acho que vamos tirar muito mais coisa daqui. Vamos ver o que o pessoal tem a dizer sobre a amistosa dra. McLaughlin e seu filho calado, Gabe.

19

O QUE HAVIA DE MELHOR EM TOCAR era que essa atividade o absorvia inteiramente. Quando estava tocando, Gabe simplesmente não tinha energia para lidar com mais nada. Tocar o transportava para um outro lugar. Ficava tão concentrado no que estava fazendo, que era capaz de esquecer o mundo. Infelizmente, tinha apenas uma hora de intensa solidão antes que Hannah e os outros entrassem para o ensaio do coral. Da maneira como estavam seus nervos — expostos e explodindo por qualquer coisa —, por certo se beneficiaria muito com uma semana inteira de isolamento — só ele e o sr. Steinway.

Hannah foi a primeira a chegar. Ela se aproximou dele imediatamente.

— Ei — disse, e sentou-se no banco do piano ao lado dele. — Onde foi que você se meteu?

Gabe sentiu sua pele ficar quente.

— Alguém notou meu sumiço?

— Sim, *eu* notei. Você me deixou preocupada.

— Preocupada? — Ele ficou espantado. — Por quê?

Hannah ficou confusa.

— Depois do que aconteceu com sua mãe, eu achei que você ficaria um pouco cuidadoso.

— Fui só tomar um café. Estou bem. Faça um favor para mim e não se preocupe comigo, certo?

Ela ficou em silêncio.

— Não pretendo ficar no seu pé, Gabe. Só que meu pai está um pouco preocupado com você.

— Por quê? O que ele acha que vai acontecer?

— Provavelmente está um pouco inquieto com o que seu pai poderia fazer.

Mais uma vez, Gabe sentiu seu rosto ficar quente.

— Já disse várias vezes para o *seu* pai que o *meu* pai não dá a mínima para mim. — Seus dedos dançaram para cima e para baixo do teclado. — Olhe, seu pai está pensando como um pai. Meu pai não pensa dessa maneira. A menos que eu tenha alguma coisa que queira, ele não quer saber de mim para nada. Quando eu estava ligado à minha mãe e nós formávamos um único pacote, ele queria minha mãe, por isso tinha que ficar comigo, mas agora minha mãe desapareceu. Então, ele não está nem aí para mim.

— Tenho certeza de que isso não é verdade.

— Tenha certeza de que meu pai está fora da jogada. — Ele se virou de volta para o teclado, esperando que suas mentiras — bem, meias-mentiras — fossem convincentes.

Quando ele era pequeno, antes que seus pais se casassem, Chris costumava visitá-los em Chicago, onde sua mãe estudava medicina. Ele e Chris sempre passavam um dia juntos. Iam ao parque de manhã, almoçavam num restaurante, depois voltavam para o apartamento, onde Chris o sentava ao piano para uma aula de duas a três horas. Embora não fosse um pianista, Chris era um músico e reconhecia a excelência em qualquer instrumento.

Foi um dos melhores professores que Gabe já tivera.

Depois que seus pais se casaram e eles se mudaram para Nova York, as coisas foram piorando rapidamente e se transformaram em caos. Ninguém conseguiria viver com aquele homem o tempo todo.

— Vou conversar com seu pai — disse Gabe a Hannah. — E pare de se preocupar comigo. Posso cuidar de mim mesmo. Tenho feito isso minha vida inteira.

Mais alguns garotos começaram a entrar.

— Vou ajudar você a armar as cadeiras — disse Gabe, levantando-se.

Hannah pôs a mão no ombro dele.

— Não fique bravo.

— Não estou bravo, estou só... — Seu maxilar cerrou-se com tanta força, que seus dentes doeram. — De vez em quando... a gravidade do que aconteceu simplesmente me atinge, me arrasta como uma onda gigantesca... e é de fato muito difícil me manter à tona, porque a água continua vindo, vindo, vindo. E cada vez que você sobe e toma fôlego, há mais uma onda gigantesca para enfrentar. — Ele olhou para ela. — Tenho tanta *raiva* dentro de mim. — Ele percebeu que estava assustando a menina e forçou um sorriso. — Mas depois isso passa e fico bem.

Ela deixou sua mão escorregar do ombro dele.

— Você não tem de ficar feliz, Gabe. Você está passando por uma coisa muito ruim.

— Vou ficar bem.

Ela estudou o rosto dele.

— Sabe, é por isso que não devemos julgar as pessoas com base em primeiras impressões. Você é realmente bonito e é realmente talentoso, e todas as meninas na escola não param de me mandar mensagens sobre você. E todos os meninos perguntam sobre você porque parece ser um cara realmente legal com esse seu jeito arrogante.

— Não tenho jeito arrogante.

— Tem, sim.

— Meu pai tem um jeito arrogante — disse Gabe, rindo. — Eu não.

— Sim, você tem.

A voz da sra. Kent interrompeu o debate.

— Decker, você terá tempo de sobra para namorar depois do coral. Agora tenha a bondade de armar as cadeiras.

— Imediatamente. — Hannah pegou uma pilha de cadeiras desdobráveis e começou a armá-las. Para Gabe, ela disse: — Não sou uma papa-anjo. Não namoro garotinhos.

— Eu sei. É disso que gosto em você. Você é muito... como... uma irmã para mim.

— Essa sou eu — disse Hannah, com um suspiro. — Sou sempre a irmã mais velha de todo mundo.

— Não falei nesse sentido.

— Estou só provocando você, Gabe.

— Quero dizer que acho você muito bonita.

— Pode parar agora — disse Hannah, abrindo um grande sorriso.

— Tenho certeza de que todos os meninos têm uma queda por você. Quer dizer, eu tenho uma queda por você.

— É o seu próprio túmulo que você está cavando?

— É só que preciso de uma amiga *muito mais* do que de uma namorada.

— Entendo. — Ela pôs as mãos nos ombros dele. — Para sua informação, não estou disponível. O nome dele é Rafi. Fomos acampar juntos no verão passado. Ele está no centro de estudos judaicos Yeshiva HaKotel, mas está fazendo Shana Bet, para que possamos ficar juntos em Israel no próximo ano.

— Entendi tudo que você disse, exceto a última frase.

— Não tem importância. Ela significa que no que diz respeito à minha disponibilidade, Whitman, você está sem sorte.

— Bem... então está certo.

— E não se atreva a ficar todo tristonho. Você acabou de me dizer que me considerava uma irmã mais velha.

— É assim mesmo que a considero. E não estou tristonho. E mesmo que estivesse, não seria por sua causa. Só estou triste porque estou numa situação ruim. Por isso, pare de querer ser o motivo da minha tristeza.

— Bem, me desculpe!

Os dois caíram na risada.

A sra. Kent estava com os olhos cravados neles.

— Talvez queiram compartilhar conosco o que estão achando tão engraçado, srta. Decker.

Hannah sufocou mais uma rodada de risos.

— Por que está implicando comigo, sra. Kent? Ele estava rindo tanto quanto eu.

— Você é presidente do coral. Tem de dar o exemplo.

Ela começou a arrumar a última fileira de cadeiras.

— Então eu levo uma repreensão e ele é absolvido?

— Realmente, srta. Decker, o mundo não é um lugar justo.

— A senhora gosta mais dele simplesmente porque uma contralto medíocre é sempre mais fácil de substituir que um acompanhador espetacular.

— Está brincando com fogo, mocinha.

— Eu sei, eu sei — disse Hannah. — A verdade dói, mas não é sua culpa. Entre nós dois, eu escolheria o Gabe também.

Os olhos da sra. Kent se suavizaram.

— Hannah, você é única e totalmente insubstituível. — Ela bateu as mãos. — Todos tomem seus assentos. Srta. Decker, como foi devidamente eleita presidente, poderia nos conduzir numa estimulante execução do hino nacional dos Estados Unidos e do de Israel, "Hatikvah"?

— Será um prazer, sra. Kent — disse Hannah, abrindo um sorriso radiante.

Alex, o atendente do estacionamento sem manobrista, estava na casa dos sessenta, era um homem alto de cabelo branco que estava elegante com sua camisa turquesa, calça branca e sapatos brancos sem cadarço. Ele estava sentado atrás de uma bancada sombreada por uma barraca de praia. Às cinco da tarde, o sol estava baixo e quente. Decker reconheceu-o como o homem que lhe dera um tíquete no domingo. Isso significava que Alex estava de serviço quando Chris chegara e saíra.

Quando Decker lhe mostrou a fotografia de Terry, ele a identificou de imediato.

— Ela é uma mulher realmente simpática. Sempre sorrindo e enfiando alguns dólares no meu bolso cada vez que entrava e saía com seu carro, mesmo sem ter obrigação de fazer isso.

— Qual foi a última vez que a viu? — perguntou Eliza Slaughter.

— A última vez que a vi? — Alex franziu as sobrancelhas. — Aconteceu alguma coisa com a sra. McLaughlin?

— Parece que está desaparecida — disse Decker.

— Desaparecida? — Alex fez uma careta. — Meu Deus, isso não é bom.

— Ela pode ter ido embora por vontade própria — disse Decker. — É por isso que estamos tentando reconstruir seus passos. Quando se lembra de tê-la visto pela última vez?

— Puxa, deve ter sido uns dois dias atrás. Talvez domingo. — O atendente estudou o rosto de Decker. — Já vi você antes.

— Eu também estive aqui no domingo. Saí por volta das duas e meia.

— Ahã.

— Quando fui embora, a sra. McLaughlin ainda estava no hotel. Você lembra se a viu depois da três da tarde?

— Não, senhor, estava muito ocupado.

— Mas você se lembra do tenente? — disse Eliza.

— Ele é um homem difícil de não se notar.

Decker mostrou-lhe uma foto de Donatti.

— E o que me diz deste homem?

Alex olhou para ela por algum tempo.

— Este sujeito... — O atendente bateu na foto com os dedos. — Ele esteve aqui no domingo. Estava carregando flores. Quem é?

— O marido da sra. McLaughlin.

— Ela é casada?

— Sim — disse Eliza. — Isso surpreende você?

— Sim, um pouco. É que ela parecia tão despreocupada para ser casada.

Quando Decker e Eliza caíram ambos na risada, Alex acrescentou:

— Não falei nesse sentido. Estando casado há 42 anos...

— Tenho um casamento feliz, também — disse Decker —, mas sei do que você está falando.

— Então você se lembra desse cara carregando flores. Você lhe deu um tíquete?

— Dou um tíquete a todos que não são hóspedes por um período longo. Eles têm de validá-lo no hotel ou no restaurante. Do contrário, não podem estacionar aqui.

— Você se lembra a que horas ele chegou?

— O *brunch* de domingo é entre as onze da manhã e as quatro da tarde. Isto aqui fica muito movimentado. — Ele estalou os dedos. — Mas vou dizer uma coisa que talvez ajude. Cada vez que alguém chega aqui, anoto o número da placa no tíquete. Assim, no fim do dia, quando entrego os tíquetes, o pessoal da contabilidade pode fazer a correspondência entre as validações e os carros.

— Um número de placa seria útil, porque eu mesmo não me dei ao trabalho de anotá-lo — disse Decker.

— Você sabe por quanto tempo a contabilidade guarda os tíquetes? — perguntou Eliza.

— Não, vocês vão ter que ver com eles.

— A que horas você deixou o trabalho no domingo? — perguntou Decker.

— Eu? Por volta das cinco.

— E você se lembra da sra. McLaughlin entrando no estacionamento para pegar seu carro?

Alex concentrou-se.

— Não posso dizer que sim ou que não. Não quero dizer alguma coisa que poderia atrapalhar vocês depois.

— Está ótimo — disse Decker. — Vamos ver se podemos conseguir o tíquete do marido dela. Obrigado, Alex, você foi de grande ajuda.

— Gostaria de ter ajudado mais — disse o atendente. — Mas vocês sabem como é, não se pode prestar atenção a tudo.

— Nem se espera que prestem atenção a tudo — disse Decker.

Já ele, por outro lado, era uma porcaria de um tenente. Por que não tinha anotado a placa de Chris?

Uma omissão considerável.

Pensou sobre isso por um momento, tentou recuar no tempo.

Viu o carro indo embora. Então se lembrou. As placas da frente e de trás eram de papel.

— Ei, Eliza.

— Quê?

— O Lexus que Chris estava dirigindo. Ele tinha placas de papel. Portanto, ou ele as trocou ou o carro era novo e alugado.

Enquanto Eliza anotava os nomes das agências locais de aluguel de carros, Decker checou seu celular. Havia uma mensagem urgente de Marge. Ele retornou a ligação, e quando ela atendeu, disse:

— Diga que encontrou Garth Hammerling.

— Ainda não — respondeu Marge. — Mas acabo de ter notícia de Aaron Otis. Os dois rapazes estarão na cidade dentro de cerca de uma hora.

— Marge, mal estou conseguindo ouvir você. Há muita estática na linha.

— É porque estou num estacionamento... espere, Pete.

Ela subiu rapidamente as escadas até chegar ao térreo. Em seguida, caminhou para fora.

— Melhorou?

— Muito. Qual estacionamento?

— O do hospital St. Timothy. Estamos no processo de extrair as fitas das câmeras de segurança no estacionamento. O chefe dos guardas nos disse que as fitas são apagadas e substituídas uma vez por mês.

— Dê-me boas notícias.

— Escapamos por pouco, Rabino. Elas deveriam ser trocadas daqui a alguns dias. Qual é a nitidez do registro, ou se Adrianna ou seu carro sequer estão no filme, isso é outra questão.

— Quantas câmeras captariam a área em torno do carro de Adrianna?

— Uma câmera capta indiscutivelmente aquela área. Podemos obter uma visão periférica de alguma outra. Estão também extraindo as fitas das entradas e saídas do estacionamento para ver a que horas Adrianna deixou o hospital. Provavelmente as veremos daqui a um instante.

— Na delegacia?

— Não, no posto de segurança aqui no hospital. Os guardas estão guardando as fitas como falcões.

— Fazem muito bem. É pena que não tenham sido tão diligentes com Adrianna.

20

A MULHER ATRÁS DO BALCÃO DA RECEPÇÃO chamava-se Grace. Tinha quarenta e poucos anos, um rosto claro e suave, cachos cor de mel. Usava um terninho preto e uma camisa de colarinho abotoado turquesa com o nome do hotel brasonado no bolso. Seus olhos castanhos ficaram tristes quando falou sobre o fechamento.

— Comecei a trabalhar aqui quando tinha 23 anos, recém-saída do curso de administração hoteleira. Era tão inexperiente que no primeiro dia minha voz falhou. Parecia que eu estava gargarejando.

— Tenho certeza de que se saiu bem — disse Eliza.

— Eu fui péssima — disse Grace. — Mas a administração teve paciência naquele tempo. — Ela revirou os olhos. — Eles sabiam como promover uma carreira.

— Há quanto tempo você está aqui? — perguntou Decker.

— Vinte e dois anos.

— Tem algum plano para o futuro?

— Tirar umas longas férias. Depois, quem sabe? A indústria de hotéis não está muito aquecida no momento, mas como tudo, isso é cíclico. Talvez na época em que eu começar a procurar, as oportunidades apareçam. — Grace deu um sorriso treinado. — Vocês não estão aqui para ouvir meus problemas. Como posso ajudá-los?

— Estamos procurando uma das suas hóspedes.

— A sra. McLaughlin. Alguém ligou para cá ontem perguntando por ela.

— Devo ter sido eu — disse Eliza.

— Pensei sobre isso. Não a vejo desde talvez o meio da semana passada.

— Isso seria por volta de quarta-feira? — perguntou Eliza.

O telefone tocou. Grace levantou um dedo, atendeu a ligação e transferiu-a para a sala de jantar.

— Quarta-feira... talvez quinta.

— E não a viu durante o fim de semana?

— Não trabalho no fim de semana.

Eliza examinou suas anotações.

— Quem trabalhou foram Harvey Dulapp e Sara Littlejohn. Eles não viram Terry naquele domingo, mas sabemos que ela estava aqui.

— Soube que a sra. McLaughlin era uma pessoa muito amistosa — disse Decker. — Alguma vez ela passou por aqui apenas para dizer um oi?

— Só para bater papo, não — disse Grace. — Quando passava, era para pegar sua correspondência ou receber suas mensagens. Hum, me lembro de que algumas semanas atrás houve um problema de manutenção no banheiro dela. Ela veio nos falar sobre isso pessoalmente. E foi muito amistosa.

— Sabe quem fez a manutenção no banheiro dela?

— Isso é importante? — perguntou Grace, com um sorriso.

— Qualquer pessoa que tenha entrado e saído da suíte dela é importante para nós — disse-lhe Decker.

— Vou ligar para a manutenção e ver se eles têm um registro de quem atendeu ao pedido. Devo dizer a vocês que eles estão reduzidos a uma equipe mínima. Se alguma coisa quebra, recebi ordens para transferir o hóspede para outro quarto e simplesmente fechar o quarto problemático.

— Eles transferiram a sra. McLaughlin para uma suíte de nível mais alto? — perguntou Eliza.

— Não, ela estava numa unidade *premium*. Tiveram de consertar o banheiro dela. Eu estava só dizendo... — o telefone tocou. — Com licença.

Grace passou vários minutos ao telefone. Quando voltou, lançou um olhar cansado para os detetives. — Em relação à nossa conversa, um dos aparelhos de TV não está funcionando. Tenho que encontrar outro quarto para este hóspede. Desculpem-me, o que vocês queriam mesmo?

— Os nomes de qualquer pessoa que tenha entrado e saído da suíte da sra. McLaughlin.

— Refere-se ao pessoal da manutenção.

— Manutenção, arrumação, serviço de quarto — disse Decker. — Poderia ser mais fácil se você me desse uma lista de empregados. Dessa maneira, a detetive Slaughter e eu podemos falar com todos eles e checar um por um.

— Sinto muito, tenente, não posso dar isso a vocês. Vocês teriam que conversar com alguém na administração central. Além disso, muitos de nossos empregados já foram embora.

Decker pareceu pensar por um momento, mas sabia o que ia pedir.

— Bem, você poderia pelo menos ligar para a manutenção e a arrumação e descobrir quem estava trabalhando na tarde de domingo, quando ela desapareceu?

Um grande suspiro.

— Provavelmente posso conseguir isso para vocês, mas pode levar um tempinho.

— Há alguém com quem possamos falar na manutenção e na arrumação para facilitar seu serviço?

— É gentil da sua parte. Vou ligar para a arrumação e a manutenção para você.

— Muito obrigado — disse Decker. — Mais uma coisa. O atendente do estacionamento sem manobrista me disse que entrega os tíquetes de estacionamento do dia na contabilidade quando termina. Onde podemos encontrar esse departamento?

— Não é mais um departamento, é uma pessoa. Debra está aqui atrás. Gostariam que eu a chamasse?

— Talvez fosse mais fácil se nos deixasse entrar — disse Eliza.

— Vou perguntar se ela está ocupada — disse Grace.

— Obrigado. É importante que encontremos essa mulher. Ela tem um filho.

— Sim, o menino... Gabe. Que pena. — Grace sacudiu a cabeça. — Isso é terrível. Nunca aconteceu nada parecido aqui antes. Isso realmente dá ao hotel uma má reputação. — Fez uma pausa. — Por outro lado, o lugar todo está sendo fechado por pelo menos dois anos. É uma sorte para os novos proprietários que as pessoas nesta cidade tenham a memória tão curta.

A sala da segurança no hospital era no subsolo do St. Timothy — uma área futurística, sem janelas, cheia de monitores preto e branco, alarmes, sensores, aparelhos de videocassete e DVD e um painel de botões que tomava uma parede inteira. As câmeras estavam instaladas nas entradas e saídas da instituição, nos elevadores, nas escadas, nos corredores internos, e em todos os armários de medicamentos controlados. O espaço parecia uma caverna: compacto e escurecido para que se vissem os monitores. Marge detestava lugares escuros e pequenos, aversão que adquirira graças a uma horrenda batida policial anos antes, quando fora obrigada a rastejar por um túnel para evacuar crianças de um culto e livrá-las de um maníaco homicida. Uma das coisas esplêndidas que resultaram dessa confusão fora sua filha adotiva, Vega. Oliver sabia desse ponto fraco e lhe deu uma batida tranquilizadora no ombro.

O chefe da segurança era um russo chamado Ivan Povich. Naquele momento, ele compartilhava a toca com um guarda uniformizado chamado Peter, que fitava continuamente os monitores e ainda não emitira nenhum som. Povich falava com um leve sotaque.

— Temos também uma sala de segurança menor em cada andar.

Marge estudava as imagens nas telas — pessoas entrando e saindo. Isso a acalmava.

— Mas é aqui que vocês monitoram todas as entradas e saídas do hospital.

— Sim — disse Povich. — E temos sempre alguém olhando para eles o tempo todo. Levamos o trabalho a sério. Em geral, é o Peter.

Peter acenou.

— E quanto ao almoço e interrupções para ir ao banheiro? — perguntou Oliver.

— Quem está de serviço liga pedindo que alguém o renda antes de sair. Dessa maneira, temos sempre um par de olhos. Se tivesse havido um problema, alguém teria visto.

— Quem estava de serviço ontem de manhã? — perguntou Marge.

Peter acenou de novo.

— Há quanto tempo você trabalha aqui? — perguntou-lhe Marge.

— Desde sempre — Povich respondeu. — Ele é o meu melhor funcionário. Não tenho nenhum problema com qualquer dos meus homens e mulheres. Se tenho um problema, eles estão fora. — Entregou uma caixa a Marge. — Aqui estão as fitas cassete de ontem. Em geral, simplesmente as reutilizamos, mas já pus fitas novas nas câmeras, então vocês podem examiná-las com calma. Se precisarem de alguma coisa, peçam a Peter e ele fará a ligação para vocês. Antes que comecem, querem café ou água?

— Água seria ótimo — disse Marge.

— E você?

— Café, o mais forte que tiver.

— Sem problema. Sabem usar este equipamento?

— Tenho certeza de que podemos descobrir — disse Oliver.

— Se precisarem de ajuda, podem pedir a Peter.

— Ele fala? — perguntou Marge.

— Só quando tem alguma coisa a dizer.

Dez minutos mais tarde, os dois detetives olhavam para uma fita preto e branco. Tinham rebobinado a primeira fita para cerca de dez e meia da noite do domingo anterior, depois fizeram a fita avançar rapidamente. Porém, não tão depressa a ponto de deixarem de perceber as pessoas nela. Às 10h50, um Honda parou no estacionamento.

— O carro é esse — disse Marge.

Oliver reduziu a velocidade da fita para normal enquanto os dois observavam Adrianna sair do assento do motorista, seus olhos focalizados direto à sua frente até que sua imagem desapareceu de vista.

Rebobinaram a fita várias vezes para se assegurar de que não estavam deixando passar nada. Quando se convenceram de que tinham notado tudo que podia ser notado, deixaram a fita avançar, a imagem do Honda de Adrianna estacionado no meio do monitor.

À medida que a fita foi rolando, continuaram olhando... olhando... olhando.

* * *

Debra, da contabilidade, foi cooperativa, entregando os tíquetes de estacionamento assim que Decker explicou que a única coisa que desejavam era combinar cada número de placa no tíquete com um nome. Ele lhe assegurou que não estava interessado em nenhum dos hóspedes, exceto um — Chris Donatti, marido de Terry McLaughlin.

— Mesmo assim — disse ela —, eu ficaria agradecida se vocês não dissessem a ninguém onde conseguiram a informação. Quando vão me devolver os tíquetes?

— Vou examiná-los o mais depressa que puder. Se você precisar de alguma coisa, trabalho na delegacia de West L.A. Posso voltar aqui rapidamente a qualquer momento.

— Obrigada, fico muito agradecida.

— Como eu poderia chegar às salas da manutenção e da arrumação? — perguntou Decker.

— Eu poderia dizer a vocês, mas será mais fácil se pedirem um mapa a Grace.

— Obrigado por sua ajuda.

— De nada. Eu diria que sempre vou poder ajudar, mas deixarei o trabalho daqui a algumas semanas — disse Debra. — Mas não se preocupem comigo. Meus filhos estão animados, meu marido está animado, e minha mãe idosa está realmente animada. — Ela sorriu. — Minha antiga empregada e meu ex-*personal trainer*, que eram pagos com meu salário... nem tanto.

Enquanto eles caminhavam por caminhos arborizados, Eliza examinava o lote de tíquetes de estacionamento.

— Em alguns, não há números de placas.

— Provavelmente durante um momento de muito movimento e ele ficou um pouco descuidado. — Decker deu de ombros. — Não há nada que possamos fazer a esse respeito.

— Ei, tenente — Eliza estava entusiasmada. — Temos dois carimbos de hora por tíquete. Um da chegada e outro da saída. É uma grande sorte. Se encontrarmos o Lexus de Donatti, saberemos quando ele chegou e quando saiu.

— Se o atendente tiver sido esperto o bastante para marcá-lo como um Lexus com placas de papel.

— Se Donatti fosse fazer algo de errado, teria parado seu carro no estacionamento? Teria muito mais probabilidade de ser notado.

— A menos que tenha sido algo não planejado, embora Donatti não costume ser precipitado — disse Decker. — Mas ele espancou sua mulher... usando apenas a mão aberta... fez questão de me dizer isso. Como se isso devesse me impressionar.

— Que canalha.

— Canalha e psicopata — disse Decker.

— Como está o garoto?

— Quieto... reservado. É difícil saber o que está pensando. Minha filha parece se dar muito bem com ele.

— Hum...

— Sim, pensei sobre isso — disse Decker. — Ele é um garoto bonito, mas ela tem 17 anos, tem um namorado e vai sair de casa dentro de alguns meses. Ele tem só 14 anos. — Uma pausa. — Se fosse uns dois anos mais velho, eu não o teria deixado ficar conosco.

— Genética, não é? Pecados do pai.

— Especialmente quando se trata da minha filha. Hannah é inteligente, mas ingênua. Não sei muito sobre Gabe, mas suspeito que seja muito mais esperto que ela.

Eles caminharam mais alguns momentos em silêncio até chegarem ao escritório da manutenção. A porta estava aberta e eles entraram. O espaço lá dentro era quente e confinado. Um homem moreno, à mesa, suava profusamente.

— Sim?

— Estamos procurando Gregory Zatch.

— Sou eu.

Decker apresentou seu distintivo e identificou os dois como detetives de homicídios.

— Homicídio? — perguntou Zatch. — Alguém foi morto?

— Alguém desapareceu — explicou Eliza. — Às vezes esses casos são atribuídos a nós. Estamos aqui porque, algumas semanas atrás, a manutenção foi chamada por causa de um problema no encanamento da suíte 229. Vazamento no banheiro. — Ela se abanou com um punhado de tíquetes de estacionamento. — Gostaríamos de saber quem atendeu à unidade.

— A pessoa desaparecida estava na 229? — perguntou Zatch.

— Sim.

— Há quanto tempo a pessoa está desaparecida?

— Desde domingo à noite — disse Eliza.

— Teresa McLaughlin — disse Decker. — Você chegou a conhecê-la? Soubemos que era uma moça amistosa.

Zatch pensou.

— Não me lembro.

— Ela tem um filho de 14 anos — disse Decker. — Não achamos que ela teria deixado o filho sozinho voluntariamente.

— Ah, o menino. Eu me lembro dele. Toca piano como um mestre. — Sacudiu a cabeça. — Isso não parece promissor... ela estar desaparecida. E vocês acham que um de meus homens tem alguma coisa a ver com isso?

— Isto é rotina, sr. Zatch — disse Decker. — Estamos apenas checando quem entrou e saiu da suíte enquanto ela estava hospedada lá.

Zatch estava com uma expressão ressentida.

— Estão notando como está quente aqui dentro?

— Difícil não notar — respondeu Eliza, continuando a se abanar.

— A administração cortou o ar condicionado no escritório.

— Isso é péssimo.

— Eu me queixei. Dizem que se eu não estiver gostando das condições de trabalho, deveria ir embora. E sabem do que mais? A maioria foi embora. Estamos reduzidos a quatro... não, não quatro. Três homens. Um deles foi embora ontem de manhã. Isso significa que os sobreviventes solitários estão fazendo jornadas duplas. Nenhum de nós feriu essa senhora. Estamos ocupados demais atendendo a chamados.

— O sujeito que fez a manutenção do banheiro na suíte 229 foi embora?

— Tenho que verificar... qual foi a data do chamado?

— Não sei a data exata. O chamado foi há umas duas semanas.

— Qual é o número da unidade? — perguntou Zatch, com um suspiro.

— Dois vinte e nove?

— Sim.

Ele consultou seus livros. Levou cerca de dez minutos para encontrar o chamado no livro de serviços.

— Foi Reffi Zabrib. Ele foi embora umas duas semanas atrás. A maioria das pessoas saiu naquela ocasião porque a nova administração ofereceu duas semanas adicionais de salário para quem saísse um mês antes do fechamento. A maioria dos meus homens pegou o dinheiro e começou a procurar novos empregos. Preciso do dinheiro e preciso de horas extras. Do contrário, teria ido embora também.

— Nesse caso, quem ficaria responsável pela manutenção?

— Ninguém, porque não há nada para manter. A única coisa que faço é atender ligações. Se alguma coisa quebra, fica quebrada, a menos que seja um cano importante. Nesse caso, chamo um bombeiro hidráulico. É estúpido... ficar aqui sentado recebendo ligações, vendo os problemas e não fazendo nada.

— Então seus homens estão ocupados, mas vocês não estão fazendo nada?

— Estamos ocupados atendendo telefonemas. Se for um problema simples, como conectar uma tevê, nós o consertamos. Se não, enrolamos e depois a recepção transfere os hóspedes para outro quarto. Apesar disso, temos que atender cada ligação que nos fazem. E como faz mais de três meses que nada é consertado, recebemos muitas ligações.

— Poderia nos dar o número de telefone dele, de todo modo?

— O número de telefone de quem? Do Reffi?

— Sim.

— Provavelmente ele voltou para a Europa, mas vou dar qualquer número que eu tenha.

— Muito obrigado. Você disse também que alguém foi embora ontem mesmo, de manhã?

—Sim. Eddie Booker. Saiu na última hora para ganhar suas semanas extras. Eu achava que ele precisava do dinheiro, mas ele disse que queria cair fora daqui. Não o culpo.

— Você poderia me dar o número dele também?

— Claro. — Procurou numa lista, anotou os números e deu-os a Decker.

— Obrigado. Pode me dizer quem estava trabalhando aqui no domingo?

— Não era eu. — Ele verificou os livros. — Era Booker. Ah, isso faz sentido. Ele completou seu turno, trabalhou a noite toda, e bateu o ponto na segunda-feira de manhã. Em seguida se demitiu. — Zatch olhou para Decker. — Eddie é um bom homem. Está casado há vinte anos e tem filhos. Frequenta a igreja.

Isso não significava nada. Mais de um serial killer tinha sido diácono. O que chamou a atenção de Decker foi o *timing* de Booker. Não só ele trabalhara na noite em que Terry havia desaparecido, como se demitira na manhã seguinte.

— Obrigado por sua ajuda — disse Decker.

— Não há de quê, detetive. Pelo menos faço alguma coisa útil além de suar.

O Honda de Adrianna permaneceu estacionado em seu lugar, sem ser perturbado, até que a hora indicada na fita chegou às 14h14 de segunda-feira — o momento em que a jovem foi encontrada morta. Nesse ponto, Marge desligou o aparelho.

— Ela nunca chegou a ir até o carro.

Oliver levantou-se e espichou-se, piscando para umedecer os olhos secos.

— Ela poderia ter saído do hospital por uma porta diferente?

— Só há uma maneira de descobrir. — Marge mostrou as fitas.

— Que horas são?

— Quase cinco da tarde.

— Não deveríamos nos encontrar com Aaron Otis e Greg Reyburn?

— Tenho de checar minhas mensagens. Eles ficaram de me ligar quando chegassem à cidade. Meu celular está sem sinal aqui.

— Então eles poderiam ter ligado e você não teria ficado sabendo?

— Exatamente. Vamos fazer uma pausa. Vou checar meu telefone.

Assim que Marge se levantou, Povich voltou.

— Tiveram sorte?

— Examinamos toda a fita mais importante uma vez — disse Oliver. — Vimos Adrianna estacionar seu carro e entrar no hospital por volta de 10h45. Não a vimos voltar para seu carro nesta fita.

— Isto não significa que ela não tenha saído — disse Marge. — Mas agora precisamos checar todas as outras entradas e saídas do hospital. Isso vai tomar muito tempo. Seria útil se pudéssemos ver as fitas em nossa delegacia. Assim eu poderia encarregar muitas pessoas de examiná-las e avançar com isto num ritmo mais rápido.

— No fim das contas, o hospital terá que dar as fitas para nós — disse Oliver. — São evidências.

— Evidências de quê? — perguntou Povich. — Não houve nenhum crime aqui.

— Isso nós não sabemos — disse Marge. — Se verificarmos todas as outras fitas e a virmos talvez *saindo* por outra porta... isso não seria apenas útil para nossa investigação, como poderia inocentar o hospital de qualquer delito. Porém, como não a vimos sair, precisamos ver todas as fitas.

Povich tamborilou na mesa.

— Façam um intervalo — disse. — Vou ligar para a administração e ver se podem levar as fitas. Mas há uma coisa. Se vocês forem vê-las na delegacia, quero estar lá. Nesse caso, acho que posso convencê-los a permitir.

— Sem problema. — Marge apertou-lhe a mão. — Você é bem-vindo.

— Sentiremos falta de Peter — disse Oliver —, mas teremos que prosseguir sem ele de alguma maneira.

Com os olhos colados no monitor, Peter fez um aceno.

21

Passava das sete quando Decker voltou à delegacia. A sala da patrulha estava silenciosa com alguns retardatários, inclusive Wanda Bontemps, que havia sido recentemente transferida para o departamento de homicídios de Devonshire. Ela e Decker tinham trabalhado juntos no caso Cheryl Diggs quando Chris Donatti não era muito mais velho que Gabe. A perseguição a um criminoso levara Decker para o distrito de Wanda. Houvera tensão entre eles, a princípio, mas quando o caso foi resolvido, Decker já tinha sido conquistado pelo profissionalismo dela. Ele a apoiara quando ela quisera se transferir para a divisão de detetives, e desde então ela lhe fora leal.

Com quarenta e tantos anos, Wanda tinha 1,70m e alguns pneuzinhos na cintura. Recentemente, tomara gosto por flexões e isso se revelava em seus braços musculosos. Tinha uma pele cor de café, olhos escuros e um cabelo grisalho cortado muito curto, com apenas um toque de louro.

— Tem um segundo, tenente?

— Claro. — Decker puxou suas chaves e abriu a porta de seu escritório. — Entre. — Ele se sentou à sua mesa e Wanda sentou-se em frente com papéis nas mãos. — Qual a novidade?

Wanda checou suas anotações.

— Estive examinando mortes por enforcamento. Quase todas foram suicídios ou acidentais... asfixia autoerótica. É realmente raro como um método de suicídio para mulheres. Consegui encontrar dois homicídios por enforcamento, mas ambos casos muito, muito antigos, em South Central.

Decker pegara um bloco de anotações.

— Casos em aberto?

— Sim. A suposição na época foi de que se tratava de um serial killer, porque ambas as mulheres tinham sido prostitutas.

— De quanto tempo atrás estamos falando?

— Vinte e cinco anos.

— Isso não parece corresponder ao caso de Adrianna.

— Essa foi minha impressão.

— E quanto a enforcamentos fora de Los Angeles?

— Esse foi meu passo seguinte. Assassinar alguém dessa maneira é realmente estranho, portanto, talvez seja um serial killer que acabou de se mudar para esta área.

— Ótimo — disse Decker. — Mas válido.

— Além disso, embora ninguém da companhia telefônica estivesse na área na segunda-feira, descobri por meio do mestre de obras que uma empresa privada estava instalando a fiação na casa para telas planas e computadores. O nome dele é Rowan Livy. Deixei uma mensagem para ele.

— Bom. E quem lhe falou sobre ele?

— O mestre de obras.

— Chuck Tinsley ou Keith Wald?

— Tinsley.

— O que encontrou o corpo — disse Decker. — Deveríamos conversar com ele novamente. Talvez se lembre de alguma coisa quando não estiver tão exausto. E o primeiro na cena do crime é sempre suspeito.

— Concordo. Tive também uma conversa com Bea Blanc, a irmã da vítima. Ela e Adrianna estão afastadas há anos. Bea é corretora da bolsa, casada, mãe, e as duas levam vidas muito diferentes. Ela não sabia muito sobre a vida da irmã.

— Detectou alguma animosidade entre elas?

— Não quando falei com ela. Parecia bastante arrasada.

— Portanto, como fonte de informação, ela é um fracasso, e como suspeita, está lá no fim da lista.

— Exatamente.

— Certo. Bom trabalho. Mais alguma coisa?

— Não no momento. Pensei em me juntar aos outros na sala de inspeção e olhar as fitas das entradas e saídas do St. Timothy. Até agora parece que Adrianna não voltou ao seu carro. Marge e Oliver querem saber se ela de fato saiu do hospital.

— Pensei que o hospital não ia liberar as fitas para nós.

— Ao que parece, mudaram de ideia. Quer vir dar uma olhada?

— Talvez daqui a pouco. Ainda tenho umas duas ligações para fazer. Diga a eles que estou aqui, caso alguém queira falar comigo.

— Direi.

Depois que Wanda saiu, Decker começou a ligar para os funcionários da manutenção do hotel. Sua primeira ligação foi para Eddie Booker. Um garoto cuja voz dava a impressão de que ele passava pelo penoso período da adolescência atendeu o telefone.

— Minha mãe e meu pai acabaram de sair de férias.
— Sabe quando vão voltar? — perguntou Decker.
— Não sei. Posso falar com minha avó. Ela volta daqui a uma hora.
— Posso deixar meu número com você para que ela me ligue assim que puder?
— Ah, não tenho um lápis. Devo ir pegar um?
— Por favor. — Decker deu-lhe o número, agradeceu ao garoto e desligou, sabendo que havia uma boa chance de que a avó não recebesse a mensagem. Sua ligação seguinte foi para Reffi Zabrib. Gregory Zatch, o chefe da manutenção, dissera que Zabrib fora para a Europa. Portanto Decker não ficou surpreso ao ver que a linha estava desativada. Como se demitira quando Terry ainda não tinha desaparecido, Zabrib não estava no alto da lista.

Ele deveria ligar para mais seis pessoas da manutenção, bem como para 15 da arrumação. Decker estava prestes a fazer outro telefonema quando ouviu uma batida no batente. Marge entrou, esfregando os olhos.

— Vamos fazer uma pausa. Quer ver os vídeos?

Decker deu uma olhada no seu relógio.

— Acho que vou dar uma passada em casa e ver se minha mulher ainda se lembra de mim. Qual é a situação? Wanda me disse que Adrianna não chegou a ir até o carro.

— Nós a vimos parar, estacionar, andar até a porta do elevador.

— E foi a última vez que a viram?

— Até agora não a vimos andando por nenhum dos estacionamentos do hospital. Ela terminou no canteiro de obras. Em algum momento, teve de sair do hospital. O problema é que os vídeos não são lá muito claros. Há muita gente entrando e saindo que não podemos identificar.

— Ou alguém a transportou para fora sem que tenhamos notado. Adrianna parece ter sofrido uma morte incruenta. Isso é estrangulamento ou veneno. Há muitas maneiras de conseguir substâncias químicas potentes dentro de um hospital.

— Povich disse que há câmeras sobre os armários de narcóticos. Vou dar uma olhada nelas. Ver quem está dando uma olhada nesses medicamentos. Quando os relatórios toxicológicos devem chegar?

— Só daqui a duas semanas — disse Decker. — O que está acontecendo com Aaron Otis e Greg Reyburn? Já não deveriam estar na cidade?

— O carro deles quebrou cerca de oitenta quilômetros ao norte de Santa Barbara. Vão levar até amanhã para consertá-lo. Seria quase mais fácil Oliver e eu dirigirmos até lá a esperar que cheguem, mas supus que seria mais profissional entrevistá-los aqui.

— Isso pode esperar até de manhã. Tiveram alguma sorte na localização de Garth Hammerling?

Marge sacudiu cabeça.

— Que acha disto, Pete? E se depois que Adrianna ligou para Aaron, Garth tiver ligado para ela de volta e lhe dito que tinha interrompido suas férias só para conversar com ela? Talvez ela não tenha querido se encontrar com ele em casa, por isso combinaram de se encontrar no hospital.

— Continue.

— Eles se encontram, conversam e depois brigam. Algo de ruim acontece e Adrianna morre. Garth entra em pânico e se livra dela de alguma maneira. Aposto que saberia como tirá-la de lá sem ser notado.

— Mas não há registro de uma ligação de Garth no telefone de Adrianna.

— Então talvez ele tenha ligado para o hospital porque sabia que ela não atenderia suas ligações no seu celular.

— Ele levou pelo menos três, quatro horas para chegar a Los Angeles. Se ela passou tanto tempo esperando por ele no hospital, alguém deveria tê-la visto nesse período.

— Não seria possível que estivesse exausta e tivesse ido dormir num quarto do plantão enquanto esperava?

— Volte ao St. Timothy e tente descobrir se alguém viu Adrianna depois que o turno dela acabou.

— Precisamos fazer isso de qualquer maneira. — Marge fez uma pausa. — Se isso de fato aconteceu, um dos vídeos da segurança deveria mostrar Garth entrando no hospital. Portanto, eu deveria estar procurando por ele também.

— Sim.

— O problema é que não faço a menor ideia da aparência de Garth, a não ser por uma foto de má qualidade da carteira de motorista.

Decker abriu a gaveta da sua escrivaninha e tirou algumas fotos.

— Peguei estas emprestadas no apartamento de Adrianna. Veja se ele está no Facebook. Provavelmente poderemos imprimir algumas fotos mais recentes. Além disso... e não sei por que não pensei nisso antes... veja se o cara postou alguma coisa recentemente.

— É uma boa ideia — disse Marge. — As pessoas estão sempre se expondo metaforicamente. Hoje em dia, a privacidade está tão antiquada quanto um filme em preto e branco.

Ele parou o carro às 20h50, notando que o carro de Hannah não estava na entrada da garagem. Quando Rina o cumprimentou à porta, perguntou:

— Só nós dois em casa?

— Somos três. Hannah saiu, mas temos um hóspede.

— Onde está ela? — perguntou Decker, franzindo as sobrancelhas.

— Na casa da Aviva.

— Então por que não levou Gabe com ela?

— Não sei, Peter. Talvez precisasse de algum tempo sozinha. Por que você não entra e fecha a porta e podemos conversar dentro de casa? Pode fazer isso, porque você mora aqui.

Os dois foram de mãos dadas até a cozinha. Decker sentou-se onde seu jantar o esperava. Estava quente e delicioso: um sanduíche em que não faltavam queijo de soja sem leite, salada de repolho e um grande e suculento pepino em conserva. Muito rapidamente, ele foi devorado.

— Nossa, isso estava bom.

— Quer outro?

— Não, um foi mais que suficiente. — Decker ouviu uma melodia ritmada flutuando pelo ar. Nunca ouvira guitarra elétrica tocada de maneira tão bonita. — O que o garoto está fazendo?

— Eu dei comida a ele. Ele disse obrigado.

— Não conversaram um pouco?

— Não, apenas falamos amenidades. Perguntei se ele estava se sentindo bem na escola. Caso não estivesse, eu procuraria alguma outra coisa, mas ele disse que estava tudo bem, em especial porque tudo era temporário. — Ela riu. — Disse que ela não era assim tão diferente da escola católica.

Decker riu.

— Como assim?

— Apenas que os rabinos o faziam se lembrar dos padres. Disse que todos eram bastante simpáticos. Depois me agradeceu pelo sanduíche e começou a comer. Eu lhe disse que tinha alguns telefonemas para dar. Ele pediu que eu não me prendesse por sua causa. Imaginei que devia ser um esforço para ele desenvolver uma conversa trivial, por isso, deixei-o sozinho. Quando voltei, ele me agradeceu e disse que o sanduíche estava ótimo. Depois pediu licença e passou as duas últimas horas tocando guitarra. O garoto tem resistência.

Ela serviu café para os dois e sentou-se.

— Fez algum progresso na procura por Terry?

— Eu teria dito a você se tivesse feito. — Decker tomou um gole de café. — Entrevistei vários funcionários no hotel onde ela e Gabe estavam hospedados. Todos me disseram que o menino toca piano como um profissional. Está sendo difícil tê-lo aqui?

— Na verdade, não.

— Rina, você tem que me dizer. Se tiver algum tipo de sentimento ruim em relação a ele, podemos mandá-lo para o apartamento da tia. Porque de fato não sabemos nada sobre ele, exceto que tem talento musical.

— Parece tudo certo com ele. Talvez devêssemos alugar um piano.

— Um piano?

— Por que não?

— Não acha que isso seria nos envolvermos um pouco demais?

— Você o trouxe para nossa casa. — Quando Decker não disse nada, ela sugeriu: — Por que você não conversa com ele e descobre quão comprometido ele está com a música? Eu detestaria ser a pessoa que está impedindo seu progresso, especialmente se ele for uma dessas crianças prodígio.

— O desenvolvimento dele não é responsabilidade nossa.

— Será, se ele ficar aqui.

— E teremos de nos preocupar com um piano? E quanto a um professor? E se ele precisar de um professor especial que custa uma fortuna?

— Por que não começamos com um piano? — perguntou Rina.

— Quanto custa alugar um?

— Não sei. Vou descobrir.

— E o que faremos com um piano se a mãe dele aparecer de repente, ou se o pai aparecer, ou se ele decidir fazer as malas e ir embora?

— Tive aulas quando era menina. O tempo está passando. Creio que está na hora de voltar a me familiarizar com meu lado criativo.

Quando Decker bateu, a música parou. Um instante depois, Gabe abriu a porta.

— Olá.

— Tem um minuto? — Decker entrou e sentou-se numa das camas gêmeas dos filhos. — Como você está?

— Estou bem. — Gabe pousou a guitarra e apertou as mãos uma na outra.

— Alguma coisa errada?

— Nada de errado, mas não fizemos muito progresso. Conversei com várias pessoas no hotel hoje. Sua mãe era uma moça simpática, especialmente com os funcionários, o que poderia tornar nosso trabalho mais fácil.

— Como assim?

— Eles se lembram dela. — Decker fez uma pausa. — Talvez, se eu falar com um número suficiente deles, alguém vá se lembrar de alguma coisa que você não sabia.

— Como o quê?

— Como sua mãe levando um hóspede para o quarto no hotel.

Como Gabe não respondeu, Decker disse:

— Você se lembra de vê-la fazendo contato com alguém fora da família... talvez ligando para um velho amigo?

O menino negou com a cabeça.

— Mas eu não estava sempre por perto. Ela alugou uma sala para eu praticar na UCLA, por isso eu ficava fora provavelmente seis horas por dia.

— Então é concebível que sua mãe tivesse uma vida da qual você não tivesse conhecimento.

— O que você está querendo dizer? Que ela fugiu com alguém?

Ele estava claramente perturbado.

— Estou dizendo apenas que, como você não estava por perto o tempo todo, ela poderia estar escondendo coisas de você — disse Decker.

Ele assentiu com a cabeça.

— Minha mãe podia ser reservada, mas ela não iria simplesmente fugir. Para começar, se Chris descobrisse, ele a mataria... ficaria realmente furioso. Provavelmente ele iria encontrar e trazer minha mãe de volta de qualquer maneira, então do que adiantaria? Segundo, ela não iria embora sem me contar.

— Provavelmente isso é verdade. Todos me falaram do quanto ela era dedicada a você.

Gabe ficou silencioso e taciturno. Claramente, Decker tocara numa ferida.

— Vou manter você informado. Lamento não ter mais informação. — O menino continuou amuado. — Nossa, seis horas por dia. É muito tempo praticando.

— Isso é mais ou menos a média. — Gabe sacudiu os ombros.

— Você praticava tanto assim em casa?

— Eu só ficava na escola até a uma. — Fez uma pausa. — Estava bom para mim, porque quase tudo no ensino médio é uma total perda de tempo.

— Acho que Hannah concordaria com você quanto a isso. A maioria das crianças como você estuda em casa?

— Sim, mas eu não queria isso. Meu pai é uma coruja e muitas vezes dorme até o meio da manhã. Ele é muito sensível a barulho. Quando ele dorme, precisa de silêncio. Então era bom, para mim, estar fora de casa.

— Então em que medida você leva sua música a sério? — perguntou Decker.

O menino tirou os óculos, limpou-os na camisa e os pôs de volta.

— Não sei o que responder.

— Você quer ser um músico profissional? Você é um músico profissional?

— Acho que está me perguntando se quero ser um pianista concertista. É uma pergunta interessante. Você deveria provavelmente perguntar a meus professores se tenho talento.

— Quem eram seus professores?

— Eu ia à Juilliard, no centro, três dias por semana. Sabe, com relação a toda a questão de onde eu deveria morar, eu poderia me candidatar à Juilliard no outono. Meu último professor leciona lá e me disse que eu poderia ir a qualquer momento. Isso resolveria meu problema de moradia, se esta coisa não se resolver.

— É isso que você quer?

— Eu preferiria isso a morar com minha tia, sem dúvida. — Ele tamborilou. — Eu estava com alguma esperança de poder ir para uma faculdade regular... como Harvard ou Princeton. Está muito tarde para me candidatar para o próximo ano, mas sei que eles admitem garotos com talentos especiais. Eu teria de fazer o exame de seleção, suponho.

— Já fez o exame preliminar?

Ele assentiu com a cabeça.

— Como se saiu?

— Obtive 210, o que é bom, mas irrelevante no meu caso. Eu poderia ir para alguma das universidades da Ivy League com uma bolsa de estudos para música. Ganhei um número suficiente de pequenos concursos para parecer impressionante e sei como fazer uma audição dar a impressão de que toco melhor do que toco. Sou muito bom em exibições rápidas.

— Como se sentiria morando sozinho aos 16 anos? — perguntou Decker.

— Vivi sozinho a maior parte de minha vida, portanto, não há nenhum grande problema aí. — Gabe fez uma pausa. — Isto não é totalmente verdade. Minha mãe sempre esteve presente em minha vida. — Seus olhos ficaram marejados. — Sinto falta dela. De todo modo, em resposta à sua pergunta original, sou bom o suficiente para ser um músico clássico profissional. Eu poderia tocar música de câmara e em pequenos grupos. Mas isso é muito diferente de ser um pianista concertista de qualidade. Meu professor em Nova York queria que eu entrasse no concurso Chopin, em Varsóvia, quando tiver idade suficiente, daqui a cinco anos. Gosto muito de Chopin e por acaso o interpreto muito bem. Mas realmente ajudaria muito se eu tivesse um professor. — Ele riu. — Ajudaria se eu tivesse um piano.

— Rina e eu estivemos conversando. Ela me perguntou se você acha que deveríamos alugar um piano para você.

— Nossa, eu adoraria isso! — O rosto do menino se iluminou. — Vocês não teriam nem de pagar por ele. Tenho todo aquele dinheiro que minha mãe deixou. Eu pagarei, se vocês estiverem dispostos a pôr um na casa.

Decker olhou para ele.

— Gabe, não lhe pedi naquela hora porque pareceria muito invasivo. Mas vou lhe pedir agora. Eu gostaria de ver o que sua mãe deixou para trás no cofre.

— Foi só algum dinheiro e documentos.

— Eu gostaria de ver os documentos.

O menino ficou nervoso.

— Certo, mas não é muita coisa. Só minha certidão de nascimento e meu passaporte e talvez algumas contas bancárias.

Resistência.

— E quanto à certidão de nascimento *dela* e ao passaporte *dela*?

— Não sei, tenente. Só separei o dinheiro do resto das coisas e guardei por segurança.

— Gostaria de ver que documentos você tem. Extratos bancários me revelariam muita coisa.

— Ah, claro. — Gabe levantou-se. — Preciso de uns minutos para encontrar os documentos e mostrar a você...

Em outras palavras, saia do quarto enquanto faço isso.

Decker levantou-se.

— Não estou tentando me intrometer nas suas finanças, mas quanto dinheiro ela deixou no cofre?

— Cerca de cinco mil dólares.

— Isso é muito dinheiro vivo, considerando-se que ela pagava a maior parte das contas dela com cartões de crédito.

Gabe deu de ombros.

— Você tem um cartão de crédito?

Ele assentiu com a cabeça.

Arrancando informação dele.

— Você é o titular do cartão?

— O que você quer dizer?

— Quem paga a conta do cartão de crédito? Sua mãe ou seu pai?

— Chris paga tudo.

— Certo. Sua mãe trabalhava, certo?

— Sim.

— Então ela tinha o próprio dinheiro dela.

— Provavelmente.

— Ela dava seu dinheiro para Chris? — Um menear de ombros. O garoto estava sendo evasivo. — Você se importa se eu der uma olhada nos recibos do seu cartão de crédito?

— Não usei para nada a não ser umas duas xícaras de café e alguns livros.

— Quero apenas ver a trajetória. Ainda estou tentando localizar seu pai, e se ele paga tudo, talvez o banco possa ter alguma informação sobre ele.

Gabe baixou os olhos.

— Tenente, talvez seja melhor deixar meu pai fora disso. Se ele não tiver nada a ver com isso, por que chateá-lo e deixá-lo furioso? E se tiver feito isso, eu não gostaria de saber.

— Então isso seria um "não" sobre uma olhada nos recibos do seu cartão de crédito?

Gabe se encolheu.

— Posso pensar sobre isso? Não gosto do Chris, mas não gostaria de mandar meu pai para a cadeia ou alguma coisa assim.

— Mesmo se ele tivesse assassinado a sua mãe? — O menino ficou em silêncio. — Veja — disse Decker —, você parece um pouco hesitante em relação aos documentos. Não sei, mas acho que seu pai entrou em contato com você e deu instruções sobre o que fazer e o que não fazer. — Fez uma pausa e olhou para o garoto, vendo as bochechas dele ficarem coradas. Estava pondo o menino numa situação difícil. — Gabe, sou um policial. Vou fazer perguntas, mas você não tem de fazer nada que vá deixá-lo infeliz. Apenas pense sobre isso. Quero fazer o que é melhor para sua mãe. Faça isso também.

— Vou pensar sobre isso. Obrigado por ser compreensivo.

— Quem disse que sou compreensivo? — Decker descabelou o garoto. — Seu pai está na minha lista de tarefas e nada vai me dissuadir de encontrá-lo. Mas você não é policial e não tem de abandoná-lo. Compreendo lealdades divididas.

— É a história da minha vida — respondeu Gabe, com um sorriso irritado.

22

Manhã de quarta-feira, oito horas, Decker estava em seu escritório bebericando um cappuccino obtido graças a uma máquina de expresso e às recentes habilidades de Marge como barista. Ela trouxera a máquina cerca de um mês antes, e o café da sala da patrulha nunca mais fora o mesmo. Atualmente, ela ocupava o primeiro lugar entre os detetives mais queridos. Era a única que sabia espumar leite.

— Você examinou todas as fitas?

— Examinei. — Ela tomou um gole e ficou com um bigode de leite, que limpou com a língua. — Eu estava ficando com a vista cansada no fim. Povich disse que podemos ficar com elas por mais um dia, assim vou olhar todas novamente.

— Você a viu entrar, mas não a viu sair.

— Como eu disse a você ontem, houve uma grande quantidade de pessoas que não consegui identificar. É por isso que gostaria de vê-las de novo.

— E Garth Hammerling?

— Se ele esteve lá, não notei, mas como eu disse antes, houve muitas pessoas não identificadas.

Oliver entrou na sala.

— Isso está cheirando bem. Eu adoraria beber um desses.

— Vou fazer um para você, mas só se eu puder ensinar a você como se faz — disse Marge.

— Sou inapto quando se trata de café.

Ela não fez nenhuma menção de se mexer.

— Eu estava acabando de contar ao tenente que não vimos Adrianna depois que ela deixou o carro e entrou no hospital domingo à noite.

Oliver puxou uma cadeira.

— Sim, toda esta vista cansada e eu nem estava assistindo à pornografia.

— Tive um sonho na noite passada — disse Marge.

— Eu estava nele?

— Não, não estava, mas Adrianna Blanc estava.

— Como? — disse Oliver, tirando a xícara da mão de Marge.

— Pode beber. Estou na xícara número dois, de todo modo.

— Seu sonho? — perguntou Decker.

— Ah, sim, meu sonho. Durante a noite toda fiquei vendo as fitas... pessoas granulosas em preto e branco andando pelos fotogramas... Depois acordei de supetão cismada com uma coisa. Nem sei ao certo se é real ou um fantasma produzido por uma noite de sono ruim.

— O que você viu? — perguntou Oliver, empertigando-se.

— Houve uma série de fotogramas em que vimos uma mulher de roupa cirúrgica saindo pela entrada principal por volta das seis da manhã. Ela estava olhando para seu celular, depois tirou uma coisa do bolso que parecia um segundo celular, em seguida voltou a entrar.

Oliver franziu a testa.

— Sim... Acha que era Adrianna Blanc?

— Isso ficou na minha cabeça. Por que não pensamos que era ela?

— Não a excluímos, Marge, apenas não pudemos ver seu rosto. Além disso, Adrianna ficou no hospital até cerca de 8h15. Portanto, mesmo se fosse ela, isso não nos ajuda muito.

— Eu gostaria de ver a fita de novo — disse Marge. — Estou me perguntando por que alguém sairia do hospital e depois imediatamente daria meia-volta e entraria de novo. E por que estaria com dois telefones celulares?

— Ela poderia ter saído para fazer uma ligação em seu celular porque trabalha num ponto sem sinal.

— Certo. Isso explicaria um telefone celular. Por que dois?

— Talvez o segundo celular fosse um pager e ela tenha olhado o número e retornado porque precisavam dela.

Marge assentiu.

— Suponho que a coisa sensata a fazer seria tentar descobrir se Adrianna recebeu uma mensagem pelo pager naquele momento.

— Ela não fez nenhuma chamada em seu celular antes das 8h15.

— Alguma coisa a perturbou. Para quem ela ligaria de manhã tão cedo?

— Talvez ela estivesse prestes a fazer a ligação para terminar com Garth, mas foi chamada pelo pager e teve de entrar novamente.

— Mas por que fazer uma ligação para terminar naquela hora?

— Ela teve alguns minutos livre e quis acabar logo com aquilo.

— O que está pensando, Marge?

— Estou me perguntando se ela não se encontrou com alguém no Garage que finalmente lhe deu coragem para terminar o namoro. E depois, talvez ela e o novo eleito tenham se encontrado na manhã seguinte e foi ele que a assassinou.

— Mas como ela iria se encontrar com alguém se não a vimos sair do hospital? — perguntou Oliver.

— Ela tem de ter saído. Simplesmente não a notamos. Se pudermos melhorar a imagem dessa mulher que não para de reaparecer na minha cabeça, poderíamos pelo menos ver qual era a aparência dela no dia em que foi assassinada.

— Façam uma tentativa — disse Decker.

— O assassinato é estranho — disse Marge. — O assassino não fez nenhuma tentativa de esconder o corpo. Ao contrário, apresentou-o de uma maneira dramática... como se estivesse sendo exibido. E isso parece ter sido planejado. Ela não parece ter lutado. Isso simplesmente não dá a impressão de uma briga de namorados que desandou.

— Você insiste nesse encontro mortal — disse Oliver.

— Quero apenas descobrir com quem Adrianna estava conversando na noite anterior à sua morte.

— Volte ao Garage e entreviste as pessoas para descobrir uma identidade — disse Decker. — Você sabe que eu disse isto antes. É possível que você não tenha visto Adrianna nas fitas porque ela nunca saiu viva do hospital. Minha suposição é que ela foi sedada ou envenenada antes de ser enforcada. Volte ao St. Timothy. Obtenha uma linha do tempo mais precisa. Isso vai revelar muita coisa.

— Ela tem de ter saído em algum momento, Rabino, porque nós a encontramos morta no canteiro de obras.

— Cadáveres são removidos de hospitais a toda hora por carros de agências funerárias, carros fúnebres e carros da perícia — disse Decker. — Pode ser que alguém a tenha levado para fora num saco para cadáveres.

Ao telefone, Eliza disse:

— Consegui uma pista de Donatti. Um dos tíquetes tinha um Lexus 2009 com placa de papel alugado pela Luxury Carros e Vans, em Westwood. Isso fica a cerca de quinze a vinte minutos do hotel, de carro. O contrato de aluguel foi preenchido por Donatti. Segundo seu tíquete de estacionamento, ele chegou às 12h18 e saiu às 14h47. Donatti devolveu o carro à locadora às 15h27.

— Ótimo trabalho.

— A parte ruim é que a pista fica fria depois disso. Ele precisou de algum tipo de transporte para ir da locadora a seja lá para onde foi. Liguei para as empresas de táxi locais. O lugar mais próximo registrado nos livros onde um passageiro fora apanhado fica a cerca de oitocentos metros, às 16h50. Estou tentando entrar em contato com o motorista. Ver se ele se lembra de

Donatti. Mas o passageiro pode não ter sido ele. E ele não é o tipo de pessoa que pega ônibus.

— Provavelmente ele não pegou. E quanto a hotéis? Chris chegou no sábado de manhã. Onde se hospedou?

— Tentei toda a área de Westwood e agora estou checando Beverly Hills: Montage, Beverly Wilshire e Beverly Hills Hotel. Até agora, nenhuma sorte. Talvez eu devesse tentar lugares menores.

— Vai ver ele dormiu no parque... Jesus, como é difícil encontrar esse homem. — Decker passou os dedos pelo cabelo. — Gabe falou com a mãe às quatro da tarde. Disse que Terry parecia bem. Ele voltou para a suíte do hotel por volta das seis e meia, sete horas, e ela tinha desaparecido. Se Donatti fez alguma coisa com Terry, teve apenas uma janela de, no máximo, duas ou três horas; o que significa que teria de ter retornado imediatamente depois que saiu. Havia algum registro de alguma locadora deixando-o de volta no hotel?

— Nenhum táxi, mas ainda não tentei as locadoras de automóveis.

— Talvez ele tivesse um segundo veículo e estivesse planejando o tempo todo fazer uma segunda visita furtiva à mulher depois que eu tivesse saído.

— Será que ela seria estúpida o bastante para deixá-lo entrar?

— Eles se separaram de modo amigável, relativamente. Ele parecia bem. Talvez ela tenha sido pega desprevenida.

— Ou talvez ele nunca tenha voltado — disse Eliza. — Estamos concentrados nele, mas deveríamos considerar que Terry era uma mulher amistosa. Talvez o tipo errado de cara tenha confundido suas maneiras afáveis com alguma outra coisa.

— Nesse caso, teria havido algum tipo de luta no quarto do hotel. Além disso, o carro dela desapareceu, assim como sua bolsa e suas chaves. — Decker pensou um momento. — Carros não desaparecem tão facilmente quanto pessoas. Seria de esperar que tivéssemos encontrado o carro a esta altura, e o fato de não termos encontrado me faz pensar.

— Vou verificar algumas garagens locais e depósitos de veículos — disse Eliza.

— Boa ideia. Estou apenas me perguntando se ela está longe daqui. Acho que o filho dela encontrou o próprio passaporte e certidão de nascimento no hotel, mas não o passaporte e a certidão de nascimento dela. Talvez ela os tenha pegado e ido embora.

— Parece possível. — Uma pausa. — Por que você diz que *acha* que ele está com o documento de identidade?

— Eu pedi a ele para ver os documentos que ela deixou no cofre e Gabe mostrou-se relutante em mostrá-los para mim. Quando perguntei sobre o passaporte e a certidão de nascimento da mãe, ficou quieto. Ele está escondendo alguma coisa. Mais cedo ou mais tarde, vou arrancar isso dele.

Eliza fez uma pausa.

— Então você não deu uma olhada na certidão de nascimento dele?

— Não. Por quê?

— Eu só estou me perguntando se ela mencionou Chris como o pai. Talvez Terry estivesse escondendo um grande segredo e Chris tenha descoberto. Quero dizer, sempre sabemos quem é a mãe. Mas nem sempre sabemos quem é o pai.

— Não sei nada sobre isso. Ela tinha 16 anos e era virgem quando o conheceu.

— Ele tirou a virgindade dela. Isso não significa que a tenha engravidado. Você não disse que ele passou algum tempo na prisão? Talvez ela tenha ficado cansada de esperar.

— Talvez. — Decker fez uma pausa. — Ele a teria matado se tivesse descoberto que o filho não era seu.

— É isso. Talvez o verdadeiro pai esteja na certidão de nascimento. Ou talvez ela esteja escondendo um teste de DNA. Sabe como é, tenente. Não há fúria maior que a do homem desprezado.

A mulher na linha parecia idosa. Ela se identificou como Ramona White.

— Estou procurando o tenente Detter.

— Aqui é o tenente Decker.

— Ah, é Decker? Não consigo ler a letra do meu neto muito bem.

— Como posso ajudá-la, sra. White?

— Estou retornando sua ligação.

— A respeito...

— Não sei a respeito de quê. Apenas recebi um recado de que deveria ligar para você.

Decker precisou pensar por um momento. Neto... avó.

— Ah, sim. Liguei para falar sobre seu genro, Eddie Booker. Sabe onde ele está?

— Está com minha filha num cruzeiro.

— Sabe quando estarão de volta?

— Dentro de uns dois dias. Foram num cruzeiro para Acapulco. Eles me convidaram para ir, mas fico enjoada no mar. Além disso, alguém tem de tomar conta dos monstros em casa.

— Sabe qual é a companhia de cruzeiros?

— Seacoast ou Seacrest. Algo assim.

— Há alguma maneira de entrar em contato com eles?

— Provavelmente por meio da companhia. Eles me deixaram um itinerário em algum lugar. É uma emergência?

— Não, não é. Se Eddie se comunicar com a senhora, poderia dizer que estou tentando falar com ele?

— O que está acontecendo? Eddie está encrencado?

— Não que eu saiba. Ele esteve encrencado?

— Não que eu saiba, mas nunca se sabe. Fui casada três vezes. No início, eram todos anjos. No fim, eram umas porcarias. Desculpe-me se estou sendo cínica. Os homens fizeram isso comigo.

Por mais que desacelerassem a fita, os detetives não conseguiram distinguir um rosto claramente. A mulher que saiu do hospital às seis da manhã só para entrar de novo instantes depois permanecia um mistério.

Oliver acendeu as luzes.

— Fracassamos nesta.

— Realmente. Poderíamos repassar as fitas mais uma vez.

Oliver olhou para o relógio de parede.

— Aaron Otis e Greg Reyburn vão chegar em cerca de meia hora. Por que não revisamos as fitas depois que entrevistarmos os rapazes?

— É uma ideia. — Marge checou seu celular. — Hum... — Ligou para seu correio de voz e ouviu as mensagens. — Era do St. Timothy. Uma pessoa chamada Hilda ou coisa parecida. Adrianna recebeu uma mensagem por pager às 6h07. Portanto, o segundo telefone era um pager.

— E isso significaria que a mulher no vídeo provavelmente era ela — disse Oliver.

— Para quem estava tentando ligar? — perguntou Marge.

— Provavelmente Garth, mas isso não ficou registrado em seu telefone. Possivelmente a ligação não chegou a ser feita. Que tal uma pausa para um café?

— Decker me deu o diário de Adrianna. Vou dar uma olhada nele antes de conversarmos com os rapazes. Ver se consigo encontrar um indício de uma ligação amorosa entre Aaron e ela. Mas fique à vontade para usar a máquina.

— Você sabe que não sei fazer isso.

— E isso seria um problema meu por quê?

— Certo, certo. — Ele se levantou. — Vou enfrentar o problema. Ensine-me a espumar.

— Agora isso vai ter de esperar, Scott. Tenho coisas a fazer.

— Quanto tempo levaria isso?

— Na verdade, provavelmente não levaria muito tempo, mas esse não é o ponto. Eu estava disposta a me desdobrar para ajudá-lo esta manhã, mas você não quis.

— E se eu suplicar?

Ela se levantou.

— Se você vai se humilhar, peça mais que um *latte*.

— Querida, já me humilhei por muito menos. Pelo menos um *latte* não me dará um tapa na cara depois que eu acabar de beber.

23

Marge tinha idade suficiente para se lembrar de uma época em que uma tatuagem significava alguma coisa, em que desenhos na pele andavam de mãos dadas com comportamento criminoso e a afiliação a uma gangue agressiva. Naquele tempo, as únicas outras tatuagens aceitáveis, como "mamãe" dentro de um coração, estavam associadas a homens que serviam nas forças armadas dos E.U.A. O resto da população masculina era desprovido delas. Hoje em dia, tatuagem era completamente aceita e usada como joias permanentes. A tatuagem se tornara quase, ela ousava dizer, uma ornamentação *convencional*. O efeito da técnica que vinha realmente *a calhar* era identificação, porque não existem duas imagens exatamente iguais.

Aaron Otis era adornado por espirais que subiam e desciam pelo seu braço esquerdo, enquanto o braço direito fora tatuado com uma série de braçadeiras que incluíam — mas sem se limitar a eles — um círculo de arame farpado, um bracelete de caracteres japoneses, uma pulseira de serpente e uma coleção de balas num cinto de munição. A única parte de seu corpo que mostrava Aaron ao natural era seu rosto abatido — bronzeado, de traços marcados e louro —, como se ele passasse a vida no campo. Ele usava uma camiseta preta e calça cargo bege. Usava mocassins Vans nos pés sem meias.

Greg Reyburn era um pouco mais criterioso em sua escolha de pinturas corporais, mas sua pele ainda continha tinta suficiente para se escrever uma noveleta. De altura e constituição medianas, o jovem exibia uma cabeleira de cachos pretos, pômulos altos e um queixo pontudo. Seus olhos, como os do seu companheiro de viagem, estavam caídos e orlados de vermelho. Usava jeans, uma camisa polo preta e sandálias.

Marge os pusera em duas salas de interrogatório separadas. Enquanto Scott operasse sua mágica com Greg Reyburn, ela falaria com Aaron Otis. Levou-lhe um refrigerante e sentou-se ao lado dele, debruçando-se, tentando parece maternal.

— Você parece cansado.

— Exausto. — Otis pegou o refrigerante e lhe agradeceu. — Estes dias têm sido um inferno. — Bebeu sofregamente. — Entre os consertos do carro e as férias, não me sobrou um tostão. — Ele fez aspas no ar ao dizer a palavra "férias". — Foi tudo um desastre. Além disso, agora você está me olhando com olhos de vodu!

— Por que diz isso? — perguntou Marge, pegando um bloco de anotações.

— Porque Adrianna ligou para mim e não para Garth. Se tivesse sabido que ela ia morrer, eu teria... bem, não sei o que eu teria feito. É simplesmente apavorante. Falar com ela e depois... você sabe... é apavorante.

Marge assentiu com a cabeça.

— Quero dizer, tipo, o que aconteceu? Ela estava bem quando falei com ela... Quero dizer, estava completamente enfurecida, mas... assim, é tão estranho.

— Como você ganha a vida, Aaron?

— Eu?

— Sim. Como você ganha dinheiro?

— Sou um EG.

— Empreiteiro geral? Você constrói casas?

— Em geral, trabalho como mestre de obras de estrutura para empresas maiores.

— Certo. — Teria sido coincidência que Adrianna tivesse sido encontrada num canteiro de obras? Não que Otis teria podido fazer aquilo, se estava a quilômetros dali. — Como conheceu Garth?

— Estudamos juntos. Eu o conheço desde a sétima série.

— O que pode me contar sobre ele?

— É um bom sujeito... Um pouco vaidoso, mas, afinal, por que não?

— Vocês são muito ligados?

— Somos bons amigos. Bons o suficiente para que eu fique chocado se... — Ele se detém.

— Ele entrou em contato com você desde que foi embora?

— Não. — Um tempo. — Estou nervoso com isso. Para onde ele iria se não foi para casa?

— É o que gostaríamos de saber. Checamos a lista de passageiros da companhia. Ele saiu do avião no aeroporto de Burbank, mas não sabemos para aonde ele foi depois disso. Ele é seu amigo. Para onde acha que iria se quisesse se esconder?

— Não sei. — Ele flexionou um bíceps. Seus braceletes tatuados se expandiram e depois se contraíram. — A família dele está aqui. Tentaram falar com eles?

— Foi a primeira coisa. A mãe achava que ele ainda estava com você.

— Isso pega mal para ele... desaparecer de repente.

— Seria também possível que algo de ruim tivesse acontecido com ele. Eu gostaria de encontrá-lo para me certificar de que está bem.

— Você acha que ele está... morto? — perguntou Otis, arregalando os olhos.

— Não sei, Aaron. Sabemos que Adrianna foi assassinada. Pensar que Garth teve o mesmo destino me deixaria muito triste.

— Nossa. — Ele coçou seu braço cheio de espirais coloridas. — Isso é realmente estranho. Eu estava achando, tipo... você sabe...

— Não, não sei. Diga-me.

— Que você achou que Garth era tipo um suspeito. Embora eu não saiba como ele teria feito qualquer coisa. Pela hora em que saiu de Reno, não teria tido tempo suficiente.

Marge não discutiu. Garth tivera tempo suficiente, mas teria sido apertado.

— Fale-me sobre a reação de Garth quando você lhe contou sobre o telefonema de Adrianna — disse Marge.

— Ele ficou perturbado.

— O que ele disse?

— Não me lembro de suas palavras exatas... algo como... ele odeia quando ela fica assim. Ele teria que ir para casa para conversar com ela, porque um telefonema não iria resolver isso.

— Quando ela fica assim? Ela terminou com ele antes?

— Sim, eles brigavam o tempo todo.

— Por que razões?

— Coisas. Coisas de casal.

— Pode me dar um exemplo?

— Ele se queixava de que Adrianna era dominadora... tentando controlar demais a vida dele. Ela não tinha nada que fazer isso, porque ela mesma não era nenhum anjo. — Otis olhou para o seu colo. — Eu realmente não deveria falar pelo Garth.

— E quanto ao lado dela?

— Não sei sobre o lado dela. Sou amigo do Garth.

— No entanto, ela ligou para *você* para dizer que estava terminando com ele. O que isso significa?

— Que ela tinha meu número de telefone e não queria falar com o Garth.

Marge inclinou-se, chegando mais perto dele.

— É mais que isso. Acho que Adrianna e você estavam muito ligados.

— De maneira nenhuma. — Olhos desviados.

— Talvez você queira pensar sobre essa afirmação, Aaron.

Marge recuou para lhe dar um pouco de espaço para respirar.

— Você sabia que Adrianna mantinha um diário?

Um rubor passou pelo rosto do homem. Embora Adrianna falasse sobre encontros amorosos com outros homens, não usava nomes. Marge não fazia ideia se um dos encontros secretos tinha sido com Aaron, mas se ele fosse como a maioria dos homens, iria se considerar importante o suficiente para ser citado.

— Aaron?

— Não foi nada sério.

— Foi mais do que só uma noite de sexo — mentiu Marge.

— Foi uma noite de sexo que aconteceu talvez três ou quatro vezes. Não significou nada para nenhum de nós dois. Ela tinha ficado furiosa com ele e o traiu porque Garth estava fazendo a mesma coisa com ela.

— Então por que não terminaram, simplesmente?

— Obviamente ela tinha terminado com ele. Ou pelo menos *ia* terminar com ele.

— Por que ela levou tanto tempo?

— Não sei. Fazia um bom tempo que eles estavam tendo problemas.

— Bem, por que você acha que Garth continuava com ela?

— Porque ela era boa de cama. Pelo menos é o que eu acho.

— Sabe disso por experiência própria?

— Ora, me poupe.

— Ela está morta, Aaron. Preciso saber tudo. Por que você está dizendo que ela era boa de cama?

O rapaz pareceu esmorecer.

— Ela fazia coisas que muitas garotas não fariam. Nada era proibido com ela. Além disso, ela dava dinheiro para o Garth.

— Parece que era a namorada perfeita. Por que ele a enganaria?

Um sorriso torto.

— Porque os homens não prestam.

Uma síntese adequada, se não totalmente justa, do sexo oposto. Mas Adrianna dava suas escorregadas também.

— Se ela era tão boa de cama, Aaron, por que só três ou quatro vezes?

— Foi ideia dela parar.

— Você ficou irritado com isso?

— Não. Foi maneiro.

— Então por que ela ficava furiosa quando Garth a passava para trás se ela fazia a mesma coisa com ele?

— Não sei. Estou cansado, sargento, não consigo pensar muito claramente agora.

— Ela falou o motivo pelo qual não quis continuar com você?

— Ela dizia que já tinha extravasado, se entende o que quero dizer.

— Não sei bem se entendi. Explique isso para mim.

— Olha aqui, sargento, eu não fui o primeiro cara com quem ela trepou por vingança nem fui o último.

— Como você sabe sobre as trepadas por vingança dela?

— Porque ela me contava sempre que ficava com um cara sem que o Garth soubesse.

— Parece que vocês eram bons amigos, se ela contava a você sobre sua vida amorosa. Por que acha que ela confiava em você?

— Não sei. Talvez achasse que eu iria contar para o Garth e ele ficaria com ciúme.

— E você contava?

— Pelo amor de Deus, não. Se eu começasse a dizer coisas, estaria frito.

— Você acha que Garth ficaria furioso com você, embora ele também enganasse Adrianna?

— Acho que, no fundo, ele gostava dela. Do contrário, por que iria interromper as férias apenas para acalmá-la?

— Não sei, Aaron. Francamente, estou me perguntando o que poderia ter acontecido se ele não a tivesse acalmado.

— Não sei. A coisa toda é estranha.

— Talvez o relacionamento tivesse menos a ver com sexo e mais a ver com o fato de que Adrianna dava dinheiro a Garth. Como soube que Adrianna estava financiando as excursões dele a Las Vegas?

— Eu perguntei ao Garth sobre isso... comentei que ele sempre tinha dinheiro para Las Vegas. Ele disse que ela dava dinheiro para ele gastar.

— E o que você disse sobre isso?

— Algo como "excelente negócio", ou alguma merda assim.

— Ela trabalhava como enfermeira. Como conseguia dinheiro para dar a ele?

— Provavelmente com a mãe. Os pais dela têm dinheiro.

— Ela contou a você que conseguia dinheiro com a mãe?

— Talvez. O que interessa é que os dois sempre tinham grana suficiente para pagar alguns drinques e fazer uma farra. Ela gostava de uma farra. — Os olhos do rapaz umedeceram-se. — É horrível pensar nela morrendo enforcada. Quem faria isso?

Marge suspirou em seu íntimo. Era uma pergunta retórica. Ainda assim, ela poderia ter lhe dado meia dúzia de respostas, e todas teriam sido apavorantes.

— Interessante... Otis ser um empreiteiro — Decker pensou um momento. — Isso é relevante?

— Marge puxou uma cadeira e sentou-se, jogando a cabeça para trás até ficar olhando para o teto. — Vou verificar e ver se ele tinha alguma coisa a ver com o projeto dos Grossman, onde Adrianna foi encontrada.

— Empreiteiros são culpados até que se prove o contrário, na minha opinião — disse Oliver.

— Por falar nisso, vocês falaram com Keith Wald e Chuck Tinsley?

— Entrei em contato com Wald — disse Marge. — Marcamos alguma coisa. Tinsley não retornou minha ligação. — Ela se virou para Oliver. — O que Reyburn faz?

— É carpinteiro nos estúdios da Warner Bros, em Burbank.

— Como ele conheceu Garth? — perguntou Decker.

— Os três são amigos desde a sétima série.

— Vocês acham que se um deles estivesse encrenado, os outros poderiam ajudá-lo a se safar?

— Uma bobagem tipo Três Mosqueteiros? — perguntou Oliver. — Talvez, embora você tenha de refletir sobre lealdade quando seu amigo está fodendo sua namorada.

— Eu me pergunto se Greg Reyburn fazia parte da lista de trepadas de Adrianna. — disse Marge.

— Não sei por que não lhe perguntei.

— Ele ainda está aqui? — perguntou Decker.

— Não, saiu uma hora atrás. Posso perguntar a ele, mas sabemos que Adrianna transava com várias pessoas e que Garth transava com várias pessoas. Um a mais não vai mudar o balanço geral.

— Eu estava pensando se os amigos dele se sentiam culpados por dormir com Adrianna, talvez se sentissem dispostos a ajudá-lo com o corpo.

— Como o teriam ajudado se estavam a quilômetros de distância? — perguntou Oliver.

— Talvez Aaron tenha dito a Garth para se livrar do corpo na casa dos Grossman.

— Se Aaron estava associado ao projeto, saberia que isso lhe causaria problemas no futuro.

— Não pretendo fazer um comentário rude sobre o sr. Otis — disse Marge —, mas ele não é exatamente brilhante. Pode ser que Garth tenha lhe ligado em pânico e Aaron tenha lhe dado o primeiro lugar em que pôde pensar para o descarte do corpo.

— Verifique com Wald se Otis está associado ao trabalho. Quando é que vocês dois vão ao St. Timothy? Precisam repassar os movimentos de Adrianna.

— É o próximo item da lista — respondeu Oliver. — Imediatamente depois de um intervalo para o café.

— Acho que vou dispensar — disse Marge. — Use a máquina à vontade, Scott.

— A última vez que tentei, queimei a mão — disse Oliver.

— A prática leva à perfeição. — Marge levantou-se. — Mas vou mostrar mais uma vez a você. Quem diria que uma maquininha podia causar tanta dependência?

— Não é um vício, é uma preferência.

— Assim funciona a negação, até que vira um hábito — disse Marge. — Talvez devêssemos fundar um centro de reabilitação para o vício em café. Qual de nós não teve uma dor de cabeça causada por cafeína? Se as pessoas se dispõem a morrer em cinco dólares por alguma coisa que custa cerca de quarenta centavos, podemos lhes vender a ideia de que elas têm um vício que precisa ser freado. Tudo isso é parte da moderna filosofia de jogar a culpa nos outros. Fique com todo o mérito, mas não assuma a responsabilidade.

24

Os pés de Decker estavam sobre a mesa. Sua porta estava fechada, e essa era uma das poucas vezes em que ele podia se permitir respirar um pouco. Precisava se reorganizar depois de encerrar uma conversa telefônica carregada de emoção com Kathy Blanc. O desejo de chegar a uma solução num caso de assassinato era como uma coceira permanente que ele não podia coçar. Agora estava ao telefone com Eliza Slaughter e mal podia discernir o que ela dizia.

— Onde você está? Está com estática na linha.

— Estou... no campo. Espere. Vou andar... meu carro. Vou... de volta.

Ela desligou. Enquanto esperava a ligação, Decker olhou suas mensagens. Tinha passado a maior parte da manhã falando com o que restava dos empregados do hotel. Era difícil fazer entrevistas pelo telefone e talvez fosse necessário visitar alguns deles pessoalmente. Tivera também uma breve conversa com o patologista. O relatório da autópsia de Adrianna Blanc mostrava que sua morte resultara da asfixia causada pelo enforcamento. Havia também contusões e marcas em sua pele compatíveis com o arrastamento do corpo.

O telefone tocou e Decker o atendeu.

— A ligação está melhor? — perguntou Eliza.

— Muito. Que há de novo?

— Hora de mostrar o dever de casa. Passei a maior parte do dia de hoje checando garagens, oficinas de desmanche e ferros-velhos. Como garagens e depósitos precisam de chaves e de permissões dos proprietários para serem abertos, comecei com o que era acessível, os ferros-velhos. Ninguém parece se importar que você vasculhe as pilhas de carros sucateados. Estou no número três. Eles ficam todos no Valley.

— Leste e norte do Valley. Já trabalhei em Foothill.

— Este em que estou fica no seu distrito. Conhece o Ferro-Velho Tully's?

— É perto da Rinaldi.

— Você devia vir aqui. Algo me chamou a atenção.

— Algo como uma Mercedes E550 2009?

— É o que estou pensando, embora seja difícil distinguir a marca e o modelo quando o veículo está desmantelado e retorcido. É prata.

— Quando ele chegou aí?

— O garoto que está aqui agora não tem certeza. Acha que chegou há uns dois dias. Neste momento, estamos tentando localizar o dono do lote. Ele tem os registros.

— Chego aí daqui a meia hora.

— Até lá. — Eliza esperou um pouco. — Terry frequentou a escola no West Valley, certo?

— Correto.

— Então é possível que conhecesse o lugar.

— Tudo é possível.

— Você tem suas dúvidas.

— Não sei, Eliza. Acho que a questão mais importante é que Chris Donatti, Chris Whitman naquela época, frequentou a escola no Valley. E ele dirigia um carro antigo modificado sensacional quando era adolescente. Terry, por outro lado, andava a pé ou pegava o ônibus.

Cappuccinos exerciam um efeito calmante sobre Oliver. Talvez fosse alguma coisa no leite, porque o bebericava com um deleite quase orgástico. Ele não só aprendera a usar a máquina de fazer café, como havia finalmente dominado a arte de espumar. Os dois estavam a caminho do St. Timothy: Marge dirigia e Scott estava no banco do passageiro.

— Estou virando um homem afeminado — disse Scott.

— Tomar *lattes* não faz de você um homem afeminado. Homens italianos tomam cappuccinos o tempo todo — respondeu Marge, sorrindo. — Claro que não tomam isso à tarde. Tomam expressos, porque cafés com leite são bebidas de café da manhã.

— Estamos na Itália, Marge?

— Estou só dizendo...

— Pelo que sei, a língua oficial não é italiano...

— Estava só lhe ensinando um pouco de história da culinária.

— Sabe, Dunn, vejo um programa na televisão a cabo em seu futuro. Você, com uniforme completo, fervendo leite de soja enquanto diz para seus telespectadores como prevenir um ataque com arma mortífera. Nós o chamaremos de "Um café com a tira".

— Parece filme pornô.

— Isso funcionaria também — disse Oliver, com um sorriso. Ele terminou seu *latte*. — Então qual é o plano?

Marge fez sinal para virar à direita.
— Primeiro devolvemos as fitas para Ivan Povich.
— Já falou com ele?
— Deixei uma mensagem, pedindo as fitas das câmeras nas áreas dos veículos de emergência.
— Por que Povich não as entregou para nós logo?
— Não sei. Acho que quando pedimos da primeira vez ele supôs que queríamos apenas as gravações das entradas e saídas de pedestres.
— Então você gosta da teoria de Adrianna sendo carregada para fora num saco para cadáveres? — perguntou Oliver.
— Talvez. — Marge fez uma pausa. — Se o assassinato ocorreu dentro do St. Timothy, estou pensando no que poderia ter dado errado. Quem, afora Garth, era próximo o bastante de Adrianna para que uma discussão pudesse acabar num assassinato?
— Por que acha que o assassinato foi cometido por alguém de quem ela era próxima? — perguntou Oliver. — Pelo que Aaron e Greg nos contaram sobre Adrianna, ela podia estar tendo um caso que desandou. Talvez estivesse ficando com um médico ou administrador casado. Talvez tenha ameaçado contar tudo.
— Mas nesse caso, por que ela teria decidido de repente começar a expor suas aventuras?
— Porque estava furiosa com Garth, mas descontando em outros homens. É isso que as mulheres fazem.
— Em contraposição aos homens? — Marge riu. — Que me diz dos serial killers que odiavam suas mães?
— Estou só tentando irritar você. — Ele esperou um momento. — Embora se alguém tentasse matar Adrianna, seria de se esperar que ela resistisse.
Marge virou à esquerda.
— A menos que os dois estivessem drogados. E se ela estivesse chapada?
— Não havia nenhuma cocaína, nenhum álcool, nenhuma maconha em seu organismo. Isso nós sabemos.
— Poderia ter sido alguma coisa mais exótica. Quem teria melhor acesso a drogas que uma pessoa num hospital com livre acesso a todos os armários de medicamentos trancados?
— Eles não têm livre acesso — disse Oliver. — Acho que precisam se registrar para chegar a eles. Deveríamos verificar os livros de registro. Nossa conjectura seria reforçada se alguma droga estranha tivesse sido retirada e ela fosse encontrada no organismo de Adrianna.
— O problema é que às vezes você precisa saber o que está procurando para encontrá-la na testagem toxicológica — disse Marge.

Oliver abriu a garrafa térmica e retirou a espuma com o dedo.

— Você parece cética. O que está incomodando você?

— Que o encontro de Adrianna tivesse se tornado mortal de repente. O que poderia ter sido dito ou feito que o fez desandar de maneira tão terrível?

— Você sabe como essas coisas funcionam, Marge. Começa como uma bobagem e termina como algo trágico.

Mais uma vez, Marge e Oliver sentaram-se na sala de controle central no St. Timothy. O que era ainda mais espantoso era que Peter ainda estava de serviço.

— Ele vai para casa em algum momento? — perguntou Oliver a Ivan Povich.

— Ele vai para casa, ele volta. — Povich mostrou a fita cassete. — Recebi sua mensagem, sargento. Esta aqui é da área de veículos de emergência. Temos câmeras em toda parte. Você pediu entradas e saídas, não pensei em áreas de emergência. Falha minha. Eu teria dado isto a vocês.

— Sem problema — disse Marge.

— Você está com sorte. Ela estava prestes a ser regravada. Mas tenho aquilo de que precisam.

— Pequenos favores são bons — disse Marge.

Povich encaixou a fita na máquina e a fez avançar até que a ela exibisse a data da última segunda-feira. Os três observaram o monitor. Ambulâncias chegando com desafortunados pacientes ligados a tubos intravenosos, amarrados a macas. No intervalo de tempo que observaram, eram sobretudo as mesmas pessoas nas mesmas ambulâncias, embora diferentes carros de emergência viessem de muitos diferentes lugares.

Nenhum saco para cadáver, mas Marge viu algo interessante. Às 11h13, um carro comum estava recuando em direção à plataforma de embarque e depois desapareceu do olho da câmera. Ela continuou observando por mais uns dois minutos, então seus olhos se arregalaram.

— Pare!

— Que foi? — perguntou Oliver.

Marge não respondeu.

— Recue alguns quadros.

— O que você está vendo, Marge? — perguntou Oliver.

— Não tenho certeza. É por isso que quero olhar de novo.

A fita foi rebobinada, as figuras preto e branco movendo-se abruptamente e pulando enquanto se moviam de quadro em quadro.

— Pare! — Marge apontou para uma figura pequena e isolada, parada na plataforma. — Você pode ampliar esta imagem?

— Peter, venha cá. Você pode ampliar esta imagem aqui? — chamou Povich.

Sem dizer uma palavra, Peter levantou-se, assumiu o controle do monitor e a pequena figura cresceu. Com cada aumento, a imagem perdia nitidez.

— Parece familiar, Scott? — perguntou Marge.

— Não. Só vejo uma mancha.

— Deixe-a menor, Peter. — O operador de segurança mudo reduziu a imagem alguns pontos. — Que tal agora?

Oliver fitou a figura.

— Nada.

— Não olhe para o rosto. Olhe para as roupas cirúrgicas, depois para o tamanho e a estrutura da pessoa.

— Mandy Kowalski.

— Poderia ser.

— Talvez.

— O que ela está fazendo ali? Observando macas serem carregadas e descarregadas de ambulâncias?

— Só há um meio de saber. — Oliver levantou-se. — Vamos procurá-la e perguntar sobre isso.

25

O Ferro-Velho Tully's fazia parte da paisagem nas colinas do oeste havia quase quarenta anos. Estava atualmente sob os cuidados de Caleb "Audi" Sayd, um sujeito de 28 anos cujos ascendentes poderiam ter sido egípcios, mas agora ele era um autêntico californiano. Tinha cerca de 1,82m, oitenta quilos, cabelo preto e olhos escuros. Seu uniforme preferido era jeans de cintura baixa, uma camiseta branca e coturno. Ele parou com os braços cruzados sobre o peito, as mãos enfiadas sob as axilas. Sacudiu a cabeça quando Decker lhe mostrou a foto de Terry McLaughlin.

— Nunca a vi antes — disse.

— Tem certeza? — perguntou Eliza Slaughter.

Audi bateu na fotografia.

— Este rosto... Eu me lembraria dela se tivesse visto.

Estavam parados no meio de um oceano de carros depenados, retorcidos e achatados. A maioria deles não rodava havia muitos meses. O pedaço de metal em que estavam interessados era uma estrutura prata retorcida e comprimida que sugeria uma Mercedes E550 numa vida anterior. Ele tinha pulado sobre Eliza como uma rã sob efeito de anfetamina.

Decker examinou o pedaço de metal.

— O que pode me dizer sobre ele? Dada a ausência de ferrugem, parece novo.

— Ele é novo — disse Audi. — Isso chamou minha atenção. Em geral, não se sucateia um bom carro.

— Então você estava desconfiado? — perguntou Eliza.

— Claro que eu estava desconfiado. Ele não foi trazido por um de meus principais contatos.

— Você sabe quem o trouxe?

— Nunca tinha visto o cara antes. Mas ele tinha a papeleta cor-de-rosa e eu a verifiquei com o Departamento de Trânsito antes de fazer uma oferta para ele. Estava tudo legal.

— Você tem um nome? — perguntou Decker.

— A papelada está no meu escritório. — Audi apontou para um trailer. — O último nome era Jones.

— Primeiro nome?

— Não me lembro. Não sei se cheguei a ficar sabendo qual era.

— Como ele era fisicamente? — perguntou Eliza.

— Pele morena. Cabelo liso escuro, olhos castanhos. Mais baixo e mais magro que eu.

— Hispânico?

— Podia ser. Tinha um ligeiro sotaque, mas não consegui distinguir de onde.

— Do Oriente Médio?

— Não, senhora, isso eu seria capaz de saber.

— Quando ele o trouxe?

— Hum, sábado ou domingo passado. Tenho a data.

— *Sábado ou domingo?* — perguntou Decker.

— Sim, foi durante o fim de semana.

Isso certamente deixou Decker frustrado. Agora ele estava pensando se era o carro certo.

— Como ele estava vestido?

— Como um mecânico — macacão, camiseta. Mas as unhas eram limpas. As mãos eram macias como ele se nunca tivesse feito trabalho manual na vida. Estranho, mas, estamos sempre ouvindo histórias.

— Então qual era a história dele?

— Alguma coisa sobre o carro ser um amontoado de lembranças ruins com a ex-mulher ou namorada. Pareceu mentira, mas, como eu disse, foi tudo checado como sua propriedade.

— Então você não questionou? — perguntou Eliza.

— Neste negócio, a gente lida com muitos esquisitões. Quem mais negocia partes de carro e sucata de metal? — Ele começou a contar nos dedos. — Se o carro não tiver sido turbinado, não tiver sido usado num crime, não tiver pertencido a alguém associado com crime e a propriedade for legítima, a gente não questiona. Não quero nenhum problema, detetive.

— Quanto pagou a ele? — perguntou Decker.

— Fiz uma oferta baixa e ele aceitou. Não estava se importando com o dinheiro, o que queria era o carro desmanchado e sucateado, o mais depressa possível. Voltou para ter certeza de que isso tinha sido feito e me pediu para escondê-lo no meio do lote. Eu disse que isso custaria a ele um pequeno extra e ele concordou. Depois que conseguiu o que queria, foi embora.

— O que você fez com as partes?

— Ele rebocou para cá a carcaça. Não sei o que foi feito com as tripas do carro.

— E você nunca tinha feito negócio com ele antes? — perguntou Eliza.

— Eu diria a você se tivesse feito.

— Você poderia procurar o sr. Jones para mim? — perguntou Decker. — Um primeiro nome seria útil.

— É claro. — Os três andaram até o trailer e cruzaram a porta. Lá dentro estava quente, com vários ventiladores zumbindo ao mesmo tempo. A mobília incluía uma escrivaninha que sustentava vária pilhas bem arrumadas de papéis, uma cadeira giratória, quatro cadeiras de armar e um fichário. Audi sentou-se e tomou água num copo descartável. Pegou uma das pilhas de papéis e encontrou o que procurava imediatamente. Entregou a fatura amarela a Decker. — Aqui está.

— Obrigado. — A primeira coisa que Decker notou foi que a data correspondia ao sábado anterior, a véspera do dia em que Terry desaparecera. Portanto, talvez estivesse enganado. O nome do cliente era Atik Jones. — Primeiro nome incomum.

— Qual é?

— Atik — disse Decker.

— Não soa familiar. Provavelmente ele não disse para mim.

— Então, como você o escreveu na fatura?

— Eu o tirei da papeleta cor-de-rosa. Vou pegá-la para você. — Audi girou sua cadeira e começou a vasculhar pastas. Um momento depois, estava perplexo. — Não consigo encontrá-la. Devo ter arquivado alguma coisa errado. Preciso da fatura novamente.

Decker a devolveu para ele. Audi anotou alguns números e mais uma vez vasculhou as pastas.

— Fiz alguma trapalhada. Cara, isso é irritante. Vou começar no início do *J*. Isso pode demorar alguns minutos. Tenho muitos deles.

— Nós esperamos — disse Eliza.

Passados vários minutos, Audi disse:

— Pronto, pronto, aqui está. Eu pus o nome errado na fatura. Eu podia jurar que ele me disse Jones.

Ele deu a papeleta cor-de-rosa para Decker. O nome não era Jones, mas Jains. Atik Jains. Decker refletiu um momento.

— Esse cara poderia ser índio?

— Tipo um índio navajo?

— Quero dizer indiano, da Índia. Jain ou Jains é um nome indiano.

Audi assentiu com a cabeça.

— Sim, sim, era isso que ele era. Era da Índia.

Decker examinou a papeleta cor-de-rosa.

Você pode me fazer uma cópia da papeleta e da fatura com sua máquina de fax?

— Claro.

Enquanto Audi copiava os papéis, Decker falou com Eliza:

— Jains teve o carro durante seis semanas. E depois o sucateou no sábado.

— Sábado?

— É o que diz a fatura.

— Se ele teve o carro durante seis semanas e o sucateou antes que Terry desaparecesse, será que estamos mesmo com o carro certo?

— Não sei. Mas sei que Teresa McLaughlin se mudou para cá seis semanas atrás — disse Decker. — Temos o número de identificação do veículo na papeleta cor-de-rosa. Isso deve ajudar a reconstruir sua história.

— Mais alguma coisa? — perguntou Audi, depois de entregar as cópias a Eliza.

— Sim, na verdade. — Decker sacou uma foto de Chris Donatti.

— Já viu este sujeito antes?

O olhar de Audi deslocou-se para a fotografia, depois de volta para o rosto de Decker.

— Um cara alto, mais ou menos do seu tamanho?

— Sim — disse Decker, sentindo seus batimentos cardíacos se acelerarem.

— Sim, ele esteve aqui... parecendo mais velho que na foto.

— Ele está mais velho que na foto. Quando esteve aqui?

— Um ou dois dias atrás. Estava fuçando por aqui quando cheguei ao trabalho.

— O que ele queria?

— Não sei. Mas não comprou nada, não me vendeu nada. Só andou por aí, examinando as coisas. Ao sair, me deu cinquenta dólares por deixá-lo vasculhar as coisas. — Abriu um sorriso. — Simplesmente retirou o dinheiro de um grande maço, como se tivesse feito isso mil vezes antes. Eu esperava que fosse me pedir para manter sua visita entre nós dois, mas não falou nada parecido. Só me deu o dinheiro e disse obrigado.

— Quanto tempo ele ficou aqui?

— Cerca de uma hora.

— E não disse nada a você sobre o objetivo da visita? — perguntou Eliza.

— Nada. Outro esquisitão, mas estou acostumado com eles.

— Se ele vier de novo, você pode me dar uma ligada? — Decker deu-lhe seu cartão e Eliza fez o mesmo. — E diferentemente do sr. Donatti, estou pedindo a você para manter esta visita entre nós. Não conte para ele que falou com a detetive Slaughter ou comigo.

— Donatti?

Decker assentiu com a cabeça.

— O cara é italiano? — Audi fez uma careta. — Ele certamente não parecia italiano. É tipo um criminoso da máfia ou algo parecido?

— Neste momento, é só um suspeito — disse Eliza.

— Suspeito de quê? — perguntou Audi. — Os cartões dizem que vocês são de homicídios.

— É por isso que você não vai dizer nada a ele — disse Decker. — Ele poderia ter uma reação esquisita.

— Esquisita como?

Decker aponta o dedo imitando uma arma e puxa um gatilho imaginário.

— Então ele é perigoso?

— Especialmente quando irritado. E neste momento, sabendo o que sei, eu diria que ele está bastante alterado.

— Mandy não está trabalhando hoje.

Oliver e Marge falavam com Hilly McKennick, a enfermeira-chefe no oitavo andar, que abrigava a unidade de tratamento torácico/cardíaco. Hilly estava na casa dos quarenta, uma mulher com jeito de garoto, com olhos bem separados, nariz fino, lábios de arco de cupido e cabelo platinado num corte joãozinho. Mandy Kowalski estava trabalhando na UTI há seis meses, e Hilly só tinha elogios a lhe fazer.

— Qual foi o último turno dela? — perguntou Marge.

— Acho que ela fez um turno duplo no domingo/segunda-feira para poder ficar de folga ontem e hoje.

— Por que ela quis mudar o horário?

— Não sei. Apenas pediu a folga e pude atendê-la. Mandy nunca pede nenhum favor. Em geral, trabalha muito duro, cobrindo o que outros deixaram por fazer quando preciso. Como pediu esse único favor, achei que podia ajudá-la.

— Você gosta dela? — questionou Oliver.

— Não somos propriamente amigas, mas ela é dedicada. — Hilly fez uma pausa. — Demais, eu acho. A maior parte de nós que trabalhamos intensamente merece um descanso. Meu refúgio é a jardinagem. Estou sempre no viveiro de camélias local. Elas são minha paixão. Janice adora esquiar. Darla canta no bar local onde mora. Mandy só pensa no trabalho. Nenhum hobby, nem um namorado que eu tenha conhecido algum dia. Como pediu alguns dias de folga, eu estava torcendo para que ela tivesse, talvez, alguma coisa planejada. Mas não perguntei.

— E quanto a amigas? — perguntou Marge.

— Bem, sei que ela e Adrianna foram colegas na escola de enfermagem. Eu as vi almoçando juntas, então talvez fossem próximas. Sei que quando ela soube do que tinha acontecido com Adrianna, ficou arrasada. Perguntei se queria uma folga, mas ela recusou.

Hilly pareceu pensativa e Oliver perguntou por quê.

— Fiquei preocupada — disse a enfermeira-chefe. — Pareceu-me um pouco estranho vê-la trabalhando quando estava transtornada. Mas ela trabalhou bem, como de costume, e saiu.

Marge mostrou a Hilly uma fotografia em preto e branco.

— Você diria que esta mulher é Mandy Kowalski?

— Está borrada — disse Hilly, fitando a foto.

— Foi tirada de uma fita de uma câmera de segurança.

— Talvez. — Hilly estudou-a atentamente. Levantou a cabeça. — Por quê?

— Isso foi extraído de uma câmera da área de ambulâncias — disse-lhe Oliver. — Se esta for Mandy, estamos apenas nos perguntado o que estava fazendo lá.

— Não faço ideia — disse Hilly.

— Então não pertencia àquela área.

— Não, de maneira alguma. Então, talvez não seja ela. Mas mesmo que seja, que importância isso teria?

— Estamos apenas tentando situar todas as pessoas na segunda-feira da morte de Adrianna — disse Marge. — Esta foto foi tirada na segunda-feira. Estamos tentando reduzir o intervalo de tempo do fim do turno de Adrianna até o momento em que o corpo foi descoberto.

— Neste momento, temos um buraco entre as oito da manhã e as duas da tarde. — A enfermeira-chefe pareceu inquieta. Oliver perguntou-lhe no que pensava. — Esta não é a hora de esconder informação.

— No dia da morte de Adrianna — disse Hilly, mordendo a unha do polegar —, as duas estavam tomando café juntas... na cafeteria. Portanto, não era um segredo ou algo assim.

Marge lançou um olhar para Oliver.

— Você se lembra da hora?

— Era de manhã. Lembro-me de sentir cheiro de bacon.

— Você disse alguma coisa para elas?

Hilly baixou os olhos.

— É tão estranho lembrar disso logo neste momento. Não disse nada para elas, mas fiquei aborrecida. Mandy não deveria estar num intervalo. Na verdade, era a hora do meu intervalo. Lembro-me de ter ficado com o quadro de funcionários reduzido porque não consegui encontrá-la. Imaginei que ela tinha apenas ido ao banheiro, já que costumava ser tão responsável.

Por isso desci para comprar uma rosquinha. Estava morrendo de fome. Quando a vi conversando com Adrianna, fiquei irritada. Apontei para o meu relógio e Mandy se levantou imediatamente. Depois pediu desculpa e eu lhe disse para esquecer aquilo. Eu sabia que ela estava fazendo um turno duplo e atribuí aquilo ao cansaço, que talvez ela tivesse precisado se reabastecer de cafeína.

Marge escrevia em seu bloco de anotações.

— Há alguma maneira de você chegar a uma hora aproximada?

— Preciso pensar... Registrei meu retorno às 9h15. Então, foi por volta dessa hora. Isso ajuda?

— Acabamos de ganhar mais uma hora! — disse Marge, triunfante.

— Alguma ideia do assunto da conversa? — perguntou Oliver a Hilly.

— Não. Mas me lembro de que Mandy pareceu ter ficado sem graça quando me viu, provavelmente porque eu a havia repreendido silenciosamente. — Hilly fez mais uma pausa. — Sabem, agora que estou pensando sobre isso, não sei sobre o que elas falavam, mas a conversa era intensa. Assim que entrei e vi as duas juntas, Mandy nem sequer notou. E quando me viu, ficou com vergonha. Claramente, sabia que não era hora do intervalo dela.

— Intensa de que maneira? — perguntou Marge.

— Mandy estava inclinada sobre a mesa e Adrianna gesticulava com as mãos. Mas só tive oportunidade de observá-las por uns dois segundos.

— E era Adrianna quem falava?

Hilly assentiu com a cabeça.

— Ela parecia perturbada. Talvez tenha sido por isso que não a reprimi muito severamente. Mandy, como de costume, estava tentando ajudar.

— Você teria o endereço da casa de Mandy? — perguntou Oliver. — Se Adrianna estava perturbada, talvez Mandy possa nos contar o que a estava perturbando.

— Vocês já não falaram com Mandy?

— Sim, falamos — disse Marge. — Mas Mandy não mencionou que tinha tomado café com Adrianna. Agora queremos saber por quê.

— Isso foi feito às claras — disse Hilly. — Não estavam escondidas ou algo assim.

— O que nos deixa ainda mais curiosos de saber por que ela não mencionou isso para nós — disse Oliver.

— Suponho que mesmo que eu não desse o endereço dela a vocês, poderiam obtê-lo de outra fonte — disse Hilly. — Por isso, posso facilitar as coisas para vocês.

— Seria gentil da sua parte — disse Oliver.

— Você foi muito franca — disse Marge. — Ficamos agradecidos.

— Este é meu estilo habitual... ser franca. Tem vantagens e desvantagens. Muitas vezes me arrependo do que disse. Mas o outro lado da moeda é que nunca fico com uma úlcera por estresse.

26

— Ela não está atendendo seu celular, nem a campainha de sua porta — disse Marge a Decker, ao telefone.

— Onde ela mora?

— Em um apartamento a cerca de três quilômetros do hospital.

— Ela tem o direito de não estar em casa às cinco da tarde. Talvez tenha saído para jantar cedo e desligado o telefone. — Decker fez uma pausa. — Está quente lá fora. Você está farejando algo estranho?

— Só uma sutil sugestão de urina de gato do lado de fora da porta.

— Consegue ver alguma coisa do interior?

— As persianas estão fechadas. Não há marcas de arrombamento na porta da frente ou nas janelas.

— Deixem seu cartão — disse Decker. — Se não tiverem notícia dela dentro de duas horas, podem voltar.

— Oliver e eu estamos voltando ao Garage. Vamos jantar por lá.

— Vão interrogar Crystal Larabee novamente?

— Fazer isso e procurar o homem misterioso com quem Adrianna estava conversando. Talvez alguém se lembre dele.

— Está um pouco cedo para os frequentadores do bar — observou Decker.

— Esse é o objetivo — disse Marge. — Quanto mais cedo chegarmos, mais provável será de encontrarmos cérebros que ainda não tenham sido destruídos pelo álcool.

Quando os dois acabaram de guardar todas as cadeiras e limpar a sala, o Volvo de Hannah era o único carro num estacionamento pouco iluminado que ficava em frente à escola, do outro lado da rua. Ela sacudiu suas chaves.

— Tenho de trancar o portão. — Tentou encontrar a chave certa pelo tato. — Cara, estou cansada.

— Você é a presidente — disse-lhe Gabe. — Não pode arrumar um ajudante para guardar as cadeiras?

— Sim, provavelmente eu devia ter feito isso no início do ano.

Os dois esperaram junto ao semáforo. Quando ficou verde, atravessaram a rua.

— Que horas são? — perguntou-lhe Gabe.

— Sete e meia. Eu deveria ligar para casa. Meus pais vão começar a ficar preocupados. Vou fazer isso do carro. Só quero ir embora daqui.

Ela andou até o portão de ferro batido e lhe deu um empurrão, esforçando-se para fazê-lo deslizar pelo trilho.

— Pode me ajudar a encaixar isto no trilho?

— Não deveríamos fazer isso depois de tirar o carro?

— Quero apenas encaixar o portão no trilho primeiro.

Gabe enfiou sua pasta embaixo do braço e disse:

— Você tira o carro. Eu vou...

E foi nesse instante que ele ouviu o barulho e sentiu alguma coisa nas costelas antes de ver realmente a pequena figura sombreada à sua direita. Uma voz agourenta falava com ele, enquanto tentava agarrar sua pasta.

Mas Gabe realmente não ouviu o que a figura estava lhe dizendo. Tudo que conseguiu perceber foi que sua insignificante vida — resumida em documentos oficiais e contas bancárias — lhe estava sendo arrancada. Portanto, ele não apenas não tinha pais como também não tinha identidade. Porque substituir tudo que fora roubado exigiria entrar em contato com Chris e explicar ao pai por que permitira que um filho da puta lhe arrebatasse a pasta.

Ele pensou em tudo isso numa fração de segundo, enquanto batia sua pasta no topo da cabeça do assaltante ao mesmo tempo em que o derrubava com o joelho, fazendo o que quer que estivesse cutucando suas costelas deslizar para o chão. Enquanto chutava aquilo com o calcanhar esquerdo, lançando-o nos arbustos atrás de si, Gabe esmurrava — socando, socando, socando até a figura estar de joelhos, chorando e suplicando.

Mas ele realmente não ouvia os apelos.

O que ouviu foi Hannah gritando: *"Pare, pare, pare!"*

Os gritos dela de repente o trouxeram de volta a si, focando sua atenção novamente no presente. De imediato, ele sentiu uma dor latejante na mão esquerda e amaldiçoou a própria estupidez. Soltou a camisa do assaltante, que se afastou de quatro para depois se levantar e sair correndo.

A mão de Gabe estava esfolada e molhada. Ele agitou os dedos. Nada quebrado.

Deus era um ser benevolente — desta vez.

Hannah ainda gritava. Ele tentou projetar sua voz acima da histeria dela.

— Está tudo bem, tudo bem, tudo bem.
— Você está louco! — ela gritou.

Ele se sentiu confuso. Em sua cabeça, acabara de fazer uma boa coisa. Por que ela continuava gritando com ele?

— Ele estava com uma arma nas minhas costelas.
— Ele estava com uma arma? Estava com uma *arma*? Você podia ter sido morto!
— Mas não fui, está bem? — Ele continuava segurando a mão. Nada quebrado, mas cara, como doía. — Estou bem.
— Você está bem? — ela gritou. — Está *bem*? Você não está bem! Está louco!
— Eu devia ter simplesmente deixado o filho da puta me roubar?
— Exatamente. Por que não lhe entregou a maldita pasta?
— Porque não quis!

A desculpa soou esfarrapada até para seus próprios ouvidos. E apenas pelo mais breve instante, pensou em lhe fazer uma confidência. Que tinha se encontrado com o pai na tarde da véspera, que Chris lhe dera toda essa merda — suas contas bancárias, seus cheques, seus documentos, seu passaporte — e que ele tinha se esquecido de tirá-los da pasta porque era um idiota. E porque tinha sido idiota, teria de falar com Chris e admitir que um vagabundo o assaltara. E ele não seria capaz de olhar seu pai nos olhos novamente. Era melhor morrer que enfrentar desprezo. Quis lhe dizer isso. Mas não podia confessar sem trair o pai.

Teria simplesmente de esperar mais uns dois dias.

Para ele, a porra de uma promessa era a porra de uma promessa.

— Você não *quis*? — gritou Hannah. — E vale a pena *morrer* por causa disso?
— Ela é minha. Por que eu deveria dá-la para ele?
— O que tem dentro dela de tão valioso para que você arrisque sua vida por ela?
— Nada de mais. Apenas minha partitura.
— Você é completamente maluco! — disse Hannah com repugnância na voz.
— Você está berrando com a pessoa errada! — A gritaria dela começava a irritá-lo. — Não assaltei ninguém, ele assaltou. E se quero me arriscar e deixar que me matem é problema meu!
— Ah! — Ela bufou. — Você é totalmente louco!
— Pare de me chamar de louco. Você não deveria estar com raiva de mim!
— Ao contrário, você é exatamente a pessoa com quem devo ficar furiosa. Você quase se deixou matar por causa de uma pasta idiota cheia de partituras. E se ele tivesse tentado atirar em mim?
— Foi por isso que o *detive*...

— E ainda por cima, parece que você arrebentou as mãos. Como isso é estúpido!

— Sabe, já tenho merda suficiente na minha vida para você ficar me dizendo que eu sou estúpido, certo? — Ele lhe deu um tchau. — Foda-se tudo isto! Vou cair fora daqui!

Ele avançou pela rua no escuro sem saber onde estava ou para onde ia. Ouviu-a correndo atrás dele. Ela o agarrou pelo braço.

— Vamos para casa.

— Você vai para casa, Hannah. — Ele continuava andando. — Veja, você tem uma casa. No momento, sou um sem-teto, lembra?

— Gabe, pare, pare! — Ela lhe deu um puxão no braço. — Pare de andar! — Agora ela estava chorando.

Ele parou de andar e gemeu.

Mais uma mulher ridícula, chorando, que não sabia se controlar. Sua mãe, sempre que estava desesperada, caía no choro. Sua tia era uma doida completa, sempre chorando por alguma coisa real ou imaginária. Às vezes era mais fácil lidar com a fúria do seu pai que com a histeria da sua mãe.

Estava escuro e ele estava faminto. Se fosse partir para ficar sozinho, imaginou que seria melhor fazer isso de estômago cheio.

— Tudo bem, Hannah. Vamos voltar para *sua* casa e ver *seus* pais e comer *seu* jantar que foi preparado pela *sua* mãe!

— Pare de fazer com que eu me sinta culpada! — gritou ela.

— Pare de gritar!

Num acesso de raiva, Hannah rumou para o carro, mas Gabe hesitou.

— Quero procurar a arma. É uma má ideia deixá-la para alguma criança ou outro filho da puta encontrar.

Hannah parou.

— Boa ideia. Vou ajudar você.

— Não, *eu vou* fazer isso. Você liga o carro e acende os faróis dianteiros direcionados para os arbustos para eu poder enxergar, certo?

Ela atendeu aos pedidos do menino. Quando percebeu que ele estava demorando, saiu do carro e ajudou-o a procurar. Ficaram ambos de joelhos no chão, movendo-se no mato que fedia a lixo, comida podre e excremento de cachorro. Parecia certamente asqueroso tocar em alguma coisa.

— Talvez não fosse uma arma, Gabe. Talvez ele tenha apontado para você com aqueles *hashis* nojentos ali.

— Não eram *hashis*, era uma arma.

— E você sabe qual é a sensação que uma arma provoca?

— Seria melhor você acreditar.

Ela não disse nada. Às vezes era melhor não levar a conversa adiante. Alguns minutos depois, Hannah viu alguma coisa cintilar.

— Que é aquilo?

— Onde?

— Debaixo daquele arbusto, à direita do pacote do McDonald's.

Gabe deitou de bruços e se arrastou sob um arbusto.

— Bom olho. Entre no carro. Vou pegar.

— Vou esperar com você.

— Hannah, caso ela dispare, você não deveria estar por perto. Apenas vá para o carro, está bem?

— Vou ficar de longe, mas não vou deixar você aqui sozinho. — Já era ruim o suficiente receber ordens do seu pai; ela não estava disposta a suportar a insolência de um garoto três anos mais novo.

— Tudo bem, apenas saia do caminho. — Gabe estendeu cuidadosamente a mão esquerda sob o arbusto. Evidentemente, ele tinha espinhos. Seus dedos eram normalmente muito longos, mas o inchaço os transformara em salsichas. Finalmente, eles envolveram a coronha da arma e a puxaram de baixo do arbusto. Ele se levantou e retirou cuidadosamente o pente.

— Semiautomática de nove milímetros. Isso não é nenhum *hashi*, querida. — Guardou a arma na pasta, depois tentou fechar o portão e recuou.

— Eu faço isso — disse Hannah.

— É pesado.

— Se estiver no trilho, consigo deslizá-lo. Apenas tome cuidado com sua mão. — Ela fechou o portão, trancou-o, instalou-se no assento do motorista e ligou o motor. — Sinto muito ter gritado com você. — Tinha lágrimas nos olhos. — Fiquei apavorada.

— Esqueça isso. Desculpe-me se deixei você apavorada.

— Você foi mais assustador que o assaltante. — Ela pegou a pista. — Meu Deus, pensei que você ia matar o cara.

— Antes ele do que eu.

— Sem dúvida. Onde está a arma?

— Na minha pasta.

— Vamos entregá-la ao meu pai. Talvez ele consiga descobrir a quem pertence. Deixe que eu conto para ele o que aconteceu. Não quero que ele tenha um ataque. Posso lidar com a situação com mais calma.

— Você pode lidar com a situação com mais calma? — perguntou Gabe.

— Estou mais calma agora.

Os minutos seguintes transcorreram em silêncio.

— Seu pai não teria deixado que o assaltassem. — afirmou Gabe.

— Meu pai é policial há cerca de quarenta anos.

— Isso não importa. Ou você é esse tipo de pessoa ou não é.
— Ótimo. Você é um super-herói.
— Jesus Cristo, não estou dizendo isso...
— Apenas me deixe contar para meu pai, está bem?
— Faça o que bem entender. É seu pai. Sou apenas um estranho abandonado.
— Pare de fazer com que eu me sinta mal.
— Não estou fazendo. — Mas realmente estava. Ele expirou. — Acho que vou ligar para minha tia e ficar com ela este fim de semana. Eu deveria visitá-la, de qualquer maneira.

Hannah não discutiu.
— Como estão as suas mãos?
— A esquerda está me matando. — Ele levantou os olhos. — Derrubei o cara de primeira. Não precisava tê-lo esmurrado tanto. Foi estupidez.
— Você é canhoto?
— Destro, mas simplesmente pareceu mais fácil acertá-lo com a mão esquerda. Na verdade, provavelmente isso foi uma boa coisa.
— Vamos passar numa loja de conveniência. Vou comprar um saco de gelo para você.
— Eu compro. Você fica no carro.

Ela parou no estacionamento. Ele saiu e cinco minutos depois estava de volta carregando um saco de gelo de dois quilos e meio. Depois de se sentar, ele o rasgou e enfiou a mão esquerda na água gelada, mantendo-a lá até que ficasse quase entorpecida. Em seguida, retirou-a e repetiu a operação.
— Não quebrei nada. Está apenas um pouco dolorida.
— Isso é bom.

Mais silêncio até chegarem em casa. Ambos saíram do carro. Ela abriu a porta e Gabe entrou primeiro. Decker estava sentado no sofá lendo o jornal.
— Você está chegando tarde em casa. — Olhou para a mão de Gabe e o saco de gelo. — Que aconteceu com você?

O menino não respondeu, indo direto para seu quarto temporário.
— Não surte, está bem? — Disse Hannah.

Rina entrou na sala de estar. — O que está acontecendo?
— Estamos bem... Eu estou bem — disse Hannah. — Tentaram nos assaltar.
— Ai, meu Deus! — Rina correu e abraçou a filha.
— Você está machucada?
— Não, estou bem.

Decker levantou-se.
— Você ligou para 911?
— Não.
— Por que não?

— O cara fugiu...

— Mesmo assim você devia ter ligado para 911. Devia ter ligado para mim.

— *Abba*, estava tudo bem, então...

— Não está tudo bem. Ele não está bem — censurou Decker. — Está obviamente machucado. Você deveria ter me ligado imediatamente. O que estava pensando?

— Você poderia, por favor, não gritar comigo? — Hannah caiu em pranto.

— Está tudo bem, Chanelah — falou Rina suavemente. — Você está bem. Está em segurança.

Decker desabou no sofá e estendeu as mãos para a filha.

— Você está certa. Agora não é hora. Venha se sentar, querida. Por favor. — Hannah sentou-se entre os pais. — Pode me contar o que aconteceu?

— Eu nem sei o que aconteceu. — Hannah enxugou as lágrimas na blusa. — Gabe e eu estávamos fechando o portão do estacionamento...

— Por que vocês estavam fechando o portão? — quis saber Decker.

— Porque fomos os últimos a sair da escola.

— Não é sua responsabilidade trancar — disse Decker. — Vou ligar para a escola...

— *Abba*, não!

— O que você quer dizer com *não*?

— Peter, você poderia simplesmente deixá-la terminar? — perguntou Rina.

Decker apertou e desapertou as mãos.

— Desculpe-me. Continue. Vocês estavam fechando o portão.

— Estávamos fechando o portão. Quando vi, Gabe estava em cima desse cara, esmurrando-o sem parar. Não sei exatamente o que aconteceu depois.

— O que aconteceu depois?

— Gabe disse que o cara tentou roubar sua pasta. Ele reagiu. É um garoto brigão.

Rina e Peter se entreolharam.

— Foi assim que ele machucou a mão? — perguntou Decker.

Hannah assentiu.

— Então o sujeito não estava armado? — perguntou Decker.

— Hã, ele estava armado. Ele colocou a arma nas costas de Gabe.

— Ele estava armado e Gabe o *atacou*?

— Sim, bem idiota, não é? Ele devia simplesmente ter entregado a pasta ao cara. Tudo aconteceu tão depressa. Foi realmente apavorante. Mas não grite com ele. Já gritei o bastante por nós dois. Ele está se sentindo muito idiota neste momento.

— Deveria mesmo se sentir idiota — exclamou Decker.

Hannah não disse nada.

Rina olhou para o marido.

— O que devemos fazer?

— O que você quer dizer? — perguntou Hannah.

— Ela quer dizer que a reação estúpida dele poderia ter provocado a morte de vocês dois.

— Ele apenas... reagiu de maneira exagerada. Vocês sabem como é quando adrenalina entra em ação. Para dizer a verdade, *Abba*, posso ver você fazendo a mesma coisa.

— Sou um policial treinado, Hannah.

— Aposto que você faria isso mesmo se não fosse.

Decker não respondeu a essa afirmação.

— Você é a advogada de defesa dele, de repente?

Mais uma vez, Hannah sentiu que sua melhor opção era não dizer nada.

— O que devemos fazer? — perguntou Decker, voltando-se para a mulher.

— Por que não conversamos com ele e perguntamos o que aconteceu?

— Não estou nem um pouco a fim de uma sessão de terapia. Nós o deixamos ficar ou o mandamos para a tia e lavamos nossas mãos de toda esta confusão?

— Está com medo de que ele seja violento? — perguntou Rina.

— Isso passou pela minha cabeça. Não sabemos coisa alguma sobre ele, a não ser que tem a genética ruim do pai.

— Ele não é violento — disse Hannah.

— Você acabou de dizer que ele espancou o cara.

— Ele espancou o assaltante, não me espancou. Pelo amor de Deus, talvez ele tenha salvado a minha vida. Ele não é impulsivo. Na verdade, está bastante magoado. E qualquer um estaria, se considerar as circunstâncias pelas quais passou. Não posso dizer a vocês o que fazer, mas vocês sabem que ele está basicamente sem teto.

— Ele tem parentes, Hannah, mas isso não vem ao caso — disse Rina. — Devemos punir um garoto por agir de maneira altruísta...?

— De maneira estúpida — disse Decker.

— Talvez, mas talvez não. Não sabemos o que aconteceu. E talvez no círculo dele as pessoas devam lutar para não levarem um chute na bunda dos amigos ou do pai.

— Não quando há uma arma envolvida — disse Decker.

— Sabem... — Hannah se interrompeu.

— O quê? — perguntou Decker.

— Nada.

— Diga-me, Hannah. Preciso saber tudo para poder tomar uma decisão sensata.

— Fomos procurar a arma depois. Gabe não quis deixá-la por lá para o caso de o assaltante retornar.

— Tecnicamente, era um ladrão.

— Tanto faz, *Abba*. Gabe não quis deixar a arma por lá para evitar que uma criança pequena que estivesse brincando nos arbustos a encontrasse.

— Bem, isso foi inteligente — disse Rina.

— Não estou impressionado — disse Decker.

— Seja como for, estávamos procurando a arma no chão e achei um par de *hashis*. Eu disse então, de brincadeira, que talvez o assaltante tivesse apontado *hashis* contra ele. Gabe respondeu que não eram *hashis*, que a sensação tinha sido a de uma arma. Então perguntei se ele sabia qual era a sensação provocada por uma arma. E ele disse: "Seria melhor você acreditar."

Ninguém falou por um momento.

— Como se ele tivesse experiência com armas — disse Hannah. — Então talvez tenha sido por isso que reagiu. Talvez armas não deixem Gabe com tanto medo.

— Esse é o problema, Hannah. Armas deveriam deixá-lo com medo. — Decker bufou. — Mas conhecendo o pai dele, há verdade no que você disse. Tem certeza de que você está bem?

— Estou ótima.

— Onde está arma? — perguntou Decker.

— Gabe ficou com ela.

— Bem, primeiro, o mais importante. — Decker levantou-se. — Vou tirar a arma das mãos dele.

27

A_O CAIR DA NOITE, OS RESTAURANTES_ em geral tendiam a ser tranquilos, mas a happy hour do Garage era animada. Drinques pela metade do preço e aperitivos gratuitos deveriam atrair uma clientela de colarinhos-brancos, porque o lugar estava repleto de homens e mulheres com roupas de trabalho. Se Marge tivesse de adivinhar, diria que a maior parte do bando era de advogados, porque os tribunais do centro ficavam a poucos quarteirões de distância. As pessoas que não estavam envolvidas com o sistema jurídico eram provavelmente banqueiros, corretores da bolsa e contadores de empresas antigas de Los Angeles. A maioria era jovem — dos vinte e tantos aos trinta e tantos anos.

Encontrar uma mesa provou-se um desafio, mas com seus olhos de águia, Marge avistou uma no canto. Ela e Oliver sentaram-se e examinaram o cardápio de bebidas e comidas. Finalmente pediram um prato de homus e dois club sodas a uma garçonete chamada Yvette. Ela tinha olhos azuis e cabelo platinado batendo nos ombros, pernas longas e seios enormes. Sua cabeça parecia muito pequena em relação ao corpo, fazendo Oliver pensar numa boneca inflável.

Ela pôs guardanapos sobre a mesa.

— Volto em seguida com as bebidas de vocês.

— Você sabe a que horas Crystal deve chegar?

— Crystal? — Como se o nome a tivesse confundido por um instante.

— Crystal Larabee — esclareceu Marge. — Ela trabalha aqui como garçonete.

— Ela tirou alguns dias de folga.

— Porque a amiga dela foi assassinada — declarou Oliver.

Yvette assentiu.

— Ela estava bastante chateada. Quero dizer, quem não estaria?

Oliver sacou seu distintivo.

— Estamos investigando o homicídio. Você poderia conversar conosco por alguns minutos?

— Hum... Estou meio ocupada. Preciso trabalhar. Eu volto.

— Obrigada. — Marge virou-se para Oliver. — Mandy tira uns dias de folga, Crystal tira uns dias de folga... coincidência. Devo perguntar?

— Todo mundo tem direito a umas férias.

— Ligue para o celular de Crystal. Vamos localizá-la.

Ele discou o número e desligou depois de dez toques.

— Nenhuma resposta.

— Mais uma vez, eu digo: Mandy não está em casa, Crystal não está casa.

— Vamos ao apartamento de Crystal?

— Acho que devemos — respondeu Marge. — Estou ficando com um mau pressentimento em relação a isso, Scott, especialmente porque Garth está desaparecido.

— Como disse o tenente, eles têm direito de sair para jantar.

— Então você pensa que não é nada?

— Não penso, logo sou.

Yvette, a garçonete de cabeça pequena, voltou com as bebidas e o prato de homus. Além da pasta de grão-de-bico, vieram azeitonas, cebolas, picles, tomates e um prato de pão árabe. Marge lembrou-se de repente de que estava com fome.

— Isto está com uma cara ótima. Podemos pedir mais um destes?

— Claro.

— Mas primeiro sente-se — disse-lhe Oliver.

— Só por um minuto — respondeu Yvette. — Na verdade, não posso dizer nada a vocês porque não sei de nada.

— Que tal se começarmos com o básico? — disse Oliver. — Sabemos que Adrianna esteve no Garage na noite anterior a seu assassinato.

— Isso seria domingo à noite — especificou Marge.

— Sei disso — disse Yvette. — Eu estava aqui também. Estranho.

— Estranho em que sentido? — perguntou Oliver.

— Você vê uma pessoa e depois ela desaparece. — Seus olhos umedeceram-se. — Crystal estava servindo drinques como cortesia a Adrianna. Eu disse para não fazer isso, que o chefe iria ficar furioso se descobrisse, mas ela fez assim mesmo.

— Adrianna estava bebendo?

— Sim, é claro.

— Coisa forte?

Yvette pensou um momento.

— Não sei. Por quê?

— Ela não tinha nenhum álcool no organismo. Disseram-nos que só ingeriu bebida não alcoólica, porque tinha de ir para o trabalho.

— É possível. Eu não estava prestando atenção. Mas fosse o que fosse, Crystal estava servindo sem cobrar tanto Adrianna quanto aquele cara fortão com quem ela estava conversando. Tenho certeza de que ele estava bebendo.

— O que ele estava bebendo?

— Cerveja. Depois que ele tomou algumas, eu disse para a Crystal parar de dar bebidas, ou eu contaria para o chefe. — Uma pausa. — Ela ficou irritada comigo. Mas, de qualquer maneira, isso não teve importância. Adrianna foi embora. E depois de uma meia hora, o bonitão saiu.

— Que horas eram? — perguntou Marge.

— Cerca de nove e meia.

— Eles davam a impressão de estar gostando da companhia um do outro?

— Estavam conversando. Mais do que isso, não posso afirmar.

— O bonitão tinha um nome? — perguntou Oliver.

— Não ouvi o nome — disse Yvette, dando de ombros.

— O nome Farley soa familiar?

— Farley?

— Crystal se lembrou de que o bonitão foi chamado de Farley — disse Oliver.

Quando a reação de Yvette foi um confuso dar de ombros, Marge perguntou:

— Ou talvez fosse Charley?

— Não sei.

— Como ele era fisicamente?

— Musculoso. Peito largo, braços grandes... como se malhasse muito. Se você o pusesse num bar gay, se encaixaria muito bem. Não estava de terno, mas estava usando uma jaqueta.

— Que tipo de jaqueta?

— Tipo um blazer. Jaqueta preta, camiseta preta e jeans. Estava de sandália.

— Parece mais do tipo de Hollywood que advogado ou corretor da bolsa — disse Oliver.

— Bom palpite. Ele realmente parecia de Hollywood. Ou fazia o gênero Hollywood.

— Acha que poderia identificar o rosto dele? — perguntou Marge.

— Dei uma boa olhada nele. Tinha queixo quadrado, traços masculinos. Olhos escuros.

— Você poderia ir até a delegacia amanhã e descrevê-lo para um retratista da polícia? — sugeriu Oliver.

— Acho que sim.

— Isso seria ótimo — disse Marge. — Muito obrigada.

— Você foi muito útil. Tem um número para que possamos entrar em contato?

Yvette procurou no bolso e deu-lhes um cartão.

THE YVETTE JACKSON BAND
ESPECIALIZADA EM JAZZ, ROCK E NOS VELHOS CLÁSSICOS
ANIME SUA PRÓXIMA FESTA COM O QUE HÁ DE MELHOR
PREÇOS ESPECIAIS PARA DIAS ÚTEIS

Havia um número de telefone celular e um endereço de e-mail.

— Você é cantora? — perguntou Marge.

— Cantora, dançarina, música. Estudei na Western Conservatory School of Music por cinco anos. Especializei-me em violão clássico, mas deixei isso de lado. Ninguém acorda uma manhã e decide se tornar uma garçonete. Mas a remuneração é bastante boa se você reprimir o ego e fizer o serviço. Tenho um sorriso simpático e seios grandes. Até agora, a maioria dos clientes tem se lembrado dos meus atributos na hora de dar a gorjeta.

— Obrigada pelo cartão — disse Marge. — Talvez eu contrate você um dia. Por acaso, adoro violão clássico.

— Eu também, mas isso tem suas desvantagens. Estamos sendo mais ou menos tão requisitados quanto uma datilógrafa. Esta piada é velha: qual é a diferença entre um violonista clássico e uma pizza?

— Não faço ideia — disse Oliver. — Qual é a diferença?

— Uma pizza pode alimentar uma família de quatro pessoas — respondeu ela, levantando-se da mesa.

O garoto falava ao celular quando Decker entrou. Suas roupas estavam organizadamente dispostas sobre a cama. Pelo seu tom de voz, parecia agitado.

— Está certo, Missy, vamos deixar para outra vez. — Gabe revirou os olhos. — Acho que vou recusar, mas obrigado por me convidar... sim, tenho certeza. Está ótimo. Certo... tudo bem... OK, ligo para você quando voltar. Tchau.

Ele desligou, jogou o telefone na cama e olhou para Decker.

— Olá.

— Vai para algum lugar? — perguntou Decker, olhando para as roupas.

— Pensei que poderia ser uma boa ideia ficar algum tempo com minha tia. Mas ela está indo passar o fim de semana em Palm Springs.

Gabe desabou na cama e abaixou a cabeça na mão direita enquanto afundava e tirava a mão esquerda do saco de gelo, agora uma mistura de água fria e restos de gelo.

— Minha mãe a sustenta desde que ela saiu de casa, três anos atrás. Minha mãe está desaparecida. Pode estar morta. Você acharia que minha tia poderia se sentir um pouco envergonhada por ir se divertir com as meninas em Palm Springs.

Decker não disse nada.

— Não sei — disse Gabe. — Talvez ela esteja certa. Talvez Chris esteja certo. Porque certamente é mais fácil não ligar a mínima.

— Cuidado para não deixar sua mão ficar fria demais — disse Decker.

— Tem razão. — Gabe tirou-a e flexionou os dedos. Estavam rígidos, mas ele conseguia movê-los. Girou o pulso.

— Como ela está?

— Vou ficar bem. — Ele levantou os olhos. — Sinto muito, tenente.

— Por ser assaltado?

— Eu devia simplesmente ter entregado a minha pasta.

— Isso teria sido inteligente. O que havia nela de tão valioso?

— Partitura. — Os olhos verdes evitaram os de Decker. — A arma está lá dentro agora. Tirei o pente.

— Posso dar uma olhada?

— É claro.

Decker apanhou a pasta na cama, tirou a arma e o pente e jogou-os num saco de evidências de papel. Sentou-se na cama em frente.

— O sujeito não estava de brincadeira. Por que decidiu enfrentá-lo?

— Não pensei — disse Gabe. — Simplesmente fiz.

— Por causa de uma partitura?

Novamente, o menino desviou os olhos. Dessa vez não disse nada.

— Gabe, seu pai esteve na cidade ontem.

O menino não disse nada.

— Vou dizer o que eu acho — disse Decker. — Acho que ele fez contato com você. Suspeito que Chris lhe entregou coisas e que essas coisas estavam na sua pasta. E provavelmente foi por isso que você reagiu daquela forma. Portanto, estou perguntando de novo: o que estava dentro dela?

Mais uma vez, Gabe não respondeu.

— Bem, vou voltar a isso — disse Decker. — O que Chris lhe disse?

— Por que acha que Chris esteve na cidade?

— Porque eu e ele estamos procurando a sua mãe e estamos indo na mesma direção. Ele está apenas alguns passos na minha frente, porque não posso dedicar energia em tempo integral a isso.

— Você viu o Chris?

Foi a vez de Decker de contornar a pergunta.

— Achamos que talvez tenhamos localizado o carro da sua mãe.

Gabe levantou os olhos.

— Localizaram? Onde?

— Ele foi sucateado num ferro-velho. Conseguimos os documentos e o número do chassi do veículo. Estamos tentando associar esse carro de alguma maneira com aquele que sua mãe dirigia. Porque o que encontramos não pertencia a ela.

— Então por que acham que encontraram o carro dela?

— Quantas Mercedes novas são vendidas para serem sucateadas?

O adolescente fez uma pausa.

— Quem é o dono do carro?

— Atik Jains. O nome soa familiar para você?

— Não.

— Ele é indiano. O jainismo é uma religião comum na Índia. Sua mãe conhece algum indiano?

— Não — disse Gabe, e suas bochechas coraram.

— Você sabe que está corando? — Decker fez uma pausa, em seguida disse: — Gabriel, nós dois temos o mesmo objetivo. Encontrar a sua mãe. Precisamos trabalhar juntos.

— Não tenho a menor ideia se ela conhecia algum indiano. Eu não acompanhava a vida social da minha mãe. Até onde sei, ela não tinha muitos amigos.

— No entanto você ficou vermelho quando perguntei se ela conhecia algum indiano. Por que isso aconteceu?

— Provavelmente não é nada.

— Fale assim mesmo.

O menino se contorceu.

— Faz um bom tempo. Eu estava esperando minha mãe terminar o turno no hospital. O lugar estava repleto de caras com turbantes. Pensei que era uma ameaça terrorista ou algo parecido. Quando perguntei a minha mãe sobre isso, ela disse que não era nada, que um marajá realmente muito rico estava sendo operado do coração e que todos aqueles caras eram seus guarda-costas.

— Há quanto tempo foi isso?

— Tenho que pensar. Foi quando comecei a ter aulas na Juilliard. Então deve ter sido dois anos atrás.

Decker pegou um bloco de anotações.

— Certo. Que mais?

— Nada mais — disse Gabe. — Acho que fiz uma piada sobre a Índia ter um bilhão de pessoas e o marajá ter que ir a Nova York para encontrar um cirurgião. Minha mãe me disse que o filho dele era um cirurgião cardíaco visitante no hospital e quis que seu pai fosse operado num lugar onde pudesse ficar de olho nele.

Segundos se passaram.

— Foi isso.

— Então você tinha uns 12 anos?

— Mais ou menos. Só me lembrei disso porque não é todo dia que a gente vê uns vinte caras de turbante.

— Sua mãe disse mais alguma coisa sobre o marajá ou o filho dele?

— Não. — O menino desviou o olhar e colocou a mão no gelo de novo. — Mas ela o conhecia... o filho do marajá... que é, na verdade, um cara velho, de uns cinquenta anos...

Decker sorriu.

— Continue.

Gabe suspirou.

— Eu tinha aulas na cidade, por isso ia muito a Manhattan. Costumava pegar o ônibus da minha casa para lá e depois das aulas caminhava até o hospital e voltava de carro com a minha mãe. Uma vez, isso foi mais ou menos um ano atrás, terminei cedo, o que nunca acontece. Meu ex-professor era um tirano, mas ele não estava se sentindo bem. Então, fui andando até o hospital e vi minha mãe conversando com esse cara que se parecia um pouco com o Zubin Mehta... cabelo grisalho, bem-vestido, sério.

— Certo. — Decker anotou o que ouviu. — Parecia que eles se conheciam bem?

— Bem, eles não estavam se tocando nem nada, mas estavam falando... muito. E minha mãe estava sorrindo... Depois ele recebeu uma mensagem pelo *pager* e foi isso. Em seguida, minha mãe me viu e fomos para casa. Eu perguntei com quem ela estava conversando. Ela disse que ele era o cirurgião cardíaco filho do marajá que tinha todos aqueles guarda-costas.

Quando Gabe não deu mais detalhes, Decker perguntou:

— Ela pareceu constrangida por estar conversando com ele na sua frente?

— Não — respondeu Gabe. — Ela estava muito natural. Mas eu me lembro disso porque era raro vê-la à vontade perto de um homem. Geralmente ela evitava homens, mesmo quando meu pai não estava por perto.

— Então ela não parecia inquieta?

— Não. — Gabe organizou seus pensamentos. — Muitas vezes fazíamos coisas e não contávamos para o meu pai. Íamos ao cinema ou a restaurantes quando estávamos na cidade. Uma vez fui a uma festa de Natal com ela. Quando ela queria que uma coisa ficasse em segredo, dizia: "Mantenha isto entre nós." Ela não disse isso. Então esqueci o assunto.

— Voltou a ver o cirurgião com sua mãe alguma vez?

— Não. — Ele olhou para Decker. — Se tivesse visto minha mãe com ele de novo, isso teria sido estranho. Então você está achando que o cirurgião era o indiano a quem o carro pertencia?

— Gabe, não faço a menor ideia. Mas gostaria de descobrir o nome do cirurgião.

— Então, se for o mesmo cara... você acha que ele sequestrou a minha mãe ou...

— Não sei. — Não estava sequer alimentando a ideia de que ela poderia ter fugido com ele. Fez uma pausa. — Talvez seria melhor pedir a alguém para dar uma olhada na sua mão.

— Vou ficar bem.

— Só por precaução. — Gabe ficou em silêncio. Decker disse: — Veja, filho, vou ser franco com você. Sei que esteve com seu pai. Seria melhor você não esconder evidências materiais que poderiam envolver seu pai no desaparecimento da sua mãe. Você não é nada parecido com Christopher Donatti. Não se prejudique por ele.

Gabe não o olhava nos olhos.

— Como sabe com toda certeza que meu pai esteve na cidade ontem?

— Eu disse para você. Ele esteve no ferro-velho. Nós nos desencontramos por 36 horas. Ele não ligaria para o seu celular. Isso iria aparecer nos registros do seu telefone. Mas sei que entrou em contato com você. E sei que lhe deu alguma coisa. Quero apenas me certificar de que não é nada que tenha sido usado num crime.

Gabe manteve a cabeça levantada, pensando sobre a melhor maneira de sair daquela situação.

— Eu vi Chris por uns cinco minutos. Ele me deu meu passaporte, minha certidão de nascimento e algum dinheiro.

Não conte a ele sobre os extratos bancários. A origem deles pode ser descoberta.

— Foi isso.

— É um começo — disse Decker. — O que ele disse?

— Disse: "Aqui estão coisas de que você pode precisar. Até logo."

— E essas coisas estavam na sua pasta?

Gabe assentiu com a cabeça.

— Onde estão essas coisas agora?

Gabe tirou sua certidão de nascimento, o passaporte e um maço de dinheiro da mochila e entregou-os a Decker.

— Se estas coisas forem provas de um crime, fique com elas.

— Não são provas. — Decker folheou o passaporte do garoto. Ele estivera na Inglaterra, Bélgica, Alemanha, Áustria e Polônia. — O que achou da Europa?

— Eu estava participando de concursos de piano, não vi muita coisa.

— Como se saiu?

— Ganhei alguns, perdi alguns.

— Gabe, se isso foi tudo que ele deu para você, por que não me contou ontem?

O adolescente se encolheu.

— Não sei.

— Você está escondendo alguma coisa.

— Olhe aqui, tenente, se eu achasse que ele matou minha mãe, eu mesmo o mataria. Mas não acho que ele tenha feito isso. Então eu preferiria que você simplesmente o deixasse em paz. Sei que não vai fazer isso. Mas se Chris não fez isso, por que eu deveria?

— Se Chris não feriu sua mãe, eu poderia inocentá-lo. Já fiz isso antes.

— Talvez ele não confie em você.

— Quer saber o que acho? — Uma pausa. — Que talvez você tenha razão. Que talvez ele não tenha matado a sua mãe. Talvez sua mãe tenha fugido do seu pai. E se Chris estiver procurando por ela, Deus a ajude se ele a encontrar. Entendo sua lealdade a seu pai, Gabe. Mas é melhor que eu a encontre antes que ele o faça.

— Concordo, mas não tenho como ajudar você. Não sei onde ela está. Não sei onde ele está.

— Então seu pai apenas entregou as coisas a você e disse adeus?

— Exatamente. Está claro que ele não quer nenhum vínculo comigo. E isso é ótimo.

— No entanto, você permanece leal a ele.

— Ele disse que não a matou. — Gabe estava inflexível. — Acredito nele. Depois me deu essas coisas e foi embora. É isso. Não tenho mais nada para contar a você.

Decker enfiou no bolso a certidão e o passaporte.

Deu uma olhada no dinheiro. Estava tudo em notas de cem, e havia muitas delas. Ofereceu o maço de volta para o adolescente.

— Fique com isso — disse Gabe. — Aluguel.

— Pare com isso. — Decker esperou. — Meu braço está ficando cansado. Pegue o dinheiro.

Gabe o aliviou do maço.

— Preciso realmente passar um tempo sozinho. Minha tia deixou uma chave do apartamento dela debaixo do capacho. Acho que vou me esconder lá durante o fim de semana.

— Você não pode ficar no apartamento dela sozinho. Se quiser se mudar para a casa da sua tia, terá de esperar que ela volte de Palm Springs.

— O que vou fazer lá, tenente? Não bebo nada, não uso drogas. Se eu quisesse fazer besteira, poderia fazer isso aqui tanto quanto lá. Não conheço ninguém na cidade, mas garanto que conseguiria encontrar um traficante em cerca de uma hora.

— Não tenho dúvida.

— Então me deixe simplesmente sair do seu caminho e me mudar para a casa da minha tia e todos ficarão felizes.

— Você é jovem demais, Gabe. Não posso deixá-lo fazer isso.

O garoto resmungou.

— Tudo bem. Irei embora na segunda-feira.

— Não estou expulsando você.

— Não posso ficar aqui. Você está caçando o meu pai. É o inimigo.

— Não sou o inimigo. Seu pai não deixaria você ficar aqui se eu fosse o inimigo. Ele sabe quem sou e sabe que vou cuidar bem de você. Mas ele também sabe que vou fazer muitas perguntas para você porque sua mãe está desaparecida, e, neste momento, essa é minha prioridade número um. Não seus sentimentos, mas o bem-estar da sua mãe. Se você quiser se mudar para a casa da sua tia na segunda-feira, não vou impedir. Mas não me responsabilize.

Gabe esfregou os olhos sob os óculos.

— Esta é uma situação tão fodida!

— Não xingue. Por que acha que seu pai não matou sua mãe?

O adolescente ficou confuso.

— Não sei. Ele pareceu sincero.

— Seu pai é um mentiroso patológico.

— Eu sei. Mesmo assim, ele parecia realmente preocupado. E agora você me diz que ele está procurando por ela. Por que faria isso se a tivesse matado?

— Tenho algumas perguntas para você.

Gabe esperou.

— Sua mãe usou o carro durante o fim de semana?

— Preciso pensar... Parece que isso foi séculos atrás.

— Não se apresse.

— Sábado de manhã eu fui praticar. Voltei para o hotel, e depois fomos a pé até Westwood, vimos um filme e jantamos. Domingo passei o dia inteiro na sala de prática de piano. Não sei se minha mãe usou o carro, mas ela não me levou para lugar nenhum. Acho que ela disse alguma coisa sobre querer ficar por perto do hotel porque o Chris iria lá.

— E na sexta-feira?

— Sinceramente, não me lembro.

— Tente.

— Sexta-feira, sexta-feira... Fiquei praticando desde... dez até às quatro. — Um suspiro. — Jantamos no hotel. O que fizemos depois disso? — Gabe fez uma pausa. — Fui nadar. A noite estava quente. Quando voltei ao quarto, ela não estava lá. Voltou uma hora mais tarde vestida com roupa de ginástica, por isso suponho que estava na sala de ginástica. Vimos televisão e depois fomos para a cama. Realmente uma grande diversão. Por que está perguntando sobre o carro durante o fim de semana?

Decker estava tomando notas.

— Porque o dono do ferro-velho disse que o carro chegou lá no sábado.

— Então... isso significa que não é o carro de minha mãe, já que ela desapareceu domingo, não é?

— Ela desapareceu no domingo. Isso não quer dizer que tenha ido embora de carro no domingo. Ninguém se lembra de vê-la partir. Ela poderia ter fugido.

— Por que faria isso?

— Talvez o encontro com Chris não tenha corrido tão bem quanto pensei. Talvez ela tenha se sentido ameaçada por seu pai e aproveitado a oportunidade para ir embora de uma vez por todas.

— Ela me disse que estava alugando uma casa em Beverly Hills.

— Foi isso que ela contou ao seu pai. Mas checamos com a maior parte dos corretores imobiliários em Beverly Hills. Nenhum deles tinha ouvido falar da sua mãe.

— Não entendo... — O menino estava confuso e entristecido. — Por que ela iria mentir?

— Se de fato mentiu, tenho certeza de que tinha seus motivos.

— Acha que ela foi embora sem mim de propósito?

— Não sei, Gabe, mas se ela fez isso, deve ter se sentido muito ameaçada.

Suas palavras proporcionaram pouco consolo ao menino. Ele parecia devastado... desalentado.

— É possível que as coisas não tenham ido bem com seu pai... que sua mãe tenha caído fora assim que Chris saiu, imaginando que era naquela hora ou nunca.

— É isso que você acha? — perguntou Gabe, encolhido.

— É uma possibilidade.

Ou, pensou Decker, ela tinha planejado a coisa toda muito antes da chegada de Donatti... razão pela qual sucateou o carro no sábado. Sabia que não precisaria dele novamente. Imaginando que se fizesse Donatti se sentir seguro, ele voltaria para casa.

Depois que ele foi embora, ela caiu fora.

O que significava que sabia que iria partir sem o filho.

Então talvez tivesse sido por isso que ela lhe telefonara, para início de conversa. Seu objetivo final não era contratá-lo para que ele lhe desse proteção, mas, sim, para que desse ao filho um porto seguro depois que ela tivesse ido embora para sempre. Se esse tivesse sido o caso, Gabe não havia sido o único a ser enganado.

28

— Estamos perdendo em duas frentes. — Oliver desligou o aparelho. Mandy não está atendendo o telefone e tampouco Crystal.

— Crystal gosta de uma farra — disse Marge. — Não me surpreende que não atenda seu telefone fixo, mas deveria estar atendendo o celular.

— Talvez esteja num bar lotado e não consiga ouvi-lo.

Eles estavam dirigindo para o norte pela Rodovia 5, com Griffith Park à sua esquerda — uma negra e vasta faixa de folhagem e árvores doada a Los Angeles como recompensa depois que o coronel Griffith atirou em sua mulher. Só Deus sabia que tipos de animais estavam escondidos no escuro — de quatro patas, tanto quanto de duas. Eles tinham conseguido evitar a maior parte do trânsito vespertino da volta do trabalho. A neblina da noite baixava quando chegaram às maiores elevações, passando pelo alto do morro e voltando a descer para o Valley.

— Ligue para Sela Graydon. Veja se ela consegue se comunicar com Crystal.

— Certo. — Oliver fez uma pausa. — O que você acha de Mandy se ausentar sem licença?

— Pelo que ouvi falar, a menina é tão confiável quanto o nascer do sol, e de repente não atende seus telefones. O que você vai querer fazer se ela não atender a porta?

— Que horas são?

— Oito e meia.

— Sabemos se ela tem algum amigo ou parente que poderia ter uma chave?

— A vida social dela não parece ser grande coisa — disse Oliver.

— Estou ficando com um pressentimento estranho em relação a isso. Ela pode ter ouvido uma confissão além da conta, entende o que estou dizendo? Sabe que tipo de carro ela dirige? Gostaria de ver se ele está no estacionamento do prédio. E se ele estiver lá e ela não estiver atendendo sua campainha, poderíamos justificar a entrada em sua casa sem sua permissão.

— Vou ligar para o Departamento de Trânsito. Quer que eu faça isso antes ou depois de ligar para Sela Graydon?

— Consiga a informação sobre o carro primeiro. Isso é fácil de fazer.

Oliver falou com o Departamento de Trânsito enquanto Marge fazia a descida para o Valley, viajando em paralelo ao leito de cimento do rio Los Angeles. A essa hora da noite, ele era um abismo escuro à sua direita. Ela passou a saída para o Zoológico de Los Angeles desembocando na 134 West, cortando junto ao Forest Lawn Cemetery.

— É um Toyota Corolla 2003 preto. — Oliver recitou o número da placa.

— Você tem o número do telefone de Sela Graydon?

— Não aqui comigo.

Oliver fez uma segunda chamada e dentro de minutos tinha os dígitos de que precisava. Quando chamou, ela não atendeu. Ele deixou seu número. Olhou para Marge, que parecia imersa em reflexão.

— O que tem na cabeça?

Ela fez uma pausa.

— Eu estava só pensando.

— Isso é sempre perigoso.

— Lembra-se de quando estávamos conversando com Yvette Jackson, a garçonete? Perguntei se ela conhecia alguém chamado Farley. E depois eu disse que talvez fosse Charley?

— Sim, ela não conhecia nenhum dos dois.

— Pensei em uma coisa. Talvez fosse Charley... que poderia ser um dos apelidos de Charles Tinsley, o Chuck. — Quando ele não respondeu, ela disse: — Sim, não, talvez?

— Interessante — disse Oliver. — O tenente nos disse para entrevistá-lo de novo. Vamos fazer isso.

— Por que não conseguimos uma foto de Tinsley, a inserimos num conjunto de seis e a mostramos para Yvette Jackson?

— Você acha que ele seria estúpido o bastante para enforcá-la na propriedade que estava supervisionando e depois notificar sua morte?

— Tivemos contato com muitos criminosos em nossos anos na polícia — disse-lhe Marge. — Pessoalmente, nunca conheci nenhum que se qualificasse como intelectualmente brilhante.

Rina bateu, mas não esperou ser convidada para entrar no quarto.

— Acabo de ligar para Matt Birebaum. Ele vai nos encaixar amanhã.

— *Ele?* — perguntou Decker.

— Sei que ele é um pouquinho excêntrico, mas é também um cirurgião de mão de primeira linha.

Gabe compreendeu que falavam a seu respeito.

— Estou bem, sra. Decker. Nada está quebrado.

— É possível, mas precisa ser examinado. Mesmo que você não fosse um pianista, eu faria isso. *Kal v'chomer*, eu devo fazer isso para alguém que precisa das mãos para ter uma carreira.

Gabe não entendeu tudo que ela estava dizendo, mas sentiu que sua melhor defesa era não discutir.

— *Kal v'chomer* significa que devo *especialmente* fazer você ser examinado — disse Rina. — Eu me esqueci da expressão jurídica equivalente em inglês. Temos uma consulta marcada para as onze horas. O dr. Birenbaum se orgulha do próprio desempenho ao piano, portanto, pelo menos saberá quais são suas necessidades.

— Ele pensa que é Mozart — disse Decker. — É péssimo e nem ao menos tem ouvido.

— É um pouco cheio de si, mas é disso que você precisa num cirurgião. — Ela olhou para as roupas de Gabe espalhadas na cama. — Vai a algum lugar?

— Pensei em fazer uma visita à minha tia durante o fim de semana, mas ela não vai ficar em casa. O tenente Decker teve a bondade de me deixar ficar até que ela volte, na segunda-feira.

— Vai se mudar?

— Talvez seja melhor. Muito obrigado pela sua hospitalidade. Um dia, talvez eu possa pagar por ela.

— Nenhum pagamento é necessário. Mas você não vai para lugar nenhum antes de examinarem sua mão. Depois que tiver ido ao médico, pode ir para a casa da sua tia. Combinado?

Gabe assentiu com a cabeça.

— Peter, pegue um saco de gelo adequado para ele.

— Sim, senhora — Decker levantou-se e sorriu da expressão infeliz do menino. — Ela não escolheu, você, Gabe. É dura com todo mundo.

— Isso não deve ser um problema para ele. Deve estar acostumado com mulheres duras. — Depois que Decker saiu, Rina sentou-se na cama em frente à do menino. — Como está sua mão? Uma resposta sincera, por favor.

— Dolorida.

— É por isso que boxeadores usam luvas. Deixe-me vê-la. — Ele tirou a mão do saco de gelo e mostrou a ela. Ela a examinou com atenção. — Você está com algumas contusões feias. Consegue mexer os dedos?

— Sim.

— Você tem sorte.

— Fui estúpido.

— Pode ter sido estúpido, pode ter sido inteligente. Não sei. Eu não estava lá. Tudo deu certo, então não vou falar mais disso. Está com fome?

— Na verdade, não.

— Hannah também não, mas vocês dois precisam jantar. Depois que começarem a comer, vão recuperar o apetite.

— Hannah está zangada comigo?

— Ela tem agido como sua advogada, por isso suponho que a resposta seja não. O jantar estará pronto em cerca de dez minutos. Você é destro ou canhoto?

— Um destro com uma esquerda forte... pelo menos costumava ter uma esquerda forte.

— Você vai ficar bem. Sendo você destro, seus estudos não serão afetados. — Ela esperou um momento. — Depois da consulta, eu ia levar você para procurar pianos para alugar. Mas se vai se mudar para a casa da sua tia, isso não faria muito sentido.

O menino ficou em silêncio.

— Se você quer ir morar com ela porque é sua tia e se sentiria mais confortável lá, nada tenho contra a sua decisão. É difícil viver com estranhos. Mas não vá embora por achar que estamos aborrecidos com você. Conhecendo seu pai, deveria ser capaz de suportar um pequeno conflito sem se dar por vencido.

— Não é conflito. Estou acostumado com isso. — Gabe desviou os olhos. — Estou cansado de ser um fardo.

— Se você fosse uma carga, não estaria aqui. Eu não assumo fardos, Gabe, estou velha demais. Além disso, não tenho fardos, *você* tem fardos. Estou muito bem. E não se preocupe com meu nível de estresse. Criei dois meninos. Eles estavam sempre entrando em enrascadas, embora eu deva admitir que acho que nenhum jamais teve uma arma em suas costelas.

O adolescente se encolheu.

— Sou um ímã para problemas. As coisas simplesmente parecem acontecer quando estou por perto.

— Não é inteligente estar num estacionamento naquela área no escuro. Vou telefonar para a escola. No mínimo, podem instalar uma iluminação decente. — Rina olhou para ele. — Conhecendo seu pai, você provavelmente teve armas à sua volta a vida toda.

Gabe assentiu com a cabeça.

— Você tem uma arma? Se tiver, entregue-a para mim e vou guardá-la no nosso cofre de armas.

— Não tenho arma.

— Você não iria mentir para mim, iria?

— Não. Juro. Não teria usado meus punhos se tivesse uma arma.

— Você poderia não estar andando armado, mas isso não significa que não tenha uma arma.

— Não tenho. Reviste o quarto.

— Eu poderia simplesmente fazer isso quando você não está por perto — disse Rina. — Não leria suas coisas pessoais, como correspondências e papéis, mas não sou incapaz de olhar debaixo de colchões e outros bons esconderijos para armas ou drogas.

— Não sou um drogado. Nunca comprei droga em minha vida. Não bebo. Meu pai é alcoólatra e meus avôs dos dois lados eram alcoólatras. Está em meus genes, então fico longe.

— E não tem uma arma?

— Não. Fique à vontade para procurar.

Rina deu de ombros.

— Mas sabe atirar, certo?

— Sim. — Uma pausa. — Chris me ensinou.

— Você é um bom atirador?

— Não tão bom quanto Chris, mas tenho uma pontaria razoável. Sinceramente, detesto armas.

— Somos dois. Mas eu também sei atirar. Aprendi porque meu marido achava que poderia ser uma boa ideia.

— Com o Chris foi a mesma coisa. — Ele ficou pensativo. — Meu pai tem muitos inimigos. Ele disse que eu precisava aprender para proteger minha mãe e a mim mesmo. Ele costumava me treinar. Atirava na minha direção só para me deixar acostumado com o som de balas zumbindo.

— Isso é uma loucura.

— Meu pai é louco. — O menino sorriu. — Talvez fossem balas de festim. Ele nunca disse.

— Isso é ultrajante, Gabriel.

— Sim, era muito ruim. Chris não teria sido minha primeira escolha em matéria de pais. — Deu de ombros. — Suponho que ele estava um degrau acima de seu próprio pai. Chris nunca me maltratou.

— Você não considera que atirar no próprio filho seja maltratá-lo?

— Estou falando de agressão física. O pai de Chris costumava bater nele. Normalmente, eu acharia que o meu pai estava mentindo, mas vi as cicatrizes. — Ele olhou para Rina. — Estou aflito por causa da minha mãe. Realmente sinto falta dela. Mas há uma partezinha de mim que sente falta de Chris também. Isso é estranho?

— De jeito nenhum. Tenho certeza de que você sente falta de sua antiga vida.

— Sim, provavelmente. Não era ótima, mas pelo menos me pertencia.

Passaram-se cerca de 15 minutos antes que o portão do condomínio se abrisse. Marge entrou atrás do carro, deixando a mulher que o dirigia histérica. Depois que ela e Oliver exibiram seus distintivos, ela se acalmou. A motorista estava na casa dos trinta e tinha uma pele cor de café.

— Vocês quase me mataram de susto.

— Desculpe-nos por isso — disse Oliver. — Por acaso conhece Mandy Kowalski? Ela é enfermeira no St. Timothy.

— Em que bloco ela mora?

Marge deu-lhe o número.

— Ela costuma estar em casa à noite, mas não está atendendo a porta.

— Talvez esteja de molho na banheira.

Ficar mergulhada numa banheira não parecia fazer o gênero de Mandy.

— Você a conhece? — perguntou Marge.

— Não, desculpe-me. Há muitos blocos aqui.

— Se a vir, ligue para nós — disse Marge, dando-lhe seu cartão.

A mulher jogou o cartão na bolsa. Marge e Oliver observaram-na até que ela desapareceu atrás de uma porta que levava aos elevadores. Depois, Marge vasculhou o estacionamento à procura do carro de Mandy.

— São cerca de quarenta vagas duplas?

— Sim, mas um terço está ocupado pela metade — disse Oliver. — Você vai pela esquerda, vou pegar a direita.

Vinte minutos mais tarde, eles se encontraram, e nenhum dos dois teve sucesso na localização do carro de Mandy.

— Passa das nove horas. Não estou gostando disto — disse Oliver.

— Vamos tentar o apartamento de novo.

— O carro dela não está aqui, o que a faz pensar que ela está no apartamento?

— Só dar uma olhada, está bem?

Eles pegaram o elevador até o terceiro andar. Assim que pisaram fora do elevador, o telefone de Oliver tocou. Ele olhou o número e encolheu os ombros.

— Parece familiar, mas não sei quem é. — Apertou o botão para falar.

— Detetive Oliver.

— É a Sela Graydon, retornando sua ligação.

— Sim, srta. Graydon, muito obrigado. Estamos tentando encontrar Crystal Larabee. Por acaso sabe onde ela está?

— Não. Eu ia realmente ligar para você e falar sobre isso. Não estou conseguindo entrar em contato com ela. Não atendeu nenhuma de minhas ligações. Isso está me deixando um pouco nervosa.

— Quantas vezes ligou para ela?

— Cerca de quatro... talvez cinco.

— Quando falou com ela pela última vez?

— Por volta das nove ou dez horas da manhã de ontem. Mencionamos alguma coisa sobre nos encontrarmos para um café e foi a última vez que tive notícia dela. Eu estava pensando em ir até a casa dela, mas não quero parecer ridícula. Ela é uma mulher adulta.

— Que tal se nos encontrarmos com você lá?

— Sabe onde ela mora?

— Sei. Provavelmente poderíamos estar lá em vinte minutos.

— Vou levar cerca de meia hora.

— Então nós a veremos dentro de meia hora.

— Então não acha que estou sendo ridícula?

— Preocupar-se com o bem-estar dos amigos nunca é ridículo. Conhece alguém que poderia ter uma chave da casa dela?

— Tenho uma chave. Não sei se funciona. Nunca a usei.

Leve-a... Para uma eventualidade.

Que eventualidade? — perguntou Sela.

Oliver não respondeu, preferindo desligar o telefone.

29

Mandy continuou não atendendo a porta, mas com seu carro ausente, Oliver e Marge estavam menos preocupados que curiosos. Talvez a mulher tivesse pedido alguns dias de folga para torrar ao sol em alguma praia mexicana próxima. Mais preocupante era Crystal Larabee. Quando os amigos ficavam inquietos, era hora de sentar-se e prestar atenção.

O prédio quadrado de dois andares que Crystal chamava de lar era iluminado com refletores brancos que projetavam manchas ocasionais no estuque entre branco e acinzentado. Sela Graydon estava esperando do lado de fora, vestindo um flamejante terninho vermelho com uma enorme bolsa de couro empoleirada no ombro. Andava de um lado para outro e sacudia suas chaves, mas parou quando viu Marge sair do carro. Sua tentativa de sorrir foi um triste fracasso.

— Olá. — Sela ajustou a bolsa sobre o ombro e estendeu a mão. — Obrigada por virem. Isso faz com que me sinta menos maluca.

Marge apertou-lhe a mão.

— Sua amiga morreu alguns dias atrás. Você tem todo direito de se sentir preocupada.

— Estou uma pilha de nervos. Não consigo me concentrar no trabalho. Tenho de ler tudo duas vezes. — Ela mordeu sua unha do polegar. — Estou muito triste, é claro. É tão horrível. Não paro de me perguntar no que Adrianna se meteu.

— Até que saibamos, é bom ter cautela — disse Marge.

— Cautela com o quê? Quero dizer, isso não tem nada a ver comigo, certo?

— Você consegue pensar numa razão por que a morte de Adrianna teria alguma coisa a ver com você? — respondeu Marge.

— Não. Quer dizer, o simples fato de sermos amigas não significa que estávamos envolvidas nas mesmas coisas. — Uma longa pausa. — Eu deveria estar preocupada?

— Um passo de cada vez — disse Oliver. — Está com a chave do apartamento de Crystal?

Sela mostrou um aro com cerca de uma dúzia de chaves penduradas. — Fique à vontade.

— Crystal deu a chave para você — disse Marge. — Com isso, deu permissão implícita para você entrar na casa dela. Portanto, vamos deixá-la fazer as honras.

O trio subiu as escadas. Quando chegaram à porta de Crystal, Oliver bateu com força.

— Crystal? — Mais uma batida. — Crystal, você está aí?

Sela mordeu a unha do polegar.

— É imaginação minha ou estou sentindo o cheiro de alguma coisa podre?

— Não, alguma coisa está fedendo — disse Marge. — Você pode abrir a porta?

— Não quero entrar.

— Diga-nos que você nos telefonou e quis que déssemos uma olhada no apartamento dela porque suspeitava de que poderia haver alguma coisa errada.

— Eu lhes pedi para dar uma olhada no apartamento dela. Suspeito de que possa haver alguma coisa errada.

— Ótimo — disse Oliver. — Destranque a porta e cuidaremos das coisas daí em diante.

Com a mão trêmula, Sela conseguiu inserir a chave e girar a fechadura de segurança. Quando a porta se abriu, o fedor ficou mais forte. Não exatamente fedor de um corpo em putrefação; parecia mais lixo guardado por muito tempo.

Sela ficou cinza.

— Que tal você esperar lá embaixo, no seu carro? — perguntou Marge.

— Boa ideia. — Ela desfaleceu e Oliver segurou-lhe o braço.

— Deixe-me ajudá-la a descer as escadas.

— Estou... bem.

— Tenho certeza de que está, mas os degraus são íngremes e você está de salto.

Ela não ofereceu resistência enquanto Oliver a guiava até o primeiro pavimento. Um minuto depois, ele voltou pulando degraus. Marge já estava dentro, investigando a cozinha. Ela calçara luvas de borracha e havia aberto um dos dois sacos de lixo encostados à parede.

— Nossa, isto está forte! Eu deveria ter trazido uma máscara.

— Deveria, poderia, iria — Oliver pôs luvas também, enxotando umas duas moscas agitadas; nunca são um bom sinal.

— Encontrou alguma parte de corpo?

— Não, apenas muitos legumes pegajosos. — Ela levantou os olhos, afastou uma mosca com a mão e franziu o nariz, enojada. — Já que iniciei o trabalho sujo, vou terminá-lo. Por que você não olha por aí e me diz se encontrou alguma coisa interessante?

Ele abanou o ar em frente a seu rosto com rápidos movimentos da mão.

— Não vou discutir.

Marge continuou a revirar o lixo. Além de frutas e legumes em decomposição, havia várias caixas de leite descartadas, uma caixa descartada de suco de laranja, queijo mofado, uma velha carne processada manchada de verde. Ela amarrou a boca do saco e abriu o outro. Seus conteúdos incluíam uma grande quantidade de temperos semiutilizados, incluindo, mas não se limitando, a ketchup, mostarda, maionese, molho de soja, molho de picles para cachorro-quente, um pote de geleia de morango cristalizada, vinagre, *wasabi* de raiz-forte, cerejas marrasquino, cebolas-pérola e azeitonas recheadas com pimentão.

Oliver voltou à cozinha cerca de vinte minutos mais tarde, exatamente quando Marge amarrava a boca do segundo saco.

— Há roupas no chão e a cama está desarrumada.

— Algum sinal de luta?

— Parece mais a casa de uma porcalhona do que uma cena de crime.

— E quanto a sexo recente?

— Nenhum preservativo usado. O quarto não cheira a particularmente limpo, mas não fede a esperma. O banheiro também está desarrumado, mas nada repugnante, como toalhas ensanguentadas ou respingos na parede. E quanto a você?

— Para uma porcalhona, ela acaba de fazer uma grande faxina na cozinha.

Oliver olhou à sua volta. Como da primeira vez, havia pratos com crostas de sujeira na pia e as bancadas estavam sujas.

— O que você quer dizer? O lugar é um chiqueiro.

— Ela limpou a geladeira. — Os dois se entreolharam. — Ou *alguém* limpou a geladeira dela.

Marge envolveu a maçaneta de uma velha geladeira Amana branca com sua mão enluvada e deu um puxão.

Um braço caiu pesadamente.

Nenhum corpo se seguiu.

Os dois detetives espiaram o interior. O corpo nu de Crystal Larabee havia sido tão socado lá dentro que nem a gravidade conseguira deslocá-la de sua tumba gelada. Prateleiras tinham sido removidas para dar lugar ao cadáver. Ela tinha sido dobrada em pregas. Os pés tinham sido curvados para a frente nos tornozelos, as pernas foram dobradas na altura dos joelhos de modo que as coxas estavam apertadas contra o estômago e o peito. A cabeça tinha sido puxada para frente, virada para a direita, e estava esmagada entre os joelhos e a prateleira superior não removível.

Oliver bufou.

— Você comunica à perícia criminal. Vou pegar o kit de cena do crime no carro.

Marge pegou seu telefone.

— Quando estiver lá embaixo, converse com Sela Graydon. Deveríamos ficar de olho nela.

— Como uma suspeita em potencial ou uma vítima em potencial?

— Neste momento, penso em vítima. — Marge digitou o número de telefone de Decker. — Não sabemos o que está acontecendo. Certamente não queremos um caso de dois homicídios consumados e um por vir.

Sela estava no banco de trás do carro não identificado. A pobre moça tinha vomitado seu jantar. Neste momento, tremia e soluçava.

— Por que... isso está... acontecendo?

— Deve estar parecendo um pesadelo — disse Marge.

— Mas é... um pesadelo! — Sela soluçou num lenço de papel. — Estou apavorada. E se for tipo um daqueles filmes de horror? Alguém... da época do ensino médio está nos punindo com uma vingança?

— Você mora sozinha?

— Sim.

— Há alguém em cuja casa poderia passar esta noite?

— Meus pais... — Ela caiu num novo acesso de soluços. — Quero ir para casa!

— Onde moram os seus pais?

— Em Ventura.

Cerca de 65 quilômetros de Los Angeles.

— Não acho que esteja em boas condições para dirigir neste momento. Que tal se você ligasse para eles pedindo para virem apanhá-la?

— Preciso do meu carro. — Sela assoou o nariz. — Tenho de ir para o trabalho de manhã. Já estou atrasada com alguns trabalhos porque tenho estado tão perturbada... por causa de Adrianna.

— Seus pais são casados?

— Sim, é claro.

— Talvez eles possam dirigir até aqui juntos e depois dirigir de volta para casa separados.

— Vou ligar para eles — disse Sela, enxugando os olhos.

— Antes que você ligue, quero lhe fazer algumas perguntas.

Marge pegou seu bloco de anotações.

— Para quem eu deveria telefonar para falar sobre a Crystal?

— Ai, meu Deus! — As lágrimas começaram de novo. — Acho que para a mãe dela. Ela não mora mais em Los Angeles. Mudou-se.

— Você tem o número dela?

Sela sacudiu a cabeça.

— E o nome?

— Pandy Hurst — Sela soletrou-o. — É apelido de Pandora.

— E não tem ideia de onde ela mora?

— Tenho certeza de que o número de telefone dela está no celular de Crystal.

— Tudo bem. Vamos encontrá-la. — Marge fez uma pausa. — Consegue imaginar uma razão pela qual alguém haveria de querer fazer mal a Crystal e Adrianna?

— A única coisa em que posso pensar é naquele cara com quem Adrianna estava conversando no bar. Talvez ele fosse um serial killer.

— Sim, nós o estamos investigando. Uma observação mais pessoal: ainda não conseguimos encontrar Garth Hammerling. Pelo que ouvimos falar, o homem não era confiável. Ele poderia estar tendo alguma coisa com Crystal em paralelo?

— É totalmente possível. Garth é um idiota.

— E quanto a Aaron Ortis? Ele teve um breve caso com Adrianna.

— Não o conheço bem... — Sela ficou pálida de repente. — Acho que estou enjoada de novo.

Ela abriu a porta e vomitou sobre o meio-fio, tendo ânsias e tossindo. Ao fundo, Marge ouviu a aproximação de sirenes gemendo.

— Me dê licença por um momento. — Marge saiu do banco traseiro e foi ao encontro dos dois carros de polícia, dando ordens aos policiais uniformizados para bloquear a rua e proteger o prédio. Uma multidão estava se formando e Marge precisava da ajuda deles. Oliver já estava lá em cima, isolando o apartamento.

Sela havia parado de vomitar e estava sentada no banco traseiro com a cabeça entre os joelhos. Lentamente, ela levantou a cabeça e limpou os olhos e o rosto.

— Meu Deus, estou um lixo! — Estava babando e deu batidinhas nos cantos da boca com um lenço de papel. — É engraçado. — Uma pausa. — Não engraçado de fazer rir, mas ironicamente engraçado. Durante os últimos quatro anos, aproximadamente, venho tentando me afastar dessas duas. E agora elas não estão mais aqui... e me sinto péssima! Como se eu tivesse causado isso por ter desejado.

— Você não causou coisa alguma, sabe disso. — Marge deslizara para o banco traseiro do carro. — É tão vítima quanto elas.

— Com a diferença de que ainda estou aqui.

A culpa dos sobreviventes.

— Graças a Deus. Vou ligar para os seus pais agora, se quiser.

— Eu faço isso. Dou conta disso. — Sela falava tanto para si mesma quanto para Marge. Digitou os números, mas assim que sua mãe atendeu, voltou a chorar. A mãe começou a gritar, alto o suficiente para Marge ouvir.

— Estou bem, estou bem, estou bem — disse Sela aos soluços.

Marge pegou o telefone e apresentou-se.

Mais uma conversa telefônica dilacerante.

Mais uma longa noite.

30

Dois peritos criminais haviam retirado cuidadosamente o corpo da geladeira, depositando-o sobre um cobertor. A mais velha dos dois — uma mulher hispânica de seus quarenta anos chamada Gloria — voltou-se para Decker.

— Precisamos deixar o corpo se aquecer antes de a desdobrarmos. Se já trabalhou algum dia com carne crua gelada, sabe que ela não é maleável como carne à temperatura ambiente. Não queremos rasgar nada.

— Entendi.

Decker agachou-se para estudar o corpo. Livre dos limites da geladeira, ele se desdobrara um pouco. Crystal estava agora na posição fetal. Suas unhas pintadas pareciam intactas, embora o esmalte estivesse descascando. Os peritos iriam apará-las para determinar se havia material estranho ou biológico presente. Ela tinha ficado na geladeira por algum tempo, porque estava lívida, o sangue descendo para as metades inferiores das panturrilhas, coxas e torso. A olho nu, Decker não podia ver nenhum ferimento de tiro ou facada. O tom da pele dela pairava em torno de um cinza azulado, os lábios estavam azul-escuro. Ele observou o pescoço. Parecia haver alguns pontos roxos — petéquias — em volta da parte visível. Isso em geral significava estrangulamento.

Ele se levantou e examinou o interior da geladeira. Fazia um bom tempo que ela não era limpa. Havia partículas de legumes podres grudadas nas paredes e na gaveta de verduras junto com alguns derramamentos e manchas no fundo e nos lados.

Oliver entrou na cozinha.

— Recolhi os lençóis, as toalhas, as roupas espalhadas no chão, a sujeira do chão, o lixo no quarto e no banheiro, a escova de dente e a escova de cabelo. Quer mais alguma coisa do quarto e do banheiro?

— E quanto a moscas e larvas?

— Algumas moscas. Não encontrei um monte de larvas. Acho que a menina era inteligente o bastante para não deixar carne crua por aí.

— Ou alguém foi inteligente o bastante para enfiá-la na geladeira de modo que ela não atraísse moscas. — Decker expirou. — Ou para nos confundir em relação à hora da morte.

— Sela Graydon falou com ela ontem de manhã. — Oliver checou suas anotações. — Crystal sugeriu que elas saíssem para tomar um café, mas depois nunca ligou de volta para Sela.

— Que me diz do telefone celular de Crystal?

— Não o encontramos.

— Ela tem um telefone fixo?

— Não.

— Encontraram objetos pessoais?

— Só uma porção de porcarias. Nenhuma bolsa com alguma carteira de identidade. O carro dela continua na vaga.

— Faz sentido. Vamos obter os registros de seu telefone celular.

Marge juntou-se a Oliver e Decker. Arrancou as luvas.

— A moça era uma porcalhona. Isso torna difícil diferenciar as evidências do lixo. — Ela olhou para o corpo... que se desdobrava lentamente. — Caramba, isso é triste. Parece que alguém lhe quebrou o pescoço.

— Estou pensando que ela pode ter morrido por estrangulamento.

— Sim, ela tem as petéquias. — Marge bufou. — Adrianna morreu por enforcamento... que é estrangulamento.

— Afinal, quais são os vínculos entre as duas moças? — perguntou Decker.

Marge foi marcando as possibilidades com os dedos.

— Elas eram muito amigas, ambas estavam no bar do Garage na noite de domingo antes da morte de Adrianna, ambas estiveram conversando com o mesmo desconhecido no bar e ambas conheciam Aaron Otis e Greg Reyburn.

— Aaron não admitiu que transou com Adrianna? — perguntou Oliver.

Marge confirmou com a cabeça.

— Ele poderia ter transado com Crystal também?

— Talvez — disse Marge. — Talvez Greg tenha transado com ambas. Crystal e Greg eram bons amigos.

— Garth transou com Crystal?

— Não sei.

— Chamem Aaron Otis e Greg Reyburn de volta para mais entrevistas — disse Decker. — Vejam o que eles têm a dizer sobre os últimos desdobramentos.

Oliver olhou para seu relógio.

— Passa das onze. Quer que façamos isso esta noite?

— A equipe vai continuar até o amanhecer. Ainda temos coisas a fazer por aqui.

— Vou ligar para Aaron e Greg de manhã, assim que chegar — disse Oliver. — A propósito, Marge teve uma ideia interessante.

— Que ideia foi essa? — perguntou Marge.

— Farley, Charley.

— Sim, sim. — Ela se virou para Decker. — Pois é, Adrianna estava sendo cantada por esse sujeito misterioso no Garage. Crystal achou que podia ter ouvido alguém o chamando de Farley. Fiquei pensando que talvez ela tenha ouvido "Charley", em vez de "Farley". Esse seria um dos apelidos de Tinsley.

— Algumas horas atrás entrevistamos uma mulher chamada Yvette Jackson que trabalha no Garage. Ela disse que achava que podia identificar o cara com quem Adrianna estava. Ficamos pensando em apresentar um conjunto de fotos com a do Tinsley obtida no Departamento de Trânsito e ver se ela consegue distingui-lo — disse Oliver.

— Tinsley tem ficha na polícia? — perguntou Decker.

— Ele não está no sistema. Mas não chequei além do Departamento de Polícia de Los Angeles.

— Faça uma tentativa — disse Decker, dando de ombros.

Ninguém falou enquanto os três pares de olhos abaixavam em direção ao corpo. Gloria, a inspetora-chefe, aproximou-se e apalpou a pele de Crystal com a mão enluvada. — Ela ainda está fria.

— Quanto tempo vai levar para se aquecer?

— Algum tempo.

— Vou esperar aqui — disse Decker a seus detetives. — Por que vocês dois não começam a pesquisar o condomínio? Não há muitos apartamentos, isso não deverá tomar muito tempo. Eu lhes darei um toque quando eles estiverem prontos para remover o corpo.

— Você manda. — Marge olhou para o chefe e velho amigo. — Você está bem, Rabino?

— Apenas cansado.

— Como está o garoto?

— Continua sem os pais. — Decker massageou as têmporas. — Sinto pena dele. Sinto-me também estúpido por ter me envolvido na vida da mãe dele. — Fez para eles uma minuciosa recapitulação de seu dia. — Não sei se ela está legitimamente em apuros, caso em que me sinto culpado por estar furioso com ela, ou se me enganou, usando minha casa como um lugar seguro para jogar o filho enquanto ela se reinventa.

— E você não teve notícia de Donatti?

— Não, mas o garoto admitiu para mim que o viu ontem.

— Então ele está na cidade ou...

— Provavelmente foi embora há muito tempo. Donatti deu a Gabe o passaporte dele, o cartão da Previdência Social e um maço de dinheiro. Provavelmente lhe deu outras coisas, mas isso é tudo que o garoto admite. Está claro para mim que Donatti não pretende vir buscar sua prole tão cedo.

— A tia dele não mora em Los Angeles? — perguntou Oliver.

— A tia e o avô.

— Então ele tem opções. Por que você está carregando o fardo?

— Ele se ofereceu para ir para a casa da tia. Mas prefere ficar comigo.

— Não é ele quem tem de escolher, Rabino, é você.

— Eu sei. Eu deveria deixá-lo ir embora. Mas minha consciência me diz que colocá-lo sob a custódia de uma garota irresponsável não é a coisa certa a se fazer.

— Veja, esse é o seu problema — disse Oliver. — Você está ouvindo sua consciência. Posso dizer por experiência própria, Deck, daí nunca vem nada de bom.

Às duas da manhã, o corpo tinha sido removido, a poeira da cena fora espanada, evidências tinham sido recolhidas e o apartamento fora fechado com cadeado. Decker não precisava esperar com seus dois detetives especializados, mas decidiu fazê-lo de qualquer maneira. Antes de ser chamado lá, ele tinha conseguido comer alguma coisa, embora tivesse sido um jantar tenso, com os dois garotos mal tocando sua comida. Quando Marge lhe telefonou com a notícia sobre Crystal, ele ficou chocado, mas em parte se sentiu aliviado por sair e fazer algo de produtivo.

— Vejo vocês de manhã — disse Decker. — Chegarei lá pelas oito.

— Cuide-se. — Marge sacudiu as chaves. — Eu gostaria de passar na casa de Mandy Kowalski.

Oliver checou seu relógio.

— Não sabe que horas são?

— Não vou bater à porta dela. Quero só verificar se o carro está no estacionamento.

— O estacionamento é gradeado. Como pretende entrar?

— Então espio por entre as barras. Veja, Scotty, ela mentiu para nós sobre ter tomado café com Adrianna na cantina. Agora Crystal está morta. Quero apenas ver se o carro dela está lá.

— Você quer que eu vá com ela, Oliver? — ofereceu-se Decker.

— Não, eu vou — resmungou Oliver. — Estamos apenas tendo nossas discussões habituais. Afinal, quem precisa dormir?

— O sono é extremamente superestimado — disse Marge.

— Desde quando você se tornou essa coruja?
— Desde que minha filha saiu de casa. Às vezes tenho dificuldade para dormir. Fico me perguntando como ela está.
— Mas você a adotou quando ela era uma adolescente. Viveu anos sem ela.
— Isso foi no passado, e isto é o presente. Não consigo deixar de me preocupar.
— Filhos são como heroína — disse Decker —, uma injeção de dor quando estão por perto, mas mesmo quando não estão, é como aquela próxima dose. Você simplesmente não consegue parar de pensar neles.

Quando o relógio marcou seis horas, Decker desistiu. Pelas cortinas vinha a insinuação de luz embaçada pelo céu cinzento, encoberto. Ele se esgueirou da cama, vestiu o roupão e decidiu fazer o café. Queria desfrutar de um pouco de solidão antes da correria, mas isso não estava destinado a acontecer. Gabe fora mais madrugador que ele. De camiseta e jeans, estava sentado à mesa do café da manhã, seu laptop aberto, mas afastado para o lado. Lia o jornal matinal de Decker.
— Olá.
— Olá — respondeu Decker — num tom um pouco taciturno, ele decidiu. Ou talvez estivesse apenas cansado.
— Tomei a liberdade de fazer café. Quer uma xícara?
— Obrigado. Vou pegar. Como vai sua mão?
O menino pousou o jornal e meneou os dedos.
— Dolorida. Suponho que agora é só esperar. Vou ficar bem.
— Apenas tome cuidado com ela. Você levantou cedo.
— Não consegui dormir. Ouvi você chegar ontem à noite. Era tarde. Está tudo bem?
Decker sorriu por dentro. Ninguém em sua família pensava duas vezes sobre seus horários.
— Só trabalho. — Serviu-se de uma xícara de café e sentou-se. — Como vai você? — Desta vez estava sendo sincero com a pergunta.
— Estou bem. Há alguma coisa que eu possa fazer para ajudar você?
Decker sorriu de verdade.
— Sua mãe disse que você era um bom menino. Não estava mentindo.
— Esse sou eu. — Ele empurrou os óculos para cima no nariz. — Você pode escrever na minha lápide. Eu era um bom menino.
— Se eu fosse você, estaria fervendo de raiva.
Gabe olhou para o teto.

— Acredito que ela aparece. Tipo ao brigar com aquele idiota aquela noite. — Ele sacudiu a cabeça e puxou uma folha de papel do bolso de trás. — Como não consegui dormir, liguei meu computador. Visitei o site do hospital.

— De que hospital?

— Ah, é. Você não pode ler meu pensamento. O hospital onde minha mãe trabalhou.

Isso prendeu a atenção de Decker.

— Descobriu alguma coisa?

Gabe lhe entregou uma folha de papel.

— Anotei todos os nomes indianos que passaram pela cardiologia ou cirurgia cardiovascular nos últimos oito anos. Antes disso, minha mãe e eu morávamos em Chicago. Acho que alguns nomes podem ser de mulher. Não sei se algum dos caras era aquele com quem minha mãe estava conversando, mas eu não estava fazendo nada mesmo, então...

Decker observou os sobrenomes: Chopra, dois Guptas, Mehra, dois Singhs, Banerjee, Rangarajan, Rajput, Yadav, Mehta e Lahiri.

— Nenhum deles soa familiar?

— Só Mehta, e apenas por causa do regente famoso. Como eu disse, ela não me falou o nome do cara.

— Você o reconheceria numa foto?

— Acho que não. — Ele tomou um gole de café. — Se você quiser, eu poderia procurar os caras pelo Google, um por um, e ver se algum deles é filho de um marajá. Não vou à escola hoje. Isso me daria alguma coisa para fazer.

Decker estudou o menino.

— E o que você faria com a informação?

— Daria para você.

— Que tal dá-la para seu pai?

Gabe cruzou os braços em frente ao peito.

— Por que eu faria isso?

— Por que não faria? Ele está procurando a sua mãe também.

— Tenente, se ele está procurando por ela, isso significa que está tão no escuro quanto nós. Se ele puder encontrá-la mais depressa que você, por que isso seria ruim?

— Está falando sério?

— Ele não vai machucá-la.

— Já a machucou.

— Bem, não acho que vá fazer isso de novo.

— Foi isso que ele lhe disse quando você o viu?

— Sim, disse isso.

— E você acredita nele?

— Sim, acredito. — Seus olhos ficaram raivosos. — Mas ele não está me ligando para pedir ajuda e não posso me comunicar com ele, portanto, toda esta discussão é irrelevante. Se eu quisesse dar a informação a Chris, poderia ter enviado por correio para um de seus endereços. Mas não fiz isso. Se você quiser ajuda, vou procurar esses nomes para você. Se não, tudo bem.

Retroceda, Decker. Chris ainda é o pai do garoto e você não vai alterar esse vínculo nunca.

— Como se diz, de cavalo dado não se olha os dentes. Qualquer ajuda que você puder me dar é bem-vinda. Portanto, claro, procure-os para mim. E no futuro, o que você fizer com seu pai será apenas problema seu.

Gabe ficou em silêncio. Depois disse:

— Não sei por que estou defendendo o filho da mãe.

— Ele é seu pai. Tem toda uma história com você.

— Sim, e a maior parte dela é ruim. — Uma pausa. — Isto não é inteiramente justo. Ele tem alguns pontos positivos. Apenas prefere não os mostrar com muita frequência. — Ele olhou para Decker. — Não confio em meu pai. Nunca confiei. Mas não seria eu que o colocaria na cadeia.

— Totalmente compreensível. — Se Decker queria um aliado, tinha de começar a tratar o garoto como um. Ele levantou a lista.

— Isto é muito útil. Vou fazer uma cópia e nós dois podemos ver o que descobrimos, certo?

— Claro.

— Gabe, meu principal objetivo é encontrar sua mãe, não acabar com seu pai.

— Eu sei. Mas sei também que se as coisas chegassem a esse ponto, se meu pai tivesse machucado minha mãe, você iria atrás dele sem nenhuma consideração por meus sentimentos.

— É verdade.

— Eu faria a mesma coisa. Isto é, se eu fosse você, faria.

— E que tal se *você* fosse você?

— Não sei, tenente. Como diria meu terapeuta, talvez não seja um bom momento para visitar essa questão.

Decker riu.

— Você conhece o jargão.

— Sempre tive um excelente ouvido.

31

Marge colocou um *latte* diante de Oliver.

— Talvez isto ajude. Você parece cansado.

— Estou cansado. Quando nós acabamos de bancar os *voyeurs,* passava das três.

— E eu lhe disse que não precisava ir. Vamos esquecer isso. E de nada pelo café.

Oliver resmungou um obrigado.

Marge revirou os olhos.

— Mandy Kowalski continua não atendendo seu celular. Liguei também para o hospital e falei com Hilly McKennick, a enfermeira-chefe. Mandy deveria ter voltado hoje, mas não apareceu para as rondas.

— Isso não é bom. — Outro gole de café. — Como agora é dia claro, ficarei feliz em ir ao condomínio de Mandy e ver o que está acontecendo.

— Podemos fazer isso agora.

— O que está acontecendo com Aaron Otis e Greg Reyburn?

— Greg não me ligou de volta, mas falei com Aaron. Ele virá às dez. Ainda são oito horas. Temos bastante tempo para ir e voltar.

Você contou para Aaron sobre Crystal?

— Dei a notícia para ele vinte minutos atrás. Ele se mostrou totalmente perturbado.

— Provavelmente está. Então por que esperar até as dez para trazê-lo aqui?

— Ele está no trabalho e quer resolver algumas coisas. Imaginei que era melhor deixá-lo estabelecer o horário em que viria, usá-lo como um aliado e não como um suspeito, ainda que ele seja um. Tenho policiais uniformizados na cola dele e no apartamento de Greg, acaso um dos dois decida fugir. Está tudo sob controle. Pronto? — disse ela, jogando a bolsa no ombro.

Oliver terminou seu *latte* num gole.

— Puxa, você trabalhou como uma formiguinha esta manhã. Como funciona com tão pouco sono?

— Não fui dormir. Eu sabia que seria um inferno acordar depois de três horas de sono, por isso decidi fazer algo útil. Descobri onde a mãe de Crystal mora. Você acharia que não seria difícil encontrar uma mulher chamada Pandora Hurst, mas isso me tomou quase uma hora. Liguei para ela às seis da manhã, oito horas no fuso em que ela está. Ela está vindo do Missouri.

— Não é uma boa maneira para você começar a manhã.

— Foi uma maneira muito ruim de começar a manhã, mas isso tinha de ser feito. Além disso, compus uma série de fotos com a foto da carteira de motorista de Chuck Tinsley para Yvette Jackson. Tudo isso tomou mais uma hora.

— Certamente ainda não ligou para Yvette Jackson.

Marge deu uma olhada no relógio.

— Farei isso quando estivermos a caminho do apartamento de Mandy. Vamos.

— Você não está exausta?

— No momento, estou sendo movida a café e energético. Se eu esticasse as canelas neste instante, tenho certeza de que meu coração continuaria batendo por horas depois de meu falecimento, como o de uma rã desmedulada. Mesmo assim, estou disposta a admitir que minha percepção espacial pode estar um pouquinho deficiente. — Marge entregou as chaves do carro a Oliver. — Portanto, você se importaria?

— Obrigada por tratar de tudo — disse ele, pegando as chaves. — Fico lhe devendo essa. Que tal um jantar hoje à noite?

— Que tal um dia sem você se queixar?

Oliver sacudiu um dedo para ela.

— Não provoque.

* * *

Um nome se destacou: Paresh Singh Rajput. Ele havia sido cirurgião cardiovascular visitante por dois anos, o período indicado por Gabe quando tinha cerca de 12 anos. O nome — que significa "filho de um rei" — era um nome de guerreiro e a família real a que pertencia havia governado vários principados entre os séculos IX e XI. Havia cerca de cinco milhões de Rajputs na Índia, sobretudo na região central de Uttar Pradesh, mas também nas regiões ao norte.

Pelas informações que Decker conseguira através do Google, era difícil verificar se o pai do dr. Rajput era um marajá, porque a maioria dos artigos se concentrava nos feitos profissionais do médico — que eram muitos. Ele possuía renomadas habilidades como cirurgião, mas havia também dedicado parte significativa de seu tempo ao trabalho em comunidades pobres. Era também atuante no Médicos Sem Fronteiras.

A informação biográfica revelou a Decker que ele tinha cinquenta e poucos anos e dois filhos adultos, ambos médicos também. Informações adicionais revelaram que a mulher de Rajput, Deepal, morrera três anos antes — por volta do momento em que ele assumiu um cargo como médico visitante nos Estados Unidos. Atualmente estava solteiro.

Decker conseguiu várias fotos de Rajput. Elas mostravam um homem bem constituído de pele cor de chocolate, nariz fino, lábios cheios, sobrancelhas espessas, olhos pretos e uma cabeça cheia de cabelo grisalho. Usava ternos ocidentais muito bem cortados, bem como o traje indiano tradicional. Nessas fotos, seus dedos brilhavam com joias grandes o suficiente para Decker notá-las. Parecia que um homem que se vestia tão bem e dedicava tanto tempo aos menos privilegiados não precisava se preocupar com dinheiro.

A informação levava a algumas possibilidades interessantes, caso Terry estivesse viva. Não era difícil imaginá-la, após ficar presa durante anos num relacionamento com um homem psicopata e agressivo, encontrando um salvador num rico viúvo mais velho que costumava usar seu dinheiro, conhecimento e poder para ajudar os oprimidos.

E não era difícil imaginar o dr. Paresh Singh Rajput vindo em seu socorro: um viúvo *solitário* rico e mais velho libertando uma brilhante e deslumbrante donzela em apuros. Terry era mais que apenas estonteante. Tinha essa beleza ferida que derretia qualquer coração masculino de imediato, sua perfeição tornada ainda mais embriagante porque nunca ostentava seu bem mais vendável.

Juntos voltariam para a Índia e Terry poderia começar uma nova vida.

Se esse fosse o caso, seria o fim da pista para Decker. Talvez Donatti continuasse a segui-la, mas Decker não estava prestes a enfrentar um país de um bilhão de habitantes para procurar uma mulher que queria sumir.

Nas duas hipóteses, com Terry morta ou viva, Gabe continuava sem mãe. Pobre garoto. Não tinha nem 15 anos e estava só. Seus pais lhe deram o cérebro, a aparência e o talento, mas, em virtude de seus próprios defeitos, não foram capazes de transmitir ao adolescente qualquer senso de segurança. Ambos o abandonaram aos cuidados de estranhos.

Isso era o bastante para lhe dar vontade de torcer o pescoço de alguém.

— Ela não está atendendo o celular e seu carro não está aqui — disse Marge a Decker por telefone. — Forçamos a fechadura ou não?

— Você tem certeza de que ela deveria ter comparecido ao trabalho hoje? — perguntou Decker.

— Segundo a enfermeira-chefe, sim. Ela está preocupada.
— Tentou ligar para os pais dela?
— Deixei uma mensagem para a mãe. Ela não me ligou de volta.
— Qual foi a última vez que você ligou para a mãe?
— Dez minutos atrás.
— E quanto a um pai?
— Não sei se ele existe. Não tenho o número dele.
— Amigos?
— Além de Adrianna, estou no escuro. Hilly não pôde me dar nenhuma ajuda com relação a isso.

Decker pensou um momento.

— Não sei o que ela tem a ver com Crystal Larabee, mas ela foi uma das últimas pessoas a ver Adrianna viva. Force a fechadura.
— O que você quer que façamos quando estivermos lá dentro?
— Dê uma olhada. Veja se as paredes falam.
— Isso vai tomar algum tempo. Aaron Otis deve chegar à delegacia dentro de meia hora. Você quer entrevistá-lo?
— Claro. O que aconteceu da última vez que você falou com ele?

Marge fez para ele o melhor resumo da conversa que sua memória lhe permitiu.

— Sabemos que ele teve um caso com Adrianna. Conhece Crystal, mas não sei quão bem. Não sei se Greg Reyburn é amigo de Crystal. Telefonei para ele e deixei uma mensagem, mas ele não retornou minha ligação.
— Se você tiver o número dele, vou ligar de novo.

Marge leu os dígitos.

— Pela última notícia que recebi de Tim Brothers, o policial do destacamento de vigilância, o carro de Reyburn continua no estacionamento de seu prédio. Eu poderia pedir ao policial para bater à porta da frente de Reyburn.
— Isso poderia ser uma boa ideia. Como você vai lidar com isso a partir daí é com você.
— Farei isso. — Ela fez uma pausa. — A coisa toda é estranha, Pete. Adrianna continuava emprestando dinheiro a Garth para ele tirar miniférias sem ela. Depois ficava aborrecida e transava com outros caras, inclusive Aaron Otis. Talvez Greg Reyburn também.
— Alguém perguntou a Reyburn se ele teve um relacionamento com Adrianna?
— O tenente quer saber se Gray Reyburn admitiu ter transado com Adrianna — disse Marge a Oliver, passando-lhe o celular.

Scott pegou o telefone.

— Reyburn afirma que nunca transou com Adrianna.

— E quanto a Crystal Larabee? — perguntou Decker.
— Faziam sexo casual. Eram, sobretudo, amigos.
— Deixe-me ver se estou entendendo. Garth e Aaron transavam com Adrianna. Greg transava com Crystal, mas não com Adrianna. Garth transou com Crystal alguma vez?
— Não sei.
— Aaron transou com Crystal alguma vez?
— Não sei.
— E como Mandy Kowalski se encaixa em tudo isso?
— Mandy trabalhava com Garth — disse Oliver. — Queixou-se de que ele deu em cima dela.
— Estou anotando tudo isso — disse Decker. — Tentando obter uma espécie de fluxograma. — Ele esperou um segundo. — Além disso, Kathy Blanc contou-me que pensava que fora Mandy quem aproximara Adrianna de Garth. Portanto, há mais uma conexão. Temos mais setas do que eu pensava. Tudo bem. Vou interrogar Aaron, ver o que ele tem a dizer.
— Seria muito conveniente para ele admitir que transava com Crystal.
— Sim, realmente. Não que seja contra a lei ter feito sexo com duas moças que acabaram mortas, mas depois de examinar este fluxograma, posso lhe dizer que, a princípio, a imagem dele não é muito boa.

Talvez o mundo fosse a tela de um pintor, mas Aaron Otis usava seu próprio corpo como uma. O cara estava pintado do pescoço para baixo, restando seu rosto como uma máscara monótona. Pele bronzeada, cabelo queimado, olhos castanho-claros e muitas rugas indicando uma vida ao ar livre. O cabelo era rebelde e cacheado. Ele parecia um leão multicolorido.
— Isso é totalmente estranho. — Ele segurava um copo de café com mãos trêmulas. — Parece uma coincidência maluca.
— Uma coincidência? — repetiu Decker.
— Ou talvez não.
— Ambas as moças eram suas amigas?
— Conhecidas, certamente.
Decker tinha muitas conhecidas. Só fazia sexo com sua mulher.
— Estou tentando encontrar Greg Reyburn. Ele não está atendendo sua porta e seu celular cai direto no correio de voz. Você saberia onde ele está?
Aaron esfregou o rosto.
— Estávamos na balada ontem à noite. Saí do bar à uma hora.
— Onde? — Decker pegou seu bloco de anotações.
— Wild Card... fica na Cahuenga, logo depois de Ventura.
— Certo. Você saiu do lugar à uma. E quanto a Greg?

— Não sei. Ele estava conversando com uma menina. Talvez tenha ficado com ela.

— Mas o carro está na vaga do apartamento dele.

— Eu estava de carro ontem à noite. Quando saí, perguntei a Greg se queria uma carona para casa; ele me disse que estava tudo bem. Portanto, poderia estar passando a noite na casa de outra pessoa. Não está tão tarde.

Passava das dez. Decker estava de pé havia horas.

— Vamos recuar um pouco. Por que não começa do início da viagem de vocês?

— Está falando da minha viagem com Greg e Garth?

— Sim, é exatamente disso que estou falando.

— Isso foi há tanto tempo.

— Foi há menos de uma semana.

Aaron estava hesitante, mas por fim contou sua história, basicamente uma recapitulação do que dissera a Marge. Quando estavam se preparando para sair para acampar, Adrianna lhe ligou. Ele transmitiu a mensagem a Garth — que ela estava rompendo com ele. Garth entrou em pânico e voltou para Los Angeles para conversar com ela. Garth partiu para o aeroporto de Reno num táxi enquanto Aaron e Greg foram para sua excursão. Mas estava frio demais nas montanhas para ficarem.

— Havia neve no chão. Levamos jaquetas com forro de lã e essas coisas, mas fazia um frio muito maior do que estávamos preparados para enfrentar. Por isso, demos meia-volta no dia seguinte e voltamos.

— Que distância percorreram de carro?

— Deve ter sido uns, não sei... trezentos quilômetros. Levamos o dia inteiro para chegar lá. As estradas são realmente sinuosas.

— Há postos de gasolina pelo caminho?

— Sim, mas não muitos. A gente tem de prestar atenção ao tanque de gasolina.

— Vocês pararam para reabastecer?

— Claro.

— Onde?

— Em vários lugares. Eu contei à detetive que fiz todos os pagamentos com o meu cartão de crédito. — Aaron fez uma pausa. — Eu estava muito longe quando Adrianna morreu. Meus cartões de crédito provam isso.

— Isso certamente prova que seus cartões de crédito estavam muito longe. Alguém o viu em suas paradas para reabastecer?

— Sim, com certeza. Entramos numa loja de conveniência. Compramos alguns lanches. Eu me lembro da moça do caixa. Tinha cabelo louro, olhos castanhos e usava um piercing no nariz. Era uma graça. Acho que se chamava Ellie ou algo parecido.

Decker sabia que a maioria das lojas de conveniência são monitoradas por vídeo. Se pudesse obter os registros do cartão de crédito de Otis, poderia entrar em contato com a loja e provavelmente fazer a verificação do vídeo, caso a funcionária do caixa não tivesse apagado a fita.

— Paramos lá na volta também — disse Aaron. — A mesma moça no caixa, aliás.

— Posso requisitar os recibos do seu cartão de crédito para conseguir o nome da loja de conveniência?

— É claro. Qualquer coisa de que precise para provar que eu estava bem longe de Los Angeles.

— Está bem. Se tudo bater, você provavelmente não está envolvido no assassinato de Adrianna de forma direta. Vamos então passar para Crystal.

— Não sou amigo de Crystal... Quero dizer, não é que eu não goste dela, mas ela é muito mais amiga de Greg do que minha.

Decker levantou os olhos de seu bloco de anotações e olhou nos olhos do rapaz.

— Vou lhe fazer uma pergunta e quero uma resposta sincera. Se eu descobrir que você andou mentindo para mim, serei muito menos complacente com suas declarações. Está compreendendo?

Aaron pousou o copo de café.

— Não estou mentindo para você.

— Ainda não lhe fiz a pergunta. — Os olhos de Decker fixaram-se nos do rapaz. — Alguma vez você fez sexo com Crystal Larabee?

Os olhos de Aaron se desviaram.

— Sim, tipo muito tempo atrás... uns dois meses.

Decker teve de reprimir um sorriso.

— Para mim, não é tanto tempo. Quanto tempo durou esse caso?

— Não foi um caso. Ela foi à casa do Greg e eu estava lá. O Greg teve de sair para trabalhar e... uma coisa levou à outra.

— Quanto tempo durou o seu caso? — repetiu Decker.

— Fizemos isso tipo umas seis vezes, talvez. Era realmente casual. Crystal transava com muita gente.

— E a última vez que você teve intimidade com ela foi cerca de dois meses atrás?

— Talvez até três.

— Por que parou de fazer sexo com ela?

— Não paramos oficialmente... a oportunidade apenas não pintou. Não é que eu ligasse para ela propondo encontros. De vez em quando calhava de ficarmos juntos e acontecia. — Ele esfregou o rosto. — Sinceramente, não vejo Crystal há pelo menos umas duas semanas.

— Certo — disse Decker. — Conte-me o que fez ontem. Relate o seu dia.

— Levantei-me por volta das sete... fui para o trabalho. — Uma sacudida de ombros.

— Que horas foi para o trabalho?

— Por volta das oito.

— Continue.

— Passei o dia todo no trabalho. Cheguei em casa lá pelas cinco. Pedi uma pizza de legumes do Muncher's. Saí para ir ao Wild Crad por volta das oito e meia. — Uma pausa. — Foi isso.

— Telefonou para alguém enquanto estava em casa?

— Liguei para o Greg. Liguei para o Garth novamente, mas não consegui falar com ele. Minha mãe ligou. Tipo as coisas de sempre.

— Para seu telefone celular ou para a linha fixa?

— Só tenho celular.

— Posso ver esses registros?

— Claro. Certamente.

— Como posso dizer isto? — disse Decker. — Parece que você faz sexo casual... com Adrianna e agora com Crystal Larabee.

— Por que não? — O semblante do rapaz estava completamente inocente.

— Você não se incomodava por estar transando com a namorada de Garth?

— Era uma coisa casual... tipo quando Garth não estava por perto... o que acontecia muito. Ele passava muito tempo em Las Vegas.

— Sem Adrianna.

— Sim, sem ela, sim. Era esquisito.

— De que maneira?

— Que ela financiasse as viagens a Las Vegas que ele fazia sem ela. Isto é, não é que ela gostasse disso. Queixava-se muito. Eu perguntei por que ela continuava fazendo isso.

— O que ela disse?

— Disse que você não pode manter os caras presos. Eles ficam ressentidos, o que é verdade... Então ela fazia isso e depois *ela* ficava ressentida. Quando fazíamos sexo, ela dizia coisas como: "Eu não faria isso se Garth não passasse tanto tempo fora." Ela transava muito por aí. Sei que não fui o único.

— Com quem mais ela transava?

Aaron compreendeu que acabara de enfiar os pés pelas mãos.

— Quero dizer, ela me disse que transava muito por aí.

— Você não respondeu à minha pergunta. Com quem mais ela transava? E por favor não minta para mim.

Aaron jogou as mãos para cima.

— Sim, ela transava com o Greg. Ela gostava de transar com os amigos de Garth. Acho que pensava que isso era uma espécie de vingança.

— Garth tinha conhecimento disso?

— Ele sabia de alguma coisa. Não parecia se importar.

— Mas segundo você, importou-se o bastante para cancelar sua excursão e tomar um avião para vê-la.

— É verdade. Ele surtou quando ela disse que ia deixá-lo. Isso me surpreendeu.

— Por quê?

— Porque ele não parecia se importar tanto com ela.

— Talvez tenha se importado porque estava preste a perder seu banco que não cobrava juros.

Aaron ficou em silêncio por um momento.

— É possível. Ele de fato ia muito para Las Vegas.

— Garth vai para Las Vegas, Garth vai para Reno. Garth tem um problema com jogo?

— Garth? — Aaron riu. — Ele joga em mesas de dois dólares e em caça-níqueis de 25 centavos. Às vezes joga nas máquinas de pôquer. Zombo dele por causa disso o tempo todo. Uma vez lhe disse que ele era o único cara que eu conhecia que conseguia fazer cinquenta dólares durarem um fim de semana inteiro.

— Então por que vai tanto para Las Vegas, se realmente não joga?

— Você está brincando, certo?

Decker não respondeu.

— Você conhece o ditado — respondeu Aaron. — O que acontece em Las Vegas fica em Las Vegas.

— O que acontece em Las Vegas?

— Nada de muito espetacular. — Mas Aaron parecia muito constrangido. — Quer dizer, acontece apenas que Garth gosta de mulheres. Elas são seus troféus, você sabe do que estou falando.

— Que tipos de mulheres?

— Veja, essa é a questão. Ele não tem um tipo certo. Gosta de todos eles: jovens, velhas, negras, brancas, asiáticas, hispânicas, gordas, magras, louras, morenas, ruivas, carecas, o que você quiser. Ele me disse que seu objetivo na vida é transar com todo tipo de mulher do mundo. Eu lhe disse que isso era impossível, porque cada uma era diferente. Então ele respondeu que essa era a ideia; nunca conseguiria transar com todos os tipos, por isso tinha de continuar tentando.

— O que você respondeu?

— Não sei. Apenas ri ou algo assim. Vamos, tenente. Somos homens. É isso que fazemos quando somos jovens e solteiros, e isso é certamente o que fazemos em Las Vegas.

— Você sabe se Garth gostava de sexo não convencional?

— Segundo Garth, ele estava sempre pronto para qualquer novidade. — Aaron comprimiu os lábios. — Pode me chamar de antiquado, mas fico excitado quando faço uma menina gozar. Garth não se preocupava com isso. Ele me disse várias vezes que gosta de fazer pela porta dos fundos. Ele me disse que, assim, o cara fica no controle e não precisa olhar nos olhos da menina. Talvez ele tenha razão ao dizer isso sobre a porta dos fundos, o cara está sempre no controle.

32

Mandy Kowalksi não decorava seu apartamento com sentimento. O lugar parecia arrumado para maximizar as vendas, embelezado com bom gosto, mas muito genérico. O esquema de cores era apagado. Os móveis incluíam um sofá forrado de suede parda, uma mesa de centro de teca, uma poltrona e um pufe. Ao lado havia uma mesa de jantar com quatro cadeiras estofadas. Uma estante continha brochuras, DVDs e livros sobre enfermagem profissional. Espalhadas entre as prateleiras, havia velas e meia dúzia de fotos bem focalizadas da natureza. Uma clara falta de qualquer personalidade, sem nada para sugerir que Mandy tinha mãe, pai, irmãos ou amigos.

A cozinha era pequena e imaculada — pia limpa, balcões limpos. Oliver abriu a geladeira.

— Há um saco de salada na gaveta. — Ele o tirou e olhou as verduras. — Ainda está bom. — Pegou uma caixa de leite. — Isto ainda tem uma semana de validade.

— Mais alguma coisa aí dentro? — perguntou Marge, enquanto verificava os armários.

— Café, temperos, um pacote de salsichas. — Ele fechou a porta. — Não o suficiente para compor uma refeição. Talvez ela comesse no hospital.

— Pelo que me disseram, ela passava muito tempo lá. Você ligou para o hospital de novo para se assegurar de que ela não apareceu?

— Sim, liguei, e não, ela não bateu o ponto. — Oliver apoiou-se contra a geladeira. — Ela só está desaparecida há pouco mais de um dia. Não podemos chamar isso de um caso de pessoa desaparecida. Ninguém apresentou queixa.

Marge pensou um momento.

— Mandy estava lá embaixo em nossa lista de suspeitos, até que mentiu para nós. E há o vídeo. O que ela estava fazendo na plataforma de veículos de emergência?

— É mesmo ela?

— Acho que sim, mas não tenho certeza. — Marge sacudiu os ombros. — Temos algumas boas razões para querer falar com ela. Assim, ainda que ninguém tenha comunicado seu desaparecimento, precisamos encontrá-la.

— Bem, onde quer que ela esteja, não estamos conseguindo nenhuma resposta neste apartamento.

— Ainda temos o banheiro e o quarto. — Marge entrou no único banheiro do apartamento. Ele, como o resto dos cômodos, era bem-arrumado e limpo. Nenhum medicamento incomum no armário de remédios — Advil, Tylenol, ataduras, Neosporin, creme de corticosteroide a um por cento, pasta de dente, fio dental e uma lixa de unha. A única coisa que chamou atenção de Marge foi que quase tudo no armário estava em pequenas embalagens de amostra, e não em embalagens de venda a varejo. Um dos benefícios de trabalhar num hospital: remédios de graça. As toalhas estavam cuidadosamente penduradas, a banheira e o vaso sanitário estavam limpos.

O quarto de Mandy era grande, com uma grande janela panorâmica e uma porta que se abria para uma pequena sacada com vista para alguns telhados. A cama estava feita e os tampos das mesas de cabeceira limpos, exceto por um carregador de telefone e um relógio. O closet era organizado por cor. Marge vasculhou as roupas penduradas, depois foi até a cômoda, que estava tão arrumada quanto o armário.

— Se ela foi embora, parece que não levou muitas roupas. Muita coisa ficou para trás.

Oliver ficou de pé, depois de ter se ajoelhado para olhar embaixo da cama.

— Não encontro nenhuma mala. A enfermeira-chefe disse que Mandy estava planejando uma espécie de férias. Talvez tenha decidido prolongar sua viagem.

— Sem avisar à chefe?

— Verdade, ela não foi descrita como do tipo espontâneo.

— Talvez tenha um lado oculto. — Marge começou a falar consigo mesma. — Certo, lado oculto... Se eu fosse você, onde iria me esconder? Se usasse drogas, talvez as escondesse no freezer ou na caixa do vaso sanitário.

— Vou fazer uma última tentativa — disse Oliver. Mas voltou alguns minutos depois de mãos vazias. — Estamos perdendo nosso tempo. Eu poderia pedir um mandado para conseguir registros telefônicos, mas como o desaparecimento dela não foi comunicado, não sei se poderia obtê-lo.

— Ela tem conta no MySpace ou no Facebook? Às vezes eles postam coisas que podem nos ajudar.

— Eu não saberia dizer. Estou velho demais para essa bobagem.

— Está querendo dizer que não quer mil amigos de Facebook?

— *Au contraire*, adoraria perder alguns que já tenho. Ligue para o tenente e vejamos qual será nosso próximo passo.

Mas Marge não estava pronta para ir embora. Ela entrou de novo no closet de Mandy, verificando as paredes e o piso.

— O que está procurando? — perguntou Oliver.

— Talvez um cofre... — Ela suspirou. — Só mais uma tentativa, Oliver, só por desencargo de consciência.

— Claro, por que não? Vou dar uma olhada na sala de estar... de novo.

Marge começou a revistar minuciosamente as roupas de Mandy mais uma vez. A cômoda era baixa o bastante para deixá-la com dor nas costas. E se ela se ajoelhasse, não poderia olhar direito na gaveta de cima. Decidiu tirar todas as gavetas e pô-las em cima da cama para examinar os itens sentada, a começar pela gaveta de baixo, cheia de suéteres e blusões de moletom volumosos. Mandy era neuroticamente meticulosa, enfiando papel de seda dentro de cada moletom e suéter para evitar que ficassem vincados. As roupas estalavam com estática quando Marge as examinava, peça por peça, desdobrando-as e depois voltando a dobrá-las. Quando chegou a um grosso suéter de tricô verde, sentiu alguma coisa um pouco mais sólida entre a frente e a parte de trás do suéter. Dentro, havia um saco de plástico forrado.

— E o que é isto? — Ela olhou os conteúdos. Em seguida seus olhos se arregalaram. — Oliver? — Nenhuma resposta. — Ei, Scott!

— Quê? — respondeu ele do outro cômodo.

— Você precisa vir aqui agora — disse Marge. — Descobrimos o lado oculto dela.

Ele veio com a rapidez de um raio enquanto Marge espalhava as fotografias pela cama. Em vários instantâneos, Mandy estava de quatro, vestindo meias arrastão pretas, cinta-liga e um sutiã de couro. Uma correia esticada puxava uma coleira de cachorro com tachas pontudas que estava em seu pescoço. O homem que a segurava estava mascarado e sem camisa, com músculos salientes e barriga de tanquinho. Embora seus traços faciais estivessem escondidos, não lhe faltavam tatuagens que o identificassem. Elas não se pareciam com as de Aaron Otis, mas ela iria certamente dar uma olhada nos braços do rapaz de novo.

Tanto ela quanto Oliver tinham visto muitas fotos desse tipo de coisa. Em geral, elas sugeriam tolos jogos sexuais. Não desta vez. A pose era bastante ameaçadora, mas havia alguma coisa na expressão de Mandy que lhe dizia que aquilo não era uma brincadeira. O açoite de nove tiras que o homem empunhava na mão direita decidiu a questão.

— Pergunta rápida — disse Marge.

— Diga-me.

— As fotos parecem muito bem focalizadas, não? — disse Marge.

— Sim, é possível distinguir detalhes. Por quê?

— Elas não parecem ter sido tiradas com uma câmara programada num tripé. Portanto, minha pergunta é: quem tirou as fotos?

Uma batida à porta da sala de interrogatório foi ouvida. Em seguida, Wanda Bontemps entrou.

— Sargento Dunn na linha três. Ela diz que é importante.

Decker assentiu com a cabeça e levantou-se.

— Dê-me licença por um momento, Aaron. Gostaria de alguma coisa para beber? Café ou um refrigerante?

— Água seria ótimo.

— Vou trazer para você — prontificou-se Wanda.

Decker fechou a porta atrás de si e recebeu a chamada em sua sala.

— O que há de novo?

— Aaron Otis apareceu aí?

— Eu estava justamente terminando com ele. Que houve?

— Você pode tirar algumas fotos dos braços dele? — Marge explicou por quê. — Não acho que seja ele, mas gostaria de me certificar.

— Posso segurá-lo aqui por mais uns vinte minutos. Se você trouxer as fotos, talvez ele possa identificar as tatuagens.

— Talvez. Ou talvez ele estivesse lá, Rabino. As fotos parecem encenadas e isso significa que alguém fotografou as poses. Se Garth e Aaron estavam trocando meninas, por que não Mandy?

— Bem pensado. Aaron acaba de me confessar que Garth gosta de fazer por trás, porque gosta de estar no controle.

Marge agachou-se e deslizou a gaveta de baixo de volta na prateleira.

— Eu diria com cem por cento de certeza que o cara na fotografia gosta de estar no controle.

— Venha aqui com essas fotos assim que puder.

— E qual é nossa justificativa para retirar coisas pessoais do apartamento de Mandy?

— Temos dois homicídios brutais e não conseguimos encontrar Mandy Kowalkski em lugar nenhum. Depois vemos essas fotos, por isso agora estamos realmente preocupados com a segurança de Mandy. Trata-se de perigo iminente. E isso não é nenhuma mentira.

Tudo que ele queria era passar despercebido.

Em vez disso, quando estava no consultório do médico, deu-se conta de que era um tremendo aborrecimento.

— Minha mão está muito bem, sra. Decker. Isto não é necessário.

— Pode me chamar de Rina, e como sabe que não é necessário?

Ela conduziu Gabe para dentro. O menino estava bem arrumado, com uma camisa branca limpa e jeans. Os tênis abrigavam pés grandes. Seu rosto parecia cansado, os olhos movendo-se pesadamente por trás dos óculos. Tinha espinhas espalhadas por toda a testa. Seu cabelo caía sobre os olhos e lhe roçava os ombros. Cabelo bonito — grosso e brilhante.

Gabe meneou os dedos.

— Não há nada quebrado.

— Você tem nervos e tendões, certo. Eu me sentiria negligente se não verificasse isso.

— Por que seria negligente? Você não me deve nada.

Rina deu-lhe um olhar severo.

— Não sou sua mãe. Não sou seu pai. Não sou nem mesmo sua guardiã legal. Mal o conheço. Mas por alguma razão, a providência o jogou no meu colo. E tomarei conta de você até ser orientada a fazer outra coisa.

— Meu pai está em algum lugar por aí. Tenho certeza de que ele assinaria papéis para que eu fosse para um internato ano que vem.

— É isso que você quer?

— Não sei. — Uma pausa. — Está um pouco tarde para se inscrever este ano, mas tenho certeza de que poderia entrar em qualquer lugar. Talento leva a melhor sobre qualquer coisa.

— Tem alguma escola específica em mente?

— Não importa. Eu disse ao tenente que poderia ir para Juilliard quando tivesse 16 anos, por isso, suponho que a única coisa que tenho de fazer é aguentar por pouco mais de um ano. E quanto às escolas de ensino médio, elas são todas iguais. — Gabe fez uma careta. — Seria útil encontrar um professor de piano.

— Onde eu encontraria o tipo de professor de que você precisa?

— Há dois realmente bons na USC, a Universidade do Sul da Califórnia. Eu teria de fazer audição. Provavelmente deveria esperar até que minha mão estivesse cem por cento.

— Tudo bem. Vamos deixar você curado e depois tratamos disso.

Gabe afastou o cabelo dos olhos com um gesto rápido.

— Fico muito agradecido por me deixar ficar com vocês. — Uma pausa. — Gosto da minha tia. Ela é uma pessoa realmente legal, mas é imatura e muito desleixada. Fico fisicamente doente quando estou num ambiente bagunçado.

Rina riu.

— O quarto dos meus filhos nunca pareceu tão arrumado. Posso mandá-lo arrumar o quarto de minha filha?

— Não posso entrar lá — disse Gabe. — O quarto me deixa nervoso.

O menino estava absolutamente sério. A enfermeira chamou seu nome. Quando ele se levantou, a enfermeira disse a Rina:

— Pode entrar com ele, se quiser.

— Você decide — disse Rina, encolhendo os ombros.

— Não me importo. É só a minha mão — respondeu Gabe.

Os dois se sentaram numa sala de exames. Vinte minutos depois, Matt Birenbaum entrou: um homem baixo, na casa dos cinquenta, de cabelo crespo grisalho penteado para cima numa tentativa canhestra de tapar a calvície. Rina levantou-se da cadeira.

— Sente-se, sente-se. Estou bem. Como vai a família? O que o tenente tem feito?

— Na correria de sempre. Como vão os meninos, Matt?

— Josh vai começar Medicina na Penn Med School, no outono.

— *Mazel tov*. Ele deve ter gostado daquilo com que cresceu.

— Tentei fazê-lo mudar de ideia, mas não me deu ouvidos. — Birenbaum levantou os olhos da ficha que Gabe preenchera na sala de espera. — Rina me disse que você é um pianista.

— Em meus dias excepcionalmente bons.

— E machucou a mão numa briga? — O médico fez uma expressão de reprovação.

— Ele foi atacado por um assaltante — disse Rina.

Birenbaum levantou os olhos.

— Nossa. Isso é assustador. Ele machucou você em outros lugares além da mão?

— Não, apenas minha mão. E isso foi porque o esmurrei. Acho que exagerei.

— Bem, graças a Deus que foram punhos e não uma arma. — Gabe não se deu ao trabalho de corrigi-lo. — Nenhum outro problema de saúde?

— Estou bem de saúde, exceto por minhas espinhas. Tive esta grande erupção.

O médico olhou a testa dele.

— Ajudaria se você cortasse o cabelo.

— Provavelmente.

— Posso lhe dar uma receita para um creme. — Ele pousou a ficha. — Vou só fazer um rápido exame.

Mediu a pressão sanguínea de Gabe e tomou-lhe o pulso, ouviu seu peito, verificou os olhos, os ouvidos e a garganta. Rina ficou impressionada com sua minuciosidade.

— Muito bem, jovem, deixe-me ver o dano — disse Birenbaum.

Gabe deu-lhe sua mão esquerda. O médico olhou a carne.

— Mãos grandes. Qual é a sua altura?

— Tenho 1,83.
— E quantos anos você tem?
— Quase 15.
— Ainda vai crescer um pouco. — Ele virou a mão para baixo e depois para cima de novo. — Um pouco contundida, não há dúvida. — Flexionou os dedos e girou o pulso. — Nada está quebrado. — Apertou e puxou, tentando encontrar os pontos sensíveis, notando quando o menino fazia uma careta. — Alguma dormência?
— Não.
— Alguma dor quando estica o braço ou os dedos?
— Não.
— Tentou tocar piano?
— Não desde que machuquei a mão. — Ele fez uma pausa. — Realmente faz cinco dias que não toco no teclado a não ser que você considere acompanhar o coro da escola, e não considero isso.

Birenbaum sorriu.
— Sou especializado em músicos profissionais. Tenho uma sala de instrumentos que inclui um piano com conexões eletrônicas. Quando os músicos tocam, a leitura me dá uma ideia sobre suas mãos e dedos, os déficits e pontos fortes. Se você é um músico sério, eu gostaria de monitorar suas mãos enquanto você toca.
— Com certeza.

O médico levou-os pelo corredor até uma sala à prova de som. Nas paredes havia um violino, um violoncelo, um violão, um oboé, um sax e um trompete. O piano ficava no meio da sala. Era um Stenway, mas havia manchas coloridas nas teclas brancas: manchas vermelhas nos dós, azuis nos rés, verdes nos mis, e assim pelo espectro acima.

— Eu também uso o piano para muitos de meus pacientes que não tocam. É por isso que as teclas são coloridas. Se você puder tolerar a distração, vou para trás da janela, onde tenho todo o meu equipamento, e o ouvirei tocar. Não comece até que eu lhe diga, tudo bem?
— Certo.

Ele levou Rina para uma cabine que parecia um estúdio de gravação. Sentado numa das cadeiras, estava um homem de seus sessenta anos, calvo, exceto por um rabo de cavalo grisalho. Ele era de altura mediana, tinha um rosto redondo e olhos escuros e intensos. Birenbaum apresentou-o como Nicholas Mark. O homem levantou-se e ofereceu sua cadeira para Rina.
— Estou bem — disse Rina.
— Por favor, sente-se.

Rina sentou-se. Birenbaum mexeu em alguns de seus controles. Falou por um microfone.

— Pode me ouvir, Gabe?

— Com certeza.

— A peça que costumo pedir para pianistas tocarem é a "Fantaisie-Impromptu", porque a maioria deles a conhece bastante bem e é longa o suficiente para me dar uma boa leitura. Há uma partitura no banco para ela, e outras peças, se você não quiser essa. Se sua mão doer a qualquer momento, pare.

— Certo.

— A partitura está no banco — repetiu ele.

— Conheço a peça. — Gabe ajustou o banco de modo a poder operar os pedais confortavelmente. Tirou os óculos, esfregou os olhos e os pôs de volta no alto do nariz. Suas mãos correram para baixo e para cima no teclado. — Bom piano.

— Pode começar quando quiser.

O garoto não respondeu, apenas olhou para o espaço por alguns segundos. Em seguida levantou a mão esquerda, os olhos semicerrados, enquanto iniciava uma série de arpejos.

Rina ficou boquiaberta.

Durante os cinco minutos e 14 segundos seguintes, ela foi transportada para um outro mundo. Havia assistido alguns concertos de música clássica, mas não sendo muito musical, nem sequer podia se lembrar deles. Com o menino, porém, havia algo diferente. Ela nunca ouvira um piano tocado com tamanha técnica, destreza e sentimento.

Quando terminou, ninguém falou. Nicholas Mark, o homem de rabo de cavalo que estava na sala, disse:

— Matt, pergunte se ele conhece algum dos Estudos Opus 10 de Chopin.

Com o microfone, Birenbaum pigarreou.

— A força dos seus dedos está tendo um bom registro. Conhece algum dos Estudos Opus 10 de Chopin?

— Sim. — O menino pensou um momento. — Que tal os Estudos Transcendentais de Lizt?

Mark concordou com a cabeça. — Liszt está ótimo — disse Birenbaum.

— Ou que tal os Grandes études de Paganini? "La Campanella." Gosto da peça, e isso deve dizer alguma coisa sobre a força de minha mão.

— Diga-lhe para parar imediatamente se sentir alguma dor — disse Mark.

— Tudo bem, Gabe — disse Birenbaum —, mas cuidado com sua mão esquerda. Se sentir uma pontinha de alguma coisa, pare de tocar. O importante aqui é a sua mão.

— Certo. — Mais uma vez, Gabe olhou para um espaço por alguns momentos, reajustando o banco para seus pés. O estudo começava com alguns toques leves, mas depois progredia rapidamente para uma primorosa série de passagens semelhantes a sinos, com a mão direita do menino percorrendo uma grande distância até o alto do teclado para uma série de trinados rápidos como um relâmpago, e terminando com um clímax estimulante. Era uma peça de música bela e complexa que atravessava um espectro emocional, mas Rina percebeu que Gabe a escolhera porque, mais do que qualquer coisa, ela exibia virtuosismo. Quatro minutos e 32 segundos mais tarde, novamente, o assombro a silenciou.

Essa joia havia sido confiada aos seus cuidados.

Gabe esfregou os olhos por trás dos óculos.

— Um pouco arriscado. Não foi meu melhor, nem meu pior. Cometi alguns erros. Minha mão esquerda está, sem dúvida, prejudicada. Mas ela deve se curar, certo?

Birenbaum pigarreou ao microfone.

— Deve ficar boa. Estarei aí dentro de um minuto, Gabe. — Matt virou-se para seu amigo do rabo de cavalo. — Isso foi estranho.

— Pode-se dizer disso. De onde ele *veio*?

Ambos olharam para Rina.

— É uma longa história.

— Então, o que você acha, Nick? — perguntou Birenbaum.

— O que acho? O garoto é um fenômeno!

33

Era a primeira vez que Rina via o menino demonstrar livremente sua emoção. Pena que fosse ansiedade. Seus olhos se dilataram e sua respiração se acelerou. Seu olhar estava em Nicholas Mark.

— Vocês estavam me ouvindo? — Ele olhou para Rina. — Vocês armaram isso?

— Armaram o quê? — ela perguntou.

— Ninguém armou nada. Eu estava aqui por acaso para que minha mão fosse examinada — disse-lhe Mark. — O dr. Birenbaum me convidou para ouvir.

— Posso fazer melhor que isso. Isso foi muito *rúim*!

— Ruim — corrigiu Rina.

— *Rúim*. Ruim. Posso fazer melhor que isso. Juro que posso. Minha mão está prejudicada. Não que eu esteja me desculpando. É só que sei que posso fazer melhor...

— Relaxe. — Mark pôs a mão no ombro do menino.

— Sei que errei. Não estava na minha melhor forma de maneira alguma...

— Desculpe minha ignorância, mas você é pianista? — perguntou Rina.

— Nicholas Mark não só é um pianista renomado, mas está na vanguarda da composição moderna para piano — respondeu Birenbaum.

— Isso é ótimo — disse Rina. — Estamos procurando um professor de piano...

— Hã, não acho que o sr. Mark precise ser incomodado com nossos problemas triviais — disse o menino entre dentes.

— Relaxe. — Mark pôs a mão no ombro de Gabe novamente. — Está tudo bem. Respire fundo.

Gabe assentiu com a cabeça, aspirou profundamente e soltou o ar.

— Melhor?

— Estou bem. — De repente o menino sentiu-se ridículo por estar tão nervoso. — Estou legal.

— Bom. Em primeiro lugar, com quem você estudou?

Depois que Gabe desfiou meia dúzia de nomes, Mark perguntou:

— O que aconteceu? Você estava sempre superando os professores?

— Sim, isso aconteceu. E eu dependia de certo modo dos caprichos dos meus pais para o transporte, porque não morávamos na cidade... em Manhattan. Sou do Leste. Morávamos a cerca trinta minutos de distância, no subúrbio.

Mark olhou para Rina.

— Qual é o parentesco entre vocês?

— Não somos parentes — disse Gabe. — Sou um enjeitado...

— Você não é um enjeitado — disse Rina. — Os pais dele estão inacessíveis no momento. Ele está hospedado com minha família. Quando machucou a mão, pensei em Matt. Frequentamos a mesma sinagoga e ele é o melhor.

— Você me faz corar — disse Birenbaum. — Mas não demais.

— Você é o melhor — disse Mark, com um sorriso. E virando-se para Rina: — Quanto tempo Gabe vai passar com vocês?

— Isso depende dele e dos pais dele. No que depender de mim, ele pode certamente ficar morando com minha família, especialmente se isso significar ter o professor que ele quer.

— Onde estão seus pais?

Gabe ficou vermelho como um pimentão, mas Rina estava muito calma.

— Isso está em questão neste momento. Não sabemos onde os pais dele estão, mas eles sabem que Gabe está hospedado conosco. Profissionalmente, o que você pode fazer por ele?

O menino bateu as mãos sobre o rosto. Mark sorriu.

— Eu disse relaxe, está bem? Não é um pré-requisito da cidadania americana saber quem eu sou. — Virou-se para Rina. — O que posso fazer por ele... é... isto. Quero que ambos saibam... que não estou procurando alunos. Com meu ensino na universidade, minha composição, e minhas idas e vindas todo fim de semana entre Los Angeles e Santa Fé, não tenho muito tempo livre.

— Posso me mudar para Santa Fé — Gabe deixou escapar.

— Você não vai se mudar para lugar nenhum — disse Rina.

Novamente, Mark riu.

— Tenho uma lista de espera de um quilômetro e jogá-lo para o topo não seria justo.

— É claro — disse Rina — Talvez possa recomendar alguém?

— Espere um minuto. Eu disse que seria injusto... se eu decidisse tomá-lo em definitivo. Mas como isso parece ser uma situação temporária, estaria disposto a vê-lo para algumas aulas.

— Seria realmente gentil da sua parte.

— Este é o trato, Gabe — disse Mark. — Não exijo de uma pessoa cem por cento de perfeição. Mas exijo... cem por cento de dedicação. Se eu arranjar um tempo para você, é melhor estar preparado. — Ele puxou seu Blackberry. — Posso vê-lo uma vez... Não, vamos combinar duas vezes por semana... às dez da manhã na USC. Não tenho nenhuma outra hora. Não sei se isso afeta sua vida escolar.

— Podemos dar um jeito nisso. Quais dias?

— Que tal... terça-feira e... se eu mudar isto e transferir este compromisso ali... — Ele dedilhou o aparelho. — Vamos tentar às segundas e terças às dez horas... em ponto.

— Eu leciono — disse Rina. — Tenho de estar na escola às nove...

— Posso ir de ônibus — disse Gabe.

Rina ignorou-o.

— Meu marido ou eu vamos deixá-lo cedo. Tenho certeza de que ele poderá arranjar alguma coisa para fazer.

— É uma universidade com um grande departamento de música — disse Mark. — Há salas de prática. — Ele olhou para Gabe. — Você não dirige ou não tem um carro?

— Ele é muito novo — disse-lhe Rina. — Vai fazer 15 anos em junho.

— Mais jovem do que pensei. Melhor ainda. Que tipo de piano você tem?

— Não temos um piano — disse Rina. — Tem uma recomendação?

— Um bom piano custa dezenas de milhares de dólares.

— Isso seria muito caro — disse Rina.

— Vou ver se posso emprestar a vocês alguma coisa da universidade — respondeu-lhe Mark. — Mas nada de tocar até que sua mão fique completamente curada e até que o dr. Birenbaum libere você.

— Deve levar cerca de uma semana até que todas as contusões desapareçam — disse-lhe o médico.

— Então vamos marcar nossa primeira aula para daqui a uma semana, se você ainda estiver por aqui. — Ele colocou alguns dados no Blackberry. — Que estudos você conhece?

— Todos os dez Estudos de Chopin, alguns dos 25 e alguns dos Transcendentais de Lizt. Tenho as partituras para estes e aqueles que não sei de cor.

— Leve-as com você. Vamos começar com isso. — Ele lhe ofereceu um cartão de visitas. — Você fez um bom trabalho com "La Campanella", mas certamente quero que deixe isso de lado até que façamos alguns dos estudos. Ligue na noite anterior, se não puder ir.

Gabe pegou o cartão. Estava radiante.

— Muito obrigado, sr. Mark, por essa oportunidade.

— De todos os seus professores... o único que conheço é Ivan Lettech. Vou dar uma ligada para ele. Alguma coisa que queira me dizer antes que eu fale com ele?

— Ele me deu aula por quase um ano. Acho que correu bem. Ele me disse que eu precisava me inscrever em mais concursos importantes para me tornar conhecido.

— Fez isso?

— Há, a situação da família nessa época tornou isso um pouco difícil. Mas estou mais velho e as coisas estão melhores. Ou talvez não melhores. Talvez mais estáveis. Bem, não sei se "estável" é a palavra certa. Estou divagando?

— Um pouco — disse Rina. — Qualquer orientação de que ele precise será bem-vinda.

— Sem problema.

Gabe baixou os olhos.

— Acho que o sr. Lettech ficou zangado quando fui embora para a Califórnia. — Seus olhos foram para o rosto de Mark. — Se falar com ele, por favor, diga novamente que a mudança não foi ideia minha.

O homem mascarado com o açoite não era Aaron Otis. As tatuagens, por menores que fossem, não batiam. Aaron continuou estudando as fotos.

— Não é o Greg, disso eu tenho certeza. *Poderia* ser o Garth. Realmente não consigo distinguir as tatuagens. Você poderia ampliar as fotos?

Decker deu as fotografias para Marge.

— Peça alguém para escanear isto para o computador e ver se podemos conseguir uma imagem maior. — Depois que ela saiu da sala, Decker perguntou: — Reconhece a moça?

— Não se parece com a Adrianna.

— Acha que poderia reconhecê-la se ampliássemos seu rosto?

Aaron sacudiu a cabeça.

— Sinceramente, tenente, ela não parece conhecida. — O rapaz levantou uma sobrancelha. — É uma pena. Parece que ela poderia ser divertida.

Decker não viu a graça em dois cadáveres e uma mulher desaparecida. Continuou com uma expressão inalterada e Aaron ficou vermelho.

— Desculpe.

— E não teve notícia nenhuma de Garth?

— Nada. Eu lhe diria se tivesse. Gosto do Garth, mas, se ele estiver envolvido em algo ruim, não quero fazer parte disso.

Oliver entrou.

— Posso falar com você por um instante, tenente?

Decker pediu licença. Os dois homens conversaram do lado de fora da sala de interrogatório.

— Marge ainda está escaneando as fotografias — disse Oliver. — Greg Reyburn entrou na delegacia há uns cinco minutos. Eu o pus na sala número três. Quer falar com ele ou devo fazer isso?

— Você pode fazer isso.

Oliver pegou seu bloco de anotações e leu de uma lista: descobrir onde ele esteve nas últimas 24 horas, checar o álibi, perguntar-lhe de novo sobre Garth e a excursão deles para acampar, mostrar-lhe as fotografias encontradas no apartamento de Mandy, pedir-lhe para identificar as tatuagens e finalmente perguntar sobre Mandy Kowalski.

— Mais alguma coisa?

— Isso mais ou menos abrange tudo. Aaron afirma que não reconhece Mandy na foto como alguém que conheça ou tenha visto por aí.

— Acha que está mentindo?

— Ele tem cooperado. Claramente não é o homem mascarado, mas poderia ter feito as fotos. Ele até fez uma piada sobre isso. Disse que era uma pena que não a conhecesse. Ela parece muito divertida.

— Golpe de aro — disse Oliver, imitando um baterista batendo num címbalo.

— De fato, foi uma piada inoportuna e de mau gosto. Aaron precisa renovar suas piadas.

Greg Reyburn olhou para as fotos ampliadas com olhos cansados, orlados de vermelho.

— Essa cobra subindo pelo braço dele com as asas... parece o símbolo médico.

— O caduceu — disse Oliver.

— Isso, o Garth tem uma igualzinha. — Reyburn passou os dedos por seus cachos pretos e fez uma careta. — Não sou nenhum puritano. Gosto de me divertir como todo mundo. Posso me ver fazendo algo parecido com isso talvez uma ou duas vezes... tipo, se eu estivesse caindo de bêbado, mas não acho que tiraria fotos de mim mesmo agindo como um imbecil, por mais bêbado que estivesse.

Oliver assentiu com a cabeça.

— Sabe se Garth já brincou de se fantasiar antes?

— Se esse for o Garth. Muita gente poderia ter esse cadu... como foi que você chamou isso?

— Caduceu.

—Tenho certeza de que é uma tatuagem comum entre os médicos.

Oliver não tinha conhecido muitos médicos tatuados na vida, mas quem sabe em meio ao grupo mais jovem. Havia um mundo novo lá fora.

— Você reconhece alguma das outras tatuagens?

— Bem... — Reyburn passou os olhos nas fotos de novo. — Esta. — Apontou para uma viúva-negra em sua teia. — Ele tem esta também.

— Então vamos supor que seja Garth — disse Oliver. — E quanto à moça?

— Não consigo reconhecer — disse Reyburn, dando de ombros.

— Nunca a encontrou numa das festas de Garth e Adrianna?

— Talvez. — Ele devolveu as fotografias para Oliver. — Eles com certeza faziam muitas festas, recebiam umas pessoas estranhas. Não me lembro de nenhuma menina usando uma coleira com tachas pontudas e um bustiê, mas não dei uma olhada em todo mundo.

Oliver deu as fotos para Greg.

— Olhe para elas mais uma vez.

Reyburn cooperou. Uma pose — o homem mascarado montado nas costas da mulher — atraiu sua atenção.

— Talvez sim, talvez não. Isto é o máximo que posso dizer neste momento.

— Alguma ideia de quem tirou as fotos?

— Não eu.

— Que tal Adrianna ou Crystal?

— Eu estaria adivinhando. — Ele sacudiu a cabeça. — Posso ir agora? Estou bem fodido neste momento. Crystal e eu éramos amigos, você sabe.

— O quanto eram próximos?

— Se fizemos sexo? Sim, fizemos. — Seus olhos ficaram úmidos e ele tentou disfarçar esfregando-os. — Crystal era um espírito livre.

— A liberdade dela inclui Garth?

— Provavelmente.

— Provavelmente ou sem dúvida?

— Sem dúvida. Lembro-me uma vez... quando Garth estava completamente bêbado... Acho que ele sugeriu uma farrinha a três com ela.

— E?

— Essa não era a minha. — Ele parou. — Pelo menos não com ele. Talvez se fosse Adrianna e Crystal, mas não Garth e Crystal.

— Vamos voltar a Adrianna. Você transou com ela alguma vez?

Greg sacudiu a cabeça.

— Não... não que eu teria negado se a situação surgisse, mas nunca pintou uma oportunidade.

— Aaron transou com ela.

— Bom para ele — disse Reyburn, dando de ombros. — Eu não.

— Como Garth se sentia com relação a Aaron estar transando com Adrianna?

— Nunca conversei com ele sobre isso. — Coçou o rosto, que estava com a barba por fazer. Estava com espinhas na testa e no queixo. — Garth sabia que Adrianna dava para todo mundo. E Adrianna sabia que Garth comia todo mundo. E ambos tinham um pouco de ciúme um do outro. Por que continuavam juntos é um grande ponto de interrogação.

— Soube que Adrianna dava a Garth dinheiro para jogar e que era por isso que ele continuava com ela.

— Sim, ela dava uns duzentos dólares para ele aqui e ali.

— O que ele fazia com isso?

— Levava para Las Vegas — respondeu Reyburn, encolhendo os ombros.

— Ouvi dizer que ele gastava muito mais com mulheres do que com jogo.

— É possível. Garth gostava de uma xoxota.

— Então talvez seja por isso que ele continuava com Adrianna. Ela lhe dava dinheiro. — Quando os olhos de Greg moveram-se de um lado para outro, Oliver perguntou: — O que é?

Reyburn levantou as mãos para cima.

— Vai pensar que estive escondendo isto de você... mas acabei de pensar em uma coisa. É possível que Adrianna não fosse a única que estava dando uma grana para Garth.

— Continue.

— Eu digo que é possível porque nunca acreditei realmente em Garth. — Reyburn suspirou. — Então o lance é o seguinte. Uma vez, quando estava bêbado, Garth contou para mim e para o Aaron que ele tinha umas duas coroas em Las Vegas que lhe davam dinheiro. Muito mais dinheiro que Adrianna. Era por isso que ele ia para lá com tanta frequência.

— Certo — disse Oliver. — Essas mulheres têm nomes?

— Ele nunca me disse os nomes. Só mencionou isso uma vez, e quando estava mamado, e isso foi mais de um ano atrás. Aaron e eu concluímos que era papo furado. Não sei por que pensei nisso agora... talvez porque você disse que Adrianna lhe dava dinheiro.

— Ele lhe contou alguma coisa sobre as mulheres?

Reyburn correu as mãos pelo cabelo novamente.

— Disse-nos que as mulheres eram casadas com mafiosos, e quando os maridos estão fora, ele transava com elas por dinheiro. A gente tentou arrancar detalhes dele, mas ele disse que não podia nos dizer mais nada. Que isso tudo era muito secreto e que, se os maridos delas descobrissem, ele seria morto. Foi aí que concluímos que a história toda era mentira. A gente podia imaginar Garth fodendo mulheres... podia imaginar Garth fodendo mulheres que lhe davam dinheiro. Mas toda aquela história de máfia... Ah, *pera lá*! Você é uma porra de um técnico de radiologia, Garth. Ponha-se no seu lugar.

— Então vocês não acreditaram nele.

— Não na história da máfia. Garth dizia uma porção de bobagens quando ficava bêbado. Ele... enfeitava as coisas. Mas quem não diz besteira quando está alto?

— Onde vocês se hospedavam quando iam a Las Vegas?

— Garth ia muito mais do que nós. Quando íamos juntos, ficávamos no Luxor ou no MGM. Eles eram um pouco mais baratos, mas eram na Strip, a seção do Las Vegas Boulevard onde ficam os cassinos.

— E você não tem nenhuma ideia de quem são essas mulheres?

— Não sei nem se elas são reais.

— Você me dá licença um momento?

— Posso ir embora agora?

— Greg, acho que seria melhor se você ficasse um pouquinho mais. Até que eu fale com a moça com quem você estava ontem à noite. Ela é seu álibi.

— Depois posso ir?

— Uma coisa de cada vez. Quer mais café ou um refrigerante ou alguma coisa para comer?

— Quero ir para casa e ir dormir.

"Você e todos nós", pensou Oliver.

— Volto em um minuto. Espere um pouco, está bem?

A resposta de Reyburn foi um pesaroso balançar de cabeça. Oliver saiu da sala de interrogatório e foi à procura de Marge. Não a encontrando, rumou para a sala do tenente. Decker estava ao telefone, mas fez um sinal para Oliver entrar. Um minuto depois, desligou.

— Era Sela Graydon. Ela e Kathy Blanc virão à delegacia amanhã. Isso vai ser realmente um horror.

— Por que elas virão?

— Para uma atualização sobre os acontecimentos recentes, para chorar no meu ombro, para gritar comigo, para amaldiçoar o mundo: escolha qualquer uma ou todas as opções acima. — Ele bufou. — Que houve?

— Aaron ainda está aqui?

— Não, nós o soltamos uns vinte minutos atrás.

— Droga.

— O que está acontecendo? Devemos chamá-lo de volta?

— Eu gostaria de falar com ele. — Oliver lhe contou a história de Reyburn sobre Garth e suas coroas. — Parece-me fantasioso, mas me deu a ideia de que talvez Garth esteja escondido em Las Vegas. Talvez ele e Mandy estejam criando vidas novas para si como sr. e sra. Dominador/Dominadora, qualquer coisa assim.

— Fale com o Departamento de Polícia Metropolitana de Las Vegas.

— Ou Marge e eu podemos fazer uma viagenzinha para o leste.

— Mesmo que façam isso, ainda precisam entrar em contato com a polícia local.

— O que acha da história? — perguntou Oliver.

— Aprendi com o passar dos anos a guardar meu julgamento — disse Decker, sacudindo os ombros.

Wanda Bontemps deu uma batida no batente.

— Estou com Eddie Booker na linha dois.

— Quem? — perguntou Decker.

— Ele só disse isso. É Eddie Booker e está retornando sua ligação.

— Minha ligação? — Ele pegou o telefone. — Tenente Decker falando.

— Olá, tenente. Eddie Booker. Minha sogra disse que você me ligou uns dois dias atrás e queria falar comigo.

Decker estava tentando se lembrar. Por sorte, Booker o ajudou.

— Eu teria ligado mais cedo, mas não havia nenhum meio de comunicação no navio.

Navio... cruzeiro... o funcionário da manutenção no hotel onde Terry estava hospedada.

— Sim, sr. Booker, muito obrigado por ligar de volta. Aguarde um minuto. — Ele se virou para Oliver. — Encontre Aaron Otis e veja se ele confirma a conversa. Depois ligue para a Metropolitana de Las Vegas e veremos sobre mandar você e Marge até lá. Tenho que atender este telefonema.

Oliver assentiu com a cabeça e saiu.

Decker disse a Booker por que ligara.

— Em prol de um serviço completo, estamos entrevistando todas as pessoas que estavam trabalhando no hotel na noite em que a sra. McLaughlin desapareceu. Pelo que sabemos, você estava de serviço aquela noite e saiu... na verdade se demitiu no dia seguinte.

Silêncio na linha.

— Sabemos que o hotel ofereceu incentivos a todos que fossem embora mais cedo.

— Sim, eles ofereceram.

— E foi por isso que você decidiu deixar seu emprego?

Mais uma vez, houve silêncio.

— Gostaríamos de conversar com você... verificar se você viu a sra. McLaughlin ou quem sabe ouviu algo de incomum.

Houve uma terceira pausa.

— Talvez seja melhor que você venha até a delegacia. Como você mora no Valley, acho que estou mais perto de você que a West L.A. Poderia chegar aqui em uma hora?

A voz de Booker estava trêmula quando ele se decidiu a falar.

— Não sabia que a sra. McLaughlin tinha desaparecido na segunda-feira.

— Desde domingo à noite, na verdade.
— Ninguém me contou.
— Então agora você sabe. Estamos pedindo a ajuda de todos.
— Eu sabia que devia ter *dito* alguma coisa.
— Sobre o quê?

O homem não respondeu. Decker estava ali sentado, cheio de ansiedade e frustração.

— Que tal se eu fosse à sua casa e conversássemos aí?
— Não, vou até aí.
— Ótimo. Quando?
— Onde está? Devonshire?
— Sim, senhor.
— Eu poderia chegar em meia hora.
— Estarei aqui. Obrigado por sua ajuda.
— Ela parecia bem. — disse Booker. — Juro que ela estava bem quando a deixei.
— Tenho certeza de que estava bem. Talvez ainda esteja — disse Decker, em tom tranquilizador. — Estamos apenas juntando algumas peças. É por isso que estamos pedindo a sua ajuda...
— E quanto ao menino? — perguntou Booker. — Ela tem um filho.

Decker riu consigo mesmo.

— A única coisa que posso lhe dizer com certeza é que o menino está bem.

34

Eddie Booker carregava um fardo. O ex-funcionário da manutenção deveria estar com um aspecto descansado depois de um cruzeiro em mar aberto. Em vez disso, seu rosto destilava estresse. Ele era um homem alto, ossudo, na casa dos cinquenta, com cansados olhos escuros. Tinha uma boca larga e cabelo grisalho bem crespo. Estava vestido com uma camisa branca de colarinho abotoado e calça marrom. Estava suando e a entrevista ainda não tinha nem começado. Decker o chamara originalmente em prol da completude. Agora perguntava a si mesmo se não estava olhando para um suspeito.

— Gostaria de beber um pouco de água?

— Não, quero apenas acabar com isto. — Booker pegou uma caixa de lenços de papel próxima e usou um para enxugar a testa.

— Conte-me sobre isso — disse Decker.

— Eu sabia que estava errado. — Um suspiro. — Trabalhei nessa atividade durante 36 anos e nunca aconteceu nada parecido. Não sei que merda eu estava pensando.

Decker assentiu com a cabeça.

— Minha mulher acha que eu deveria arranjar um advogado.

— Por quê?

— Era isso que eu estava dizendo para ela. Vou só devolver o dinheiro e pronto. Mas agora que você me diz que a sra. McLaughlin está desaparecida, isso pode parecer meio complicado. — Os olhos dele estavam úmidos. — Juro que foi a primeira e única vez que fiz alguma coisa assim. E só peguei o dinheiro porque ela me disse para fazer isso.

— A sra. McLaughlin lhe disse para pegar o dinheiro?

— Sim, senhor.

Decker sacou seu bloco de anotações.

— Sr. Booker, vamos começar do início. Comece com a hora. Quando tudo isso aconteceu?

— Eram cerca de... três, três e meia da tarde.
— Domingo à tarde?
— Sim, domingo à tarde. Eu estava fazendo minhas rondas, só checando o terreno. Ouvi a discussão vindo do quarto da sra. McLaughlin.
— Certo. — Decker manteve uma fisionomia inexpressiva. — Quando você diz "discussão", poderia definir isso?
— Gritos.
— Quem estava gritando?
— Os dois.
— A sra. McLaughlin e...
— Não sei o nome do homem. Ele não o disse em momento nenhum. Só me ofereceu o dinheiro e, eu, como um maldito idiota, peguei-o. A única razão que me levou a pegar aquilo foi ela me dizer para pegar.
— A sra. McLaughlin disse.
— Sim, senhor. Cara, ela estava furiosa. Furiosa com ele... mas pareceu furiosa comigo por incomodá-los. — Ele pôs a mão no bolso e puxou um maço de notas de cem dólares. — Eu nem gastei isso. Sabia que era errado. — Ele empurrou as notas no rosto de Decker. — Tire isso logo de mim. Essa coisa é veneno!
— Não posso fazer isso, senhor.
— Bem, eu com certeza não quero isso. — Ele jogou o dinheiro na mesa.
As notas começaram a se desenrolar. Decker não fez um movimento para pegá-las, mas soube mais tarde que recolheria o dinheiro como evidência. Talvez ele fosse pagamento de Donatti para fazer alguma coisa errada. — Vamos recuar um pouco, sr. Booker. Você estava fazendo suas rondas. Eram cerca três, três e meia da tarde de domingo.
— Sim.
— Você ouviu uma discussão vindo do quarto da sra. McLaughlin.
— Sim.
— Que aconteceu depois?
— Bati à porta. Chamei o nome dela, perguntando se estava tudo bem.
— O que aconteceu depois que você bateu à porta e chamou-a?
— Bem, para começar, a discussão parou. A gritaria. Depois que bati, ninguém disse um pio.
— Certo. Continue.
— Bati de novo, chamando o nome dela. Comecei a teclar minha senha na porta, mas ela a abriu antes que eu conseguisse.
— Como ela estava?
A pele do homem escureceu.
— Ela era uma mulher bonita.

— Quero saber qual era o estado emocional dela.
— Furiosa.
— Furiosa e amedrontada?
— Não, senhor, só furiosa. Se estivesse parecendo amedrontada, eu não teria ido embora. Ela parecia emputecida, com perdão pela má palavra.
— Então o que aconteceu depois que ela atendeu a porta?
— Ela me disse... Deixe-me ver se consigo me lembrar exatamente... — Ele deu outra batida na testa com o lenço de papel. — Ela disse "obrigada" por minha preocupação. Que ela lamentava estar fazendo uma algazarra, mas estava tudo bem.
— Ela dava a impressão de ter sido maltratada?
— Maltratada? — Booker pareceu horrorizado. — Como se tivesse apanhado?
— Bem, o cabelo dela estava desgrenhado, ela tinha alguma marca no rosto...?
— Não, não, não. Nada desse tipo. Eu teria desconfiado de alguma coisa, teria chamado meu supervisor ou até a polícia.
— Como estava vestida? — perguntou Decker.
—Vestida? — Booker pareceu aflito. — Tenho de pensar um minuto. Ela usava alguma coisa vermelha... como uma blusa vermelha solta. Estava com uma calça escura. O cabelo estava solto. Ela ficava tirando-o dos ombros. Tinha grandes brincos de diamante nas orelhas.
— Estava usando maquiagem? Como batom ou rímel?
— Não me lembro.
— Parecia ter estado chorando?
— Os olhos dela não estavam vermelhos nem nada disso. Não havia nada escuro escorrendo pelo rosto dela. Parecia simplesmente furiosa. O que era diferente das outras vezes que a vi. Normalmente, era muito simpática e sociável. Não dessa vez.
— Você por acaso viu com quem ela estava discutindo?
— Sim, claro. Era com o sujeito que me deu o dinheiro.
— Como ele era?
— Muito alto. Cara grande, louro. Olhos assustadores. Fiquei preocupado com ela.
— E ela não parecia amedrontada?
— Não. Não estava com medo, nem chorando, só irritada. Quando ele me ofereceu o dinheiro por meu "incômodo" — Booker traçou aspas no ar —, eu quase chamei a polícia. Mas em seguida ela me disse para pegá-lo. Disse: "Pegue o dinheiro, Eddie. E guarde este pequeno incidente para você. Seria embaraçoso para mim se você contasse para alguém." — Ele franziu

a testa. — Ela disse alguma coisa sobre o homem ser o pai do menino e que eles estavam tendo uma divergência sobre a maneira certa de educá-lo. Foi por isso que perguntei a você sobre o filho. Ele está mesmo bem?

— Sim, ele está bem. Acha que era sobre isso que estavam discutindo?

Mais uma vez, Booker pareceu aflito.

— Eu não poderia dizer sim e não poderia dizer não. Se quer minha opinião, acho que a discussão era sobre assunto mais pessoal que a educação de um menino.

— Como assim?

Booker bufou.

— Eu o ouvi chamando-a de "putinha mentirosa". Ela o chamou de paranoico e maluco. Foi quando bati à porta e tudo ficou quieto. Esse tipo de palavras... para mim, isso não dá a impressão de que estavam discutindo sobre o filho. Eu sei que devia ter dito alguma coisa, mas... — Sacudiu a cabeça, envergonhado.

— O quê?

— Isto vai soar mal.

—Mas me conte mesmo assim.

Booker cobriu o rosto.

— Ele me deu mil dólares. Eu poderia realmente ter usado aquele dinheiro. Mas não houve nenhuma dúvida em minha mente de que eu não ia ficar com ele. Assim que eu chegasse do cruzeiro... eu iria devolvê-lo.

— Então por que o pegou?

— Você não vai acreditar em mim.

— Ponha-me à prova.

— Peguei o dinheiro por causa da sra. McLaughlin... Bem, como posso dizer isto? Como eu disse, ela era uma linda mulher com uma voz bonita, suave, e com um sorriso encantador. Ela sorria para mim sempre que eu passava por ela. Sempre se dirigia a mim pelo meu nome e encontrava tempo para me dizer umas duas palavras. Sempre me tratou como uma pessoa e não como um móvel.

— Soube que ela era muito amistosa.

— Amistosa, mas nunca passou disso. Apenas uma boa alma. E como eu disse, era tão bonita. — Ele baixou os olhos. — Eu tinha uma espécie de queda por ela. Peguei o dinheiro porque não queria que ela ficasse zangada comigo.

— Você o deixou ir embora? — perguntou Marge.

— Vou segurá-lo aqui com base em quê?

— Talvez ele tenha entrado lá furtivamente depois que Donatti saiu e a matado.

— Ele me fez uma descrição completa de seus movimentos. A única maneira pela qual ele poderia tê-la matado e descartado o corpo teria sido fazer isso no terreno do hotel. E um número grande demais de pessoas o viu entre a hora em que ele pegou o dinheiro e aquela em que Gabe chegou em casa e descobriu que sua mãe desaparecera.

— Talvez ele a tenha assassinado, enfiado num closet e depois voltado para descartar o corpo.

— Ele foi embora depois das seis e meia e chegou em casa quarenta minutos mais tarde. Afirma que ficou com a mulher o tempo todo, fazendo as malas para suas férias. Examinei seu rosto, as mãos, os braços e as pernas. Ele me mostrou até suas costas e a barriga. Não havia arranhões em parte alguma. Ele concordou em se submeter ao teste do polígrafo. Você viu o quarto. Havia alguma coisa que indicasse que acontecera uma luta lá dentro?

— Tenente, ele admitiu ter uma queda por ela. Talvez ela tenha rejeitado os avanços dele.

— Se ele tentou um contato físico, ela não lutou para se defender, e isso me parece difícil de acreditar. Eu não tinha nenhuma razão para retê-lo. Ele não tem ficha, tem uma histórico excelente como trabalhador, paga seus impostos, os filhos estudam na escola católica. A gente tem uma impressão intuitiva sobre uma pessoa. Acreditei nele, por isso o deixei ir embora.

— Não gosto da parte em que ele disse que tinha uma queda por ela.

— Ela é uma mulher encantadora. Provavelmente ele não era o único.

Marge olhou bem para ele.

— Inclusive você?

— Eu me lembro dela como uma garotinha, por isso, para mim, ela será sempre uma garotinha. Objetivamente, ela é atraente. E acho que tirava o máximo proveito disso. Não comigo, porém. Comigo, ela usava o ardil da mulher desemparada. "Por favor, tenente, você sabe que é a única pessoa que conheço que pode controlá-lo. Sinto-me segura quando está por perto." E, idiota que sou, engoli.

— Parece estar com raiva.

— Sou um idiota. Mas pelo menos fui inteligente o bastante para pedir a opinião da minha mulher sobre ajudá-la antes de concordar em fazer aquilo.

— E Rina disse sim?

— Rina disse que apoiaria qualquer decisão minha. Mas ambos sabíamos que eu concordaria em fazer aquilo por causa do potencial para violência de Donatti. Pode ser que alguma coisa terrível tenha acontecido com Terry, mas estou começando a pensar que ela planejou isso o tempo todo e que fui usado. E agora tenho um adolescente morando em minha casa e minha mulher alugando um piano para ele.

— Ela está alugando um piano para Gabe? — perguntou Marge, rindo.

— Ela o ouviu tocar piano esta manhã — disse Decker, parecendo amargurado. — Ao que parece, ele é uma espécie de gênio do piano. Agora ela lhe arranjou um professor e não sei o que mais. A única coisa que sei é que isso vai me custar dinheiro. — Deu um tapa na testa. — Estou prestes a me aposentar. Em que enrascada fui me meter, Marge?

— Você não vai se aposentar. Você morreria.

— Talvez não me *aposentar*, aposentar, mas eu certamente estava prestes a relaxar. Como pude ser engambelado a ponto de deixar esse garoto entrar na minha vida?

— Está perguntando para mim? Eu adotei Vega e desde então nunca mais tive uma noite de sono. — Ela fez uma pausa. — Está melhor agora. Mas ainda me preocupo até receber aquele telefonema, dizendo-me "boa noite, mãe Marge." — Jogou as mãos para o alto. — Algumas pessoas acolhem gatos abandonados. Nós acolhemos criaturas bípedes. Não é tão inteligente, mas pelo menos não temos de lidar com caixas de areia.

Oliver desligou o telefone.

— Era Las Vegas. — Olhou para suas anotações. — Detetive Silver. Ele disse que daria uma passada pelos hotéis, mas que eu não esperasse nada. Os hotéis mantêm seus registros em sigilo completo, a menos que haja um mandado ou um motivo de força maior para expor seus clientes.

— Que tal duas moças mortas? — perguntou Marge.

— Foi por isso que contei com o tipo de cooperação que consegui. Mas até que tenhamos mais evidências, estaremos batendo contra a parede.

— Poderíamos ir lá e procurar nos hotéis, mas acho que não conseguiríamos muita coisa. Garth poderia estar usando um outro nome. Las Vegas é um lugar onde as pessoas vão para se reinventar. E cada hotel é enorme, com muitas alas e centenas de quartos.

— Agulha em palheiro.

Marge deu de ombros.

— O que você vai fazer neste fim de semana?

— Nada.

— Nem eu. Não cheguei a ver O.

— É bom. — Oliver sacudiu os ombros. — Eu o verei de novo.

— Vou verificar quem tem os ingressos mais baratos possíveis. — Marge ajeitou a bolsa no ombro. — Estou de saída para falar com Yvette Jackson com um conjunto de fotos de identidade enfileiradas. Quer vir comigo?

— Sim, com certeza. — Oliver se levantou e vestiu a jaqueta. — Deveríamos explicar nossa "farrinha" em Las Vegas ao tenente de novo. Tenho certeza de que podemos conseguir alguma recompensa por ela.

— Poderíamos apresentar uma boa justificativa para ela — disse Marge. — Exceto os ingressos para O.

— Então temos apenas de imaginar uma boa maneira de apresentá-la à contabilidade. Que tal... que tal um curso de reciclagem em medicina emergencial e ressuscitação cardiopulmonar?

Marge riu.

— De onde você tirou essa ideia? — perguntou Marge, rindo.

— Todas aquelas mulheres debaixo d'água... e se uma delas tiver uma cãibra de repente?

— Hum... e como você pretende ajudar?

— Sou ótimo em massagens profundas.

35

Era uma hora da tarde, mas Yvette Jackson ainda estava de penhoar — um empoeirado robe de cetim cor-de-rosa. Seu apartamento era uma quitinete bem decorada em estilo Old Hollywood. O sofá-cama estava coberto com um edredom de cetim cor-de-rosa e almofadas em forma de coração. Ela tinha também um sofá branco com encosto curvo com almofadas de seda e uma mesa de centro de vidro e cromo enfeitada com um vaso de lírios. Sua cozinha era minúscula. Sobre a bancada, via-se uma cafeteira elétrica solitária. Com seus olhos azuis, seu busto grande e seu cabelo louro-platinado, Yvette poderia ter sido a heroína de uma comédia maluca dos anos 1940. A não ser por seus olhos estarem avermelhados e sua expressão estar sombria.

— Obrigado por falar conosco — disse Oliver.

— Concordei antes de ficar sabendo. — Ela se deixou cair no sofá branco e puxou uma manta sobre o peito. — Telefonei e disse que estava doente. Não vou voltar àquele lugar até saber o que está acontecendo. Estou apavorada.

— Quem lhe contou sobre o assassinato de Crystal? — Marge sacou seu bloco de anotações.

— Um dos *barmen*... Joe Melon, que ficou sabendo por Jack Henry, um dos donos do Garage. — Ela enfiou a manta sob o queixo. — Nesta altura, não sei o quanto seria prudente me envolver.

— Não sabemos com quem estamos lidando — disse Marge. — Se isso tiver alguma coisa a ver com o Garage, quanto mais cedo obtivermos uma identificação, melhor será para todos nós.

— Acha realmente que é alguém do bar?

Marge evadiu-se à pergunta.

— Sabe se Crystal estava tendo algum problema com alguém do Garage?

— Um cliente ou alguém que trabalhasse lá?

— Qualquer dos dois, ambos — disse Oliver.

— Não que eu saiba. — Yvette estava calma. — Crystal não tinha muitos limites. Ela simpatizava com um cara e lhe servia drinques sem cobrar. Talvez alguém tenha levado isso a mal. — Uma pausa. — Não sei o que isso teria a ver com Adrianna. Ela não trabalhava lá. Portanto, é possível que a morte delas não tenha tido nada a ver com o Garage.

— Com certeza — disse Oliver. — Crystal e Adrianna tinham vidas sociais muito ativas, que nada tinham a ver com o Garage.

— Tenho certeza de que elas tinham muitos amigos em comum — disse Yvette.

— E esse é o principal foco da investigação — disse Marge. — É por isso que, se pudermos tomar alguns minutos do seu tempo, eu gostaria de lhe mostrar uma série de fotos de alguns homens e lhe perguntar se algum deles parece familiar.

Ela se levantou do sofá.

— Eu poderia fazer um café antes?

— É claro.

— Gostariam de uma xícara? Fazer para três é tão fácil quanto para um.

— Eu não acharia ruim — disse Oliver.

— Muito bem. — Ela se arrastou para a cozinha. — É a única coisa que sei fazer. — Como se para confirmar a afirmação, abriu a geladeira, e a única coisa que se via lá dentro eram diferentes tipos de café e várias garrafas de água com gás. — Ah, eu também tenho água. Querem um pouco?

Ela estava enrolando antes de dar uma olhada nas fotos. Mais alguns minutos não fariam diferença.

— Café está ótimo — disse Marge.

— Quão bem você conhecia Crystal? — perguntou Oliver quando ela pegava o café e o filtro.

— Éramos colegas de trabalho, não amigas. — Ela encheu a máquina com água. — Isto vai soar esnobe, mas o emprego para mim é só um emprego, uma maneira de ganhar dinheiro até que minha carreira de cantora decole. Ser uma recepcionista para Crystal... — Pegou três canecas e as pousou na bancada vazia da cozinha. — Para ela, era uma profissão. A melhor que podia ter. —Virou-se para os policiais. — Creme ou açúcar?

— Aceito um pouco de creme e Splenda, se você tiver — disse Marge. — Você conheceu muitos amigos de Crystal?

— Conheci Adrianna. E a amiga dela que era advogada. Uma mulher simpática. Não sei o que ela fazia andando com aquelas palhaças.

— E os amigos homens dela?

— Sim, conheci alguns... o único de que me lembro é Garth. — Yvette revirou os olhos. — Nada feio, mas um cara complicado.

— Como assim?

— Ele se acha o máximo. Quando ficou claro que eu não estava interessada em entrar para seu fã clube, ficou hostil... bem, talvez "hostil" seja uma palavra forte demais. Ficou irritado. Começou a se comportar como um cretino, gritando ordens como: "Ei, você pode trazer mais algumas castanhas aqui?" — Ela deu de ombros. — Mas ele era um cliente, e fui levando... como se não desse a mínima para o que ele pensa.

— Por acaso você viu Garth na noite em que Adrianna esteve no bar?

— Não que eu me lembre. — Ela serviu o café, entregou uma caneca a cada um dos detetives e voltou a se sentar no sofá.

Marge tomou um gole de café e olhou à sua volta, procurando um descanso.

— Ponha na mesa — disse Yvette. — Não tenho descansos porque raramente sirvo alguém. Não cozinho e há um café aqui perto. É minha segunda casa.

— Parece conveniente — disse-lhe Oliver. — Está pronta para ver as fotos?

— Acho que sim.

Marge lhe ofereceu a série que tinha composto naquela manhã. Havia seis homens com traços faciais semelhantes — três em cima e três embaixo. Tinsley estava embaixo, do lado direito.

Com relutância, Yvette pegou o cartão, seus olhos examinando as imagens. De repente, eles se arregalaram.

— Ai, meu Deus, é este. — Seu dedo estava embaixo, à direita. — Este é o cara com quem Adrianna estava conversando.

Marge e Oliver trocaram olhares.

— Tem certeza?

— Absoluta. Se você sabia, por que está perguntando a mim?

— Não sabíamos até que você nos dissesse — disse Oliver.

— Mas vocês o puseram aqui — disse Yvette. — Tinham de saber.

Marge encolheu os ombros, mas Yvette não estava engolindo aquilo. Suas mãos começaram a tremer.

— Ele me *viu*, sargento! Ele me viu e eu o servi. Agora eu o identifico. Tenho que ficar nervosa?

Fingindo displicência, Oliver sacudiu a cabeça.

— Não, vamos pegá-lo e conversar com ele. Sabemos onde encontrá-lo.

— Como sabem? Quem é esse sujeito?

— Isso é o que queremos descobrir.

Depois da visita ao médico, Rina levou Gabe para fazer compras. Ele insistiu em pagar e ela não fez objeção. Isso o deixou feliz. Rina tinha um dom de deixá-lo sentindo-se calmo, mas não asfixiado. Ela não tentava bancar a mãe dele. Deixava-o fazer suas próprias escolhas, mas quando ele tinha dúvidas, oferecia conselho. Tinha também um excelente senso de humor. Era meio parecida com aquela professora favorita, aquela de que todo mundo gosta. Quando terminaram, Gabe tinha duas sacolas de roupas e dois pares de tênis novos. Ela lhe disse que tinha coisas a fazer na escola, por isso deixou-o em casa, dando-lhe chaves que seriam dele próprio.

Ele foi para o quarto e começou a arrumar o armário de novo, esvaziando algumas prateleiras para suas poucas coisas. Não era como se estivesse se mudando para lá, mas estava tentando se sentir um pouco mais confortável. Depois, leu até sentir os olhos cansados. Tentou dormir, mas foi inútil. Entediado e solitário, pegou a guitarra, sabendo que não deveria estar dedilhando o braço de uma guitarra com a mão machucada.

"Que se dane... só uns momentinhos não vão fazer mal. Só não exagere", disse a si mesmo. Comedimento... algo que nunca lhe faltou. Na verdade, precisava infundir em sua música tanto sentimento quanto proeza técnica. Isso era o que Lettech costumava lhe dizer.

Um trecho de música não lhe saía da cabeça, uma música que eles tinham ouvido no rádio. "Crossfire" — um blues imortalizado por Stevie Ray Vaughan. Ele gostava de Stevie Ray. Não só era um excelente guitarrista tecnicamente, tinha incrível bom gosto e podia extrair uma nota como ninguém. Gostava da maneira como Vaughan usava sua guitarra como uma resposta para seu canto, como se estivesse tendo uma conversa com o instrumento.

Ele tinha aumentado o volume do amplificador. O instrumento era uma porcaria, mas o amplificador era de uma qualidade decente e de certo modo compensava a eletrônica metálica da guitarra. Enquanto a música se repetia em sua cabeça, ele começou a copiar Stevie Ray nota por nota até que tinha os acompanhamentos para os vocais na perfeição. Agora só restava a questão do solo. Estava tão absorvido em sua música que não ouviu a porta se abrir. Quando levantou os olhos, dois rapazes na casa dos vinte estavam olhando para ele. Ele não sabia quem era aquele de cabelo louro-escuro, mas o cara de cabelo preto e olhos azuis era a imagem de Rina.

— Eu o conheço? — perguntou o Cara.

Cabelo Louro lançou um olhar para o Cara.

— Sou Sam, ele é Jake...

— Sim, moramos aqui — disse Jake.

— E você é... — disse Sam.

— Gabe Whitman. — Ele sabia que estava ruborizando. Levantou-se, desligou o amplificador e pôs o instrumento na cama.

— Desculpem-me por mexer com suas coisas.

— Está brincando? — disse Jake. — Minha guitarra nunca soou tão bem. Certamente não quando eu a tocava. Você manda bem, garoto.

— Especialmente se comparado a nós — acrescentou Sam. — Esta família não tem uma gota de música no sangue.

Jake jogou sua mochila em sua cama e abriu o armário.

— Limpo e organizado. — Olhou para as roupas de Gabe e levantou uma calça cargo. — Com certeza não é o meu tamanho.

O menino continuava vermelho. — Vou tirar minhas coisas.

— Não, não precisa fazer isso — disse Jake. — A pergunta é: o que suas coisas estão fazendo aqui, para início de conversa?

— É uma longa história. A versão abreviada é que seus pais tiveram a bondade de me deixar ficar aqui.

— Há quanto tempo está aqui? — perguntou Jake.

— Uns cinco dias.

— E quanto tempo vai ficar?

— Isso ainda vai ser definido.

— Estamos apenas chegando para o fim de semana e saindo. Mantenha suas coisas onde estão e vamos nos virar.

— Hum, da última vez que contei, havia apenas duas camas — disse Jake.

— Posso dormir no sofá — disse-lhe Gabe.

— *Yonkel*, você sabe que há uma cama com rodinhas — disse Sam. — Podemos nos apertar por uns dois dias.

— Não vou dormir numa caminha — disse Jake.

— Eu durmo nela — ofereceu-se Gabe. — Ou posso lhes dar alguma privacidade e dormir no sofá. Ou posso dormir no chão.

— Bobagem — disse Sam. — Jake e eu vamos disputar a cama no cara ou coroa.

— *Quê?*

— Você sabe que *Eema* não vai deixá-lo dormir no sofá. Pare de adiar o inevitável. Pedra, papel e tesoura. Se não quiser jogar, é desclassificado e automaticamente dorme na cama de rodinhas.

— Desde quando você cria todas as regras?

— Yadda, yadda, yadda. Blá blá blá. Você está dentro ou fora?

Os dois rapazes sentaram-se na cama e jogaram pela primeira vez. O papel de Jake perdeu para a tesoura de Sam.

— Duas em três — disse-lhe Jake.

— Está brincando.

— Vamos lá.

Da vez seguinte, a pedra de Jake perdeu para o papel de Sam.

— Merda. Três em cinco.

— Vou dormir na cama de rodinhas — insistiu Gabe. — Na verdade, vocês não precisam se incomodar. Vou passar o fim de semana na casa da minha tia. Isso não é problema.
— Quem é a sua tia?
— Quem é a minha tia?
— Que espécie de pergunta é essa? — disse Sam a Jake.
— É uma pergunta razoável. Pode ser que ela seja uma bandida, e é por isso que ele não está na casa dela.
— O nome dela é Melissa e ela não é uma bandida.
— Então por que você não está na casa dela? — perguntou Jake.
— *Yonkel*, você está tentando torturar o garoto ou é só intrometido?
— Ambos.
Gabe continuava vermelho.
— Ela vai passar o fim de semana em Palm Springs com um grupo de amigas. Convidou-me para ir, mas dei uma desculpa para não ir.
— Por quê?
— Por quê? Ela e as amigas gostam de uma farra. Tenho 14 anos.
— E o problema é...
— Por mais tentador que pareça, não é para mim.
— Quantos anos tem a sua tia?
— Tem 21.
— É bonitinha?
— É muito bonitinha.
— Tive uma grande ideia — disse Jake. — Por que você não fica aqui e eu vou com Melissa?
Sammy bateu no irmão.
— Ajude-me a afastar a luminária e a mesa de cabeceira.
— Farei isso. — Gabe tirou a luminária da tomada e levantou a mesa com o objeto ainda sobre ela. — Onde devo colocar isso?
— Ponha-a no canto — disse Sammy. — Vamos puxar esse treco.
Os dois irmãos se curvaram e deram um puxão na cama de rodinhas enfiada debaixo de uma das camas. Quando liberaram o equipamento, a estrutura e o colchão saltaram para fora com violência.
— Relativamente limpa — disse Jake, passando a mão por cima.
— Pegue os lençóis — disse Sammy.
— Você pega os lençóis — disse-lhe Jake.
— Eu aluguei o carro, você pega os lençóis.
Gabe não conseguiu se conter. Simplesmente caiu na risada — era a primeira vez em mais de dois meses que se sentia bem.
— Olhem, sei fazer uma cama. Onde estão os lençóis?

— Vou pegá-los — resmungou Jake, e saiu irritado.

— Eu sei — disse Sammy. — Somos ridículos. Vou casar e me formar na escola de medicina daqui a dois meses e ele é formado em neurociência. Voltamos para casa e temos dez e doze anos de novo. Adivinhe quem é o mais velho.

— Não há dúvida sobre isso — disse Gabe. — Onde você estuda medicina?

— Na Einstein. É em Nova York.

— Eu sei. Sou de Nova York. Minha mãe é médica.

— Qual é a especialidade dela?

— Medicina de emergência. O que você vai fazer?

— Radiologia. Você tem interesse por medicina?

— Não, obrigado. Não quero nada que tenha a ver com pessoas.

Sam riu.

— Isso elimina muitos trabalhos.

— Não música.

— Verdade, Jake não estava mentindo. Você parecia realmente profissional com aquela coisa.

— Na verdade, sou pianista. Hã... isso soa pretensioso. Meu principal instrumento é o piano.

— Não temos piano.

— Eu sei. Acho que sua mãe talvez esteja conseguindo um emprestado para mim.

— Então você vai ficar aqui por algum tempo?

— Realmente não sei — disse Gabe, sentindo seu rosto ficar quente. — Seus pais são pessoas muito bacanas.

— Na verdade, são joias.

Jake entrou e jogou os lençóis no peito de Gabe. Ele os apanhou e pôs-se a arrumar a cama.

— Ele é pianista — disse Sammy.

— Verdade? — perguntou Jake. — E você é mesmo bom?

— Não sou ruim — disse Gabe, dando de ombros.

Jake se esparramou na cama.

— Falando sério, garoto, o que está fazendo aqui?

Gabe parou.

— Minha mãe está desaparecida e seu pai está cuidando do caso. — Ninguém falou. — Seu pai acha que meu pai pode tê-la matado. Não acho que ele fez isso. Seu pai quer falar com o meu, e meu pai não está se mostrando acessível.

— Nossa — disse Jake. — Perdão por ter perguntado.

— É confuso, mas estou acostumado com isso.

— Então como você veio parar aqui... com meus pais? — perguntou Sammy.

— Minha mãe conhecia seu pai desde que era adolescente. Então quando nós dois viemos para a Califórnia, ela me deu o número do celular dele para o caso de uma emergência. Quando minha mãe não voltou para casa domingo passado, liguei para ele. Era tarde da noite, e eu não tinha nenhum lugar para onde ir, por isso ele me trouxe para sua casa. Eles estão me deixando ficar aqui até que um dos meus pais apareça, ou ambos. Meu pai sabe com certeza que estou aqui. Suspeito que minha mãe esteja viva e saiba que estou aqui também.

— E morar com sua tia?

— Gosto da Melissa, mas ela não tem os mesmos padrões de limpeza que eu. Tenho realmente muita dificuldade em viver num ambiente bagunçado.

— Outro compulsivo. — Jake fez um *high-five* com Gabe. — Quem sabe você pode dar uma ajuda à nossa irmã? Não consigo entrar no quarto dela.

— Nem eu — disse Gabe. — Ele me deixa ansioso.

— Vamos sair para comer uma pizza. Quer vir?

Gabe estava com fome, mas declinou.

— Estou bem. Vou desfazer a bagagem de vocês, se quiserem.

— Ninguém toca nas minhas coisas — disse Jake.

— Desculpe — disse Gabe. — Não vou mais tocar sua guitarra.

— Estou zoando você. — Jake pulou da cama. — Pode ficar com a guitarra. Verdade. Não a toco mais. Nunca a toquei muito, para início de conversa. Venha conosco, garoto. — Ele golpeou Gabe suavemente em seu estômago vazio. — Acho que algumas calorias extras não vão lhe fazer mal.

Gabe sentiu sua pele se aquecendo.

— Obrigado. Posso perguntar por que você está aqui?

— Além do fato de que moro aqui?

— Viemos para fazer uma surpresa para nosso pai — disse Sammy.

— Tecnicamente, ele é nosso padrasto. Mas depois de suportar toda a trabalheira que lhe dei, ganhou o título de pai.

— O tenente vai fazer sessenta anos no domingo — disse Sammy. — Estamos fazendo uma surpresa para ele, nossa mãe e irmã. Temos um enorme jantar planejado hoje na delegacia, às sete horas. Só quem sabe disso é nossa meia-irmã e o marido dela.

— Cindy e Koby, certo?

— Você certamente está se sentindo em casa nesse pouco tempo — disse Jake. — Já que está aqui, pode nos ajudar a pegar a comida.

— Encomendamos o suficiente para alimentar a delegacia inteira. Vamos pegar tudo às cinco horas. Que horas são?

— Duas e meia — disse Gabe, checando seu relógio.

— Alguma ideia de onde está a nossa mãe? — perguntou Jake.

— Acho que está na escola. Ela disse que estaria em casa por volta das quatro.

— Perfeito — disse Jake. — Deveremos estar em casa na hora certa. Você vem conosco para a pizza ou não?

— Claro. Obrigado. — Gabe pegou a carteira e enfiou-a na calça. — Isso é legal. Eu não sabia que o tenente estava tão perto dos sessenta.

Por outro lado, por que cargas d'água ele deveria saber?

Estava sempre se esquecendo de que era um estranho.

36

No monitor, os detetives viram Chuck Tinsley impacientar-se e contorcer-se, sua carnuda perna direita quicando para cima e para baixo. Ele estava também murmurando, seus lábios finos produzindo sons que não chegavam a se articular inteiramente em palavras. Embora tivesse vindo de bom grado — os policiais tinham usado a artimanha de dizer que precisavam da sua ajuda —, sua expressão facial dizia: *Deixem-me sair daqui*. Olhos escuros encaixados num rosto marcado varriam a sala, não focalizando nada por mais de um ou dois segundos. Seus braços musculosos e o peito estavam cobertos com uma camiseta cinza. Jeans desbotados e tênis completavam o traje. Uma jaqueta leve de náilon preto repousava em seu colo.

— Ele está nervoso — disse Decker a Oliver e Marge. — Como se fosse culpado de alguma coisa. Fiquem firmes para o caso de eu precisar de reforços.

— Não vamos sair daqui.

— Que horas a comida para a festa vai chegar? — Perguntou Oliver, assim que Decker saiu.

— Por volta das seis e meia. Devemos tirá-lo da delegacia às seis.

— São quatro agora. Acha que ele será capaz de liquidar isso numas duas horas?

— Não sei até que ponto será difícil fazê-lo falar. Vamos torcer para que o tenente esteja em sua melhor forma.

A pele de Tinsley estava quase verde, como da primeira vez que Decker o vira. Talvez ele devesse ter trazido um saco para enjoo.

— Obrigado por ter vindo. — Pôs um copo de café em frente ao mestre de obras, junto com um pouco de creme em pó e uns dois saquinhos de açúcar. — Pensei que você gostaria de ter alguma coisa para fazer com as mãos.

Tinsley pegou o café.

— Pareço tão nervoso assim?

— Mais como se tivesse coisas melhores para fazer com seu tempo.

— Isso é verdade — Tinsley tomou um gole de café, fez uma careta, e depois acrescentou o creme e o açúcar. — Não sei o que poderia lhe dizer agora que não tenha dito da primeira vez. Para lhe dizer a verdade, não vou me lembrar. — Abaixou a cabeça. — Foi horrível. Como você pode fazer isso, dia após dia?

— Gosto de tirar bandidos das ruas. — Decker sentou-se na cadeira ao lado dele. — Você está um pouco mais calmo que da primeira vez que nos vimos. Talvez alguns detalhes possam retornar.

— Que tipo de detalhes?

— Não sei. — O tenente puxou seu bloco de anotações. — Por que não começa do começo?

— Tipo quando fui para o trabalho ou quando a vi pela primeira vez?

Tinsley dera uma abertura para Decker.

— Bem, vamos começar com o momento em que a viu pela primeira vez. — Um sorriso evasivo. — Quando foi a primeira vez que você viu Adrianna Blanc?

Tinsley pigarreou.

— Cheguei ao local por volta das 13h45. Vi o corpo cerca de cinco minutos mais tarde.

— Pode me dizer exatamente o que aconteceu?

O relato estava decorado. Ele chegou à obra dos Grossman por volta de 13h45. Quis fazer uma limpeza antes que o inspetor chegasse mais tarde. Começou a recolher lixo, notou um ponto com muitas moscas, viu o corpo, deixou o saco de lixo cair e vomitou. Por fim, ligou para 911. Sua história — do começo ao fim — durou cinco minutos.

Estava tudo muito bem, a não ser pelo fato de Yvette Jackson haver identificado Tinsley, ao ser apresentada a seis fotos, como o homem com quem Adrianna estava conversando no Garage. Eram quase quatro horas agora. Decker não sabia por quanto tempo iriam dançar em torno da verdade, mas sabia que Tinsley iria desabar mais cedo ou mais tarde. O tenente olhou para sua presa por alguns segundos, tentando deixá-lo nervoso.

— Sr. Tinsley, não perguntei a você quando foi a primeira vez que viu o cadáver de Adrianna. Perguntei quando foi a primeira vez que viu Adrianna Blanc.

Mais uma vez, Tinsley pigarreou.

— Não entendo. Eu a vi lá dependurada cerca de cinco minutos após chegar à propriedade.

— Não estou discutindo com você. Tenho certeza de que viu o corpo pendendo dos caibros por volta de 13h50. Mas não é isso que estou perguntando. Ouça com atenção. — Decker debruçou-se. — Quando foi a primeira vez que você viu Adrianna Blanc?

— Por volta de 13h50 daquela tarde. — A perna de Tinsley balançava rapidamente. — Não sei ao que quer chegar.

— Por que acha que quero chegar a alguma coisa?

— Porque você fica se repetindo.

— É porque você não está respondendo à minha pergunta. Quando foi que viu Adrianna Blanc pela primeira vez?

— Estou respondendo à sua pergunta. Por volta de 13h50.

— E essa é a sua história?

— O que você quer dizer com essa é a minha história? — As mãos dele tremiam. — Essa é a verdade. Pensei que queriam a minha ajuda.

— Quero a sua ajuda. Foi por isso que lhe pedi para vir aqui.

— E eu vim. Agora você está me dando uma dura?

— Não tenho intenção de lhe dar uma dura, mas temos um pequeno problema.

— Que tipo de problema? — perguntou Tinsley, parecendo atingido.

— Deixe-me começar com outra pergunta. Onde você estava na noite anterior? — Decker disse a data para refrescar sua memória. — Era a noite de domingo. Você se lembra de onde estava entre as sete as dez horas da noite?

— Quero um advogado — disse Tinsley, sem hesitação.

— Podemos lhe conseguir um representante. — Decker levantou-se. — Ou você pode chamar o seu. Nesse meio-tempo, você será fichado e terá suas impressões colhidas...

— Como assim fichado e impressões colhidas?

— Você pode pedir ao seu advogado para vir encontrá-lo aqui. A denúncia ocorrerá provavelmente em algum momento desta noite...

— Denúncia do quê?

Tinsley levantou-se de um salto. Decker era maior que o mestre de obras, mas um confronto físico era a última coisa que desejava.

— Poderia por favor se sentar, senhor?

O mestre de obras olhou em volta, como se não tivesse se dado conta de que estava de pé.

— Que porra está acontecendo? Do que está me acusando?

— Tenho várias opções: obstrução da justiça, mentir para a polícia, talvez assassinato...

— Para, para! — Tinsley caiu de volta na cadeira, uma expressão horrorizada no rosto. — Espere só a porra de um minuto! Eu não matei ninguém!

— Não estou dizendo que matou. Você acaba de me perguntar por que eu iria fichá-lo...

— Você não vai me incriminar por essa mentira! — Ele estava arfando e suando. — Não tive nada a ver com a morte dela.

— Não pode falar comigo, sr. Tinsley. Pediu seu advogado.

— Deixe-me só dizer uma coisa...

— Você pediu um advogado — repetiu Decker.

— E se eu disser que não quero um advogado agora? Posso pedir um advogado mais tarde?

— Sr. Tinsley... — disse Decker, e suspirou. — Chuck, posso chamá-lo de Chuck?

— Chame-me como bem entender. Só me deixe dizer uma coisa.

— Se quiser falar comigo, tem de assinar um documento de desistência, declarando que foi advertido de seus direitos e renuncia ao seu direito a um advogado.

— Mas posso pedir um mais tarde.

— Pode, certamente.

— Então onde eu assino?

— Deixe-me adverti-lo sobre seus direitos primeiro.

— Não vou assinar nada antes que você me diga do que está me acusando.

— Vamos começar com obstrução da justiça...

— Não obstruí nada!

— Deixe-me dizer quais são seus direitos. Depois você pode decidir o que quer fazer.

— Eu não *fiz* nada!

— Apenas fique calado e ouça, está bem? — Decker finalmente conseguiu pronunciar o documento de advertência. Perguntou a Tinsley se compreendia seus direitos.

— Pareço um idiota?

— Sim ou não?

— Sim.

— Então assine aqui.

— Posso falar agora? — perguntou Tinsley, depois de assinar o cartão.

— Deseja renunciar ao seu direito a um advogado? Sim ou não?

— Sim.

— Ainda que tenha pedido um antes, agora você não quer um advogado?

— Eu quero só falar com você por alguns minutos. Depois vou pedir meu advogado.

Dando a entender que queria ter uma ideia de quanto a polícia sabia.

— Você está renunciando aos seus direitos a um advogado mesmo tendo pedido um cinco minutos atrás?

— Já lhe disse que sim.

— Então assine o cartão neste lugar. Isso diz que você está disposto a falar com a polícia sem a presença de um advogado. E sabe que tudo que disser poderá ser usado contra você num tribunal.

— Certo, certo. — Ele assinou o cartão de novo. — Agora posso falar?

— Diga tudo que quiser, sr. Tinsley. Sou todo ouvidos.

— Eu não matei ninguém! Isso é mentira! — Tinsley voltou a se sentar e cruzou os braços. — E era só isso que eu queria dizer.

— Chuck... — começou Decker. — Você realmente achou que poderia ir ao Garage e flertar com Adrianna por mais de uma hora sem que alguém o reconhecesse?

— Eu não a matei.

— Não disse que a matou. A única coisa que eu disse foi: acha realmente que podia flertar com Adrianna por mais de uma hora sem que alguém o reconhecesse?

Tinsley não respondeu.

— Chuck, você tinha camaradas lá. Eles o chamaram pelos seus apelidos. "Chuck, venha cá. Charley, pegue uma gelada para nós." Pessoas o reconheceram, Chuck. Você não é um idiota, mas os policiais também não. Trabalhamos nisso há muito tempo.

— Não a matei. Passei mal quando a vi pendurada lá.

— Então como ela foi parar lá?

— Eu não sei, porra! Não a pus lá! — Os olhos dele se encheram de lágrimas. — Alguém está tentando me incriminar. Juro por Deus, ela saiu antes de mim... muito antes. Alguém deve... — Tinsley cerrou os lábios. — Não a machuquei. Nunca machuquei uma mulher em minha vida!

— Pode me dizer então como Adrianna foi parar no seu canteiro de obras?

— Se soubesse, eu diria! — Ele limpou a testa com a bainha da camiseta. — Eu devia ter dito alguma coisa no começo, mas sabia que você não iria acreditar em mim.

— Comece do início, Chuck. Conte-me tudo. Vai se sentir bem se desafogar o peito.

O homem se abaixou na cadeira.

— Nunca fui ao Garage antes.

— Então o que o levou lá?

— Um amigo meu sugeriu. Devo ter chegado lá por volta das sete e meia. Adrianna já estava lá. Eu a notei imediatamente.

— O que ela estava fazendo?

— Conversando com uma das recepcionistas. Acho que o nome dela era Emerald. Ela era muito vulgar — não Adrianna, a recepcionista. Fiquei com a impressão de que iria levá-la para casa aquela noite, mas ela não fazia meu tipo. Agora eu daria tudo para ter levado. Ela poderia ter sido meu álibi.

Decker pensou imediatamente em duas razões pelas quais isso não teria funcionado: (1) Adrianna Blanc foi assassinada no dia seguinte, não domingo à noite, e (2) Crystal Larabee estava morta. Tinsley não sabia quanta sorte tivera não a levando para casa.

— E isso foi por volta de sete e meia?

— Sim, mais ou menos.

— Continue.

— Então eu estava bebendo com meu camarada Paul. Você já falou com o Paul?

— É o próximo na minha lista — mentiu Decker. — Qual é mesmo o sobrenome de Paul?

— Goldback.

— Desculpe-me por interrompê-lo. Continue.

— Então eu estava conversando com o Paul, mas olhando para Adrianna. E ela estava conversando com a recepcionista, mas olhando para mim. Sabe, esse tipo de coisa. Nós dois sabíamos que havia um tipo de faísca.

— Certo.

— Então depois que terminei minha cerveja, fui até ela. Disse que pagaria o que quer que ela estivesse bebendo.

— Isso foi a que horas?

— Talvez uns quinze, vinte minutos mais tarde.

— Então, cerca de 19h50.

— Acho que sim. — Tinsley fez uma pausa. — Achei que ela era uma alcoólatra em recuperação. Estava tomando refrigerante. Mas depois ela me contou que tinha de ir para o trabalho, por isso não estava bebendo nada forte. Disse-me que era enfermeira e trabalhava com bebês e que a única coisa que prometera a si mesma era que nunca beberia antes de ir para o trabalho. Achei isso realmente digno, sabe.

— Concordo — disse Decker, assentindo com a cabeça.

— Depois ela disse que conhecia a Emerald do ensino médio, e se eu por acaso quisesse alguma coisa, ela poderia provavelmente convencer a Emerald a servir a bebida de graça.

— Não conheço nenhuma moça que trabalhe no Garage chamada Emerald, Chuck. Está se referindo a Crystal?

— Sim, Crystal. Adrianna ficou falando comigo sobre Crystal e seu trabalho como enfermeira e assim por diante. Eu fiquei falando sobre meu trabalho. Devemos ter conversado por mais de uma hora. Crystal estava sempre vindo, me oferecendo refis de graça da minha cerveja. Então, ela teve de ir para o trabalho. Falo de Adrianna.

— A que horas foi isso?

— Pouco depois das dez. Perguntei a ela onde iria trabalhar naquela noite e ela disse que no St. Timothy. Eu disse que estava trabalhando num local bem próximo. Pedi o número do telefone dela e sugeri um almoço ou jantar.

— O que disse ela?

— Em vez disso, pediu meu telefone. Não pensei duas vezes sobre isso. Muitas mulheres dão uma checada nos caras antes de sair com eles. Então dei meu cartão de visitas para ela. Lá estavam o número do meu celular e meu e-mail. Mas me lembro muito claramente de que escrevi o endereço do lugar em que estava trabalhando... para lhe mostrar que realmente estava trabalhando perto do St. Timothy, e não inventando história.

— Você anotou o endereço da casa dos Grossman?

— Sim, exatamente.

— Encontramos a bolsa dela, Chuck. Não encontramos nenhum dos seus cartões nela.

O rosto de Tinsley ficou branco. Decker aguardou.

— Meu cartão estava no bolso do casaco dela quando a encontrei. Eu o tirei.

Decker olhou fixamente para ele.

— Você ainda está com o cartão?

— Sim, acho que sim.

— Você acha?

— Está na mesa de cabeceira do meu quarto. Vou pegá-lo para você. Não está entendendo, tenente? — perguntou Tinsley com veemência. — Alguém encontrou meu cartão na bolsa dela ou no bolso e a enforcou no meu canteiro de obras para me incriminar.

— É uma possibilidade — disse Decker.

— Foi o que aconteceu! Você realmente acha que eu seria estúpido o bastante para assassinar alguém, depois pôr essa pessoa num lugar que estava associado a mim? Eu teria de ser um *imbecil*.

As cadeias estavam cheias de criminosos estúpidos.

— Sabe que quando retirou o cartão, você adulterou uma prova material?

— Eu sabia que se os policiais encontrassem o cartão, ia ficar ruim para mim.

— Está ruim para você agora mesmo, Chuck.

— Veja, eu admiti ter retirado o cartão. Eu seria estúpido o bastante para deixar um corpo onde eu estava trabalhando? Vou responder: não. Alguém deixou o cartão no bolso dela para que ficasse ruim para mim.

— É possível. Porque, neste momento, o foco está sobre você.

— Tenente, juro que ela saiu do bar viva e que essa foi a última vez que a vi até que encontrei seu corpo no canteiro de obras.

— Vamos recuar um pouco. O que você fez depois que Adrianna saiu?

— Conversei com Em... com Crystal por um tempinho. Depois conversei com uma garota chamada Lucy. Não rolou química dessa vez. Saí do Garage por volta das onze da noite e fui direto para casa. Não me lembro do que fiz. Em geral, vou para a cama entre meia-noite e uma hora.

— Mora sozinho?

— Infelizmente sim.

— Então conte-me sobre o dia seguinte. Segunda-feira, o dia em que encontrou o corpo. A que horas acordou?

— Às sete e meia. É a hora em que sempre me levanto. Fui a outra das obras de Keith. O projeto dos Rosen, na Chloe Lane.

— A que horas chegou na obra dos Rosen?

— Por volta de oito e meia. Passei a manhã toda lá. A sra. Rosen passou a manhã toda lá. Ela me levou café. Ela pode confirmar que eu estava lá.

— Quando você saiu da obra dos Rosen para ir para a obra dos Grossman?

— Saí da obra dos Rosen por volta de meio-dia e meia. Parei no Ranger's para almoçar. É uma delicatessen. Comi um sanduíche de carne em conserva com mostarda. Eu me lembro disso porque foi o que vomitei. Não consigo mais comer carne em conserva, e antes eu gostava muito. A coisa toda está fodida.

— Como pagou por sua refeição?

— Como pago por todas elas. Em dinheiro vivo.

— Isso não me ajuda.

— Sinto muito — zombou Tinsley. — Não sabia que iria precisar de recibos para me livrar de acusações criminais.

— A que horas saiu do Ranger's?

— Mais ou menos à uma e meia. Fui direto para a obra dos Grossman. Fica a cerca de 15 minutos de distância. Você mesmo pode cronometrar isso.

— O que fez enquanto comia seu sanduíche no Ranger's?

— Não sei. Apenas comi. Talvez tenha posto alguns telefonemas em dia. Às vezes faço isso.

— Do seu celular?

— Onde mais? Não pedi para usar o telefone fixo da loja.

— Faz alguma objeção a que eu examine os registros do seu celular?

— Fique à vontade.

— Melhor ainda — disse Decker —, que tal me entregar seu celular?

— Tudo bem — disse Tinsley, sacudindo os ombros. Enfiou a mão no bolso da jaqueta de náilon e deu o celular a Decker.

— Dê-me uns alguns minutos com isto. — Decker levantou-se e saiu, voltando à sala de vídeo, onde Marge e Oliver ainda estudavam Chuck pelo monitor. Tinsley tinha pousado a cabeça entre os braços sobre a mesa e parecia estar adormecendo.

— Verifique isto, Marge. — Decker entregou-lhe o telefone. — O que vocês dois acham?

— Sempre desconfio de um sujeito que tenta cochilar depois de sofrer um interrogatório da polícia — respondeu Oliver.

— Ele disse que o cartão que deu a Adrianna está em sua mesa de cabeceira — observou Marge. — Que tal tentarmos levá-lo a concordar com uma busca em sua casa?

— Boa ideia.

— Ele poderia estar mentindo. Mas não acho que esteja. Se sua história for confirmada, não teria tido tempo suficiente, já que explicou o que fez das oito e meia até a hora que ligou para a polícia.

— Se você acredita nele — disse Oliver. — Além disso, quanto tempo leva uma transa rápida?

— Se tivesse sido só uma transa rápida, não teria levado muito tempo — disse Marge. — Mas se foi uma transa com jogos que resultaram em assassinato e em deixá-la pendurada nos caibros com cabos, olhando enquanto isso para todos os lados para se assegurar de que não havia ninguém observando, eu diria que poderia ter levado um tempo longo à beça.

37

Enquanto Marge examinava o telefone de Tinsley, Decker voltou à sala de interrogatório e sentou-se à mesa.

— Sobre o que você e Adrianna conversaram?

Ele deu um suspiro.

— Uma coisa e outra. Tivemos empatia mútua.

— Empatia?

— Isso, empatia. Nem sei o que estou dizendo. —Tinsley fez uma pausa. — Falamos sobre muita coisa.

— Pode ser mais específico?

— Falei sobre meu trabalho... Como eu gostava de trabalhar com minhas mãos e ver que realmente tinha feito alguma coisa no fim do dia.

Decker assentiu com a cabeça.

— Ela disse que realmente gostava do trabalho dela pela mesma razão... que sentia que estava fazendo uma coisa importante. — Ele tentou organizar seus pensamentos. — Ela disse que seu trabalho era realmente estressante... cuidar de bebês doentes. — Mais uma pausa. — Ah... agora me lembro. Disse alguma coisa sobre seu trabalho ser mais estressante porque ela estava pulando fora de um relacionamento estressante. Mas continuava tendo de trabalhar com o cara.

— Ela mencionou o nome do homem?

— Não... só que ele trabalhava no mesmo lugar que ela. Eles não estavam sempre topando um com o outro, mas isso era suficiente para que fosse constrangedor quando eles brigavam.

— Entendi — disse Decker.

— Sim, sim, estou lembrando. — Tinsley estava ficando excitado. — Ela disse estava prestes a se libertar. Precisava apenas de uma desculpa.

— Que resposta você deu para isso?

— Acho que disse alguma coisa boba como... espero ser sua desculpa. Ela riu. — Ele pareceu pensativo. — Ela tinha uma risada gostosa. Era uma moça linda. Passei por um momento agradável. — Ele deixou a testa cair sobre as mãos. — Vê-la daquele jeito... pensar naquilo ainda me deixa nauseado.

Os sentimentos do homem podiam ser legítimos, mas isso não significava que ele não a matara.

— Chuck, você tem duas opções neste momento.

— Isso não me soa bem.

— Posso fichá-lo por adulteração de evidência material e obstrução da justiça ou não farei nada por enquanto, se você concordar em dar um tempo aqui na delegacia até que possamos verificar seu telefone e obter uma linha do tempo dos lugares onde esteve no dia do assassinato.

— Isso é uma escolha? De qualquer maneira, estou aqui.

— Está aqui, mas não está preso.

Tinsley pensou sobre isso.

— Quanto tempo acha que isso vai levar?

— Pode levar a maior parte da noite. Posso lhe conseguir alguma coisa para jantar, se estiver com fome. — A resposta de Tinsley foi um dar de ombros. — Onde você achou o cartão de visitas que deu a Adrianna?

— No bolso dela.

— E agora está na gaveta de sua mesa de cabeceira?

— Na última vez que olhei, estava.

Decker perguntou a si mesmo por que simplesmente não o jogara fora. Talvez o tivesse guardado como um troféu.

— Você se importaria se entrássemos em seu apartamento para pegar o cartão? Poderia haver evidência forense nele.

— Como o meu DNA ou minhas digitais?

— Você pegou nele, então ambas as coisas são uma possibilidade.

— Sim, vão pegar o cartão. Talvez isso me ajude.

— Enquanto estivermos em seu apartamento, você se incomoda se dermos uma olhada? — perguntou Decker.

— Para quê?

— Saberemos disso quando o virmos.

— Tenho uns cinquenta gramas na gaveta de baixo da minha cômoda. — Ele jogou as mãos para cima. — Não sei por que acabo de lhe contar isto. Devo estar com disposição para me confessar, depois de todos esses anos como católico não praticante.

— Se uns cinquenta gramas são o pior que há por lá, você estará bem. Então é sim ou não?

Tinsley enfiou a mão no bolso e lhe deu as chaves.

— Fique à vontade. Talvez possa ser um amigo e lavar os pratos enquanto estiver lá.

— Talvez não. Há um alarme no seu apartamento?

— Não, não tenho lá muita coisa para se roubar. Só uma tevê de tela plana. Mas tenho o pacote de esportes. Os Lakers vão jogar hoje à noite. Quando voltar, não me diga o placar. Vai estar gravado. Vou assistir quando chegar em casa... seja lá quando for.

Como em qualquer coisa coreografada, a precisão era tudo. A comida chegou dez minutos depois que Decker voltou para a sala de interrogatório com Tinsley. Todos fizeram a sua parte para arrumar as coisas e tudo estava pronto para o tenente exatamente quando o interrogatório estava terminando. Quando Decker saiu da sala, foi atacado por um estrondoso "surpresa" por membros da sua família e amigos. Totalmente desorientado, olhou em volta e viu o que todos tinham feito para seu aniversário. Rina avançou e abraçou-o:

— Feliz aniversário, tenente.

Decker percebeu, com um arquejo, que seus filhos estavam presentes.

— O que vocês estão fazendo aqui, caras?

— Vou a qualquer lugar por uma boca livre. — Jacob o abraçou com força. — Feliz aniversário, pai.

Sammy foi o seguinte.

— Feliz aniversário, pai. — Deu-lhe um abraço de urso. — Que você chegue aos 120 anos.

— Bem, nesse caso acho que estou no meio do caminho. — Risos à sua volta. Decker continuava atordoado. — Tudo isso é para mim?

— Não, é para Chuck Tinsley — disse Marge.

— A propósito, ele quer um hambúrguer.

— Vai ter de se contentar com carne em conserva no pão de centeio.

— Carne em conserva lhe dá náuseas. Tente peru.

Mais uma rodada de risos. Marge bateu palmas para conseguir a atenção de todos.

— O tempo está passando e alguns de nós têm trabalho para fazer. A boia está servida, então, ataquem.

Decker passou os vinte minutos seguintes apertando mãos, abraçando os familiares e aceitando os parabéns pelo seu aniversário, enquanto seus colegas de trabalho formavam uma longa fila para o bufê improvisado. Havia travessas de frango assado, carne em conserva, *pastrami*, peru defumado, mortadela, salada de batata, salada de repolho, fígado picado, azeitonas e picles, cebolas e tomates, e cestas de pão fatiado — centeio e chalá.

Decker virou-se para Rina.

— Como vocês planejaram isso sem que eu soubesse?

— Não planejei. Os meninos e Cindy fizeram tudo. O que não consigo entender é como fizeram isso sem que *eu* soubesse.

— Você devia ter visto a expressão na cara delas quando nos viu — disse Sammy. — *Eema* estava engraçada, mas Hannah estava impagável.

— Eu meio que pirei quando os vi. — Hannah apoiou a cabeça no braço de Sammy.

— Como vai a Rachel, Sam?

— Estudando para os exames finais. Ela mandou seus cumprimentos.

— Ilana mandou seus cumprimentos, também — disse Jacob. — Ela realmente queria vir, mas também tem provas finais.

— Da próxima vez — disse Decker. — Vocês vão ficar durante o fim de semana? Claro que vão.

— Até puxamos a cama de rodinhas, porque parece que fomos suplantados por um modelo mais novo. — Quando Gabe ficou vermelho, ele acrescentou: — Vá comer um pouco de carne em conserva, garoto. Precisa de um pouco de proteína.

— Ainda estou cheio com a pizza.

— Bem, então vá fazer um sanduíche para mim. Estou com fome.

— Com licença? — disse Rina — Foi assim que ensinei você a falar com convidados?

— Ele não é um convidado, é um intruso.

— Tudo bem — Gabe sorriu timidamente. — Que tipo de sanduíche você quer?

— *Pastrami* e peru defumado no pão de centeio, mostarda, sem maionese, e todos os acompanhamentos.

— Entendi. — Gabe virou-se para se preparar para o ataque ao bufê. Quando ele se afastou, Jacob disse:

— Garoto simpático. Pelo que entendi, está enfrentando uns problemas.

— Todos nós não estamos? — Decker abraçou os filhos. — Obrigado, *Yonkel*. Obrigado, *Shmueli*. Nunca esquecerei este dia.

— Eu amo você, velho — disse-lhe Jacob. — Agora posso ganhar o carro?

Cindy aproximou-se do pai, mastigando uma coxa de frango. Beijou-o no rosto.

— Feliz aniversário, papai. Você merece tudo isto e muito mais.

— Amo você, princesa. — Ele beijou a filha no rosto, dando uma olhada para o seu abdome, que florescera numa bela saliência. — Como está se sentindo?

— Estou sempre faminta por volta desta hora.

— Quando é o grande dia? — perguntou Jake.

— Natal ou Ano Novo... alguma coisa por aí — respondeu Cindy.

— Você não sabe a data prevista? — disse Jake, rindo.

— Não prestei muita atenção depois que o teste deu positivo. — Cindy desarrumou o cabelo do meio-irmão, depois deu outra mordida no frango. — Hum, isto está bom. Koby, pode me conseguir outra coxa?

Koby terminou seu peru no pão de centeio e limpou as mãos num guardanapo.

— Sem problema. Estou pronto para uma segunda rodada, de qualquer maneira. Alguém mais quer alguma coisa?

— Vou querer mais um sanduíche — disse Sammy.

— Hannah? — perguntou Koby.

— Peru defumado no pão de centeio.

— Rina?

— O mesmo que Hannah.

— Tenente?

— Estou bem.

— Mas você não comeu nada — disse Rina.

— Ainda estou tentando entender como tudo isto aconteceu.

— Você tenta entender — disse Koby. — Eu pego a comida.

— Vai sobrar muita coisa — anunciou Rina. — Vocês têm de tirar toda essa comida das minhas mãos.

— Por que não comemos isso no *Shabbos*? Assim você não precisa cozinhar — disse Sammy.

— Esta é praticamente a primeira vez em anos que toda a minha família vai estar reunida — disse Rina. — Você acha sinceramente que vou lhes servir frios no Sabá?

— Que tal se deixarmos os rapazes e as moças que trabalham aqui levarem a comida para suas famílias? — perguntou Decker.

— Acho que seria uma excelente ideia — disse Rina.

— Portanto, se os frios estão vetados para o jantar, podemos fazer uma votação para costelas de carneiro? — disse Jacob. — Ao ponto com vagem e purê de alho?

— Alguma coisa mais, *Yonkel*? — disse Rina, revirando os olhos.

— Uma bela torta de maçã nunca faz mal a ninguém.

Koby trouxe uma coxa de frango para Cindy, que ela devorou toda em quatro mordidas.

— Amo todos vocês, mas não podemos ficar. Ambos temos de voltar ao trabalho.

— Espere — disse Sammy. — Vocês têm de ficar aqui para o bolo.

— Um bolo? — perguntou Decker. — Vocês não vão realmente cantar "Parabéns" para mim, não é? — Virou-se para Rina em busca de ajuda. — Não os deixe fazer isso.

— A decisão não é minha.

Decker estava ficando desesperado.

— Preciso voltar ao trabalho. Tenho um possível suspeito de assassinato sentado na sala de interrogatório perguntando a si mesmo o que está acontecendo.

— Na verdade, acabei de dar uma olhada nele — disse Oliver. — Está muito feliz com seu peru defumado no pão de centeio.

— Vá pegar o bolo, *Yonkel*.

— Você pega o bolo.

— Eu vou pegar o bolo — disse Marge. E, virando-se para Oliver: — Vamos, detetive, vamos deixar o tenente constrangido.

Foi trazido o bolo, que mais parecia um maçarico do que um doce. Havia sessenta velas enfiadas no glacê de chocolate. Decker armou-se de coragem para a provação, enquanto toda a sala da patrulha irrompia numa desafinada execução de "Parabéns a você". O que o salvou, em sua opinião, foi ter sido capaz de soprar todas as velas de uma só vez. Quando Rina estava cortando o bolo, Decker puxou Marge para um canto.

— Como andam as coisas com o telefone de Tinsley?

— Bem, Chuck fez de fato algumas chamadas naquela segunda-feira durante o tempo em que supostamente estava almoçando no Ranger's. Tenho alguém checando nas torres para ver de onde partiram as ligações e depois vamos fazer o inverso.

— A torre de celular para o Ranger's é a mesma que para a obra dos Grossman?

— Estou checando isso também.

— Tinsley nos deu permissão para pegar o cartão de visitas que ele tirou do corpo de Adrianna e também para revistar a casa.

— Bom trabalho, Rabino. Agora sei por que você é o chefão.

— Sabe, realmente preciso dar andamento a isso. Não vou poder continuar detendo o rapaz para sempre.

— Não, Pete, você precisa ficar aqui com os convidados da festa. Oliver e eu vamos ao apartamento de Tinsley. — Marge estendeu a mão. — As chaves, por favor?

— Você não está tentando me poupar, está?

— Há um tempo para cada estação. — Ela bateu a mão no ombro de Decker. — Este é seu tempo, tenente.

Uma busca na casa de Tinsley revelou o cartão de visitas na mesa de cabeceira, uma pequena quantidade de erva barata, e, mais importante aos olhos dos detetives, um saco de joias femininas. Tinsley jurou que as bugigangas eram de sua falecida mãe, mas Decker sabia que assassinos muitas vezes guardavam troféus. Ele precisava se certificar de que nenhuma das joias pertencia a Adrianna Blanc e isso significava chamar Kathy Blanc e lhe perguntar se podia identificar alguma peça. A manhã do dia seguinte seria infernal.

Tinsley foi checado no sistema local — nunca fora procurado, nenhum mandado fora expedido —, depois suas digitais foram submetidas ao sistema de identificação de digitais. Nada apareceu. Decker colheu amostra da saliva com cotonete para exame de DNA. Agora ele enfrentava um dilema. Podia prender Tinsley com base em acusações pouco importantes, garantindo assim que não teria mais nenhuma cooperação de sua parte. Ou podia deixá-lo ir embora da delegacia, mantendo com isso as linhas de comunicação abertas. Decker optou por soltá-lo, mantendo Tinsley na sua mira e designando um carro de polícia para manter o homem sob vigilância.

Tanto o Ranger's (a delicatessen onde Tinsley comeu) quanto a obra dos Grossman (o lugar onde ele trabalhava) usavam a mesma torre para celulares, portanto, não conseguiram checar as informações. A segunda melhor opção — e longe de ser ótima — era ir à delicatessen e ver se alguém conseguia afirmar que Tinsley esteve lá na segunda-feira ao meio-dia e meia para almoçar.

Passava de uma da manhã quando Decker terminou a papelada e foi para casa. Ele ainda estava alvoroçado com sua festa, mas isso era neutralizado pelo dia cheio que, ele sabia, teria no dia seguinte. Esperava ter um pouco de solidão antes de cair no sono. A casa estava silenciosa quando abriu a porta, iluminada por uma única lâmpada na sala de estar. Esperava encontrar Rina lendo, mas era Gabe enrolado em cobertores.

— O que está fazendo de pé tão tarde?

O menino tirou os óculos e pôs o livro de lado.

— Estava realmente apertado com nós três no quarto, por isso me ofereci para dormir no sofá.

— Gentil da sua parte, mas você não está dormindo.

— Não, não tenho feito muito isso ultimamente.

— Como vai a sua mão?

— Vai ficar boa. — Ele esfregou os braços. — Foi um golpe de sorte... machucar a mão. Eu nunca teria conseguido uma audição com Nicholas Mark. Ele tem uma lista de espera para alunos que vai até a lua.

— Você deve tê-lo impressionado.

— Não sei como. Cometi erros. Provavelmente menos do que se soubesse que ele estaria ouvindo. — Puxou os joelhos até o queixo. — Posso falar com você um minuto?

— Claro. — Decker sentou-se. — O que há?

— Você sabe que realmente falei com o Chris na terça-feira. Eu estava relutante em contar tudo a você porque prometi a ele que só lhe contaria sobre a conversa depois de três dias. Ele queria tempo para sair de Los Angeles.

Decker fez uma pausa.

— E foi isso que ele disse? Que precisava de tempo para sair de Los Angeles?

— Mais ou menos. Você provavelmente acha que ele foi se esconder. Acho que estava tentando se desvencilhar de você para poder encontrar minha mãe sem você o chateando.

Decker ficou em silêncio.

— Seja como for. Você pode olhar minhas coisas. Todos os registros bancários e telefônicos. Não me importo. Cumpri a promessa que fiz a ele e minha consciência está limpa. Talvez agora eu consiga adormecer.

— Por falar nesse assunto... conversei com um funcionário da manutenção do hotel hoje. Ele tinha muita coisa a dizer sobre sua mãe e seu pai.

— Você está se referindo à briga?

— Então você sabe dela.

— O Chris me contou. Ele disse que foi feia. Disse que você iria descobrir sobre a briga. Jurou para mim que minha mãe estava viva quando saiu.

— E você acredita nele?

— Sim, acredito. O Chris me contou também que ofereceu algum dinheiro ao cara, e ele aceitou. Então quão confiável ele era, se aceitou suborno?

— O cara se sentiu culpado por isso. Ele me devolveu o dinheiro. Acho que o relato dele é bastante confiável. — Decker escolheu as palavras com cuidado. — Mas me disse algumas coisas sobre sua mãe que me levam a me perguntar se Chris está dizendo a verdade ou não. O funcionário da manutenção disse que sua mãe parecia mais furiosa que amedrontada quando ele os interrompeu.

— Furiosa ou perturbada?

— Furiosa, como se estivesse com raiva, que foi a palavra que ele usou. Sua mãe ficou com raiva do cara por ele ter se intrometido na discussão deles. E parece ter sido uma briga feia. Ele ouviu seu pai chamar sua mãe de putinha mentirosa e ouviu sua mãe chamar seu pai de maluco e paranoico. O que estou tentando dizer é que ele não achou que sua mãe parecia amedrontada.

— Isso é estranho... — Gabe lambeu os lábios. — O Chris estava com a impressão de que a tinha deixado apavorada.

— Ele disse isso a você?

Gabe assentiu com a cabeça.

— Interessante — disse Decker. — Porque... estou exatamente me perguntando se... talvez de todos esses anos... sua mãe aprendeu como enganar as pessoas. Em minha opinião, seria muito mais provável que Chris a deixasse em paz se ela parecesse apavorada, em vez de enfurecida.

Gabe ficou em silêncio.

— Eu realmente gostaria de conversar com seu pai. Estou dividido quanto à sua culpa ou inocência e me ajudaria ouvir o ponto de vista dele. Se você pudesse ligar para ele e pedir para vir apenas para conversar... talvez se submeter ao teste do polígrafo, em que provavelmente conseguiria passar, mesmo que tivesse assassinado sua mãe. — Decker pensou por um momento. — Se Chris não tiver feito nada com ela, quero me concentrar em outras pistas. E se ela tiver desaparecido por vontade própria... — *Como indo para a Índia com um médico rico.* — Bem, seria bom não desperdiçar recursos do departamento na procura por pessoas que não querem ser encontradas.

— Tenente, não posso ligar para o Chris e pedir favores. Ele vai agir como se eu o estivesse traindo ou algo assim. — Gabe esfregou os olhos. — Espere que ele ligue para mim.

— O que o faz pensar que ele vai ligar?

— Conheço o meu pai. Ele vai querer saber o que você sabe e a melhor maneira de descobrir é através de mim. Então eu posso lhe dizer: "Decker quer que você venha aqui e faça o teste do polígrafo." Ele provavelmente vai dizer "não", ou algo igualmente sucinto, mas pelo menos posso interceder por você sem parecer um traidor.

Uma solução justa.

— Tudo bem. Vou esperar até que ele lhe ligue. Quando ele o fizer, deixe que ele fale, que conduza a conversa.

— Ele sabe disso. Chris usa silêncios com tanta eficiência quanto a sua arma. Mas sei lidar com ele. — Gabe esfregou os olhos. — Vou ter de dar alguma coisa para ele... para o meu pai.

— Fale sobre Atik Jains. Provavelmente ele tem conhecimento disso. Não diga nada sobre sua mãe conhecer um médico indiano.

— Você conseguiu checar os nomes que lhe dei?

— Sim, e talvez tenha alguma informação. — Fez uma pausa. — Quanto você quer saber, Gabe? Porque se você ficar sabendo de coisas, talvez tenha de mentir para o seu pai depois.

— Tem razão. É melhor que eu não saiba. — Ele cruzou os braços sobre o peito. — Além disso, se ela foi embora de propósito, por que eu deveria me preocupar? — Raiva nos seus olhos. — Ela que comece uma nova vida sem mim. É um direito dela.

— Tenho certeza de que se ela fez isso, sentiu que você ficaria em melhor situação sem ela.

— Sim, não é isso que dizem todas as mães quando entregam seus bebês para adoção?

— Você não é um bebê. É um cara independente. Ela sabia que você poderia enfrentar isso.

— E aqui estou eu... enfrentando.

— Ela aguentou a barra por quase quinze anos. Depois da surra, provavelmente não se sentiu mais segura.

— Eu sei. — Um suspiro. — Você tem razão. Provavelmente ela sentiu que essa era sua última chance de liberdade. Tinha todas as razões certas para fazer o que fez, mas isso não ajuda a aliviar a dor.

38

As joias retiradas do apartamento de Tinsley estavam dispostas de maneira ordenada sobre um plástico limpo na escrivaninha de Decker. Ele explicou para Kathy Blanc em que ponto estavam na investigação e qual era o objetivo da identificação. Ela ficou lívida quando ele chegou à parte sobre a soltura de Tinsley.

— Você deixou esse monstro sair daqui como um *homem livre*?

— Ele não está na prisão, mas está sob vigilância — disse Decker. — Podemos pegá-lo a qualquer momento depois que tivermos provas contra ele.

— Uma mulher do bar identificando-o como o homem com quem minha filha conversou não é suficiente? O cartão de visitas dele no casaco da minha filha não é suficiente? Encontrar minha filha morta no local de trabalho dele não é suficiente? Do que vocês precisam para prender alguém, seus palhaços?

As perguntas eram retóricas, mas Decker as respondeu como se fossem sinceras.

— Se *tivéssemos* encontrado o cartão de visitas de Tinsley na bolsa dela, eu poderia tê-lo mantido preso. A verdade é que ele nos falou sobre o cartão. De outra maneira, não teríamos sabido de sua existência.

Kathy estava penteada e com joias, vestindo calça cinza e camiseta vermelha de algodão. Sua cútis combinava com o tom da blusa.

— Ele jogou uma isca e vocês engoliram.

— Estamos de olho nele. Tenho homens na cola dele. Infelizmente, preciso de evidências sólidas. Conversei com a promotora pública esta manhã. Ela não vai levar o caso a júri popular a menos que tenhamos mais.

— Então ela é uma idiota.

— Sra. Blanc, o que tenho com relação a Tinsley é facilmente explicado por sua história. Além disso, Garth Hammerling e Mandy Kowalski continuam desaparecidos. Por que Garth não deu as caras, ninguém sabe, mas isso certamente é ruim para ele.

— Você me disse que Garth estava a oitocentos quilômetros de distância quando a coisa aconteceu.

— Não, eu disse que Garth estava a oitocentos quilômetros de distância quando Adrianna foi trabalhar no St. Timothy domingo à noite. Sabemos que ele voltou para Los Angeles. O que não sabemos é se viu Adrianna ou não.

— Então por que você não consegue encontrá-lo? Não é o seu trabalho?

— Sim, é o nosso trabalho. E estamos fazendo tudo que podemos para encontrar tanto ele quanto Mandy Kowalski. Se ele estiver com Mandy, isso pode ser preocupante.

Kathy cruzou os braços sobre o peito.

— Nunca confiei nessa menina.

— É interessante que diga isso. Ela mentiu para a polícia pelo menos uma vez. Posso lhe perguntar por que nunca confiou nela?

— Não sei. — Ela baixou a voz. — Ela parecia simpática, mas era muito séria. — Seus olhos encheram-se de lágrimas. — Se ela tivesse sido amiga de Bea, eu poderia ter tido outra impressão. Mas Adrianna não tinha amigos como Mandy. Ela gostava que seus amigos fossem como ela... despreocupados. Eu sentia também que ela... reprovava Adrianna.

— Nesse caso, por que acha que se tornaram amigas?

— Isto vai soar terrível... e não é baseado em nada...

— Continue — disse Decker. — Gosto de conjecturas.

— Eu tinha impressão de que Mandy gostava de Adrianna porque podia se sentir superior a ela, instruindo-a, por exemplo, ao longo do curso de enfermagem. E ela a ajudou. Mas depois que Adrianna parou de ser... dependente de Mandy, sinto que Mandy ficou ressentida.

— Foi você que me contou que Mandy apresentou Garth a Adrianna?

— Acho que sim. — Kathy fez uma pausa. — Talvez fosse por isso que Mandy era ressentida. Talvez Mandy gostasse de Garth. De qualquer maneira, Mandy certamente não era como os outros amigos de Adrianna.

— Não como Crystal Larabee, por exemplo?

— Pobre Crystal. — Lágrimas correram pelo rosto de Kathy. — A mãe dela vai chegar esta tarde. Convidei Pandy a se hospedar conosco até que ambas as meninas... — soluços agora — sejam enterradas.

— Foi muita gentileza sua.

Kathy enxugou os olhos com um lenço de papel.

— Você vai ao funeral?

— Quando é?

— Amanhã, às onze.

A data não apenas era no sabá, mas seria o primeiro fim de semana em anos em que toda a sua família estaria reunida.

— É claro — ele respondeu.

— Seria gentil. — Levou o lenço aos olhos outra vez. Isso pouco fez para estancar o fluxo. Seus olhos focalizaram as peças de ouro. — O que eu deveria fazer exatamente?

— Encontramos estas peças no apartamento de Chuck Tinsley. Ele afirma que as peças pertenciam à sua falecida mãe. Gostaria que você me dissesse se algum desses itens poderia ter pertencido a Adrianna. Se precisar tocar em alguma coisa, eu lhe darei luvas de borracha.

Ela estudou as peças com as mãos no colo.

— São todas de ouro amarelo. Adrianna nunca usava ouro amarelo. Achava que isso era coisa de senhora idosa.

Decker notou a corrente de ouro amarelo no pescoço de Kathy.

— Então... até onde você sabe, nenhum desses itens é de Adrianna.

— Até onde sei, isso está correto. Não conheço todas as joias dela, mas essas peças não são do seu estilo. Talvez do meu, mas não do dela.

— Isso ajuda muito. Muito obrigado por ter vindo. — Ele estudou as joias por alguns momentos mais do que deveria. Alguma coisa estava borbulhando em seu cérebro.

— Eu teria ajudado seu processo contra Tinsley se tivesse identificado uma das peças como sendo de Adrianna?

— É claro. Teria ajudado o processo imensamente.

— E você o teria prendido?

— Provavelmente.

— Eu deveria ter mentido. Deveria ter escolhido um item qualquer e dito que ele pertencia a Adrianna. — A expressão dela estava furiosa. — Estúpida que fui. Tinsley deveria estar atrás das grades.

— Somente se tiver feito isso. — Decker parou de recolher as joias e olhou para ela. — Kathy, você tem de acreditar em mim quanto a isso. Você não quer ser responsável por colocar o homem errado na cadeia.

— Não sei, tenente. — Ela estalou os lábios. — Do modo como me sinto agora, eu preferiria ter o homem errado a não ter homem nenhum.

De volta ao Controle de Missão, oficialmente conhecido como Segurança Central para o St. Timothy, Peter, o técnico, estava mudo como sempre. Mas seus olhos claros piscaram quando ele fez um aceno de cabeça para Marge e Oliver, indicando que agora eram camaradas. Ivan Povich sentou os detetives diante de um monitor apagado e serviu café de uma garrafa de vidro em quatro copos de isopor.

— É fresco — disse Povich. — Peter acaba de fazer.

— Está bom — disse Marge, tomando um gole. — Há alguma coisa que Peter não faça bem?

O técnico silencioso lhe prestou continência.

— É Kona — disse Povich. — Menos cafeína, menos ácido. Peter, você pode trazer a fita original do estacionamento de veículos de emergência... aquele antes do realce.

Peter começou a examinar as fitas e introduziu uma no aparelho.

— Como foi isso? — perguntou Marge. — Algum dos traços é reconhecível?

— Você verá tudo por si mesma. — Instantes depois, imagens em preto e branco floresceram no monitor. — Este é o original. — Povich apontou para a figura feminina isolada à espera na plataforma de embarque. Com cada zoom, ela crescia em tamanho. — Tudo perde a nitidez à medida que a imagem fica maior, não é? Agora olhem. Peter, insira a fita realçada.

Quando as novas imagens chegaram à tela, Marge ficou encantada. Podia ver as diferenças: ângulos mais nítidos, contornos mais claros.

— Nossa. Isso faz uma diferença.

Povich avançou a fita realçada até chegar ao fotograma de interesse. Mais uma vez, todos se concentraram na figura no canto da plataforma de embarque. Ele aumentou o zoom até que o rosto cinza, granuloso, chegasse ao tamanho máximo.

Marge olhou fixamente para a tela.

— Parece Mandy Kowalski para mim. — Virou-se para Oliver. — O que você acha?

— Eu não apostaria minha vida nisso. — Oliver voltou a se sentar em sua cadeira. — Mas apostaria meu dinheiro.

— Qual é a hora na fita?

— São 11h14 — disse Povich.

— E Tinsley encontrou o corpo à 13h45?

Marge assentiu com a cabeça.

— Tempo de sobra para enforcar o corpo na obra. O St. Timothy fica a um pulo de lá. Ivan, pode recuar a fita?

— Recuando até quando?

— Alguns minutos? — Marge explicou: — Estamos interessados em Mandy porque pensamos que ela pode ter tido alguma coisa a ver com o assassinato de Adrianna e ter usado a plataforma para embarcar o corpo.

— Então estão procurando um saco para cadáver?

— Saco para cadáver, saco de lixo, uma caixa grande... alguma coisa. — Marge deu de ombros. — Se Mandy ou Garth estavam descartando um corpo secretamente, ele ou ela teriam provavelmente sido espertos o bastante para evitar as câmeras de segurança. Suponho que estamos procurando alguma coisa menos óbvia... como um carro ou uma pessoa que não se encaixe na cena.

— Talvez seja melhor ver isso na delegacia — disse Povich.

— Quando você pode levar a fita lá?

— Podem ficar com esta. É uma cópia. Peter a fez para vocês.

— Você fez uma cópia para nós? — disse Marge, virando-se para o mudo.

— Fez — disse Povich. — Mas não digam ao hospital. — Ele retirou a fita. — Aqui está. Boa sorte.

— Muito obrigada, cavalheiros. — Marge enfiou a fita na sua enorme bolsa. — Muito obrigada pela ajuda e pela cooperação.

— Sim, obrigado — disse Oliver.

Os dois detetives levantaram-se e apertaram as mãos dos que ficavam.

Ao saírem, Marge deu uma firme palmada nas costas de Peter — sua maneira silenciosa de dizer "bom trabalho".

— Exatamente... aqui! — Marge apontou para a traseira de um carro com o porta-malas aberto. — Fique de olho nisto no canto do monitor.

— Agora veja o que acontece — disse Oliver.

Decker assistiu à fita quadro por quadro enquanto um homem de uniforme cinza ora se tornava visível, ora desaparecia. Em certa altura, ele estava segurando um saco de lixo industrial preto, que levantou — com esforço — para colocar no porta-malas. Depois fechou a porta e saiu do campo de visão. Instantes depois, o carro partiu.

Marge acendeu as luzes e removeu a fita. Hoje ela vestia um suéter azul-marinho e calça cor de canela.

— Enquanto esse sujeito estava carregando o saco de cá para lá e levantando-o para enfiar no porta-malas, temos Mandy aparecendo às 11h14. Depois vemos o carro partindo cerca de dois minutos mais tarde. Infelizmente, é impossível ver a placa. Temos uma boa foto do porta-malas. Vou visitar alguns vendedores de carros e ver se alguém consegue identificar a marca e o modelo.

— O sujeito de uniforme parece ser mais ou menos do mesmo tamanho e peso que Garth — disse Oliver —, mas isso é o mais perto que conseguimos chegar de identificá-lo.

— Pegue algumas fotos de Mandy e Garth e volte às pessoas que estavam trabalhando na plataforma de emergência na segunda-feira. Pergunte-lhes se se lembram de terem visto um deles ou ambos. — Decker esfregou as têmporas. — Mais alguma coisa?

— Não neste momento — disse Marge. — Você está bem, Pete?

— Sim, estou bem... — Ele correu os dedos pelo cabelo. — Talvez eu esteja apenas chegando aos sessenta. De todo modo, mandei Wanda Bontemps até a Ranger's Deli para ver se consegue encontrar alguém que poderia corroborar a história de Chuck Tinsley. Ela encontrou uma garçonete que o conhece.

Ela disse que ele sempre almoça lá. Acha que ele estava lá na segunda-feira por volta de meio-dia e meia, mas não pode ter certeza.

— Talvez Tinsley esteja dizendo a verdade. Que alguém encontrou seu cartão de visitas no bolso de Adrianna e armou para incriminá-lo.

— É possível.

— Você não gosta de Tinsley, não é? — disse Oliver.

— Ele liga para avisar que encontrou o corpo e tinha se encontrado com ela pela primeira vez na noite anterior. E não nos diz nada sobre isso. Não, não gosto dele. — Decker alisou o bigode. — Há alguma coisa errada com esse sujeito. Se ele estivesse atrás das grades, eu me sentiria melhor. Mas ele não está sob custódia, e falta alguma coisa que eu não estou conseguindo ver.

— Ela virá a você.

— Sim, virá. Esperemos apenas que não venha tarde demais.

39

A casa de Decker era muito menor que a casa de Gabe em Nova York, e com todo mundo entrando e saindo, o espaço ficara lotado.

Os irmãos tinham chamado um bando de seus velhos amigos, e horas depois, rapazes ocupavam cada centímetro de espaço disponível. O aperto e o barulho o deixavam nervoso. Quando tentou se refugiar na cozinha, ela lhe pareceu uma confusão de panelas e caçarolas, embora os cheiros das comidas fossem maravilhosos. Rina usava um avental, a testa úmida de suor. Por educação, Gabe perguntou se podia ajudar. Ficou aliviado quando ela recusou a ajuda.

— Nesse caso, talvez eu saia para uma caminhada.

— Está mesmo uma loucura por aqui. Eu mesma não estou mais acostumada com isso. — Rina entregou-lhe um bloco de anotações e um lápis. — Anote o número do seu celular, por via das dúvidas. E coloque o número do meu celular no seu telefone. Você deve tê-lo, no caso de uma emergência.

— Farei isso, embora ache que vou ficar bem.

— E se seu assaltante voltar para se vingar?

Gabe tirou o iPod do bolso e sorriu.

— Ainda tenho mão direita. Quer que eu compre alguma coisa para você quando estiver na rua?

— Não, não preciso de nada. — Rina despenteou-lhe o cabelo. — Não se perca em sua música.

— Na verdade, essa parece ser uma coisa perfeita em que se perder.

Ele deixou o rebuliço e não tinha andado por mais de dez minutos quando sentiu o telefone vibrar contra sua perna. Puxou o telefone, olhou para a tela e viu que o número era restrito. Ele sabia que a linha fixa dos Decker aparecia como não identificada. Provavelmente era Rina querendo ver se estava tudo bem. Pensou em deixar tocar, mas ela provavelmente ficaria ligando até que ele atendesse. Ele tirou do bolso seu fone de ouvido, tocou no botão verde para atender e disse:

— Oi, ainda estou vivo.
— É bom ouvir isso. O que aconteceu com sua mão?
A voz grave na outra ponta não era a de Rina.
— Chris? — Gabe começou a tremer. — Onde você está?
— Responda à pergunta. Que aconteceu com sua mão?
— Nada. Estou bem.
— Então por que foi a um cirurgião de mão?
O homem tinha olhos de lince.
— Não é nada, Chris. Nem vale a pena falar sobre isso.
— Fale sobre isso assim mesmo.
— Entrei numa briga. Ficou um pouco dolorida. Estava tudo bem, mas Rina... a sra. Decker insistiu que eu fosse ao médico. Como soube disso? Onde você está?
— Você entrou numa briga? — Silêncio na linha. — Você é a pessoa menos agressiva que eu conheço. Que merda aconteceu?
— Alguém tentou agarrar minha pasta. Eu me defendi.
— Por que cargas d'água fez isso?
— Porque eu tinha todas as coisas que você me deu dentro dela.
— Gabriel, toda aquela merda é substituível. Suas mãos não são. Onde você está com a porra da sua cabeça?
— Bem, eu não sabia até que ponto as coisas eram substituíveis, sendo que tem sido difícil entrar em contato com você ultimamente e você fica muito irritado quando eu o incomodo.
— Que eu fique irritado é melhor do que arruinar sua vida. Não faça besteira com suas mãos, tudo bem?
— Não fiz de propósito. Onde você está?
— Tenho de ir.
— Decker acha que você é inocente.
Donatti deu uma risada sem alegria.
— Ele está enganando você. Quer me ferrar.
— Talvez. Ele quer que você venha aqui e passe pelo detector de mentiras.
— Nem fodendo.
— Acha que isso vai inocentá-lo. Disse que você passaria no teste mesmo que tivesse matado a mamãe.
Dessa vez a risada de Donatti foi genuína.
— Ele está certo quanto a isso. Diga para ele se foder.
— Que acha de eu dizer que você não está interessado? Ele vai saber deste telefonema. Verifica meus registros telefônicos. O que quer que eu diga a ele?
— O que você quiser.

— O que está acontecendo com a mamãe?
— Pergunte ao seu camarada Decker. Ele andou seguindo minhas pegadas. Que mais ele anda lhe dizendo?
— Preciso pensar... — *Nota para si mesmo: finja refletir.* — Ele soube que você estava na cidade na terça-feira. Disse que vocês estão ambos na mesma trilha, só que ele está alguns passos atrás de você.

Silêncio do outro lado.

— Continue.

— Decker acha que talvez tenha encontrado o carro da mamãe. Disse que você esteve procurando por ele no mesmo lugar em que esteve.

— E?

— O carro que ele encontrou não estava registrado no nome da mamãe. Portanto, talvez não fosse o carro dela. Ele está investigando isso. Você encontrou a mamãe?

— Não, Gabriel, não encontrei. O que mais ele disse sobre o carro?

Observação para si mesmo: tente não parecer ensaiado.

— Disse que o carro pertencia a um sujeito indiano. Ele me disse o nome, mas esqueci.

— Atik Jains.

— Sim, é isso.

— O nome soa familiar?

— Não conheço o cara. E você?

— Não. — Donatti fez uma pausa. — Então você nunca viu sua mãe com um indiano? Você estava com ela muito mais do que eu.

Aqui estava a parte em que ele realmente precisava soar convincente.

— Eu não a via tanto assim. Estava na escola ou trancado praticando. A única razão que tínhamos para nos encontrar era o fato de minhas aulas serem na cidade.

— Interessante, Gabe, mas você não respondeu à pergunta. Você a viu algum dia com um indiano?

— Não me lembro de ver a mamãe com homem *algum*, muito menos um indiano — ele mentiu. — Isto é, claro que a vi falando com homens, mas nada que chamasse atenção como algo estranho.

Houve uma longa pausa.

— Certo. Se você descobrir alguma coisa, me fale, certo?

— É claro — mentiu Gabe de novo. — Você está em Los Angeles?

— Não. Vou ligar para você se encontrar sua mãe. — Donatti ficou em silêncio. Por um momento, Gabe pensou que tivesse desligado. Por fim, Chris disse: — Você está bem onde está?

— Eles são realmente muito legais para perfeitos estranhos.

— Quando a poeira baixar, você pode vir morar comigo. Se quiser voltar para Nova York, arranjo uma governanta para você. Pessoalmente, acho que você está melhor onde está.

— Concordo, principalmente porque encontrei um professor.

Uma pausa.

— Quem?

Havia real curiosidade na voz do pai. Ele e Chris só tinham duas coisas em comum: sua mãe e a música. Ambas eram fatores dominantes em suas vidas.

— Nicholas Mark.

Novamente Donatti ficou em silêncio.

— Como você conseguiu isso?

— O médico dele é o cirurgião de mão que me atendeu. Por acaso, ele me ouviu tocar e depois concordou em me aceitar para algumas aulas. Estou na esperança de que minha dedicação o convença a me aceitar em caráter permanente. Vou precisar de alguém com o calibre dele se quiser ter alguma esperança de fazer o Chopin International dentro de cinco anos.

— O que você tocou para ele?

— Fantaisie-Impromptu e "La Campanella".

— Você tocou "La Campanella" com a mão esquerda machucada?

— Sim. Cometi erros, mas não foi tão ruim, considerando-se que eu estava relaxado. Eu não sabia que estava tocando diante de Nicholas Mark. O principal foi que ele concordou em me dar algumas aulas.

— Talvez você esteja finalmente atingindo a porra do seu potencial. Eu sempre disse a você que se parasse de perder tempo, poderia ser um dos grandes.

— Obrigado pelo elogio... eu acho.

— Não seja arrogante. — Uma pausa. — Caras como Mark não podem sair barato. Se você precisar de mais dinheiro, ligue para uma de minhas casas e porei mais grana em suas contas. Por melhor que seja bater papo com você, Gabriel, o dever me chama. Tenho de ir.

Mas Gabe não estava pronto para desligar.

— Você não teme que esta ligação esteja sendo rastreada?

— Eles rastreiam ligações de celular por torres de retransmissão. E as torres podem ser embaralhadas se você tiver o equipamento certo.

— Se você encontrar a mamãe, por favor não a machuque.

— Não vou *machucá-la*. Estou farto disso. — Dito mais para si mesmo que para Gabe. — Estou puto, mas não deixo de ter discernimento. Sou uma pessoa com quem é impossível viver. E se ela precisa se livrar de um sentimento, posso lidar com isso. Quero encontrá-la principalmente porque eu a amo. Mas também todos os meus negócios estão no nome dela. Tenho impostos vindo aí e ela tem de assinar papéis ou estou fodido.

— Por que você não falsifica a assinatura dela?

— Faço isso o tempo todo. Esse não é problema. O problema é que se ela estiver oficialmente desaparecida — não morta, apenas desaparecida —, não pode assinar nada. Isso significa que tudo que ela possui está num limbo até que haja uma solução legal. Eu preferiria que ela estivesse viva. Mas seria melhor que estivesse morta que desaparecida. Se estivesse morta, você seria o dono de tudo. Eu poderia lidar com isso. Se precisar de alguma coisa, ligue para uma de minhas casas em Elko, está bem?

— O que você quer dizer com eu seria do dono de tudo?

— Você é o herdeiro legal dela, não eu.

— Mas não é meu, é seu.

— Mas legalmente seria seu.

— Então eu teria de assinar alguma coisa para transferir isso para você?

— Gabe, não posso possuir bordéis e cassinos. Sou um criminoso.

— Pensei que tinha sido perdoado.

— Fui solto da prisão, mas ainda tenho uma ficha. Não estou preocupado com o fato de ter meus bens em seu nome. Você não vai me roubar. Isso seria realmente estúpido. Se precisar de dinheiro, é a única coisa que posso lhe dar. Cuide-se. E fique longe de brigas. — Uma pausa. — Não posso acreditar que você enfrentou um assaltante. Isso é tão diferente de você.

— Talvez eu tenha mais Whitman em mim do que qualquer um de vocês dois pensava.

— Talvez. — Chris ficou em silêncio. — Então talvez você seja realmente meu filho.

Gabe riu.

— Você tem dúvidas?

— Você foi o único descuido meu que levou a um acidente, e fui descuidado a minha vida toda.

— Obrigado por relegar minha existência a um acaso.

— Pare de ser tão sensível. Eu sustento você, não sustento?

— Faça um teste de paternidade, Chris. Estou disposto.

— Você pode estar, mas eu não. — Uma pausa. — Você tem parentes de sangue, Gabe. Tem uma mãe, uma tia e um avô. Você tem um pai... seja ele quem for.

— Você sabe que está sendo ridículo...

— Quem sabe? — Donatti desconversou. — Estou apostando que no futuro sua mãe vai conceber uma criança de outra pessoa e você vai ter uma irmã ou um irmão. Mais ainda, diferentemente de mim, você provavelmente terá seus próprios filhos.

— Você sabe que normalmente sou chamado de seu filho...
— Eu? Eu não tenho ninguém. Não tenho mãe. Não tenho pai. Não tenho irmãos nem irmãs nem avós. Meus pais eram ambos filhos únicos, por isso não tenho tias, tios, primos. Não tenho nenhum parente de sangue, exceto você. Se eu descobrisse que você não era meu, que sua mãe me enganou e fodeu com algum outro cara enquanto eu estava na cadeia, eu diria *adiós* e enfiaria um revólver na boca. Para mim, é melhor morrer que viver a vida como uma espécie extinta.

* * *

Marge bateu na esquadria da porta aberta e entrou na sala de Decker.
— Pelo que os vendedores dizem, é um Honda Civic 2004, o mesmo carro que Garth dirige.
Decker apontou para a cadeira em frente à sua escrivaninha.
— Já emitimos um alerta para o carro dele na Califórnia. Ligue para a Metropolitana de Las Vegas e peça ajuda. Diga a eles que poderia fazer parte de uma cena de crime.
— Já foi feito.
— Eles cooperaram?
— Razoavelmente. Acho que o detetive Silver nos levaria mais a sério se fôssemos lá pessoalmente. Falei com Oliver. Gostaríamos de dirigir até lá e dar uma procurada durante o fim de semana.
— Por mim, tudo bem. Eu iria com vocês, mas toda a minha família está na cidade e tenho de ir ao funeral de Adrianna Blanc amanhã.
— Pete, se você quiser, podemos sair mais tarde e posso ir ao funeral. Sei como você se sente com relação a trabalhar no *Shabbos*. E com que frequência você tem todos os seus filhos reunidos?
— Obrigado pela oferta, mas tenho de ir. Se eu não aparecer, Kathy Blanc ficará zangada comigo, e ela já está zangada o suficiente. É às onze. Terei tempo de sobra com minha família à tarde. Além disso, tenho essa centelha irracional de esperança de que talvez Garth ou Mandy apareçam.
— As ilusões fazem a vida valer a pena.
— Posso conseguir dinheiro para passagens de avião para Las Vegas, se vocês não quiserem dirigir.
— Obrigada, mas ambos concluímos que dirigir irá não só ser menos complicado como provavelmente demandará menos tempo. Além disso, não precisaremos alugar um carro. Vamos guardar nossos recibos de gasolina e hotel para reembolso.
— Bastante justo. Onde está Scott?

— Ainda está no St. Timothy, tentando rastrear alguém que possa ter visto Mandy ou Garth na plataforma de veículos de emergência. Ele conversou com alguns dos técnicos de emergência médica que estavam de serviço naquela segunda-feira. Os rapazes e moças com quem falou disseram que estavam ocupados demais concentrando-se no que faziam para notar algumas pessoas errantes.

— É bom saber que esses técnicos levam seu trabalho a sério.

— Bom para a sociedade, ruim para nós. — Marge esticou-se. — Vou fazer aquela ligação para Lonnie Silver, da Metropolitana de Las Vegas. Além disso, tenho alguma informação sobre a Beretta que você me deu ontem. — Quando Decker pareceu desconcertado, ela disse: — Aquela arma do assalto de Hannah.

— Ah, certo. Roubada, é claro.

— É claro. Dois anos atrás. Ela pertencia a... — Ela verificou suas anotações. — Dr. Ray Olson, da Pacific Palisades. Estamos submetendo-a a exames de balística. Vou informá-lo se chegarmos a alguma coisa.

— Seria bom se algo positivo resultasse disso.

— Como Hannah está passando?

— Ela parece bem. — Ele sacudiu a cabeça. — Que coisa terrível passar por aquilo. Eu devia ter sido mais compreensivo com ela.

— Por que você não leva algumas flores para ela? Isso sempre agrada a todos. Há um florista há poucos quarteirões daqui. Vou escolher alguma coisa bonita, como girassóis.

— O que eu faria sem você?

— Nem pense nisso. — Marge riu. — A propósito, Chuck Tinsley ligou. Quer as joias de volta.

As células do cérebro de Decker finalmente faiscaram.

— Marge, onde você encontrou as joias?

— Onde?

— Sim, onde no apartamento dele. Estavam à vista?

— Acho que foi na gaveta de cuecas.

— Num saco ou o quê?

Marge pensou.

— Sim, estava num saco de papelão.

— E você as especificou?

— É claro.

— E calçou luvas quando as examinou?

— Sem dúvida. Não queria estragar nenhum DNA se alguma das peças fosse de Adrianna.

Decker assentiu com a cabeça.

— Diga a Tinsley que perdemos as peças, mas temos uma lista dos itens. Se as coisas estiverem permanentemente perdidas, nós as substituiremos por seu valor em dinheiro. E ao preço atual do ouro, ele não deve se queixar.

— As peças estão perdidas?

Enfiando a mão na gaveta de sua escrivaninha, ele tirou saco de papel de evidências com as joias.

— Veja por você mesma.

— Que está acontecendo, Pete?

— Quando a mãe de Tinsley morreu?

— Não faço ideia.

— Por que um sujeito como Tinsley haveria de guardar as joias de sua mãe? Algumas dessas peças parecem valiosas. Há um grande bracelete de ouro cravejado com rubis e há um colar com pingente... um *R* feito de diamantes. Isso poderia render uma grana. Tinsley lhe parece ser do tipo sentimental?

— Acha que é um ladrão?

— Alguma coisa não está batendo.

— Vou mandar Wanda fazer um cotejo com assaltos. Vou descobrir também quando a mãe de Tinsley morreu.

— Boa ideia. E quando estiver fazendo isso, descubra o nome da mamãe Tinsley.

40

Com os rapazes morando fora e Hannah raramente em casa, Decker tinha se esquecido do quanto 240 metros quadrados podiam ser apertados. Rina gostava de eufemismos, referindo-se à situação como "compacta" ou "aconchegante". Ela estava fazendo ajustes de última hora em seu *tichel* do *Shabbos* — o lenço de cabeça especial para o sabá. De acordo com a lei judaica, mulheres casadas cobriam o cabelo. O que ela escolhera era de xantungue de seda entremeado com fios de lamê. Seu rosto mal mostrava os sinais da idade: linhas de expressão no canto dos olhos, uma ou duas rugas na testa. Ainda lhe faltavam alguns anos para completar cinquenta, o que fazia dela uma garota para Decker.

— Quanto tempo tenho antes que o *Shabbos* comece? — ele lhe perguntou.

— Cerca de 15 minutos. — Rina aplicou um gloss rosa-claro nos lábios. Houve uma pausa. — É bom ter todo o mundo aqui junto.

— É sensacional — disse Decker. — Os meninos estão parecendo ótimos.

Os olhos de Rina ficaram úmidos.

— Não os vejo com muita frequência. Já são homens.

— São mesmo. Foi realmente generoso da parte deles encontrar tempo para vir aqui.

— Era uma ocasião especial.

— Suponho que foi um pretexto conveniente. Pelo menos sessenta anos servem para alguma coisa.

— É uma celebração da vida. — Rina olhou no espelho. — Que está passando numa velocidade recorde. É simplesmente encantador ter todo mundo aqui.

— É mesmo. E você sabe o que é ainda mais encantador? — Ele a beijou no alto da cabeça. — Eles estão indo embora daqui a alguns dias.

Ele pensou que Rina iria censurá-lo. Em vez disso, ela disse:

— Sei o que quer dizer: seis adultos parrudos ocupando espaço. Sete, se contarmos Gabe. E ele está comendo aqui, portanto, acho que temos de incluí-lo. Acho que cozinhei o suficiente, mas posso ter me esquecido do quanto os homens comem.

— Vou me servir por último — disse Decker.

— Não, você é o aniversariante — disse Rina. — Você é o primeiro a se servir. Fiz carneiro. Não é apenas o seu favorito, mas é o favorito de *Yonkie* também. O garoto está radiante.

— Carneiro... tipo costelas de carneiro?

— Sim.

— Puxa! Quantas costelas você fez?

— Quando a gente desossa, não sobra tanta carne assim. Por isso precisei de muitas.

— Quanto tudo isso custou? — perguntou Decker, fazendo uma careta.

— Você não quer saber. — Rina ficou na ponta dos pés e beijou-o no rosto. — O melhor que você faz é comer. Eu também assei um peru inteiro. Isso será suficiente para amanhã e mais um pouco. Sei que você gosta muito de sanduíches de peru frio fatiado.

— Provavelmente não estarei em casa a tempo para o almoço amanhã.

Rina fez uma pausa.

— Provavelmente ou certamente?

— O funeral de Adrianna Blanc é às onze. Vou tentar estar em casa às duas da tarde.

— Não se apresse, Peter. Vamos esperá-lo. — Ela calçou seus sapatos. — Pobres pais. Que crime brutal. Que idade ela tinha? Próxima à da Cindy?

— Um pouco mais velha que Sammy. Não há uma boa idade para morrer assassinado, mas realmente machuca quando são tão jovens. Só é mais triste quando são crianças. — Ele ficou em silêncio, depois livrou-se daquele pensamento. — O que teremos para a sobremesa esta noite?

— Se estivéssemos nos atendo à tradição, eu deveria ter assado um bolo para você. Em vez disso, fiz tortas.

— Boa pedida. Gosto muito de tortas.

— Por isso minha decisão. Você poderá escolher entre pêssego, morango e cereja, com ou sem sorvete de baunilha e/ou creme de chantili *pareve* de acordo com as leis dietéticas judaicas.

— Tenho de escolher entre as tortas?

— Pode comer todas as três — disse-lhe Rina. — É a prerrogativa do aniversariante.

— Nesse caso, comerei todas as três. Provavelmente vou me empanturrar e passar mal. Você devia ter feito apenas uma salada.

Rina riu.

— Minha família está reunida pela primeira vez em séculos, e eu devia ter feito uma salada?

— Não tenho nenhum autocontrole em se tratando da sua comida.

— Se você abrir o armário de remédios, vai notar que ele está plenamente abastecido. Conhece meu slogan: coma, beba e tome antiácidos.

A cerimônia na igreja durou 45 minutos, e no fim, o pastor convidou qualquer pessoa que quisesse falar a fazê-lo. Havia cerca de cem pessoas na reunião, nenhuma delas ansiosa para subir ao palco. Finalmente, Sela Graydon enfrentou o microfone, soluçando ao longo de um elogio fúnebre de partir o coração a suas duas melhores amigas. Ela estava envelhecida, com olhos fundos e a tez pálida. Sela foi seguida por uma mulher chamada Alicia Martin, que se apresentou como a melhor amiga de Kathy. Depois, outra amiga tomou o microfone, seguida por outra e depois outra. Quando a cerimônia terminou, passava um pouco de uma hora da tarde.

Decker não queria se impor aos pais enlutados, mas havia parecido importante a Kathy que ele comparecesse. Esperou pacientemente atrás de uma fila para oferecer palavras de consolo e condolências. Kathy, como de hábito, estava elegantemente vestida — um vestido preto de tricô com um cinto dourado, sapatos de salto pretos e óculos escuros de casco de tartaruga. Ela viu Decker rondando o fim da fila e fez sinal para que ele avançasse. Embora ele pudesse vê-la claramente — era mais alto que a maioria dos que ali estavam —, não era fácil para um homem grande se introduzir em meio à massa humana. Quando finalmente chegou à frente, Kathy segurou com as duas mãos sua mão estendida.

— Muito obrigada por vir. — Os olhos dela umedeceram-se. — O enterro será apenas para a família. Espero que compreenda.

— Compreendo. Vocês precisam de privacidade para se despedir.

Ela desviou os olhos e passou um lenço neles. Depois voltou seu olhar para o rosto de Decker.

— Esta é Pandora Hurst. — Referia-se a uma mulher à sua direita. — A mãe de Crystal.

Decker ofereceu sua mão, que ela pegou.

— Lamento muito por sua perda, sra. Hurst. — A mulher fitou-o com olhos pálidos, secos: nariz longo, lábios finos, uma cútis fantasmagórica. Ela permaneceu em silêncio.

— Você me dá licença um momento? — perguntou Kathy.

— Claro — respondeu Decker. — Por favor, ofereça minhas condolências a seu marido.

— Farei isso. — Kathy deu alguns passos e desabou nos braços de Alicia Martin, soluçando em seu ombro. Decker voltou sua atenção para Pandora Hurst. Ela usava um vestido preto longo que lembrava uma fantasia de bruxa. Seu cabelo grisalho estava apanhado no coque seguro com várias presilhas de marfim.

— Se houver alguma coisa de que precise neste momento, sra. Hurst, por favor, me fale.

— Pode me chamar de Pandy. — Sua voz era desprovida de emoção. — Quando vai liberar minha filha para ser enterrada?

— Vou verificar com as pessoas encarregadas.

— Quero levá-la de volta para o Missouri comigo. — Pandy cruzou os braços. — Deram-me toda espécie de papelada para preencher. Nunca fui boa com esse tipo de coisa nas melhores circunstâncias.

— Providenciarei para que alguém a ajude com os formulários.

— Quando seria isso?

— Quando quiser. Segunda-feira seria melhor para mim, mas posso fazer isso antes.

— Eles vão liberar minha filha na segunda-feira?

— Não sei. Tenho de ligar e me informar. Às vezes as coisas caminham mais devagar nos fins de semana.

— Ninguém morre sábado ou domingo?

— O pessoal costuma ser mais reduzido. Se eles puderem, vão segurar as coisas até segunda-feira.

— Então eles trabalham segundo a *própria* conveniência.

— Vou ligar imediatamente e informá-la assim que me ligarem de volta — disse-lhe Decker. — Além disso, sei que é um momento muito difícil, mas se eu pudesse conversar com a senhora sobre Crystal, isso poderia me ajudar com o caso de sua filha.

— Não agora. — Ela sacudiu a cabeça. — Não agora.

— Que tal amanhã ou segunda-feira?

— Suponho que amanhã. Vai me ajudar com os formulários?

— Certamente.

— Quero levá-la de volta para o Missouri. — Pandy esfregou os braços. — Ela jamais gostou do Missouri, você sabe.

— Eu não sabia.

— Bem, então... sabe agora.

— Pensei que você tivesse criado Crystal em Los Angeles.

— Criei. Mudei-me para cá por causa de meu marido. Cinco anos mais tarde ele me deixou para andar atrás de rapazes. Fui estúpida ou estava em negação quando me casei com Jack. Quando ele abriu o jogo comigo, eu lhe disse que não guardaria ressentimentos. Mas acho que foi difícil para Crystal.

— O divórcio costuma ser.

— Isso e descobrir que seu pai é gay. — Ela se encolheu. — Depois que Jack e eu nos separamos, eu a levei de volta para o Missouri para visitar meus parentes. Queria que ela conhecesse os avós. Ela simplesmente detestou aquilo. Queixou-se do calor, queixou-se dos insetos, queixou-se da umidade, queixou-se do acampamento para o qual eu a mandei, queixou-se das crianças. Quando me mudei para lá, ela ficou pasma. Por que eu queria viver num pântano com um bando de caipiras? Tentei lhe explicar que sentia falta de minha família. Que à medida que envelhecia, queria estar perto de pessoas que gostavam de mim.

— Compreendo — disse Decker.

— Você pode compreender, mas ela certamente não compreendeu. Mas a Crystal era assim. Ela nunca entendeu realmente o conceito de intimidade e relacionamentos. Todas as pessoas que conhecia eram seus melhores amigos.

A viagem de carro para Las Vegas pela I-15 era um tiro direto: cerca de 435 quilômetros que deveriam ter tomado cerca de quatro horas se eles não tivessem parado num dos restaurantes favoritos de Oliver. O lugar se destacava por preços baratos, porções grandes e banheiros limpos — as três melhores pedidas numa estrada. Scott decidiu regalar-se com um cheeseburger com batatas fritas, enquanto Marge escolheu um sanduíche de atum. Ambos comeram torta de maçã como sobremesa.

Eles entraram na Strip por volta das duas horas da tarde. Não havia uma nuvem no céu e a temperatura oscilava em torno dos trinta graus. Quando desceram pelo Las Vegas Boulevard rumando para o norte, o sol estava violento, refletindo-se do Four Seasons sobre as paredes de vidro douradas de Mandalay Bay, o clarão seguindo-os enquanto dirigiram Strip abaixo. Os gigantescos hotéis pouco faziam para proteger contra o calor, porque se elevavam retos como monólitos, sua verticalidade ainda mais pronunciada porque haviam sido erguidos no meio do deserto de Mojave. Oliver tinha reservado um motel pequeno, mas aproveitável, perto da Strip. O saguão era um átrio iluminado que abrigava mesas de uma cafeteria, um balcão de recepção e uma fileira de máquinas caça-níqueis que apitavam e lampejavam mesmo quando ninguém estava jogando.

Depois de se registrar em seus respectivos quartos e desfazer as malas, Marge jogou-se na cama e ligou para o detetive Lonnie Silver do seu celular.

— Sargento Dunn falando.

— Bem-vinda a Las Vegas. Como estava o trânsito?

— Nada mau. O clima está ajudando.

— Sim, está bonito lá fora. Agradável demais para se estar às voltas com homicídios.

— Alguma notícia de Garth Hammerling? — perguntou Marge.

— Não encontrei o rapaz nem a mulher. Mas algo interessante chegou através dos cabos cerca de uma hora atrás. Foi bom vocês terem vindo.

— Isso soa agourento.

— Interessante, não agourento. Não ainda. Neste momento estou no meio da elucidação de uma pista sobre outro homicídio em que estamos trabalhando. Que tal nos encontrarmos dentro de umas duas horas?

— Diga-me onde.

Silver perguntou a Marge onde estava hospedada.

— Irei até aí, ligo para você quando chegar. Há uma cafeteria no saguão. Podemos conversar lá.

Ele desligou. Um momento depois, Oliver bateu à porta que ligava seus quartos vizinhos. Marge levantou-se e abriu-a.

— Temos um encontro dentro de duas horas. Ele não localizou Garth Hammerling, mas estava satisfeito por termos vindo. Alguma coisa interessante acabou de chegar.

— Que significa isso?

— Não sei, mas suponho que descobriremos muito em breve. — Ela deu uma olhada em seu relógio. — Temos algum tempo. O clima está perfeito. Acho que vou dar um mergulho na piscina.

— Divirta-se.

— O que vai fazer?

— Passei as últimas cinco horas sentado. Está bonito lá fora. Acho que vou dar uma caminhada. Ver o que está acontecendo na cidade.

— Você sabe o que está acontecendo na cidade. Jogo, jogo e mais jogo. Quanto dinheiro você trouxe para jogar no vaso sanitário e dar descarga?

— Desde quando você se tornou tão julgadora?

— Não me importo se as pessoas jogam. Apenas não quero que meu amigo e parceiro perca até a roupa do corpo. — Ela estendeu a mão. — Dê-me a metade. Você vai me agradecer mais tarde, depois que a fissura de jogar tiver passado e seus bolsos estiverem vazios.

Oliver pensou sobre isso. Depois tirou cinco notas de cem dólares e colocou-as na mão dela.

— Não sei por que estou fazendo isto.

— Talvez porque eu esteja certa.

— Estarei de volta em uma hora — resmungou Oliver. — Vou jogar nas mesas. A aposta é mais barata durante o dia. Tenho um novo sistema que quero experimentar. E aliás, não pretendo perder.

— Ninguém jamais pretende, Scott. É por isso que as multidões continuam se avolumando e os hotéis ficam cada vez maiores.

Por força do hábito, Decker ligou seu telefone celular depois que saiu do funeral de Adrianna Blanc e, como sempre, havia mensagens. Ele imaginou que seria melhor ouvi-las para poder almoçar e aproveitar a companhia de sua família em paz. O jantar da véspera fora ruidoso e marcado por discussões, com o grupo mais jovem falando sem parar. Havia momentos em que ele tinha a impressão de estar numa partida de tênis, com sua cabeça virando para cá e para lá para captar o fluxo da conversa. Mas a energia era excelente. Ele gostava disso por saber que era temporário. Na segunda-feira, teria sua casa semissilenciosa de volta.

Havia duas mensagens no seu correio de voz.

Número um: *Olá, tenente, é Wanda. Desculpe-me por perturbá-lo no seu sabá, mas surgiu uma coisa sobre a qual o senhor gostaria de saber. Dê-me uma ligada assim que puder.*

Numero dois: *Olá, tenente, é Gabe Whitman. A detetive Bontemps deixou uma mensagem na sua secretária eletrônica em casa e está tentando falar com você. Ela diz que é importante. Rina falou que você deveria ir para a delegacia. Ela almoçará com você a qualquer hora em que chegue. Fui escolhido para ligar por não ser judeu. É bom servir para alguma coisa.*

Embora o humor de Gabe tenha feito Decker sorrir, o conteúdo de sua mensagem o fez suspirar internamente. Deu meia-volta com o carro e rumou para o trabalho.

41

A<small>SSIM QUE</small> D<small>ECKER ENTROU NA DELEGACIA,</small> Wanda Bontemps levantou-se de sua mesa com uma pilha de papéis enfiada debaixo do braço. Decker fez um aceno e serviu-se de um copo de café do bule. Destrancou a porta de sua sala, acendeu a luz e convidou Wanda a se sentar. Ela usava uma camisa de mangas compridas verde-limão com calça preta e sapato com sola de borracha. Argolas douradas enfeitavam suas orelhas, e as unhas longas estavam pintadas de castanho, combinando com seu tom de pele.

Decker continuava com seu terno preto e mocassins desconfortáveis. Tinha tirado a gravata no carro e optado por tirar o paletó e pendurá-lo no espaldar da cadeira.

— Como foi a cerimônia? — perguntou Wanda a Decker.

— Triste. Kathy Blanc apresentou-me à mãe de Crystal Larabee.

— Como foi?

— Triste. Ela se chama Pandora Hurst e virá à delegacia na segunda-feira. Está vivendo longe da filha há algum tempo, mas há sempre algo de novo para apurar. — Decker reclinou-se em sua cadeira. — Então, o que está acontecendo?

Wanda tirou os papéis de baixo do braço e pôs uma foto colorida na mesa de Decker.

— Parece familiar?

Decker estava olhando para um *R* de ouro amarelo incrustado de diamantes numa corrente de ouro; a joia estava em volta do pescoço de uma moça com cabelo escuro batendo no ombro e olhos castanhos que olhavam para o lado. A fotografia era de torso e a moça usava um suéter escuro de decote canoa contra um fundo verde.

— Foto de formatura do ensino médio?

— Sim.

— Quem era ela?

Decker usava o tempo passado, notou Wanda.

— Roxanne Holly, uma caixa de banco de 26 anos que foi assassinada por estrangulamento. Sua mãe deu esta foto dela aos detetives porque mostrava o colar claramente. Roxanne o usava o tempo todo, mas ele havia desaparecido quando encontraram o corpo.

— Há quanto tempo foi isso?

— Mais de três anos.

— Onde foi o homicídio?

— Oxnard. Eu procurava informação sobre o caso quando isto apareceu. Ela saiu para beber e nunca voltou. Seu corpo foi descoberto um dia depois por um sem-teto chamado Burt Barney, um alcoólatra crônico, que morreu há um ano de cirrose no fígado. Ele sempre tinha sido o principal suspeito, mas a polícia nunca reunira evidências suficientes para acusá-lo do crime. Não faltaram personagens suspeitos. É uma cidade agrícola, mas bastante grande — cerca de duzentos mil habitantes.

— Uma cidade grande e partes dela são muito violentas. Muitos migrantes, muitos trabalhadores diaristas.

— Muito operários da construção civil que provavelmente gostam de sair para beber... como nosso amigo, o sr. Tinsley.

Decker estudou a foto.

— Como você conseguiu isto?

— Examinei os homicídios associados a joias em todo o estado. Isto apareceu.

— Alguém descobriu o nome da mãe de Tinsley?

— Eu descobri. Era Julia.

— Interessante. Você entrou em contato com o Departamento de Polícia de Oxnard?

— Ainda não. Quis falar com o senhor primeiro. Posso fazer isso agora mesmo, se quiser.

— Neste momento, o que quero é uma vigilância maior sobre Tinsley.

— Feito. Sanford e Wainwright estão de olho nele.

— Bom. — Ele batucou sobre a mesa. — Tudo bem. Atuando como advogado do diabo para a defesa, eu diria que deve haver centenas de colares por aí como este. O fato de Tinsley ter a joia não significa que tenha matado alguém.

— Mas faz dele um mentiroso, já que Julia não começa com "R".

— É também possível que Tinsley seja apenas um ladrão. Roubou um colar que parece com esse que Roxanne usava. Ele poderia ser um receptador de objetos roubados.

— Se é um receptador, por que este colar ainda está em sua posse e ele continua guardando oito joias? — Wanda lambeu os lábios. — Não estou presa a nada, mas teríamos de ser idiotas para não considerar que sejam troféus.

— Poderíamos trazer Tinsley aqui. E poderíamos interrogá-lo. — A cabeça de Decker estava a mil. — Mas seria difícil *segurá-lo* com base em alguma coisa.

— Que tal a maconha que encontramos no apartamento dele?

— Isso é apenas uma contravenção. Ele estará fora em uma hora. Quando digo "segurá-lo", quero dizer *segurá-lo*. Ele nos deu uma raspagem bucal. Vamos obter um perfil de DNA. Esta foi a única peça que você encontrou pelo computador?

— Até agora, sim.

— Muito bem. — Ele pensou um momento. — Tinsley morou na área a vida toda?

— Verifiquei que pagou impostos na Califórnia nos últimos dez anos.

— Então examine todos os casos não solucionados de estrangulamento na região. Ligue para os detetives que trabalharam nos casos em aberto que encontrar e pergunte se houve alguma joia desaparecida associada a alguma das vítimas. Como esta foi encontrada no condado de Ventura, oriente a procura para cima e para baixo a partir de Los Angeles. Se descobrirmos que Tinsley tem outra joia que esteja ligada a outra vítima de assassinato, falaremos com o promotor distrital e aposto que isso seria suficiente para nos permitir segurá-lo por algum tempo. Tinsley poderia justificar o colar como uma coincidência. Mas seria difícil para ele encontrar uma desculpa para duas joias.

— Quer que eu ligue para Oxnard?

— Sim. Pergunte-lhes se podemos obter o arquivo e o perfil de DNA da vítima. Diga que estamos investigando um estrangulamento, um enforcamento, para ser específico, e estamos subindo e descendo pela costa. Não conte sobre o colar ainda. Quero manter isso sob firme controle.

Wanda anotou as instruções de Decker.

— Sabe o cartão de visitas que Marge e Oliver encontraram no apartamento dele? Aquele poderia ter sido o troféu.

— Talvez. — Decker tentou organizar seus pensamentos. — Vamos mandar o colar para os técnicos. Se Tinsley o arrancou do pescoço de Roxanne, poderia ter rompido sua pele e poderia haver sangue nele. Além disso, vamos coletar material da corrente para análise de DNA. A área do pescoço é uma das principais áreas de suor. Células da pele se desprendem especialmente no calor e Oxnard pode ser muito quente no verão. Se, por sorte, o DNA da vítima calhasse de estar na joia, Chuck poderia ter muito o que explicar.

— Estou no saguão.

A voz de Silver. Ele ligara exatamente quando Marge enxugava com uma tolha seu cabelo saturado de cloro.

— Já vou descer.

— Até já.

Marge consultou o relógio. Eram quase cinco horas. Bateu à porta que ligava seu quarto ao de Oliver.

— Você está aí?

Ouviu passos abafados, e em seguida a porta se abriu.

— Estou aqui. — Havia um largo sorriso no rosto de Oliver.

— Silver está lá embaixo, à nossa espera. — Ela olhou para o rosto do parceiro. — Você ganhou?

Oliver enfiou um maço de dinheiro na mão de Wanda.

— De acordo com o que fizemos antes, isso é a metade dele.

Marge abriu as notas em leque.

— São mais de mil dólares.

— São 1.278, para ser exato. Que tal um jantar hoje à noite, sra. Dunn? Sou um perfeito cavalheiro.

— Sem dúvida. — O sorriso dela foi genuíno. — Que bom para você, Scott. Se eu ficar com o que você me deu, mesmo que você gaste o resto, ainda sairá com um lucro no bolso.

— Agora é tarde. Gastei tudo.

Ela riu.

— Com o quê?

— Dois ingressos *premium* para O, do Cirque du Soleil, e um novo par de mocassins Gucci. Além disso, vamos sair para jantar e é tudo por conta da casa. — Ele apontou para si mesmo.

— Obrigada, cavalheiro. Vamos ver o que o detetive Silver tem a dizer sobre Garth Hammerling.

— Provavelmente algo de bom.

— Estou gostando do seu otimismo inesperado, Scott. Continue assim.

Os únicos clientes da cafeteria do hotel eram dois homens de meia-idade vestidos de maneira parecida, com camisas brancas de mangas curtas, calças escuras e mocassins. Os homens tinham altura e peso medianos, um deles tendo ligeiramente mais cabelo que o outro. Marge fez um aceno para os homens e eles acenaram de volta. Apresentações foram feitas entre todos.

Lonnie Silver era o calvo de calça azul. Ele estava tomando café e comendo um pedaço de torta de maçã. Rodney Major tinha um cocuruto calvo cercado por cabelo grisalho, crespo. Usava calça marrom e comia um sanduíche de frango com batatas fritas. Assim que Marge e Oliver se sentaram, uma garçonete magrinha com um cabelo grisalho bufante aproximou-se e entregou-lhes cardápios. Marge e Oliver pediram café e um muffin de farinha de mirtilo por sugestão de Silver.

Em seguida conversaram sobre amenidades.

Como tinha sido a viagem? Quanto tempo ficariam lá? Iriam ver algum show? Iriam jantar no Delucci's. Toda a conversa fiada permitiu-lhes acabar de comer e passar ao verdadeiro motivo do encontro. Silver falou primeiro.

— Quando vocês ligaram uns dois dias atrás e perguntaram sobre Garth Hammerling, francamente, não dei muita atenção a isso. Muita gente vem para Las Vegas se reinventar. Talvez o cara de vocês esteja aqui, talvez não. Uma coisa é certa. Vai ser difícil encontrá-lo. Se a pessoa quer se esconder, vem para Las Vegas, embora se esse sujeito for realmente um bandido, podemos localizá-lo. O problema é que não sabemos se é um bandido, por isso fica difícil justificar o uso de recursos com base num talvez.

— Foi por isso que viemos em pessoa — disse Marge. — Imaginamos que poderíamos fazer alguma investigação. A única coisa que pedimos é um pouco de orientação.

— Podemos ajudá-los nisso — manifestou-se Major.

— Sim, bem mais do que eu pensava — disse Silver.

— É bom ouvir isso — disse Oliver.

— Vejam, depois que cismo com uma coisa, é difícil deixá-la de lado. Assim, fiquei pensando em como procurar esse cara. Obviamente, não podemos sair batendo em portas de quartos de hotel nos grandes cassinos. E não podemos pedir listas de hóspedes. Estamos lidando com milhares de pessoas e vocês sequer sabem se esse Hammerling realmente fez alguma coisa. Além disso, sei de todos os homicídios ocorridos na Strip e nenhum deles aponta para o cara de vocês.

— Que tipo de homicídios? — perguntou Marge.

— Brigas de bar, brigas de gangues, assaltos que dão errado — respondeu Silver. — E nenhum deles ocorreu nos grandes hotéis. Os grandes hotéis policiam sua clientela muito melhor do que poderíamos, com nosso orçamento. Eles têm o dinheiro, a motivação e o pessoal para manter a merda longe. Não estou dizendo que isso não poderia acontecer... já aconteceu... mas os corredores dos hotéis são muito bem patrulhados. Alguém gritando ou alguém arrastando um corpo para fora de um dos quartos provavelmente seria notado.

— Eles têm mais câmeras de segurança que o Pentágono — disse Rodney Major. — Têm pessoas olhando para elas noite e dia. Coisas estranhas acontecem entre pessoas atrás de portas fechadas, eles não se incomodam com isso. Mas se as autoridades virem algum indício de rede de prostituição ou venda de drogas acontecendo a partir de um quarto, eles vão invadi-lo com seu próprio pessoal e manter isso em silêncio. Os proprietários não são gângsteres mais, não são há quarenta anos. São homens de negócios habilidosos. Por que quereriam a merda ilegal quando podem faturar bilhões bancando jogo legal?

— Não estou dizendo que Garth dirige uma rede de prostituição — disse Marge. — Mas soubemos por seus amigos que ele está sempre vindo para Las Vegas, gastando muito mais dinheiro com mulheres do que com jogo.

— Você me contou, e isso me fez pensar.

— Ele é perigoso quando pensa — atalhou Major.

— Sim, a gente pode sentir o cheiro de madeira queimando. — Silver sorriu. — De qualquer maneira, muitos dos rapazes que passam muito tempo aqui, vindo todo fim de semana ou em fins de semana alternados, simplesmente não têm cacife para ficar nos grandes hotéis. Se querem diversão barata, vão para fora da Strip. Do meu ponto de vista, é mais fácil lidar com isso porque a escala é menor.

Marge e Oliver assentiram com a cabeça. Silver tinha uma história para contar e não fazia nenhum sentido apressá-lo.

— Então comecei a dar telefonemas — disse Silver. — Liguei para o centro... isso ainda é muito glamoroso e difícil de conseguir alguma coisa. Não tive sorte ali. Liguei para Boulder City. Eles têm uma pequena pista lá, mas ainda não cheguei a nada com isso. Então comecei com lugares menores, como este em que vocês estão hospedados. Esses estabelecimentos não têm um bando de soldados como os grandes hotéis. Dependem da polícia. Tenho um bom relacionamento com eles. Ainda não tive nenhum sucesso, mas não vou desistir. Fico assim às vezes... sabendo que estou avançando na direção certa, como se uma mão invisível me empurrasse. Depois de tantos anos em homicídios, a gente aprende a respeitar a própria intuição.

— Com certeza.

A garçonete voltou a encher as xícaras de café. Depois que ela se afastou, Silver disse:

— Estou pensando, portanto, sobre onde mais esse sujeito poderia ter se hospedado. Então pensei em North Las Vegas e no meu camarada Rodney.

— Se você quiser emoções mais baratas, North L.V. é o lugar ideal.

— North Las Vegas não é da alçada da Metropolitana de Las Vegas.

— Sim, é como se fôssemos o ponto sobre o grande *I* da Strip de Las Vegas. Temos nossos próprios cassinos e eles são mais baratos que os da Strip de Las Vegas propriamente dita.

— Liguei para Rodney e perguntei a ele se podia falar com seu pessoal e descobrir se Garth Hammerling era cliente de um de seus estabelecimentos.

— Fiz minhas ligações, e sabem no que deu? — perguntou Major. — Ele costumava frequentar uns dois de meus estabelecimentos.

Marge e Oliver trocaram olhares.

— Você o encontrou?

— Não, eu teria dito isso a vocês imediatamente — disse Major. — Tenho cerca de sete estabelecimentos, e me disseram que faz algum tempo que ele não aparece.

— Sim, fiquei muito desapontado com isso — disse Silver. — Então perguntei ao Rodney: sabe, não estou tão a par de todos os seus homicídios como com os de meu distrito. Vocês tiveram algum assassinato incomum recentemente... como um enforcamento?

— E eu disse: se tivéssemos tido um enforcamento, você teria sabido — disse Rodney, rindo.

— Sim, a cidade não é assim *tão* grande. Um enforcamento teria tido destaque nos noticiários locais — disse Silver.

— Um enforcamento teve destaque em *nossos* noticiários locais — disse Marge. — É incomum.

— Certo — disse Silver. — Então em seguida perguntei ao Rodney: vocês tiveram algum assassinato recente por estrangulamento? Porque enforcamento é essencialmente estrangulamento.

— E eu respondi: não que eu consiga me lembrar.

Marge riu. Os dois eram realmente engraçados.

— Em sua maior parte, nossos homicídios são feitos com facas, armas de fogo e garrafas que são espatifadas na cabeça de algum bêbado —disse Major.

— Assim, eu estava prestes a desistir — disse Silver. — Mas depois vocês ligaram e disseram que viriam até aqui. E então vocês me disseram que Garth poderia estar viajando com uma mulher chamada Amanda Kowalski.

— É o que estamos achando — disse Oliver. — Porque ela está desaparecida também.

— Certo — respondeu Silver. — Então eu liguei de novo para o Rodney. Porque, nessa altura, sabia que Garth gosta mais do distrito dele que do meu. Então lhe disse que Garth poderia estar viajando com uma mulher. Ele poderia checar quaisquer casais viajando juntos?

— Eu lhe disse que faria isso — disse Major. — A curiosidade dele tornara-se contagiosa. Então peguei a foto de Garth e percorri os cassinos, hotéis e motéis, perguntando-lhes sobre casais com aquele cara. O nome dele é Garth Hammerling, mas ele poderia estar usando outro. Não tive sorte. Liguei para os motéis menores e perguntei por casais chamados Hammerling. Nenhuma sorte com os hotéis. Então pensei um pouco. Talvez o cara tivesse sofrido um acidente de carro. Liguei para a Patrulha Rodoviária e perguntei se tinha havido algum acidente grave na área na última semana. Bem, não tivemos nenhuma sorte para encontrar Garth Hammerling. Mas tinha havido um acidente no dia anterior: um acidente com um único carro no meio do deserto. Dois rapazes estavam fazendo motocross e toparam com os destroços e um corpo no assento do motorista.

— Ai, Deus — disse Marge. — Isso não é bom.

— Foi um milagre terem encontrado o carro, mas esse não foi o maior milagre. Quando a Patrulha Rodoviária chegou lá e checou o pulso do corpo, descobriram que a passageira, uma mulher na casa dos vinte, ainda estava viva.

— A pobre mulher estava destruída — disse Silver. — Queimaduras na parte inferior do corpo, ossos quebrados, mas estava respirando por conta própria.

— Recobrava e perdia a consciência — disse Major. — Levaram-na às pressas para a unidade de queimados do Las Vegas Medical Center. Ela está num coma induzido. O pensamento imediato da perícia criminal foi um suicídio com um carro. Mas realmente não sabemos coisa nenhuma, porque ela não estava com nenhum documento de identidade. E não pode falar porque está inconsciente.

— E quanto ao carro? — perguntou Oliver.

— É um Toyota Corolla, modelo mais antigo, 2002 ou 2003. É um emaranhado de metal, queimado em alguns pontos, mas o interior não foi destruído pelo fogo. Está no laboratório forense. Não fomos capazes de descobrir o proprietário a partir do número de identificação do veículo, se é o que você está perguntando.

— E quanto a queimaduras no rosto dela? — perguntou Marge.

— Até onde eu sei, foram só nas pernas. Ela estava usando o cinto de segurança, por isso sofreu algumas contusões com o acionamento do airbag. Mas deve estar reconhecível. Você sabe qual é aparência de Amanda Kowalski?

— Sabemos — disse Oliver.

— Foi o que pensei — disse Silver. — Por isso liguei para um dos médicos esta manhã e perguntei por ela. Ainda estava em coma, embora a médica, o nome dela é Julienne Hara, esteja otimista. Ela me contou então que a mulher tinha o tranquilizante Xanax no organismo, o suficiente para causar a morte. Portanto, está começando a parecer suicídio. Ela tomou uma dose fatal de Xanax, pôs o pé no acelerador e deu no que deu.

— Acho que nossa vítima de assassinato foi drogada antes de ser enforcada — disse Marge.

— Ainda não recebemos seu exame toxicológico completo — disse Oliver. — Mas ela não tinha nenhum ferimento defensivo. Dá a impressão de que foi sedada antes de ser enforcada.

— Interessante — disse Silver.

— Realmente interessante — disse Major. — Porque depois a médica me disse um "a propósito". Gosto dos "a propósito". É sempre algo substancial. A médica disse que alguém poderia ter tentado estrangulá-la. Como parte do inchaço diminuiu, ela viu o que talvez fossem contusões em volta do pescoço. Disse que deveríamos ir lá e dar uma olhada. Segundo ela, não tivesse sido acidente ou não tivesse sido um suicídio, poderia ter sido uma tentativa de homicídio.

— O que significava que a polícia deveria ser envolvida — disse Silver. — Imaginamos que vocês deveriam ir conosco ao hospital. Comumente lhes pediríamos que enviassem uma foto de Kowalski. Mas vocês estão aqui e ela está machucada. Vocês poderiam fazer uma identificação melhor.

— Pode não ser nada — disse Major. — Mas nesse caso, vocês podem ficar por aqui e fazer suas perguntas sobre Hammerling. Posso ajudá-los com os hotéis locais aqui.

— Ei, mesmo que isso não dê em nada, nós lhe devemos uma — disse Marge.

— Que tal o Delucci's esta noite? — perguntou Silver. — Estou a fim de comida italiana e o lugar ficar aberto até a uma.

— É uma boa ideia — Oliver enfiou a mão no bolso e tirou dois ingressos. — Deveríamos ver O esta noite. Não vamos conseguir. Querem os ingressos?

— O é sensacional — disse Silver. — Não percam.

— Sim, vocês têm de ver O — reforçou Major.

— Façam a identificação, é dizer sim ou não, e depois arranjem tempo para isso. Suas dúvidas podem esperar algumas horas.

— Sim — disse Major —, a garota no hospital não vai a lugar nenhum tão cedo. Isto é Las Vegas. Vocês já notaram que não há relógios nos cassinos? É porque a cidade nunca dorme.

42

Digitando os parâmetros no computador — "homicídio", "mulher", "estrangulamento" —, Decker, Wanda e Lee Wang obtiveram uma dúzia de casos não resolvidos, mas ainda em aberto dentro da jurisdição do Departamento de Polícia de Los Angeles. Quando Wanda inseriu os dados nos arquivos da Unidade de Casos de Homicídio Pendentes, os números se elevaram significativamente. E isso nem levava em conta casos dos departamentos de polícia próximos: San Fernando, Culver City, Beverly Hills, Oxnard, Ventura, San Bernardino, San Diego e um grande número de outros departamentos menores acima e abaixo do estado. Não havia atalhos. Seria preciso reler casos, entrar em contato com detetives encarregados, fazer perguntas.

Entre as coisas que eles procuravam ao ler os arquivos estavam: o nome de Chuck Tinsley, como testemunha ou suspeito, e joias associadas com as vítimas. Decker não precisava de um Sherlock Holmes. Precisava de detetives como Wanda e Lee, capazes de ler durante horas e concentrar-se em detalhes. Era um trabalho tedioso, que geralmente produzia mais dor de cabeça e vista cansada que resultados.

Às cinco da tarde, Decker estava pronto para ir embora quando seu celular tocou. O número estava restrito e isso fazia sentido. Ninguém que o conhecesse bem lhe ligaria num sábado.

— Decker.

— É Eliza Slaughter.

— Olá, detetive, como vão as coisas?

— Nada de especial. Eu queria apenas lhe contar que os técnicos examinaram o carro que Donatti alugou. Borrifaram luminol no carro todo, no porta-mala e sob o carpete do porta-malas, entre os eixos, sob a carroceria. Não há nenhuma evidência de sangue. O carro foi lavado pela locadora, mas não de maneira imaculada. Recolhemos muitos fios de cabelo e fibras.

Vamos examiná-los para ver se algum pertencia a Terry, mas sinceramente, não tenho grande esperança.

— Certo. E quanto à Mercedes que foi sucateada?

— Não tenho nada sobre Atik Jains. Ele pode ter sido dono do carro, mas não tem carteira de motorista da Califórnia. Estou checando licenças fora do estado. Ponho-o no sistema, mas não há nenhum retorno. Mais cedo esta tarde, voltei ao hotel e interroguei o que resta do pessoal. Ninguém viu Terry sair em seu carro. Não sei o que dizer a você. Seria possível que sua fuga estivesse planejada muito antes de domingo e ela poderia estar em qualquer lugar.

— Isso é verdade.

— Sei que não rastreamos o marido dela, mas sem um corpo, uma cena do crime e testemunhas, nossas pistas estão escasseando. A impressão que dá é que ou o marido fez isso ou ela fugiu por conta própria.

— Estou começando a pender para a fuga.

— Por quê?

— Conversei com Gabe e ele me contou algo interessante. Uma vez ele encontrou a mãe conversando com um médico indiano. Um homem mais velho, um cardiologista visitante cujo pai é um marajá na Índia.

— Isso significa que ele é rico?

— Eu pensaria que sim.

— Temos um nome?

Decker tergiversou.

— Gabe nunca soube qual era.

— Por que ele ficou com esse médico na cabeça? Tenho certeza de que a mãe dele conversou com um zilhão de médicos.

— Aí é que está. Ela não fazia isso. A única coisa que ele disse foi que havia simplesmente alguma coisa na maneira como os dois conversavam que o deixou com a antena ligada. Você sabe como esses garotos podem ser perceptivos para esse tipo de coisa.

— Ele disse alguma coisa para a mãe?

— Perguntou com quem ela estava conversando. Foi quando ela lhe contou que o sujeito era um cardiologista visitante cujo pai era um marajá.

— E?

— Foi isso.

— Você acha que ela estava tendo um caso com esse homem?

— É possível. E se ela de fato fugiu para a Índia, parece que o homem é rico e bem protegido. Ela precisaria das duas coisas para escapar do marido.

— Então onde isso nos deixa?

— É um caso em aberto. Se ela estiver viva, vai acabar tentando fazer contato com o filho. Portanto, na minha opinião, devemos esperar.

— Onde está o garoto?
— Comigo.
— Certo.
— Sim, vamos deixar isso como está. — Bipe de ligação à espera. Número de Marge na tela. — Tenho uma ligação que preciso atender. Mantenha-me informado.
— Farei isso. Até logo.
Ele apertou o botão.
— O que está acontecendo, sargento?
— Lamento perturbá-lo no *Shabbos* — disse ela. — Encontramos Mandy Kowalski.
— Morta? — perguntou Decker, empertigando-se.
— Não, está viva, mas não está bem. Tem queimaduras em cinquenta por cento da parte inferior do corpo. Está num coma medicamente induzido.
— Que coisa horrível. — Decker sentiu seus batimentos cardíacos acelerarem-se. — O que aconteceu?
— Ela foi trazida para o Las Vegas Medical Center como mulher não identificada, vítima de um acidente com um único carro no meio do Mojave. Originalmente, a polícia pensou em suicídio, porque só um carro estava envolvido e havia Xanax no organismo dela. Depois que a identificamos como Mandy Kowalski, estamos considerando homicídio.
— Como se alguém tivesse apertado o acelerador e a deixado voar?
— Talvez. Ela não parece do tipo que estaria apostando corridas de curta distância no deserto.
— Como vocês a encontraram?
— Não fui eu. Las Vegas fez todo o trabalho de investigação. — Marge lhe forneceu os detalhes. — Eles dizem que fizeram um esforço adicional porque nós fizemos um esforço adicional e viemos até aqui.
— Vocês têm certeza de que é ela?
— Positivo. A parte inferior de seu corpo está queimada, mas seu rosto permaneceu relativamente ileso. Ela tem contusões decorrentes do acionamento do airbag, mas está certamente reconhecível.
— Se foi homicídio, por que será que o assassino não desativou o airbag?
— Talvez não tenha sido tão esperto. E é claro, pode ter sido suicídio. Talvez tivesse testemunhado alguma coisa com que não podia viver... como o assassinato de sua amiga.
— É possível.
— A mãe de Mandy, Frieda Kowalski, é viúva. Ela mora em Mar Vista. Não tenho o endereço, mas tenho o número de telefone. — Deu-o para Decker. — Você poderia mandar alguém lá para informá-la do que está acontecendo?

— Farei isso. Vou querer conversar com ela, de qualquer maneira. E quanto a Garth Hammerling?

— Nada sobre ele ainda, mas ainda nem começamos a falar com pessoas. Tenho uma lista de hotéis que ele frequentou. Scott e eu vamos conversar com o maior número possível de pessoas. Em geral, ele se hospedava em North Las Vegas.

— Pensei que um de seus amigos tinha dito que ele ficava na Strip.

— Pode ter se hospedado lá, também. Talvez goste de mudar de um lugar para outro.

— Quando Mandy deve sair do coma?

— Vão começar a despertá-la amanhã, mas mesmo depois que estiver consciente, passará algum tempo dopada. O médico diz que ela ficará inconsciente durante vários dias. Além disso, há uma boa chance de que não se lembre muito do acidente ou do que o provocou.

— Ela se lembrará do assassinato de Adrianna, caso tenha estado lá?

— Não faço ideia de como o acidente afetará sua memória. Não sou médica, mas nem os médicos sabem. Estamos todos esperando contra todas as probabilidades que ela seja capaz de lançar alguma luz sobre Garth Hammerling.

— Sabemos com certeza que ela estava viajando com Garth?

— Não, não sabemos isso. Mas encontramos Mandy e ela está viva e talvez possa nos dizer alguma coisa.

— Amém — disse Decker. — Vou conversar com a sra. Kowalski. Quando ela souber da notícia, vai querer ir para Las Vegas. Vou descobrir seus horários. Vá apanhá-la e leve-a ao hospital.

— Posso fazer isso.

— Você e Scott trabalham durante o fim de semana. Vou rendê-los na segunda-feira. Quero estar aí quando Mandy for capaz de falar.

— Venha quando quiser. Não faltam hotéis. — Marge pensou um momento, depois disse: — Por que está trabalhando hoje? Não é seu aniversário?

— Na verdade, é amanhã. E vou sair com a ninhada toda para jantar. Mas provavelmente estarei trabalhando durante o dia. — Decker atualizou-a sobre o assassinato de Roxanne Holly e seu colar desaparecido. — Devia haver mais de um colar idêntico ao *R* de diamantes, por isso estamos examinando outros casos de estrangulamento, tentando encontrar entre as joias que Tinsley escondia outra que esteja associada a um assassinato.

— Então Tinsley voltou direto para topo da lista.

— Com certeza. Ele esteve com Adrianna e Crystal no Garage, domingo à noite. Ainda estamos tentando obter uma linha do tempo para ele no dia do assassinato.

— Onde ele está agora?

— Andando por aí sob vigilância durante 24 horas. Kathy Blanc não ficou feliz com isso. Se soubesse o que descobrimos, ela provavelmente me mataria. Ligo para você se descobrir mais alguma coisa sobre Tinsley.

— Farei o mesmo com relação a Garth. Ah, esqueci de dizer a você. Meu telefone ficará desligado entre as oito e as dez horas esta noite. Vamos ver O.

— O espetáculo do Cirque du Soleil?

— Sim. Silver e Major, os policiais que estão nos ajudando no caso, insistiram para que fôssemos. Depois vamos sair para jantar. Mas ligarei meu telefone quando estivermos comendo.

— Fico feliz em ver que vocês incluíram repouso e relaxamento no programa — disse Decker secamente.

— Suspeito, Rabino, que você está sendo sarcástico — disse Marge. — Mas sendo a pateta ingênua que sou, vou levar o que você disse a sério e simplesmente dizer obrigada.

Falar com Frieda Kowalski o tirou do escritório, e esse foi o único aspecto positivo da visita. Quando ele deu a notícia sobre Mandy, a mãe dela arquejou e pôs a mão no peito, tropeçando para trás. Decker ajudou-a a se equilibrar, sentou-a em seu sofá floral e levou-lhe um copo d'água, que ela tomou aos golinhos. Não havia lágrimas em seus olhos, mas seu rosto pálido sardento havia ficado cinzento. Ele esperou até que ela conseguisse encontrar sua voz. A mulher parecia ter cinquenta e poucos anos, com uma maçaroca de cabelo ruivo e olhos escuros. Era pequenina; provavelmente, pesava uns 45 quilos.

Quando ela finalmente falou, pediu detalhes. Decker lhe contou o que sabia, minimizando qualquer sanguinolência, depois ajudou-a a reservar um voo para Las Vegas.

— O sargento Dunn, da minha equipe, está lá agora. — Decker deu-lhe o número do telefone de Marge. — Ela vai buscá-la no aeroporto e levá-la ao hospital.

— Obrigada — sussurrou ela.

— Sei que é um momento difícil, mas tudo que puder me contar sobre Mandy será útil: seus hobbies, seus amigos, seus namorados. Ela bebia? Usava drogas?

A mulher pareceu atordoada.

— Eu raramente tinha notícia dela, exceto por um telefonema dado por obrigação a cada duas semanas, aos domingos. Amanhã era dia. — Ela olhou para o rosto de Decker. — Não é que não nos déssemos bem. Éramos apenas... diferentes. Eu era uma mãe solteira. Posso não ter feito o melhor dos trabalhos, mas cuidei dela.

— Certamente cuidou.

Ela assentiu com a cabeça. Ainda não se viam lágrimas.

— A verdade é que, mesmo quando bem pequena, Mandy era fechada. Era muito reservada em relação aos amigos e certamente em relação a namorados.

— Então havia namorados? — perguntou Decker.

Frieda refletiu sobre isso.

— Ela foi à festa de formatura com um rapaz. Acho que foi a primeira e única vez que a vi com alguém do sexo oposto.

— Lembra-se do nome dele?

— De jeito nenhum.

— Poderia ser Garth Hammerling?

— Garth quem? — Frieda apertava uma mão com a outra.

— Ele é um técnico que trabalha no St. Timothy, onde Mandy trabalha. — Ainda nenhuma resposta. — Garth está desaparecido. Gostaríamos de falar com ele.

— O que ele tem a ver com Mandy?

— Não sabemos ao certo se ele tem alguma coisa a ver com ela. Neste momento, é apenas uma pessoa de nosso interesse.

— Não posso ajudá-lo. Não sabia muito sobre Mandy quando ela vivia comigo. Certamente, não sei muito sobre ela desde que me deixou... saiu de casa.

— Ela tem um pai?

— Todo mundo tem um pai. Ele foi embora quando ela estava com seis meses. Não sei onde ele está e ele nunca enviou nenhuma ajuda para Mandy. Acho que uma vez ela quis encontrá-lo. Eu lhe disse que fosse em frente, mas me deixasse fora disso.

— Qual é o nome dele?

— James Kowalski. Não sei se ela o encontrou, e se tiver encontrado, não sei o que ele lhe disse. Imaginei que se ela o encontrou algum dia, deve ter tirado suas próprias conclusões. — Ela se levantou. — Eu preciso descansar um pouco. Amanhã será um longo dia. Obrigada por ser tão prestativo.

— Se precisar de mim, por favor, ligue-me. — Decker deu-lhe seu cartão.

— Ela está sofrendo muito?

— Tenho certeza de que farão tudo que for possível para mantê-la confortável. Irei a Las Vegas na segunda-feira e falarei com Mandy. Provavelmente a verei no hospital.

— Quando chegará?

— Em algum momento da tarde de segunda-feira.

— Talvez nos desencontremos. — Quando Decker não respondeu, ela acrescentou: — Mandy jamais gostou quando eu... invadia seu território.

Além disso, já perdi muitos dias de trabalho com meus próprios problemas médicos. — Ela abriu a porta. — Obrigada novamente. Até logo.

Seus olhos continuavam secos. Ela provavelmente esgotara suas lágrimas havia muito tempo.

43

Às nove horas da noite, Decker tinha os olhos saltados de tanto olhar para o computador e obtinha cada vez menos retornos. Quando Rina bateu no umbral da porta do seu escritório segurando um grande saco de papel, ele ficou agradecido pela interrupção. Rolou a cadeira para longe da escrivaninha e levantou-se.

— Olá. — Deu um beijo na mulher. — O que a traz às entranhas do purgatório?

— Que tal procurando graça e charme?

— Então, certamente veio ao lugar errado.

Rina sentou-se em frente à escrivaninha do marido.

— Tínhamos muitas sobras do almoço. Pensei que você poderia estar com fome.

— Deveria estar. A única coisa que ingeri hoje foi café e os cerais desta manhã. — Ele olhou para o relógio e sentou-se do outro lado da escrivaninha. — Lamento não ter ido para casa. É especialmente decepcionante, porque os rapazes fizeram toda essa viagem para me ver. Eles estão chateados?

— De maneira alguma. Na verdade, passamos horas muito agradáveis.

Decker sentiu-se encorajado e desencorajado ao mesmo tempo.

— Sim, todos estão tão acostumados com minha ausência que pensam "qual é a grande novidade"?

— Não é que não tenhamos *sentido a sua falta*. Fizemos um brinde a você *in absentia*. — Ela abriu o saco e lhe entregou um volume embrulhado. — Sanduíche de peru no pão de centeio com raiz-forte e mostarda. Você vai conseguir sair para jantar amanhã, certo? É em sua homenagem.

— Com certeza.

— Então estamos todos bem. Que trabalho é esse que está consumindo tanto tempo?

— Encontramos algo suspeito no apartamento de Chuck Tinsley. Estamos tentando encontrar mais evidências. Passei as últimas quatro horas no computador, mas não topei com nada de útil. É uma máquina maravilhosa, não me entenda mal, mas está sempre disponível. — Ele desenrolou o sanduíche e deu uma mordida. — Nossa, isto está bom. — Mais uma mordida. — Comer está dando fome.

— Às vezes é assim que funciona.

— Delicioso. Você tem alguma coisa para beber?

Rina enfiou a mão no saco.

— Coca Zero ou Dr. Pepper?

— Que tal ambos? — Sua mulher lhe entregou as latas e ele abriu o Dr. Pepper. — Entre as coisas positivas do dia, Marge e Scott também encontraram uma mulher desaparecida num hospital em Las Vegas. Um acidente com um único carro. Ela está em estado grave, mas viva.

— Você não está falando de Terry, não é?

— Não, não é Terry. — Decker engoliu metade da lata de refrigerante. — Ela continua desaparecida. Não creio que vá encontrá-la tão cedo. Em resumo, a situação é esta: ou isso foi obra de Donatti e, como ele é um profissional, provavelmente nunca a encontraremos, ou ela está na Índia com um bilhão de outras pessoas. Certamente não vou procurar Terry lá. Já disse à detetive da West L.A. que, caso Terry esteja viva, e acho que está, vai acabar entrando em contato com o filho.

Rina assentiu com a cabeça.

— Como anda o Gabe? Ele almoçou com a família?

— Onde mais poderia almoçar?

— Estou só querendo saber como ele está se integrando. Você está arranjando um piano para ele?

— Alugando um. Ele vai pagar com dinheiro que o pai deu. Isso dá a ele a sensação de que está fazendo a sua parte.

— Isso é um problema para você? — questionou Decker. — Ficar com o garoto?

— Sinceramente, para mim está tudo bem. E quanto a você? Parece ainda ter dúvidas.

— Claro que tenho dúvidas. Lá se vão aposentadoria e viagens.

— Aposentadoria seria muito ruim para você, e quantas viagens realmente iria fazer com seu primeiro neto a caminho?

— Talvez não muitas — admitiu Decker. — Cindy vai precisa usar sua arma para me manter a distância.

Rina sorriu.

— Esse é o meu cara. Portanto, como você não vai se aposentar e um cruzeiro de volta ao mundo não está nos planos agora, o melhor a fazer é dar um lar ao garoto.

Decker deu um sorriso desdenhoso.

— Contanto que ele não se meta com drogas, não beba, não fume, não dê em cima da minha filha e não me custe os olhos da cara, acho que estará tudo bem.

— Sabe, é engraçado — disse Rina. — Não é que eu me sinta excepcionalmente compadecida. Estou bem com Gabe porque ele não incomoda. Ele fica na dele e põe a cabeça para fora de vez em quando para ser alimentado. — Outra pausa. — Você precisa ouvi-lo tocar, Pete. Isso o transforma em algo sobrenatural. Depois ele para e volta a ter 14 anos novamente.

— Está certo. Ele ainda não dirige. Formidável. Isso significa que um de nós vai ter de levá-lo para a escola. — Decker pensou. — Ele não vai querer continuar numa escola judaica. O que vamos fazer em relação à sua instrução?

— Ele tem aulas programadas com esse professor de piano bambambã no meio da semana escolar na USC. Ele pratica seis horas ou mais por dia. Deveríamos pensar em instruí-lo em casa. Não você ou eu pessoalmente, mas alguém. O garoto é inteligente. Tenho certeza de que poderia terminar o currículo do ensino médio em um ano.

— Sim, ele disse alguma coisa sobre ir para a Juilliard ano que vem.

— Disse-me também que gostaria de ir para uma universidade regular, como Harvard. Por causa de seu talento, ele tem muitas opções. Se a mãe dele estiver viva, ela vai acabar tentando se reencontrar com ele. Ele não é apenas excepcional, mas é seu único filho.

Seu filho único. Decker levantou uma sobrancelha.

— Suponho que podemos lidar com ele morando conosco por mais ou menos um ano, contanto que não seja um psicopata como o pai.

— O tempo dirá. Até agora, não vejo nenhum indício — disse Rina. — Quem é a mulher desaparecida no hospital?

— É uma enfermeira, uma ex-amiga de Adrianna Blanc. Ambas trabalhavam no St. Timothy. Ela desapareceu alguns dias atrás. Quando procuravam o namorado de Adrianna em Las Vegas, Marge e Scott conversaram com dois policiais que lhes falaram sobre uma desconhecida no hospital. Uma colisão com um único carro no meio do nada poderia ser um acidente, suicídio ou possível homicídio. O que quer que tenha sido, ela sabe muito mais do que nos contou em nossas entrevistas originais. — Ele terminou seu sanduíche. — Isto caiu muito bem.

— Quer sobremesa?

— Não... bem, o que você tem?

— Torta de maçã.

— Deixe-a comigo. Posso sucumbir. — Ele checou seu relógio. — Vou tentar estar em casa dentro de uma hora.

— Isso significa duas horas. Então eu o vejo por volta das onze da noite, certo?

— É justo.

Rina levantou-se.

— Vi Wanda e Lee às suas mesas quando entrei. Há também a metade de um bolo de chocolate no saco para vocês compartilharem.

— Não admira que todo mundo goste de você. Ninguém cozinha como você.

— Essa sou eu. — Rina abriu um sorriso. — Espalho bom humor e calorias onde quer que eu vá.

O sucesso veio pouco antes das onze horas, no computador de Wanda: um anel de opala cercado por lascas de diamante fixados em chapa de ouro. A peça era um presente de formatura do ensino médio dado a Erin Greenfield por seus avós.

A jovem acabara de fazer 21 anos quando foi encontrada num terreno baldio, morta por estrangulamento em Oceanside, na Califórnia, dois anos antes. Segundo sua colega de quarto, ela saíra na noite anterior e não voltara para casa. Quando não compareceu ao trabalho no dia seguinte, a busca começou. Seu corpo nu foi encontrado naquela tarde.

Com mãos enluvadas, Decker observou o anel do lote de joias escondidas de Tinsley, comparando-o com o da mal-reproduzida foto impressa.

— Contei o número de diamantes em volta da opala — disse Wanda. — Tanto o anel de Tinsley quanto o da fotografia têm nove. O que me impressionou foi a chapa de ouro. Examinei o anel à procura de uma marca de 14K e não encontrei nenhuma. As pedras parecem autênticas, mas não fixadas em ouro verdadeiro. Eu diria que isso é incomum.

— Não sei nada sobre joias — disse Decker. — Gostaria de conseguir uma imagem melhor do anel que está no dedo de Erin.

— Vou ver o que Lee pode fazer — disse Wanda. — Dei uma olhada em Oceanside. Um bonito e pequeno resort, mas é perto de Camp Pendleton. Taxa de assassinatos menor que a média, mas taxas de estupros e assaltos ligeiramente mais elevadas. Alguns bares atendendo às marinas. Um sujeito solteiro não chamaria tanta atenção.

— Ele poderia se misturar às multidões, ainda mais se usasse um uniforme.

— Boa observação. Uniformes também inspiram confiança.

— Oxnard não tem uma base naval? — Decker deu alguns cliques no teclado. — Sim, aqui temos alguma coisa — NBVC — Naval Base Ventura County. Há também um Point Magu Naval Air Weapons Station. Há uma Port Hueneme Naval Base. Quando você procurou informações sobre Tinsley, verificou por acaso se ele serviu nas forças armadas?

— Não me lembro. Vou ver o que posso fazer no computador, mas está tarde demais para ligar para qualquer agência.
— Faça o que puder. — Com o anel ainda em sua mesa, Decker ligou para o celular de Marge. Ela atendeu ao terceiro toque. — Como foi O?
— Lindo.
— Você está realmente trabalhando ou ainda digerindo linguine?
— Estamos realmente trabalhando. E você?
— Encontramos mais uma peça das joias escondidas por Tinsley que poderia ser igual à de uma mulher estrangulada.
— Isso é importante.
— Pode ser. Quando revistou o apartamento dele, você ou Scott encontraram algum tipo de uniforme militar?
— Eu não. Deixe-me perguntar ao Scott. Tenho de encontrá-lo primeiro. Ligo para você de volta.
— Certo. — Enquanto esperava, ele telefonou para sua mulher. — Posso ter uma hora de prorrogação? Tenho uma pista que realmente preciso investigar.
— Tudo bem. Estou acordada, de qualquer maneira, conversando com os meninos. Estamos rindo muito.
— E provavelmente em grande parte à minha custa.
— Quando você acha que realmente estará em casa?
— Daqui a uma hora.
— Até a meia-noite. Não se transforme num vampiro.
— Eu adoraria ser um vampiro. Eles sugam sangue; eu chafurdo nele.

Ao telefone, Oliver disse:
— Sabe, havia alguma coisa no armário dele... parecia mais uma fantasia de Halloween que um uniforme de verdade. Era verde oliva com dragonas costuradas nos ombros, mas feito de material barato. Claramente não um artigo padrão do Exército.
Decker explicou as circunstâncias.
— Não era um uniforme verdadeiro, mas suponho que se você estivesse num bar escuro, tentando fazer hora com uma garota bêbada, ela poderia não notar a diferença.
— Eu gostaria muito de trazê-lo para um teste — disse Decker. — Podemos encontrar uma maneira de entrar de novo no apartamento dele? Provavelmente ele não nos dará acesso novamente.
— Vou perguntar a Marge e talvez pensemos em alguma coisa. Sabe, Tinsley não estava usando um uniforme quando conversou com Adrianna — disse Oliver.

— É que milico machão não faz realmente sucesso com garotas avançadas de Los Angeles — disse Decker. — Embora o assassinato de Adrianna corresponda ao perfil dos dois casos não resolvidos, há algumas diferenças. Os dois outros corpos foram encontrados em espaços abertos: um num terreno baldio e outro num campo de flores. Não no meio de uma área residencial, pendurado por um cabo.

— Então o que você está pensando? — perguntou Oliver.

— Tinsley é certamente um candidato — disse Decker. — Mas Garth continua desaparecido e Mandy está no hospital. Eu me pergunto se Garth e Mandy assassinaram Adrianna, e Tinsley teve azar de encontrar o corpo. Ou não se tratou em absoluto de um azar. Garth tentou incriminar Tinsley porque encontrou o cartão de visitas dele no bolso dela.

— Então como as joias de Tinsley entram na história? — perguntou Oliver.

— Talvez tenhamos topado por acidente com um serial killer.

— Se Tinsley é um serial killer, por que concordou em nos deixar revistar sua casa?

— Porque estávamos procurando coisas associadas com a morte de Adrianna, e ele não a matou. Você sabe como esses caras são. Um molde só. São arrogantes como o diabo. Quem recolheu as joias no apartamento de Tinsley?

— Foi Marge.

— Grande jogada. Wanda e Lee Wang acabam de entrar na minha sala. Vou mantê-los informados, e vocês façam o mesmo. — Decker desligou e apontou para as cadeiras. Wanda enrolou as mangas de sua camisa verde-limão. Wang usava uma camisa polo preta e calça cáqui.

Depois que eles se sentaram, Wang disse:

— Quase todos os sites de informação militar são inacessíveis sem uma senha. É melhor esperar a manhã para começar a fuçar nisso.

— Isso pode esperar, contanto que fiquemos de olho em Tinsley. Além disso, não tenho certeza de que ele realmente serviu ao exército. — Decker recapitulou sua conversa com Scott.

— Tudo bem. — disse Wanda. — Então ele poderia ser um simulador, como o Estrangulador de Boston.

— Albert DeSalvo — disse Decker.

— Qual é o próximo passo, Rabino?

— Do jeito que as coisas estão, não podemos afirmar com certeza que as joias pertenciam às vítimas.

— Então não estamos incriminando Tinsley? — perguntou Wang.

— Ainda não. — Decker alisou o bigode. — Vamos mantê-lo na mira e espero que os técnicos obtenham evidências de DNA das peças. Se conseguirmos DNA que coincida com os de Erin Greenfield e Roxanne Holly, podemos pôr as joias delas nas mãos de Chuck Tinsley. Isso levará umas duas semanas. Enquanto esperamos, um de vocês deveria ligar para Oxnard e o outro falar com Oceanside para obter detalhes dos assassinatos. — Exalou ruidosamente. — Estou exausto. Vamos todos para casa dormir um pouco.

— Parece uma boa ideia — disse Wang, esfregando os olhos. — Quer que eu volte a guardar as joias com as evidências?

— Seria ótimo, Lee. Obrigado.

— Então você realmente acha que acaba de esbarrar com um serial killer?

— Talvez sim, talvez não.

— Isso seria estranho — disse Wanda. — Em literatura, isso é chamado de "justiça poética".

— Na lei judaica, é chamado de *Middah kenneged midah*.

— Que significa isso?

— "O que fazemos aos outros será feito conosco." Nós colhemos o que plantamos.

44

Meia-noite estendeu-se até uma da manhã. Meia hora depois, Decker parou na entrada da garagem, esgotado e deprimido. Era oficialmente seu aniversário e seus filhos tinham vindo da Costa Leste apenas para estar com ele, e ele não só havia desaparecido durante a maior parte do dia, como o fizera no *Shabbos*. Perguntou a si mesmo por que continuava nisso. O crime não iria desaparecer. Havia sempre aquele "só mais um caso" em seus ombros. Mas havia também o outro lado. Por que parar de trabalhar, levando consigo anos de experiência, ficar enrolando por aí, tentando descobrir uma maneira de ser útil, quando já se está fazendo algo útil?

Fechou a porta do carro silenciosamente. Rina havia insistido em esperá-lo, ele insistira para que não o fizesse. Quem teria sido o vencedor nessa pequena aposta? Quando se aproximou de sua porta da frente, viu um grande envelope de manilha pousado no capacho. Pegou-o. Havia algo escrito na frente — um nome, mas não o seu.

Gabriel Whitman

Que podia ser *isso*?

Enfiou a chave na fechadura de sua porta, abriu-a e entrou. Rina estava acordada, envolta num penhoar de algodão. Tinha os dedos nos lábios, e em seguida apontou para o sofá. Gabriel estava esparramado sobre ele, um pé pendurado para fora, dormindo profundamente. Os dois foram para a cozinha. Decker mostrou o envelope à sua mulher:

— Isto estava na varanda.

— Não estava lá quando voltei da delegacia — disse Rina. — Eu teria notado. Quer um pouco de café ou chá?

— Gostaria muito de beber um chá de ervas. Eu faço. Estou desassossegado. Preciso de alguma coisa para fazer. — Ele encheu a chaleira e a colocou sobre o fogão. Depois abriu a extremidade do envelope fechada com fita adesiva, mas não olhou o interior. — Se isso tem a ver com Terry, Gabe iria querer saber. Preciso acordá-lo.

— Quer que eu espere aqui?

— Não, quero que você vá comigo para me dar apoio moral. — Voltaram juntos para a sala de estar. Decker sentou-se na ponta do sofá, mas nem isso despertou o adolescente. Finalmente, pôs a mão no ombro dele e sacudiu-o com delicadeza. — Gabe. — Novamente: — Gabe, é o tenente Decker.

O menino levantou-se rapidamente.

— Estou acordado, estou acordado. — Esfregou os olhos e tateou à procura dos óculos sobre a mesa. Quando os encontrou, colocou-os. — Estou acordado.

— Preciso acender a luz — disse Decker.

— Vá em frente. — Gabe semicerrou os olhos com a iluminação. — O que está acontecendo?

Decker entregou-lhe o envelope.

— Desculpe-me por acordá-lo, mas isto estava junto da minha porta da frente quando cheguei em casa. Pensei que você gostaria de vê-lo. Abri o envelope, mas não tirei nada dele.

— O que é isto?

— Não sei.

Gabe tirou os papéis devagar. Havia uma pilha deles — algo sobre procuração para seu pai para os negócios dele. Mas depois ele viu a carta manuscrita. Suas mãos começaram a tremer quando a leu.

Meu querido amor, Gabriel,

Quando você ler isto, devo estar muito longe, inalcançável e em segurança. Não tenho palavras para lhe contar o que aconteceu e por que fiz isto, mas posso somente dizer que senti verdadeiramente não ter outra opção. Não tente me procurar, e se o tenente Decker estiver me procurando, diga a ele, por favor, para não perder seu valioso tempo tentando me encontrar. Fui embora e não quero ser encontrada.

Com todo o meu coração, peço-lhe perdão pelo que o fiz passar, não somente pela última semana, mas pelos últimos 14 anos. Você é tão especial e tão excepcional, só merece coisas boas e felicidade. Espero tê-lo deixado num lugar seguro, longe do conflito que o louco do seu pai lhe havia impingido. Você pode não compreender minha motivação agora, mas espero que algum dia no futuro, quando você for um adulto, eu possa me reconciliar com você e explicar o que fiz e por que o fiz.

Creio que morar com os Decker é algo que seu pai poderia aprovar, e, portanto, deixá-lo aí. Joguei uma responsabilidade incrível sobre os Decker, e espero que eles não me desprezem por isso, mas eles são as únicas pessoas a quem eu poderia confiar minha joia. Por favor, tente não me detestar, como estou certa que faz. Saiba apenas que amo você mais que a qualquer outra pessoa no mundo e que meu coração dói ao escrever isto e estar separada de você. Mas sinto que as circunstâncias o colocaram com uma família que irá finalmente lhe dar uma chance de ter a vida que você merece. Mesmo uma tola egoísta como sua mãe compreende que você merece sua oportunidade de brilhar.

Sei que você está em contato com seu pai. Sei que ligará para ele assim que receber este pacote. Por favor, dê-lhe estes papéis. Eles vão lhe permitir conduzir seus negócios até que nossa sórdida trapalhada possa ser esclarecida.

*Com todo o meu amor,
Mamãe*

Sem palavras e com dedos trêmulos, ele entregou a carta a Decker. Depois deitou-se no sofá, os óculos ainda empoleirados no nariz, olhando para o teto. Quando terminou de ler a carta, Decker entregou-a a Rina. Em seguida disse:
— Eu gostaria de que um especialista em caligrafia examinasse isto em confronto com amostras conhecidas da letra de sua mãe...
— É a letra dela.
— Só por via das dúvidas. Nunca se sabe.
— É a letra dela. Mais que isso, parece com ela. Essa é uma das suas expressões favoritas... "sórdida trapalhada".
— Seu pai provavelmente conhece as expressões favoritas dela também.
— Não é meu pai escrevendo no lugar de minha mãe. É a minha mãe. Encare os fatos. Ela me abandonou, e me abandonou aqui. Lamento.
Rina sentou-se ao lado dele.
— Já aluguei o piano, assim, é melhor você ficar.
Gabe lhe deu o mais breve dos sorrisos, mas em seguida seus olhos encheram-se d'água.
— Obrigado. — Esfregou-os furiosamente. — Eu deveria contar isto ao meu pai. O Chris me ligou ontem. Eu deveria ter contado a você mais cedo, mas não esteve em casa.
A chaleira começou a apitar. Rina levantou-se.
— Vou pegá-la. Quer um pouco de chá, Gabe?
— Estou bem, obrigado.
— Tome um pouco assim mesmo.
Gabe assentiu. Depois que Rina saiu da sala, disse:

— Estou contente por minha mãe estar viva, mas que ela se foda. Fodam-se eles dois. Não dão a mínima para mim. Por que eu me importaria com eles? A única coisa pela qual me sinto mal é você estar preso a mim. — Olhou para Decker com olhos úmidos. — Realmente posso morar com a minha tia.

— Você vai ficar aqui. Vamos chegar a um acordo sobre os detalhes. Por falar nisso, como vai sua mão?

— Está ótima. Isto, também, vai passar.

Decker não disse nada, dando ao garoto alguns momentos de silêncio para começar a digerir a horrível quebra de confiança. Em seguida, disse:

— Quando você falou com o seu pai, ele disse alguma coisa a você?

— Nada que você já não saiba. Ele sabia sobre Atik Jains. Perguntou-me sobre outros homens com quem ela tivesse estado. Eu disse que não sabia de nada, o que é a verdade. Quer dizer, não sei se ela fugiu com um médico indiano.

Decker ficou em silêncio.

— Aposto que meu pai está na Índia neste momento à procura dela. Bem, boa sorte para ambos. Nenhum dos dois é mais preocupação minha.

— Por que acha que Chris está na Índia?

— Não sei. Mas tenho a impressão de que ele está fora do país e sabe onde ela está. — Ele olhou para Decker. — Você acha que ela está na Índia?

— Não sei, Gabe. Esta é a mais pura verdade.

— Sabe, ela precisava apenas me dizer: "Gabe, estou indo para a Índia. Não tente me encontrar. Vou escrever a você quando puder." Ela tinha apenas de me contar.

— Talvez ela tivesse medo de você contar para o seu pai.

— Eu não contaria para o meu pai. Além disso, ele descobriria de qualquer maneira. Ela não precisava ter sido tão dramática.

Rina entrou com o chá.

— Aqui está, Gabe.

— Muito obrigado. — Ele deu um gole. — Obrigado. Está bom.

— De nada. — Os olhos dela moveram-se rapidamente entre Gabe e Decker. — Está tarde. Acho que vou me deitar.

Decker deu-lhe um beijo no rosto.

— Irei daqui a pouco.

Rina despenteou o cabelo do marido.

— Se você está dizendo...

Depois que ela saiu, Decker disse:

— Gabe, não sei onde sua mãe está e não sei por que ela não lhe contou. Mas acho que, o que quer que tenha sido, ela provavelmente não queria que você soubesse até que fosse um pouco mais velho.

Gabe pareceu irritado.

— Por que está dizendo isso?

— Porque, talvez, se você descobrisse por que ela foi embora neste estágio de sua vida, não seria capaz de perdoá-la.

— Não a perdoaria? — Gabe riu, com raiva. — O que ela fez? Assaltou um banco? Estuprou uma cabra? — Quando Decker se manteve em silêncio, disse: — Seriamente, o que ela poderia ter feito que eu não iria perdoar? Trair meu pai? Deixar meu pai? Ela devia ter feito isso há muito tempo.

Decker lambeu os lábios.

— Você se lembra de por que seus pais brigaram quando seu pai bateu nela?

— É claro. O Chris pensou que ela tinha feito um aborto, em vez da minha tia.

— O que você diria se eu dissesse que sua tia não fez um aborto? Que os papéis não eram de sua tia, mas de sua mãe?

— De maneira nenhuma. — Gabe sacudiu a cabeça. — Minha mãe era seriamente a favor da vida. Ela nunca faria um aborto.

— Acho que você tem razão. Se sua mãe engravidasse, ela teria o bebê. O problema foi... e aquilo de que seu pai suspeitou o tempo todo... que se ela engravidou, o bebê provavelmente não seria filho dele.

Gabe ficou em silêncio.

— Acho que o papel que seu pai viu não era um recibo referente a um aborto — disse Decker —, mas um check-up obstétrico faturado como um aborto para a própria proteção de sua mãe. Quando seu pai perdeu a cabeça, sua mãe acalmou-o dizendo-lhe que era para sua tia, não para ela mesma. E ela tinha inclusive se registrado com o nome de sua tia. Por alguma razão, porém, manteve seu segundo nome. Se seu pai tivesse verificado — e talvez o tenha feito —, teria descoberto bem facilmente que o segundo nome de sua tia não é Anne, como sua mãe disse, mas Nicole.

Gabe pareceu nauseado.

— Você tem certeza disso? De que ela estava grávida?

— Não, não tenho. É tudo conjectura. Mas notei quando estive com sua mãe que ela estava usando roupas frouxas e que seu rosto estava um pouco mais redondo. Como você disse, ela nunca faria um aborto. Ela podia esconder muitas coisas de seu pai, mas não poderia esconder uma gravidez. E não poderia fingir que a criança era de Chris se o verdadeiro pai fosse um indiano de pele escura. Ela tinha uma decisão a tomar e optou pela vida de seu bebê.

Gabe tentou falar, mas não conseguiu. Lágrimas alagaram seus olhos, depois lhe escorreram pelo rosto. Em seguida ele sussurrou:

— Abandonar um, arranjar outro. Ela queria um novo começo sem o Chris, mas também sem mim.

— Ela teria levado você, se tivesse podido.

— Então por que não me levou? — Estava enraivecido.

— Gabe, seu pai podia deixar sua mãe ir, mas nunca a deixaria levar você. Você é o único filho dele. A única coisa que ele tem neste mundo.

— Chris não dá a mínima para mim! — esbravejou o menino. — Sabe, ele nem acredita que eu seja seu filho biológico. E depois do que você me contou, talvez eu não seja.

Decker olhou intensamente para ele.

— Você não pode acreditar nisso seriamente.

— É o que o Chris acha, e talvez esteja certo.

— Seu pai estava errado sobre muitas coisas. Chris nunca pensou que sua mãe teria a coragem de se apaixonar por outro homem. Nunca pensou que ela teria o atrevimento de deixá-lo. Nunca pensou que ela poderia se esconder dele e nunca pensou que ela poderia mentir. Estava errado com relação a todas essas coisas e está redondamente enganado se pensa que você não é filho dele. A Terry daquela época não é a Terry de agora. Sua mãe era completamente apaixonada por ele. Naquela época, aos olhos dela, seu pai andava sobre as águas. Para bem ou para mal, Gabe, você é filho de Donatti.

Na manhã seguinte, e com a permissão de Gabe, Decker examinou os papéis que Terry lhe enviara. Não estava interessado na procuração, só em saber quem a preparara e quem a autenticara. Queria uma verificação de que a assinatura de Terry era dela mesma e não de algum representante. Às oito da manhã, ligou para a firma de advocacia e falou com o serviço de atendimento, dizendo-lhes que tinha uma situação de emergência e precisava falar com Justin Keeler imediatamente. Recebeu o retorno duas horas depois.

— Aqui é Justin Keeler.

— Tenente Decker, do Departamento de Polícia de Los Angeles. Estive trabalhando num caso de pessoa desaparecida esta última semana. O nome dela é Terry McLaughlin...

— Pode parar por aí, tenente. Deve saber que vou invocar a prerrogativa advogado-cliente.

— Então ela é sua cliente.

— Não posso confirmar isso.

— Estou de posse de alguns papéis dados ao filho dela, Gabe Whitman, que ela supostamente assinou e autenticou. Foram preparados por você e autenticados por Carin Wilson. Ela trabalha para você?

— Carin Wilson trabalha para nós. Como conseguiu os papéis?

— Gabriel está morando comigo e com minha família. O envelope estava na soleira de minha porta ontem à noite. Os papéis não vieram pelo correio.

Alguém os levou pessoalmente. Tudo que quero é a verificação de que Terry McLaughlin assinou esses papéis e que não são uma falsificação.

— Se foram autenticados por Carin Wilson, eu garanto a você que os papéis não são uma falsificação. Ela tem 52 anos e é notária há vinte anos.

Decker fez uma pausa.

— Ainda estou um pouco inquieto com isso, sr. Keeler. Estou certo de que alguém com a identidade de Terry assinou os papéis. Quero me certificar de que a mulher que você pensa ser Terry é a verdadeira Terry McLaughlin. Posso ir aí e lhe mostrar uma fotografia dela?

— Dizer sim ou não também seria uma violação da prerrogativa advogado-cliente. Que tal se você me enviasse a foto por correio? Se houver um problema, eu lhe comunicarei.

— Sr. Keeler, a única coisa que estou tentando fazer é dar ao pobre garoto alguma informação sobre sua mãe desaparecida. O marido de Terry é um sujeito violento, capaz de cometer assassinato. Quero somente me assegurar de que ela não está morta.

Keeler deu um suspiro.

— Ela não está morta. — Uma pausa. — Eu não deveria lhe ter dito isto. Mas se o filho dela leu a carta no pacote, já sabe que ela está viva.

— Então Terry McLaughlin realmente escreveu a carta?

— Não posso lhe dizer mais nada.

— Você obviamente conhece o conteúdo da carta.

— Não posso lhe dizer mais nada. Leia a maldita carta.

— Já li.

— Então respeite os malditos desejos dela. E, caso se preocupe com ela, faça esse marido violento parar de incomodá-la. — Keeler desligou o telefone.

Decker massageava suas têmporas no instante em que Gabe entrou na cozinha. Ele ainda estava de pijama. Tinha o rosto pálido e macilento, e a testa, apesar do creme que o menino lambuzara nela, continuava cheia de espinhas.

— Problema?

— De maneira alguma. — Decker forçou um sorriso. — Sente-se. O que há?

— Eu só queria lhe dizer que liguei para a principal secretária de meu pai. Ela me disse que ele não estava lá, mas diria a ele que liguei. Portanto, acho que devemos esperar.

— Certo. Conte-me quando ele ligar de volta. Eu ainda gostaria de falar com ele.

— Pode deixar. — Gabe esfregou a testa. — Então... o Chris está safo? Quero dizer, se a mamãe está viva, ele obviamente não a matou. — Esfregou a testa de novo e ela começou a sangrar. Limpou com um guardanapo. — Meu Deus, devo estar parecendo um lixo.

— Você é um menino bonito e isso você herdou. Poderia, no entanto, descansar um pouco mais. Vou para o trabalho e Rina e os meninos vão visitar os avós deles daqui a uma hora. Terá a casa só para você. Baixe as persianas e vá dormir. Como está a sua mão?

— Vou estar bem para minha primeira aula com Nicholas Mark. É só isso que me importa.

Decker tamborilou na mesa.

— Acabo de falar ao telefone com o advogado que preparou os documentos da sua mãe. Ele não podia me dizer nada por causa das prerrogativas advogado-cliente, mas pelo que ele falou, creio que esses papéis são legítimos. Acho que sua mãe, de fato, escreveu a carta. Assim, em resposta à sua pergunta, Chris está limpo. E você pode lhe dizer que eu disse isto. Eu ainda gostaria de conversar com ele, descobrir o que sabe. Sou um sujeito curioso.

Gabe desviou os olhos.

— Quer dizer, isto não é uma espécie de armadilha ou uma coisa assim?

— Não, Gabe, não é uma armadilha. Acredito que sua mãe está viva e provavelmente na Índia.

— Ela e um bilhão de outras pessoas. Um bilhão e uma, contando seu novo bebê. Mas, que droga, não estou amargurado. — Gabe levantou-se. — Obrigado, tenente, por me receber... você e Rina. Digo isso realmente, realmente de coração. Prometo a vocês que serei um inquilino fácil.

— Você não está pagando aluguel, portanto não é um inquilino. É só um parasita.

Gabriel sorriu, mas foi um sorriso contaminado pela tristeza.

— Serei um bom parasita.

— Pode chamar minha mulher de Rina. Pode me chamar de Peter.

— Obrigado, mas prefiro chamá-lo de tenente, se não se importa.

— Não, não me importo. — Decker deu de ombros. — Posso lhe perguntar por quê?

— Ainda não me sinto à vontade para chamá-lo pelo primeiro nome. Além disso... isto vai soar um pouco estranho, mas chamá-lo de tenente... Não sei... o som da palavra. Ela me transmite segurança.

45

Quando Decker entrou na delegacia, às onze horas, Wanda Bontemps estalou os dedos para chamar sua atenção. Ela estava ao telefone e apontou para uma extensão desocupada. Decker apertou o botão iluminado e pegou o fone silenciosamente.

— Não compreendo como vocês puderam perder todo um saco de joias!

Era Chuck Tinsley. Decker pegou um bloco de anotações.

— Tenho certeza de que ele não foi perdido, sr. Tinsley — disse Wanda —, apenas posto no lugar errado. — Eu só queria lhe assegurar de que todas as peças foram fotografadas e descritas. Se tivermos de substituí-las, você receberá plena compensação monetária.

Decker fez-lhe um sinal de positivo com a mão. Ela sorriu.

— Não estou dando a menor bola para compensação. As peças tinham valor sentimental. Pertenciam à minha falecida mãe. Como vocês vão substituir relíquias de família, hein?

— Tenho certeza de que vão aparecer...

— Sabe, eu nunca tive muito respeito pela polícia. E sabe por quê? Vocês aí não têm nenhum respeito pelas pessoas a que servem. Isto é, vocês me trataram como um criminoso e enquanto isso o verdadeiro imbecil que matou Adrianna ainda está solto. Vocês são um bando de palhaços, sabia disto?

— Sei que deve estar frustrado, sr. Tinsley...

— Que foi que vocês fizeram com as minhas coisas? Levaram para casa para vocês mesmos?

— Eu o avisarei quando encontrarmos as peças.

— Sim, certo. Nesse meio-tempo, me dê o dinheiro.

— Você quer compensação em dinheiro pelas peças?

— Não, quero as peças. Mas se vocês não conseguem encontrá-las, deem-me dinheiro. E não levem o ano inteiro para fazer esse cheque, se você entende o que estou dizendo.

— Solicitarei o dinheiro agora mesmo, se quiser.

Fez-se silêncio na linha.

— Depois o que acontece se vocês encontrarem as joias?

— Eu as entregarei de volta para você e você devolve o dinheiro.

— Vocês deveriam me dar as joias e o dinheiro por todo o aborrecimento que estão me causando. — Ele desligou abruptamente.

Wanda e Decker puseram seus respectivos fones no gancho.

— Ele quer seus troféus de volta.

— Certamente parece apegado a eles.

— Pode esquecer a mentira de que é só um ladrão. Se esse fosse o caso, teria ficado entusiasmado com o dinheiro. Não precisaria se incomodar com um receptador. — Ela se levantou e se esticou. — Faz umas duas horas que estou aqui. Preciso de uma mudança de cenário. Vou levar as joias ao laboratório eu mesma. Quer uma atualização?

— Sempre.

Wanda folheou seu bloco de anotações.

— Falei com o Departamento de Polícia de Oxnard. Vou até lá amanhã para examinar o arquivo e comparar anotações. O detetive encarregado não está trabalhando hoje. Deixei uma mensagem. Seria ótimo se o nome de Tinsley aparecesse no arquivo de Oxnard.

— Podemos torcer para isso. E quanto ao Departamento de Polícia de Oceanside?

— Lee Wang entrou em contato com eles. Você terá de falar com ele sobre isso. Estivemos também procurando uma conexão militar com Tinsley. Isso ainda não apareceu.

— Do modo como Tinsley está agindo, não vamos chegar nem perto de sua casa.

— Estou também me perguntando se ele não desconfia, lá no fundo, que estamos de olho nele — disse Wanda.

— Mantenha-se em estreito contanto com a equipe de vigilância.

— É claro, mas... estou também me perguntando... não sei, tenente. Que se as joias eram seus troféus, agora que ele acha que as peças estão perdidas, talvez possa tentar encontrar alguns novos para substituir os antigos?

— Vamos pôr uma outra equipe na cola dele.

— Sim, isso faria com que eu me sentisse um pouco melhor.

Pelo telefone, Marge disse:

— Frieda Kowalski está com ela na UTI. Está segurando a mão dela.

— Como ela está se saindo?

— Mandy ou Frieda?

— Ambas.

— Mandy vai sair dessa, mas vai sentir muita dor. Ela tem queimaduras na parte inferior do corpo, um braço quebrado e o rosto machucado e inchado por causa do airbag.

— E a mãe?

— Ela é um pouco... reservada. Foi logo me dizendo que ela e Mandy não eram muito próximas. Também não sou tão próxima da minha mãe, mas se eu estivesse sofrendo com queimaduras e ossos quebrados, não acho que essas palavras seriam as primeiras coisas a saírem da sua boca.

— Ela pareceu entorpecida quando falei com ela. Podia ser choque. E eles vão tirar Mandy da sedação hoje?

— Sim, mas é um processo lento. Ela vai passar dias inconsciente. O médico nos disse para não esperar nada antes de amanhã à tarde. Talvez quando você chegar aqui ela esteja desperta o bastante para balbuciar.

— Como está a procura por Garth?

— Nessa frente, fizemos algum progresso. Depois de virarmos uma noite, conseguimos várias confirmações de que sim, ele e Mandy estiveram aqui em North Las Vegas. Os dois foram identificados por uma garçonete no Gold, uma do restaurante do New Lodge Inn. Isso foi na... espere... na quarta-feira à noite. E também na quinta-feira... deixe-me verificar... eles foram vistos no bar do Gin and Rose Pub and Casino. Mas... nem Scott nem eu descobrimos onde realmente se hospedaram. Vamos continuar investigando.

— Que carro Mandy dirigia quando sofreu o acidente?

— Ela tem um Corolla 2002.

— Se Mandy arrebentou seu carro, o que Garth está dirigindo agora?

— Não sei. Ele tem seu próprio carro, mas não sei onde está.

— Eles dirigiam separadamente?

— Talvez. Ou talvez ele tenha vendido seu carro para conseguir dinheiro. Vamos procurar por aí.

— Entendi. Qual foi a última vez que Garth se hospedou num hotel em North Las Vegas?

— Há muito tempo... talvez sete meses.

— Mas ele esteve em Las Vegas várias vezes nos últimos sete meses.

— Eu sei, e isso nos fez pensar, Scott e eu. Talvez tenha alugado um apartamento ou uma unidade num condomínio. O aluguel mensal seria menos do que os hotéis cobrariam por diárias se viesse para cá com frequência suficiente.

Decker pensou sobre isso.

— Se Garth tem sua própria casa, poderia estar guardando seu carro lá.

— Um carro ou uma moto para *motocross* — disse Marge. — Oliver e eu gostaríamos de passar mais um dia aqui. Vamos levar algum tempo para checar prédios, e, sinceramente, eu gostaria de estar lá quando Mandy começar a falar.

— Posso conseguir mais um dia para vocês. Encontro-a aí amanhã, ou no meio da manhã ou à tarde. Preciso resolver algumas coisas primeiro.

— Vou buscar você no aeroporto.

— Não, não perca tempo. Pegarei um táxi.

— Tudo bem. — Marge sorriu, embora ele não pudesse ver isso. — Se você quiser, Pete, podemos voltar todos juntos. Faz algum tempo que não faço uma viagem de carro.

— Acho que eu não poderia sobreviver a quatro horas e meia num espaço confinado com Oliver Scott.

— Não é tão ruim. Ele ronca quando dorme, mas pelo menos não cheira mal.

Decker riu e desligou. Eram quase duas da tarde. O jantar estava marcado para cedo, porque os rapazes teriam de pegar aviões tarde da noite para voltar à Costa Leste. Decidiu fazer um intervalo para isso e estava na metade do caminho até a porta quando o telefone de sua mesa tocou. Jogou as mãos para o alto e atendeu a ligação.

— Tem um minuto? — perguntou Wanda.

— É claro. O que há?

— Quando a técnica estava examinando as joias à procura de evidências, encontrou um minúsculo fio de cabelo preso no fecho do colar com o *R* de diamantes. Segundo ela, microscopicamente ele se parece com um daqueles cabelos finos em volta do pescoço que são irritantes quando pomos uma joia.

— Puxa. Isso é um golpe de sorte.

— O que é melhor ainda é que o fio de cabelo tem uma raiz.

Decker sentiu seu coração começar a bater forte.

— Então podemos obter DNA a partir dele?

— Possivelmente. Foi sorte nossa que Tinsley estivesse guardando suas joias num saco de papel. Menos propenso a deterioração.

— Com que rapidez você pode conseguir um resultado, Wanda?

— Vou pedir pressa. Levará no mínimo algumas semanas.

— Tinsley nos deu uma raspagem bucal. Vamos levar isso ao laboratório assim que possível. Se o cabelo pertencesse à mãe de Tinsley, o perfil de DNA dele seria relacionado ao DNA do cabelo. Se não, nós o pegamos numa mentira. E se for cabelo de Roxanne, o que ele está fazendo com o colar dela? O detetive encarregado do caso dela chegou a ligar de volta para você?

— Sim. O nome dele é Ronald Beckwith. Vamos nos encontrar amanhã às dez horas.

— Ligue de novo para Beckwith. Descubra se o DNA de Roxanne está no arquivo.

— Fiz isso. Está.

— Pergunte-lhe também se eles recolheram alguma evidência estranha que poderia gerar um perfil de DNA do perpetrador.

— Entendido.

— Vamos correr com isso. Tinsley está por aí e isso está me deixando cada vez mais nervoso.

Mais uma vez, Decker desligou o telefone. Esfregou os olhos e depois esfregou o pescoço. Estava cansado, mas esses dois dias estavam se revelando produtivos. Garth fora visto com Mandy, portanto eles estavam na trilha certa com Las Vegas. E Mandy, embora num estado que inspirava cuidados, ainda estava viva. Ela acabaria ficando bem o suficiente para falar. E que sorte haver um fio de cabelo com raiz no fecho do colar. Um perfil de DNA resolveria muitos problemas. As coisas pareciam estar se encaixando, mas ainda havia muitas questões fundamentais não respondidas.

Onde estava Garth?

Quais foram os acontecimentos que levaram à morte de Adrianna Blanc?

Quais foram os acontecimentos que levaram à morte de Crystal Larabee?

As mortes das duas mulheres estavam relacionadas?

E Chuck Tinsley era um serial killer?

Tantos crimes, tão pouco tempo.

Enxugando o suor da testa, Marge olhou para o céu ofuscante. O sol do deserto, que havia sido tão perfeito ontem, quando ela descansava em volta da piscina, transformara-se agora no inimigo quando eles andavam de cá para lá, de um prédio para outro, sob um calor de 32 graus.

E, caramba, Clark County certamente tinha muitos prédios.

Tinha prédios, condomínios, conjuntos e hotéis desleixados que alugavam quartos por longas temporadas. Eles tinham feito isso durante horas antes de fazerem, finalmente, uma pausa para jantar. A única coisa aberta às cinco horas da tarde era um restaurante que anunciava o melhor churrasco da cidade. Eles não mentiram. As costelas estavam se desmanchando e eram bem temperadas, exatamente como Marge gostava. Quando terminou, ela se limpou com uma tolha de papel umedecida.

— Isto estava ótimo.

Oliver ainda mastigava carnes tiradas de um osso.

— Bom demais.

— O que temos pela frente?

— Se você insiste em trabalhar, temos uma porção de condomínios numa área de alguns quilômetros.

— Quanto é uma porção?

— Cinco, cada um com cerca de trinta apartamentos. Dois deles têm uma empresa administradora no local.

— Vamos começar por eles. — Marge fez sinal à garçonete para pedir a conta.

— Estamos procurando uma coisa que talvez não exista. — Oliver fez uma pausa. — Meio como o amor.

A garçonete aproximou-se — uma senhora robusta com cabelo grisalho arrepiado.

— Não vão querer sobremesa?

— Gostaria que pudéssemos — disse-lhe Oliver. — Temos de voltar ao trabalho.

— Trabalhando nos domingos? O que vocês fazem?

— Policiais. — Oliver mostrou seu distintivo. — De verdade.

Ela olhou para o escudo sem examiná-lo com atenção.

— Nesse caso, vou embalar umas duas rosquinhas para viagem. Por conta da casa.

— Muito obrigada, podemos pagar por isso — disse Marge.

— Faço questão.

Oliver derramou-se com sinceridade.

— É muita gentileza sua.

— Não tenha dúvida! — Ela tocou no ombro de Oliver gentilmente e se afastou.

— O que algumas pessoas não fazem por uma rosquinha de graça — disse Marge

— Nós nos oferecemos para pagar. Ela recusou.

— *Eu* me ofereci para pagar — corrigiu Marge.

— Sim, você é o policial do bem, eu sou o policial do mal. Já decidimos isso. Podemos passar para outra, por favor?

Marge sorriu.

— Trate de assegurar que ela inclua uma rosquinha com xarope de bordo.

— Tenho de assegurar isso?

— Você é o grande conquistador, Scott. Se pedir com jeitinho, aposto que ela põe duas.

46

O GRUPO ACABARA DE LIQUIDAR O BOLO de chocolate com metade do restaurante se juntando a um "Parabéns a você" desafinado — e estava tomando café quando Cindy bateu sua colher contra um copo d'água para chamar a atenção da mesa. Decker olhou para sua primeira filha e todos os seus filhos com amor e orgulho. O tempo havia passado depressa demais. Até a gravidez de Cindy parecia estar voando. Ao longo da semana anterior, a barriga dela aparecera.

— Como a mais velha do clã Decker, achei que teria de falar primeiro. — Ela e Koby trocaram sorrisos. — Vou ser breve porque sei que os rapazes têm que pegar um avião. Como todos sabem, Koby e eu estamos grávidos.

— Aprovado, aprovado! — disse Decker, batendo na mesa. Sua pele estava úmida e ele se sentia alegre, sem dúvida por causa do vinho. Mas era seu aniversário e um aniversário importante. Rina insistiu que ela dirigiria de volta para casa para que ele pudesse se divertir.

— E já era hora, devo dizer — disse Jacob.

— Vejam só quem fala!

— O que quer dizer? Não sou casado.

— Exatamente. Seu irmão fez tudo direitinho. Qual é a sua desculpa?

— Sou psicologicamente imaturo.

— Isso não me deteve — observou Decker.

— A Cindy pode terminar, por favor?

— Obrigada, Rina — disse Cindy. — Temos outra novidade.

— Sobre o quê? — Decker ficou mais alerta.

— Sobre o bebê, é claro.

A mesa ficou em silêncio.

— Mês passado, quando Koby e eu fomos à minha consulta obstétrica de rotina, o obstetra detectou dois batimentos cardíacos — disse Cindy.

— Ah, não! — exclamou Jacob. — Seu bebê tem dois corações?

Desta vez ela lhe bateu com força nas costas.

— São gêmeos.

O grupo explodiu numa cordial rodada de *mazel tovs*.

— Que maravilhoso presente de aniversário! — exclamou Decker. — Você pode não ter se apressado, minha menina, mas certamente fez as coisas direito.

— Obrigada, papai!

— Estou tão feliz! — exclamou Decker.

— Fico contente. — Cindy riu. O pai estava um pouco grogue. — Temos outra notícia. Quer contar para eles, Koby?

— Você faz todo o trabalho. Você conta.

— Está bem. — Cindy fez uma pausa. — Os bebês estão compartilhando a mesma placenta.

— Portanto são gêmeos idênticos — disse Rina.

— Ai, meu Deus, isso é muito louco! — exclamou Hannah.

— Louco? — perguntou Decker.

— Muito louco, no sentido de que é muito maneiro!

— Maneiro para você, mas caro para mim — disse Koby.

— Você economiza na conta do hospital — observou Sammy. — Leva dois pelo preço de um.

— Bem lembrado — disse Koby.

— Vocês vão fazer parto normal? — perguntou Hannah? — Posso ser a assistente de parto de vocês?

— Vamos encontrar alguma tarefa para você, Hannah banana — disse Cindy.

— Há gêmeos na sua família? — Rina perguntou ao marido.

— Não na minha — respondeu Decker.

— Meu tio é um gêmeo idêntico — disse Koby. — Além disso, tenho primos gêmeos idênticos.

— Pronto, está explicado — disse Decker.

— Posso terminar, por favor? — disse Cindy.

— Ainda tem mais? — perguntou Jacob.

— Sim, tem mais.

— Você vai dar à luz o cachorro da família também?

— Estou tentando dizer algo importante — disse Cindy.

— Olhem lá, não a irritem. Isso pode ser muito ruim — disse Koby

— Certo, sou todo ouvidos — disse Jacob.

— Contanto que você não seja todo boca.

— Que ofensa!

— Vocês vão deixá-la terminar! — ordenou Rina.

— Por favor? — Cindy deu uma palmadinha no ombro de Jake.

— Vou calar a boca.

— Bem... Vamos lá. O costume de Koby, diferentemente do costume dos asquenazes, é dar ao bebê os nomes dos avós, mesmo que estes ainda estejam vivos... especialmente se ainda estiverem vivos. O que eu acho que é muito mais simpático. De qualquer maneira, o primeiro menino ou menina recebe os nomes dos avós paternos. O segundo menino ou menina recebe o nome dos avós maternos. Assim, se forem duas meninas, os nomes serão Rachel, como a mãe de Koby, e Judith, que é o nome hebraico de minha mãe. Mas... se forem dois meninos, os nomes dos bebês serão Aaron, como o pai de Koby, e Akiva. — Ela olhou para seu pai. — Como o nome judeu de alguém que todos nós conhecemos e amamos.

Decker abriu um largo sorriso.

— Então acho que estou torcendo por meninos.

— Certo. — disse Cindy. — Então este é o trato. Como tenho mais de 35 anos, fizemos uma Biópsia de Vilo Coriônico algumas semanas atrás, que revelará qualquer problema genético. E como só há uma placenta, fizemos apenas um procedimento, e tudo se saiu bem. Estou feliz em comunicar que tudo parece ótimo.

— E vocês sabem o sexo? — disse Sammy.

— Sim, sabemos — disse-lhe Cindy. — A princípio, decidimos guardar isso só para nós, mas já que estamos todos aqui e isso não acontece com tanta frequência, pensei que seria apropriado para o convidado de honra deixá-lo saber que sim, teremos meninos. Portanto, papai, você tem a honra de legar o seu nome sem ter morrido. Feliz aniversário. — Ela se inclinou e beijou Decker no rosto. Ele retribuiu dando beijos e abraços tanto em Cindy quanto em Koby.

— Você é realmente um príncipe em matéria de sogro e é muito habilidoso com ferramentas — disse Koby. — Isso é o melhor.

— Discurso, discurso! — disse Jacob.

Todos os olhares se voltaram para Decker. Ele sentiu um nó na garganta.

— Estou... emocionado. — Subitamente ficou tomado pela comoção e seus olhos ficaram molhados. — Não encontro palavras.

— Gostaria que eu falasse em seu lugar? — perguntou Jacob.

— Claro, garoto esperto. — Decker enxugou os olhos. — Vá em frente.

— Na verdade, não quero falar por você, quero falar para você. — Ele olhou para Sammy. — Podemos sair da ordem?

— Apenas vá depressa, ou vamos perder a hora.

— Tudo bem, tudo bem. — Jake esfregou as mãos uma na outra. — Quero somente dizer muito obrigado por você ser meu pai. E diferentemente da maioria dos pais, você teve uma escolha entre adotar ou não ao Sam e a mim.

— Ele não teve *escolha* — exclamou Rina. Todos riram. — Eu o teria matado se tivesse dito não.

— Posso ficar um pouco sentimental, por favor?

— Você, sentimental? — disse Cindy.

— Sim, até eu tenho um lado fofo. O que eu estava tentando dizer é que você entrou em nossas vidas, do Sammy e na minha, depois de uma situação bastante arriscada. Eu me lembro de ter pensado... quando estive com você pela primeira vez... que você tinha de ser o cara mais bacana da Terra.

— Puxa, isso mudou rapidamente? — perguntou Decker.

— Na realidade, não mudou — Jacob mordeu o lábio. — Você ainda está lá em cima no fator bacana. Eu só quero dizer muito obrigado por ter ficado ao meu lado, de Sammy e *Eema* num momento difícil. — Ele olhou para Cindy. — Seus garotos vão ser o que há de mais bacana. Eles vão herdar isso de ambos os lados.

— Muito obrigado, *Yonkie*.

— Feliz aniversário, pai. — E, virando-se para Sammy: — Foi rápido o suficiente?

— Extraordinariamente breve. — Sammy fez uma pausa. — Suponho que seja a minha vez. Então aqui vai. Você talvez não tivesse escolha senão nos adotar, pai, mas certamente teve escolha entre ser um pai ou não. E tirou a nota máxima nesse teste. Você não é nosso pai biológico, mas em termos de sangue, suor e lágrimas, certamente é nosso verdadeiro pai. E embora eu seja asquenazi, estou realmente feliz por você ter um dos seus netos recebendo o seu nome. É uma honra muito merecida.

Decker beijou seus filhos e os abraçou com vontade. — Obrigado, meninos.

Todos olharam para Hannah.

— Bem, com este cabelo vermelho, acho que não há dúvida de que você é o meu pai biológico. Estou realmente entusiasmada por estar indo para Israel e para a faculdade, mas sei que vou sentir muita falta de você e da *Eema*. É melhor vocês irem me visitar muitas vezes. — Seus olhos ficaram molhados e lágrimas escorreram pelo seu rosto. — Eu amo você muito, *Abba*. Feliz aniversário.

Decker deu-lhe um abraço de urso.

— Eu amo você, querida. E vamos visitá-la muitas vezes.

— Bem, acho que sou a próxima — disse Rina. — Serei breve também. Não quero ficar toda derramada na frente das crianças, mas fui tão abençoada por passar esses anos casada com alguém que amo tanto. Fui tão abençoada por ter esta família maravilhosa que amo tanto, inclusive minha linda enteada e genro e meus futuros netos. Peter, amo muito você e estou contando com muito mais anos para passarmos junto. Sempre tive muito orgulho de você. Você é simplesmente o melhor.

O grupo todo fez "Ah!" quando Rina deu em Decker um grande beijo nos lábios.

— Discurso do convidado de honra — disse Jacob.

— Não, vocês disseram tudo para mim — respondeu Decker. — Estou apenas me deleitando.

Jacob cutucou Gabe, que passara a noite toda calado.

— Agora é sua chance de falar ou calar-se para sempre.

Gabe ficou vermelho e Decker disse:

— *Yonkie*, deixe-o em paz.

— Desculpe — disse Jacob. — Você sabe, estou só implicando com você.

— Na verdade, talvez eu deva dizer alguma coisa — disse Gabe.

A mesa ficou em silêncio. O menino empurrou os óculos para cima no nariz.

— Em primeiro lugar, parabéns para Cindy e Koby.

— Obrigada — disse Cindy.

— De nada — respondeu Gabe. — Em segundo lugar, feliz aniversário para o tenente.

— Muito obrigado — disse Decker.

— Por nada — disse Gabe. — E em terceiro lugar... — O menino tentou organizar suas ideias. Elas zumbiam em seu cérebro como uma motosserra. — Assim... embora meus pais não sejam religiosos... nem um pouco. — *Entre os dois, eles provavelmente violaram todos os mandamentos da Bíblia.* — Hum... mesmo assim, não sei por que, eles me mandaram para uma escola católica. — Uma pausa. — E as freiras nos ensinaram coisas... embora eu não me lembre de muita coisa do que elas diziam.

— Tudo bem — disse Hannah. — A gente não escuta os rabinos.

— Hannah! — disse Rina.

— Só para criar um pouco de empatia.

Gabe sorriu.

— Mesmo assim, a coisa importante... a coisa importante das freiras tinha a ver com ser bom e oferecer a outra face e coisas assim. Mas quando penso sobre isso, não se tratava realmente de ser bom e virtuoso. Tratava-se de ser obediente. Ser bom... que significa isso? É uma espécie de conceito abstrato. De qualquer jeito, *eu* realmente não sabia o que significava bondade porque... francamente, meus pais são um pouco loucos... são muito loucos. E ser bom não parece ser uma grande prioridade para nenhum dos dois. Talvez da minha mãe, um pouco. Mesmo assim, depois de morar com o tenente e Rina... e Hannah... mesmo por este breve tempo, estou começando a ter uma compreensão do que bondade poderia ser. Sinceramente, tenente e Rina e todos vocês, obrigado por serem tão legais.

Ninguém falou.

Mais uma vez, Gabe ficou vermelho. — É isto.

— Muito obrigado, Gabe — saudou-o Decker. — Vou fazer com você o mesmo trato que fiz com todos os meus filhos. Você me suporta e eu o suportarei.

— Acho que consigo — disse Gabe.

Sammy checou seu relógio. Eram quase nove horas da noite. Eles tinham de pegar um avião às onze da noite de volta para Nova York.

— Detesto ter de sair, mas precisamos ir. Temos de devolver o carro.

Nesse momento, o celular de Decker vibrou em seu bolso. Ele o deixou tocar, depois pegou-o e deu uma olhada na tela. Era o número de Marge. Isso o deixou sóbrio rapidamente.

— Isto pode ser importante. Vocês se incomodam se eu atender?

— Algumas coisas nunca mudam — disse Rina.

— Muito engraçado. — Decker apertou o botão verde. — Olá. Posso ligar de volta em dez minutos?

— Está bem. Mas não deixe de ligar.

Ele foi vencido pela curiosidade.

— O que há?

— Lamento interromper o seu jantar, Pete. Mas temos uma situação aqui.

— Uma *situação*?

— Isso não soa promissor — disse Rina.

— Não, não soa — disse Decker. — Marge, vou lhe ligar de volta. Meus filhos estão saindo para o aeroporto. Quero me despedir deles direito.

— Por que você não pega uma carona com eles para o aeroporto?

— Você quer que vá para aí, em Las Vegas?

— Agora mesmo.

— Encontraram o corpo de Garth Hammerling?

— Não, tenente, Garth continua desaparecido. Mas em matéria de corpos... — Uma pausa. — Digamos apenas que você poderia querer ver com seus próprios olhos.

47

Enquanto Decker esperava para embarcar em seu voo para Las Vegas, Marge lhe fez um resumo. Falava muito rapidamente, estava sem fôlego. Decker podia ouvir fortes inalações de ar enquanto ela falava.

— O negócio é o seguinte — disse ela. — Scott e eu estivemos investigando prédios, condomínios e conjuntos habitacionais o dia todo. Não encontramos nada, mas isso era o que esperávamos. Paramos por volta das seis horas, jantamos, e decidimos ir a dois conjuntos habitacionais baratos nas proximidades. Uma última tentativa. Eram cerca de sete horas da noite.

Decker olhou para seu relógio. Eram quase onze da noite.

— OK.

— Você tem de imaginar que estávamos no meio do nada. É uma área remota. Essas unidades específicas fazem fronteira com o deserto, e depois delas, são quilômetros de espaço vazio. Compra-se uma unidade nos conjuntos sem dar entrada e fazendo pequenos pagamentos mensais. Além disso, cerca de dois terços das casas ainda vão ser construídas. Scott e eu não vimos nenhum sinal de uma construção sendo erguida. Imaginamos que seria um lugar perfeito para um solitário sem muito dinheiro.

— Posso imaginar o que você está tentando dizer.

— Sim, e não é uma coisa boa. De qualquer jeito, há um escritório numa casa-modelo. Por pura sorte, havia uma mulher lá dentro. Veja, hoje é domingo e não há nada acontecendo. Ela nos disse que estava tarde e que já ia encerrar o expediente. Dissemos a ela que só precisávamos de alguns minutos. Perguntamos por Garth Hammerling. Nenhuma resposta. Em seguida, Oliver lhe mostrou as fotos de Garth que temos. O rosto dela se iluminou, mas tentou disfarçar, embora estivesse dando um *tell* que até um cego perceberia.

— Um *tell* como no pôquer, uma dica — disse Decker.

— Sim. Exatamente. Afinal, estamos em Las Vegas. Seja como for, pressionamos a mulher... o nome dela é Carlotta Stretch. — Marge soletrou-o.

— Pressionamos Carlotta e ela admitiu que alguém que se *parecia* com Garth comprou uma casa no conjunto cerca de seis meses atrás. Não é espantoso?

— Muito espantoso.

— Sim. Exatamente. Mas tínhamos uns dois problemas. O sujeito que comprou a casa não se chamava Garth Hammerling. O nome dele era Richard Hammer. Scott e eu ligamos para nossos camaradas Lonnie Silver e Rodney Major e perguntamos a eles o que achavam. Eles são bons sujeitos. Vieram no mesmo instante. Carlotta queria ir para casa, mas continuamos segurando-a. Então conversamos e concluímos que com a identificação de Garth por Carlotta, qualquer pessoa sensata concluiria que Richard Hammer é Garth Hammerling. Mas ainda tínhamos alguns problemas. Primeiro, Garth ou Richard não estava devendo nada, e segundo, não tínhamos realmente nada contra Garth Hammerling a não ser o fato de estar desaparecido em circunstâncias peculiares.

— Portanto, vocês não tinham um bom motivo para entrar na propriedade.

— Sim. Exatamente.

— O que acha de perigo iminente?

— Foi a isso que todos nós chegamos. Garth e Mandy desapareceram mais ou menos no mesmo momento. Mandy quase morreu, portanto Garth poderia estar em apuros. Seria negligente não verificar a casa. Silver ligou para um juiz. Ele disse que não havia problema em entrar na casa e examiná-la, contanto que não destruíssemos o lugar. Nada de abrir gavetas ou coisas do gênero. Se víssemos alguma coisa bem à mostra, podíamos examiná-la. Fora isso, estávamos de pés e mãos atados. Eram cerca de oito horas da noite quando finalmente entramos. Tudo parecia bem. Vimos umas fotos de Garth, assim soubemos que estávamos no lugar certo. Ficamos morrendo de vontade de revistar as gavetas, ver se havia mais fotos dele e de Mandy mascarados, mas isso estava claramente além do permitido. Então concluímos: paramos por aqui.

— O embarque para o meu voo começou, Marge. Tenho provavelmente mais dez minutos antes de ter de entrar no avião.

— Vou resumir o mais rápido que puder. Então ficamos ponderando nossas opções. Deveríamos deixar um carro de polícia vigiando a casa, para o caso de Garth voltar? Mas então concordamos que qualquer idiota perceberia isso. Não há lugar para se esconder ali. Ainda estávamos ruminando ideias quando recebi um telefonema de Frieda Kowalski. Eu lhe contei que eles iriam tirar Mandy do coma induzido esta manhã, certo?

— Certo.

— Então Frieda me ligou, muito perturbada. Começou a me contar coisas enquanto ainda estávamos no conjunto, tentando planejar nosso próximo passo. Além disso, estávamos sob pressão para nos apressarmos. Carlotta Stretch queria fechar o escritório e ir para casa.

— O que Frieda lhe disse?

— Bem, lá vai. Os médicos começaram a tirar Mandy Kowalski do coma por volta das nove horas da manhã. No começo da noite, segundo Frieda foi por volta das sete, Mandy recobrou a consciência o suficiente para abrir os olhos e reconhecer a mãe. Ela sabia que estava num estado grave. Estava realmente agitada. Sua pressão sanguínea estava nas alturas, seus batimentos cardíacos a mil, e ela tremia como se estivesse tendo uma convulsão. Os médicos pensaram que talvez a tivessem tirado da sedação depressa demais. Ou talvez ela estivesse sentindo muita dor por causa das queimaduras. Porque, segundo sua mãe, ela estava se contorcendo em agonia.

— Isso é horrível.

— Cara, fiquei aliviada por não estar lá para ver isso. — Uma inalação profunda na linha. — Então Frieda começou a pedir analgésicos para a filha, mas antes que pudessem dopá-la de novo, Mandy começou a balbuciar palavras. A princípio, Frieda não conseguiu entender nada claramente, mas em seguida Mandy ficou se repetindo. Por fim, a mãe acha que ouviu a palavra "masmorra".

— Ai, Deus!

— Sim, exatamente. Frieda teve a presença de espírito de repetir a palavra "masmorra" de volta para a filha. E isso realmente fez a pressão sanguínea de Mandy dar um salto. A moça ficou superagitada e os bipes recomeçaram. A enfermeira chegou correndo e estava prestes a misturar a medicação intravenosa dela com narcótico, mas graças a Deus Frieda estava lá. Ela deteve a enfermeira. As duas discutiram. Frieda queria que um médico administrasse a sedação. A enfermeira ficou ofendida e se afastou irritada e o médico foi chamado pelo *pager*.

— Parabéns para a mãe.

— Tem razão, porque antes que o médico pudesse chegar ao tubo de medicação intravenosa de Mandy, a mãe conseguiu entender mais algumas palavras: "masmorra"... "assassinato". Depois Mandy começou a repetir, muitas vezes: "a menina, a menina, a menina."

— Ai, meu Deus!

— Sim. Exatamente. Nessa altura, o médico chegou e ficou realmente irritado com Frieda. E Frieda ficou irritada com o médico e com a enfermeira. Assim todo o mundo ficou irritado com todo o mundo, e finalmente o médico dopou Mandy, ela se acalmou, e tudo ia bem. Eram cerca de sete e meia da noite nesse momento. Frieda estava finalmente calma o bastante para pensar. Ela decidiu que seria uma boa ideia me ligar e me contar o que

Mandy dissera em seu delírio. Quando a busquei no aeroporto, dei a ela meu cartão, o número do meu celular e o número do celular do Scott. Ela decidiu me dar um toque.

— É espantoso que ela tenha tido a presença de espírito de ligar.

— Sim, e foi na hora H. Porque tudo isso estava acontecendo no exato momento em que Carlotta caminhava para seu carro, prestes a ir embora. Com as palavras "masmorra", "casa", "assassinato" e "a menina", achamos que tínhamos um bom motivo para uma segunda busca, mais intensa. Scott correu atrás de Carlotta e a alcançamos no momento exato em que saía com o carro. Na verdade, ela quase o atropelou. Não consigo descrever como as coisas foram frenéticas.

— Posso imaginar. Marge, estou entrando no avião agora. Vou ter de desligar meu celular dentro de poucos minutos.

— Vou acelerar a história. Voltamos à casa e começamos a bisbilhotar. Nessa altura, estávamos tentando achar um alçapão ou uma parede falsa ou alguma coisa que pudesse indicar um aposento oculto. Não tivemos sucesso. Verificamos a garagem. Nada. Então eu estava do lado de fora, nos fundos, olhando em volta. Mas veja, esse não é um condomínio chique.

— Entendi.

— Todas as casas têm terrenos pequenos, com muros baixos de blocos de concreto para separar uma casa da outra. E você consegue ver o quintal do seu vizinho se olhar por cima do muro. Eu estava espiando os quintais dos vizinhos, imaginando que talvez Garth nos tivesse visto chegar e tivesse se escondido em uma das casas. Era a hora do desespero. Então notei por acaso que as duas propriedades vizinhas à de Garth, dos dois lados, tinham quintais pavimentados com lajes de cimento. O de Garth é pavimentado com tijolos. Pensei comigo mesma: "Por que alguém se preocuparia com essa melhoria aqui?" Depois olhei com mais atenção. É um quintal de tijolos, mas não há nenhuma argamassa ou cimento, Pete. São só tijolos pousados na areia, e os tijolos do lado direito não estavam tão bem assentados.

— Ai, meu Deus.

— Sim, é isso mesmo que você está pensando. Como Mandy tinha mencionado alguma coisa sobre uma menina, uma masmorra e assassinato, começamos a tirar os tijolos do lugar. Debaixo do pátio, cavada diretamente no chão, há uma... — Uma pausa. — Bem, algo como um abrigo antiaéreo. É feito de blocos de concreto com um alçapão fechado a cadeado. Rodney Major o arrebentou a tiro, abrimos o alçapão, e o fedor nos atingiu imediatamente. Há uma porra de uma fossa ali — escura como breu e fétida. Silver tinha uma lanterna. Peguei-a e me propus a descer primeiro. Eu tremia como gelatina. Você sabe como me sinto com relação a lugares escuros, confinados.

Decker sabia bem demais. Desde que salvara um grupo de crianças de um culto que usava túneis como rotas de fuga, Marge se tornara claustrofóbica.

— Bom trabalho, Dunn.

— Sim. Parabéns para mim. Porque além de ser pequena e escura, a masmorra realmente fede. Nesse ponto, eu estava sendo guiada por pura adrenalina. Saltei lá embaixo... são uns bons dois metros e meio. — Um grande suspiro. — Encontrei a menina, Pete. Estava nua, envolta em sacos plásticos de lixo com uma ligadura em volta do pescoço. Por meus cálculos aproximados, a julgar pelo tempo que Mandy já tinha passado no hospital, ela estava daquele jeito havia pelo menos dois dias.

A voz de Marge ficara embargada.

— Tomei o pulso dela... não senti nada. Estava frio lá embaixo e ela parecia fria. Mas não gelada. Porém, não estava se mexendo. Supus que estava morta. Tipo, como poderia estar viva? Então mirei a luz nos olhos dela. Ela piscou!

Decker não conseguiu falar. Como conseguiria?

— Estava inconsciente, mas viva. Rasguei a ligadura do seu pescoço. Chamamos os paramédicos. Eles a tiraram dali e a levaram às pressas para o hospital. Neste momento, ela está em estado crítico. Não sabemos se vai sair dessa. Por enquanto, porém, continua entre os vivos. Como imaginar uma coisa assim?

— Não há como. Mandy sabe quem é ela?

— Mandy ainda está sob sedação. Vamos ter de esperar que o efeito passe para podermos falar com ela.

A porta do avião estava se fechando. Decker tinha cerca de trinta segundos.

— Você mencionou algo sobre um forte fedor. Há mais alguém lá dentro além da menina?

— Há dois outros corpos lá dentro em diferentes estágios de decomposição. Os investigadores da perícia criminal retiraram um corpo até agora. Ele está inchado e cheio de larvas, e grande parte da pele descamou. É medonho. E esse é o melhor dos dois.

— Que horror! Quanto tempo você acha que eles vão levar para limpar o lugar?

— Não sei, Pete. Eles ainda têm um cadáver para retirar. Depois disso, vão ter de trabalhar no ossário. Os corpos estavam sobre uma pilha de ossos.

***

Sem nada para obstruir o horizonte, o sol levantou-se em sua plena glória — um disco quente e dourado pulsando com luzes. Às sete horas da manhã, as luzes exteriores que tinham permitido aos investigadores trabalhar durante toda a noite foram desligadas, embora as instaladas no interior do *bunker* continuassem a brilhar com toda a força. Foram necessárias muitas outras horas antes que o material biológico pudesse ser apropriadamente removido do túmulo de cimento.

Um alerta geral foi emitido para todas as delegacias, pedindo a prisão de Garth Hammerling, com sua descrição. A polícia de Las Vegas também fez folhetos e os enviou por fax não só para o Departamento de Polícia de Las Vegas, mas para a maior parte dos departamentos de polícia no estado de Nevada, com ênfase em Reno e no lado de Silver State do lago Tahoe. A polícia de North Las Vegas também enviou folhetos por fax para os clubes de pôquer do Sul da Califórnia e os cassinos em Atlantic City. Todos sabiam que aquilo era só o começo, pois havia milhares de cassinos indígenas e estabelecimentos de jogo *offshore* em todo o país. Decidir como abordar a situação era tão desnorteante quanto urgente. Após discutir o assunto, chegou-se ao consenso de que Garth não era exatamente um jogador. Ele gostava era do que acompanhava o jogo: mulheres fáceis que podia pegar, seduzir e depois assassinar.

A casa no deserto ganhou as manchetes. A procura por Garth Hammerling ampliou-se para uma caçada humana de âmbito nacional por um serial killer. Com sorte, ele seria capturado antes que sua compulsão de matar de novo se tornasse irresistível.

Na segunda-feira à tarde, exatamente uma semana após a abominável descoberta do corpo de Adrianna Blanc, Mandy começou a falar, embora de maneira instável. Eram tantas as perguntas que precisavam ser feitas por tantos detetives, que seriam necessários dias, senão semanas, para que toda a história viesse à tona.

Quatro dias depois que Mandy foi tirada de seu coma induzido, Decker estava num voo noturno da Southwest de volta para Burbank. Ao mesmo tempo, Marge e Oliver estavam na I-15 a caminho de casa. Os três ouviram uma história contada da perspectiva de Mandy. Decker juntara apressadamente uma história inacreditável: uma odisseia de assassinato e destruição que se prolongara por quatro dias. Havia lacunas e algumas coisas que não faziam sentido, mas havia uma narrativa que podia ser seguida do princípio ao fim. Ele escreveu o seguinte resumo enquanto voava de volta para casa.

Dez dias atrás, por volta das oito e meia da manhã, Mandy viu Adrianna bater o telefone quando estava num dos postos de enfermagem e enterrar o rosto nas mãos. Parecia tão transtornada que Mandy se aproximou para lhe perguntar qual era o problema. Adrianna começou a chorar.

Mandy estava surpresa por Adrianna ainda estar no hospital, porque o turno dela havia terminado às oito. Mas ela estava lá, e Mandy, sendo uma boa amiga, percebeu que ela precisava de ajuda. Disse a Adrianna para esperá-la na cantina do hospital. Registrou que estava saindo para um intervalo e apareceu na cantina dez minutos depois para conversar com a amiga.

Adrianna lhe disse que estava furiosa com Garth, suas intermináveis viagens que não a incluíam e sua atitude irritadiça em geral. Ela estava terminando a relação definitivamente dessa vez. Mandy parabenizou-a. Adrianna era boa demais para suportar as idiotices de Garth. Mas, depois, Adrianna se descontrolou. Durante a conversa dos dois por telefone, Garth lhe implorara que reconsiderasse. Ele disse que realmente a amava e provaria isso cancelando sua viagem a Reno e voltando só para conversar com ela. Adrianna disse a Mandy que não sabia o que fazer. Embora quisesse romper, havia uma parte dela que ainda o amava. Mandy, que estava fazendo o papel da terapeuta sensata, encorajou-a a permanecer firme em sua decisão.

Veio à tona muito cedo na entrevista, é claro, que Mandy tinha razões mais pessoais para desejar que Adrianna ficasse longe. A verdade é que Garth nunca tinha pretendido ir com seus amigos para as montanhas. Sua intenção o tempo todo era voltar para Los Angeles e fugir com Mandy por uns dias — só os dois.

Mandy estava apaixonada por Garth.

Mandy sugeriu que Adrianna precisava ir para casa e dormir. Adrianna queria ir para casa também, mas Garth estava chegando. Eles iriam se encontrar no hospital, por isso ela não podia sair. Mandy "ofereceu-se" para falar com Garth. Mais uma vez, disse a Adrianna que fosse para casa e deixasse suas emoções se acalmarem. Depois, com a mente mais clara, poderia conversar com Garth. Mas Adrianna insistiu em ficar e encontrar-se com o namorado.

Esse foi o primeiro erro.

Nesse momento, Mandy estava ficando agitada. Ela passara os últimos seis meses planejando esse encontro amoroso e estava intimamente enraivecida diante da perspectiva de ter que cancelar tudo. O momento escolhido por Adrianna não poderia ter sido pior. Ela passara dois anos tolerando a galinhagem de Garth. Desta vez, tinha decidido mostrar alguma firmeza e isso estava arruinando a escapada romântica de Mandy. Precisava se livrar dela. Não matá-la, disse-lhes Mandy. Isso nunca lhe passara pela cabeça. Mandy queria apenas que Adrianna fosse para casa e dormisse por muito, muito tempo.

Como Adrianna insistiu em continuar no hospital, Mandy sugeriu que ela fosse para um dos quartos vazios destinados a plantonistas e tentasse dormir por umas duas horas antes que Garth chegasse. Adrianna concordou. Então

Mandy levantou os olhos e viu sua enfermeira-chefe olhando-a com cara feia na cantina. Deu-se conta de que tinha que agir rapidamente.

Mais que depressa, Mandy encontrou um quarto vazio para Adrianna. Tentou dar um calmante para que ela conseguisse dormir bem, mas Adrianna resistiu, dizendo que o calmante a deixaria apagada pelas 12 horas seguintes. Ela precisava apenas de algumas horas de repouso. Em vez disso, Mandy lhe deu uns dois comprimidos de um ansiolítico de ação leve. Isso a ajudaria a dormir, mas não a derrubaria pelo resto do dia.

Depois que Adrianna estava fora de cena, Mandy voltou para o trabalho, ruminando sobre como Adrianna estava arruinando a própria vida. Sabia que Garth suportava a amiga porque ela era sua galinha dos ovos de ouro. Mandy aceitava isso; Garth precisava de dinheiro. Mas não estava disposta a deixar que Adrianna estragasse seus poucos dias a sós com seu amante secreto. Garth chegaria ao hospital dentro de umas duas horas e tudo que Mandy queria era que Adrianna estivesse "indisposta". Então ela teria apenas de dizer a Garth que Adrianna fora embora e não queria ser procurada. Os dois poderiam seguir adiante com sua fuga planejada. Garth provavelmente voltaria para Adrianna, mas pelo menos eles teriam seu tempo a sós.

Como trabalhava numa UTI, Mandy decidiu derrubar Adrianna com um forte relaxante muscular usado em cirurgia chamado Pavulon. A droga, cujo nome genérico é pancurônio, é usada para promover paralisia muscular e é administrada antes que o paciente seja ligado a um ventilador pulmonar. A paralisia muscular costuma acontecer dois a quatro minutos após a administração, e os efeitos clínicos duram em geral cerca de uma hora e meia. A completa recuperação em adultos saudáveis costuma ocorrer duas a três horas mais tarde.

Decker tinha alguma familiaridade com o Pavulon porque ele tinha sido um dos medicamentos preferidos do serial killer Efren Saldivar, que era terapeuta respiratório. Ele havia usado Pavulon para assassinar seus pacientes numa matança que se prolongara por uma década quando ele trabalhava no Glendale Adventist Medical Center, cerca de 15 quilômetros de onde Decker trabalhava e morava. O caso local ficou conhecido e ganhou destaque em noticiários nacionais. Havia sido uma história que se arrastara por muito tempo, que incluiu confissão, retratação e exumação de corpos. O mais importante era que Decker sabia que a droga não era detectada num exame toxicológico de rotina.

Enquanto Adrianna dormia, Mandy, enfermeira hábil, dona de um toque delicado, injetou-lhe o medicamento no pescoço. O perito criminal não percebeu isso porque a ligadura do cabo rompera parte da pele e obscurecera o ferimento provocado pela picada. Quando Garth chegou, Mandy deu desculpas, mas Garth não as engoliu. Quando ele se tornou ameaçador, ela finalmente confessou que Adrianna estava dormindo em um dos quartos do plantão.

Ele estava ameaçador de que maneira? Decker lhe perguntara.

Não ameaçador... ela havia sussurrado... apenas ele sabia algumas coisas embaraçosas sobre ela. Com essa confissão, o monitor de Mandy começara a apitar. Sua pressão sanguínea começou a subir muito e os enfermeiros foram correndo lhe dar assistência. Mandy havia falado o suficiente para o dia.

Fim da entrevista.

Decker voltou no dia seguinte. Levou algum tempo para chegar de volta ao ponto em que tinham interrompido a entrevista, mas finalmente ele conseguiu que Mandy lhe desse a informação necessária — que Garth a levara a admitir que ela havia nocauteado Adrianna com Pavulon.

Mandy continuou a saga.

Depois que ela confessou que Adrianna ainda estava no hospital, Garth insistiu que os dois fossem ao quarto do plantão para despertá-la. Nessa altura, duas horas haviam transcorrido e os efeitos do medicamento deviam estar desaparecendo, mas quando eles tentaram acordá-la, Adrianna não reagiu. Na verdade, parecia estar morta.

Mandy entrou num pânico total. Garth acalmou-a e disse que iria ajudá-la. Disse-lhe que a melhor maneira de lidar com a situação era fazer com que parecesse que Adrianna tinha sido assassinada. A princípio, Mandy ficou horrorizada. Eles tinham de ir à polícia e explicar o que havia acontecido — que fora um acidente. Mas Garth disse que eles a indiciariam por assassinato premeditado e foi aí que ela realmente se descontrolou. Quando ele lhe propôs uma saída, ela a aceitou. Ele explicou seu raciocínio.

Adrianna estava morta. Nada do que pudessem fazer a traria de volta. Se ela fosse "assassinada", eles dois teriam álibis e seriam inocentados de qualquer delito. O álibi dele seria estar fora, acampando com os amigos. Aaron e Greg poderiam lhe dar cobertura. A desculpa dela era estar no seu turno de trabalho.

A primeira coisa que eles precisavam fazer era tirar o corpo do hospital. Eles a enfiaram num saco plástico de lixo duplo, e quando fizeram isso, o cartão de Chuck Tinsley caiu no chão. Mandy apanhou-o e ambos se deram conta de que era um cartão que algum cara dera a Adrianna. O cartão tinha o nome dele, sua ocupação — empreiteiro —, seu endereço residencial, e no verso estavam o número de seu celular e o seu endereço de trabalho — uma casa perto do hospital. Ler o cartão pareceu deixar Garth irritado. Mandy achou que isso era bom. Quanto mais irritado ele estivesse com Adrianna, mais a ajudaria a descartar o corpo.

Junto com o corpo de Adrianna, enfiaram outros lixos no saco plástico — papéis jogados fora e coisas semelhantes — para o caso de alguém perguntar o que havia no saco e eles terem de abri-lo.

Mas ninguém os questionou quando arrastaram o saco de um lado para outro na plataforma de embarque destinada a veículos de emergência. Garth parou seu carro junto à plataforma, abriu o porta-malas e colocou o saco de lixo. Disse a Mandy que ligaria para ela e os dois se encontrariam mais tarde. Mandy nunca sequer pensou sobre as câmeras de segurança na plataforma — um grande lapso que levou a polícia a olhar na direção certa.

Quando o assassinato de Adrianna chegou aos noticiários — que o corpo fora encontrado pendurado num caibro —, Mandy soube o que acontecera. Garth deixara o corpo de Adrianna no endereço que estava no cartão, pondo o foco sobre Chuck Tinsley. Quando Tinsley não foi imediatamente chamado para depor, os dois imaginaram que alguma coisa dera completamente errado.

Decker levantou os olhos de suas anotações. A sorte interviera. Chuck Tinsley tinha sido o primeiro a chegar ao canteiro de obras e topara com o corpo. Ele encontrara seu próprio cartão no bolso dela e o furtara para que a polícia não soubesse que estivera com Adrianna na noite anterior. Decker voltou às suas anotações.

O dia seguinte foi terça-feira. Garth e Mandy hospedaram-se num hotel enquanto calculavam seu próximo passo. Na quarta-feira, as coisas estavam ficando fora de controle. Eles precisavam sair de Los Angeles. Precisavam pensar sem ter a polícia atrás deles. Garth disse que tinha uma casa em Las Vegas. Poderiam ficar escondidos lá.

Os dois pegaram a estrada.

Desse ponto em diante, tudo ficava confuso na mente de Mandy. Eles passavam os dias e as noites fazendo sexo, bebendo e usando e drogas. De algum lugar no fundo de sua mente, veio-lhe a lembrança de que Garth levara para a casa uma menina — uma fugitiva. Os três se drogaram e Mandy se lembra de que Garth fez sexo com a menina. Depois as coisas ficaram realmente fora de foco. Mandy lembrou-se de que a menina desaparecera... mas não de que fora assassinada. Simplesmente fora embora. Ela também não tinha nenhuma lembrança de seu acidente de carro.

Estava tudo muito bem, pensou Decker, mas havia alguns buracos importantes, grandes o bastante para que um elefante os atravessasse. Isto é, Crystal Larabee.

Ela ficara ainda mais confusa com relação à morte de Crystal do que com relação ao que acontecera em sua fuga. Garth foi inicialmente à casa de Crystal apenas para lhe perguntar pela investigação sobre Adrianna. Quando Crystal lhe disse que os policiais estavam atrás dele, ele ficou realmente apavorado. Depois Crystal começou a falar sobre o cara com quem Adrianna estava conversando no Garage. Disse a Garth que o sujeito lhe parecera uma figura suspeita e que ele dera em cima dela depois que Adrianna saíra do bar. Crystal tinha a impressão de que ele provavelmente tinha algo a ver com o assassinato de Adrianna. Não era preciso ser um gênio para descobrir que Crystal estava se referindo a Chuck Tinsley.

Foi então que Garth teve uma ideia brilhante. Pensou que se Crystal fosse encontrada assassinada, isso realmente iria apontar o dedo para Chuck Tinsley. Tinsley tinha conversado com as duas mulheres e agora ambas eram encontradas mortas. Então, Garth matara Crystal. Simplesmente.

Embora Mandy lamentasse por Crystal, não sentia nenhuma culpa. Ela não sabia do plano de Garth e não estava lá quando as coisas aconteceram. A morte de Crystal não era sua culpa. E ela não parecia sentir muita culpa por Adrianna, tampouco. Mandy apressava-se em ressaltar que a coisa toda — isto é, a morte de Adrianna — não passara de um terrível "acidente".

No entanto, ali estava Mandy, envolvida numa trama que iria certamente terminar com sua condenação a cumprir uma pena, talvez prisão perpétua. Por que ela concordara com os planos de Garth? Como ele a convencera em participar de coisas tão terríveis?

— Ele iria... me expor — ela lhe disse.

O monitor da pressão sanguínea apitou ruidosamente. Decker sabia que não poderia trabalhar por muito mais tempo.

— Mas você sabia que isso viria à tona, Mandy. Que vocês deram Pavulon a Adrianna. Por que agravar o seu erro? Por que não ir à polícia, simplesmente? Esse foi o seu primeiro instinto, e ele era bom.

— Não era só Adrianna — ela gemeu. — Era a outra... ele iria me expor.

— Você se refere às fotos de você com roupa de couro?

Os bipes do monitor da pressão sanguínea recomeçaram. Ela ficou em silêncio.

Decker fez uma adivinhação lógica.

— E havia vídeos de sexo também.

— Ele iria... me expor.

A enfermeira entrou. Mais uma vez, ele foi solicitado a sair.

Decker iria voltar para Los Angeles dali a algumas horas. Seria naquele momento ou só muito tempo depois. Ele perguntou:

— Quem fez as fotos e o vídeo, Mandy? Isso poderia ajudar seu caso mais adiante. É importante que saibamos.

— Crystal Larabee — sussurrou Mandy. — A vadia...

48

À**s sete de manhã, Decker pensou** que teria a sala da patrulha para si, mas Wanda Bontemps já estava à sua mesa, sua atenção concentrada no computador. Ela nem levantou os olhos quando ele passou pela porta.

— Bom dia — disse Decker em voz alta.

Wanda o cumprimentou com um sorriso que lhe iluminou o rosto. Não foi uma dessas expressões tipo "lindo dia, não é?", mas um sorriso que dizia "apanhamos o filho da mãe".

— Você tem um minuto?

Decker chamou-a para sua sala. Wanda vestia uma blusa verde-escura e calça preta, com tênis nos pés. Tinha uma pasta sob o braço. Ele fechou a porta e os dois se sentaram.

— O que você tem para mim?

Ela pôs os papéis sobre a mesa dele.

— Uma cópia do arquivo sobre o homicídio de Roxanne Holly.

— É muito volumoso. Quer destacar os pontos mais importantes?

— É para já. — Wanda pegou suas anotações. — Segundo a companheira de apartamento de Roxanne Holly, Latitia Bohem, Roxanne saiu para tomar uns drinques num restaurante local chamado El Gaucho e nunca voltou. O local ficava a cerca de quatro quarteirões da casa delas. Muita gente do lugar o frequentava. Era uma noite amena, por isso, ela decidiu ir a pé.

— Sozinha e no escuro?

— Sim.

— Nunca é uma boa ideia.

— No caso dela não foi mesmo. Depois que seu corpo foi descoberto, o *barman* e as garçonetes de serviço naquela noite foram interrogados. Eles disseram que Roxanne estava no restaurante das dez horas, aproximadamente, à meia-noite, mas o lugar estava cheio o bastante para que ninguém se lembrasse exatamente quando ela fora embora. O lugar fecha à uma da manhã.

— Então como sabem que ela saiu à meia-noite?

— Sua conta foi paga por volta de meia-noite. Ela poderia ter se demorado mais tempo, mas vamos supor que tenha saído mais ou menos a essa hora. O *barman* lembrava-se dela conversando com pessoas... rapazes e moças. Ela parecia estar se divertindo. Não há nada mencionado nos arquivos sobre soldados ou quem quer que seja de uniforme.

— Talvez isso não leve a nada.

— Concordo. Os detetives voltaram a El Gaucho vários dias depois para uma segunda rodada de entrevistas com os funcionários e a clientela do lugar. Entre aqueles que se lembravam de que Roxanne estivera lá, havia um sujeito chamado Chuck Tinsley.

— Olhe só! — Decker estava pasmo. As coisas não costumavam se desenrolar dessa maneira. — Continue.

— Chuck estava trabalhando numa madeireira. Ele morava a cerca de seis quarteirões de distância do El Gaucho e a dez quarteirões de distância do apartamento de Roxanne quando ela foi assassinada.

Decker levantou uma sobrancelha.

— O que Chuck disse a seu favor nos arquivos?

— Ele afirmou que a conhecia de vista, talvez tivesse falado com ela algumas vezes em El Gaucho. Uma coisa casual. O interessante é que um cliente se lembrou de tê-los visto conversando na noite em que Roxanne desapareceu.

— Isso é realmente notável.

— O álibi de Chuck foi ter ficado no restaurante até que o bar fechou. E isso foi confirmado pelo *barman*.

— Então ele está dizendo que se Roxanne foi atacada à meia-noite, não poderia ter sido ele porque ainda estava no lugar até uma da manhã?

— Exatamente. Mas se o lugar estava agitado e ninguém se lembrava de ter visto Roxanne saindo, Tinsley poderia facilmente ter saído e voltado. Quero dizer, sinceramente, tenente, o que ele estava fazendo com o colar de Roxanne?

Decker pensou por um momento.

— Pode ser que tenhamos sorte suficiente para extrair do fio de cabelo um DNA que coincida com o de Roxanne. Nesse caso, poderemos dizer que Tinsley estava com o colar dela. Isso ainda é circunstancial.

— Um pouco mais que circunstancial.

— É claro. Saber que Chuck estava na vizinhança é ao mesmo tempo bom e ruim. Você pode defender a ideia de que Tinsley estava envolvido com o assassinato da moça. Ou pode argumentar que Tinsley encontrou o corpo de Roxanne depois que ela foi morta e lhe arrancou o colar do pescoço.

Quando Wanda lhe lançou um olhar, Decker disse:

— Isso é o que um advogado vai dizer.

— Lembra-se do principal suspeito, Burt Barney?

— O sem-teto que encontrou o corpo?

— Sim. A polícia de Oxnard o submeteu a um interrogatório cerrado durante horas. Perguntaram-lhe milhares de vezes o que ele tinha feito com o colar. Ele nunca se rendeu, tenente. Jurou que não tinha matado Roxanne e que quando encontrou o corpo, não havia nenhum colar.

— Um advogado poderia dizer que Tinsley tirou o colar antes que Barney o encontrasse.

— Isto está se alongando. — Wanda abriu os braços. — Precisamos de mais do que uma dúvida razoável, e esse é meu problema. Tinsley parecia um potencial serial killer quando pensamos que ele tinha alguma coisa a ver com o assassinato de Adrianna Blanc. Mas sabemos o que aconteceu com Adrianna e Crystal, e Tinsley não teve nada a ver com elas. Isso foi culpa de Garth Hammerling. — Uma pausa. — Que também é um serial killer.

Wanda sacudiu a cabeça.

— Com quantos serial killers você topou em sua carreira?

— Em meus trinta anos de trabalho na polícia, inclusive na Flórida, lidei com três, embora um caso fosse duvidoso porque só havia acusações contra ele por um único assassinato. Eu apenas suspeitei de que ele pudesse ter cometido outros. Eles estão por aí, sem dúvida, mas não com a frequência retratada na mídia. Ter um serial killer envolvido como testemunha num caso de assassinato cometido por outro serial killer é uma maluquice. É por isso que precisamos avançar devagar... para não cometermos um erro.

— Então o que fazemos com Tinsley?

— Se obtivermos o DNA de Roxanne a partir do colar, poderemos prender Tinsley por posse de propriedade roubada, que é como ele vai se defender. Viu o corpo de Roxanne no terreno aberto e tomou uma decisão errada. Seria ótimo encontrar uma testemunha que tivesse visto Chuck e Roxanne saírem juntos. Alguém nos arquivos parece promissor?

— Tenho de reler as páginas.

— Talvez você queira dar uma olhada nos amigos de Tinsley na época. Talvez ele tenha confessado para alguém, embora, se realmente for um serial killer, eu tenha minhas dúvidas.

— Vou examinar os arquivos novamente.

— O que está acontecendo com Lee Wang e o Departamento de Polícia de Oceanside?

— Ele ainda está investigando. Enviamos o anel encontrado na posse de Tinsley para o laboratório. Talvez tenhamos sorte e consigamos um DNA compatível com o de Erin Greenfield.

— Tinsley estava em Oceanside quando Greenfield foi assassinada?

— Não sei. Vou chamar Lee e comparar anotações.

— Uma joia é algo circunstancial — disse Decker. — Duas joias com DNA que corresponde ao de duas moças assassinadas não podem ser explicadas facilmente. Neste momento, a única coisa que podemos fazer é cruzar os dedos e depositar nossa fé na ciência.

Depois de três semanas no hospital, Jacqueline Mars, a fugitiva de 16 anos que Garth e Mandy tinham sequestrado, estrangulado e enrolado num saco de lixo, havia se recuperado o suficiente para receber alta do hospital. Infelizmente, sua memória do que acontecera durante o período de tempo em questão era ainda mais confusa que a de Mandy Kowalski. No momento, ela ainda não tinha nenhuma lembrança daqueles dias fatídicos que passara imobilizada.

Mandy Kowalski foi presa pelo assassinato em primeiro grau de Adrianna Blanc e pela tentativa de assassinato de Jacqueline Mars. Escapou de acusações pelo assassinato de Crystal Larabee. É considerada inocente de todas as acusações até que sua culpa seja provada.

Depois que as notícias sobre a série de crimes induzidos por medicamentos cometida por Garth Hammerling e Mandy Kowalski vieram a público, o St. Timothy começou a examinar mortes que tinham acontecido durante os turnos deles. Os casos de Mandy não revelaram problemas, mas houvera várias mortes suspeitas durante os anos de trabalho de Hammerling. Um mês depois da horrenda descoberta na casa de Hammerling em Las Vegas, os casos com que ele lidara no hospital continuavam sob investigação.

Decker finalmente recebeu uma cópia do relatório toxicológico sobre Adrianna Blanc. Levara um tempo um pouco mais longo que o habitual, pois o patologista tivera de pedir novo exame de sangue para detectar o Pavulon. E embora o medicamento tenha sido encontrado em seu organismo — e poderia tê-la matado —, a quantidade presente no sangue não foi considerada letal. Uma hipótese mais provável era a de que Adrianna estivesse viva, mas paralisada, quando Garth a pendurou por um cabo nos caibros do canteiro de obras. A conclusão da perícia criminal foi morte por asfixia causada pelo enforcamento.

Garth poderia genuinamente ter pensado que ela estava morta. Mas Decker e seus detetives não acreditavam nisso. Todos eles concluíram que mesmo que soubesse que Adrianna ainda estava viva, Garth teria levado seus planos adiante. Como evidenciado por Crystal Larabee e os dois corpos e pilhas de ossos encontrados em sua casa em Las Vegas, Garth simplesmente gostava de matar.

Seis semanas depois que as joias de Tinsley foram enviadas ao laboratório para exame de DNA, os relatórios retornaram à polícia com diferentes perfis de DNA. O colar continha DNA de Tinsley bem como de uma raiz de cabelo que pertencia a Roxanne Holly. O exame do anel levou um tempo um pouco maior por causa da escassez de evidências biológicas. Os testes envolveram inúmeras repetições da mesma amostra de DNA. Finalmente, dois perfis foram extraídos: o de Tinsley e o de Erin Greenfield.

Chuck Tinsley foi preso no dia seguinte. O momento não poderia ter sido melhor para Lydia e Nathan Grossman, os donos da propriedade. Eles haviam acabado de ser aprovados numa inspeção final.

Os assassinatos de Roxanne Holly e Erin Greenfield tinham ocorrido fora da jurisdição de Decker. Ele estava louco para participar dos interrogatórios de Tinsley, mas a coisa toda ficou irrelevante depois que Tinsley pediu um advogado.

Embora houvesse motivo para comemoração na detenção de Tinsley, havia também problemas. Ele tinha permitido aos detetives revistar seu apartamento, mas isso dizia respeito somente à coleta de evidências relativas ao caso de Adrianna Blanc. As joias, alegaram seus advogados, não podiam ser revistadas porque nada tinham a ver com Adrianna Blanc. E sem elas, não havia acusação contra Tinsley nos homicídios de Holly e Greenfield.

O promotor distrital afirmou que a polícia recolhera as peças com a permissão de Charles Tinsley para verificar se alguma delas pertencia a Adrianna Blanc. Quando duas peças apareceram nos arquivos como idênticas a joias pertencentes a outras mulheres assassinadas, teria sido negligência não submetê-las a teste de DNA. E como as joias tinham sido obtidas com a permissão do sr. Tinsley, nada de ilegal fora feito.

Depois de muitas prorrogações, o primeiro juiz tomou o partido do promotor distrital. As joias eram admissíveis. A equipe jurídica de Tinsley recorreu. Meses mais tarde, o juiz que julgou o recurso concordou com o primeiro juiz. Acusações por assassinato em primeiro grau foram feitas contra Charles Michael Tinsley pelas mortes de Roxanne Holly e Erin Greenfield. Tinsley seria considerado inocente até que sua culpa fosse provada.

Garth Willard Hammerling continua solto. Pede-se a qualquer pessoa que tenha informação sobre seu paradeiro que ligue para o Departamento de Polícia de Los Angeles e/ou o Departamento de Polícia de North Las Vegas.

49

Quando o trauma o atingiu, Gabe fez o que sempre fazia.

Ajustou-se.

Seu pai nunca lhe ligou de volta. Ele guardou os papéis em seu armário, imaginando que mais cedo ou mais tarde teria notícias do velho. Tratou de levar adiante seus negócios. Dentro de uma semana, Rina encontrou um professor particular permanente para ele, de modo que poderia estudar em casa. Terminou o primeiro ano em um mês. A única coisa que não podia fazer com o professor particular eram seus cursos de idiomas, mas até isso deu certo. Rina falava ídiche, assim ele podia praticar seu alemão com ela. O tenente falava espanhol, o que Gabe aprendeu num segundo. E embora não ocorresse o mesmo com o italiano, as duas línguas eram suficientemente semelhantes para manter seu ouvido treinado.

Sempre que tinha um tempo de folga, ele ia a concertos e óperas. Algumas vezes, Hannah foi com ele. Outras vezes, ele foi sozinho. Gostava de ópera — a principal razão pela qual desejara aprender alemão e italiano. Queria descobrir como mesclar as palavras com a música, e a única maneira de fazê-lo era falar a língua do libreto.

Ele passava a maior parte de seu tempo ao piano. Sua música sempre havia sido sua tábua de salvação, mas havia a todo momento algo de desesperado e apressado na maneira como tocava. Depois de viver com os Decker e ter aulas com Nicholas Mark, Gabe descobriu a verdadeira alegria em aprender. Cada encontro com Mark o deixava um passo mais perto de ser um verdadeiro pianista. Passou a poder avançar mais devagar, ouvir com um pouco mais de atenção, demorar-se no teclado um pouco mais, porque, pela primeira vez, estava vivendo com a previsibilidade. Tudo estava ocorrendo na hora certa e sem drama. Não que houvesse algo de errado com o drama, mas lidava-se melhor com ele nas artes que na vida real. Ele sempre tivera liberdade, mas agora tinha liberdade sem medo. A autonomia o tornou generoso. Ia muitas vezes com Hannah ao ensaio do coral para acompanhar os cantores — apenas para ser gentil. Quando a formatura estava se aproximando, a sra. Kent lhe pedira para tocar algo especial para a noite. Após muita adulação dela e de Hannah, ele cedeu.

Afinal, por que não?

A princípio, decidiu fazer algo tecnicamente desafiador, como Rachmaninoff — algo que deixaria a plateia boquiaberta. Trinta minutos antes de a cerimônia começar, porém, mudou de ideia.

Aquilo não era um concerto de piano: era uma *celebração*. As pessoas estavam felizes. Alguns pais realmente amavam seus filhos e orgulhavam-se de suas realizações.

No último momento, Gabe encontrou um computador e uma impressora em funcionamento na sinagoga onde a cerimônia de formatura aconteceria e baixou as 18 páginas da Rapsódia Húngara nº 1 em dó sustenido menor de Liszt. Era uma peça familiar para ele e para a maioria das pessoas porque era usada nos desenhos animados antigos sempre que havia uma perseguição. Ele sabia que poderia lê-la à primeira vista sem problemas. Na hora de tocar, alinhou as cinco primeiras folhas de papel no suporte do piano e pediu à sra. Kent para lhe fornecer a seguinte à medida que ele fosse jogando cada folha usada no chão. Com os papéis voando à sua volta, especialmente no final, com o tempo chegando à velocidade de um raio, isso teve um efeito cômico não intencional que ele incorporou com grande estilo. Todos estavam rindo. Ele tornara uma plateia feliz ainda mais feliz. E aprendera outra lição importante. Tocar em público não era só uma questão de habilidade, tinha a ver com entretenimento também.

Gabe nunca deixou de pensar nos pais. Era errado compará-los com os Decker, mas ele o fazia mesmo assim. Costumava racionalizar que o comportamento louco deles provinha de sua grande profundidade. Isso era uma tremenda bobagem. Os Decker eram pessoas estáveis e tão complexas — se não mais — quanto sua mãe e seu pai.

Rina e o tenente o haviam recebido com bondade e o tornado parte de suas vidas. Isso ficou ainda mais claro para ele quando eles insistiram em que ele os acompanhasse a Nova York para a formatura de Sammy na faculdade de medicina. Também o incluíram no casamento de Sammy. Levaram-no para Israel quando fizeram a mudança de Hannah para o seminário: pagaram sua passagem, deram-lhe seu próprio quarto de hotel e seu próprio guia pessoal. Ele e o guia foram para toda parte na Terra Santa bem como a Petra e às pirâmides do Egito. Ele explorou civilizações antigas, descobrindo que o clichê ainda era verdadeiro: há todo um grande mundo por lá.

Os Decker não tentavam substituir seus pais, nenhum dos dois. Eles eram facilitadores, e porque eram bondosos, tentavam não ser irritantes. Não, Rina não era sua mãe e o tenente não era seu pai. Para dizer a verdade, porém, nessa altura de sua vida, ele sabia que era muito melhor ter Rina e o tenente que sua mãe e seu pai.

Em meados de novembro, Nova York estava alagada por uma chuva gélida enquanto Chicago experimentava sua primeira nevasca. Los Angeles, por outro lado, tinha céu claro e sol. O ar ficara mais fresco, mas estava longe de estar frio e ainda restava cor em algumas árvores. Mas o que surpreendia Gabe era que a cidade ainda estava verde. No Leste, a friagem do outono transformava-se na geada do inverno. Mas Rina tinha um *jardim*. Era estranho.

Mas não tão estranho quanto o telefonema de seu pai. A voz de Chris estava monocórdia.

— Você está com papéis que me pertencem.

Nenhuma introdução. Gabe estivera esperando a ligação, mas a voz de seu pai sempre o fazia gaguejar.

— Estou— ele respondeu. — Para onde devo enviá-los?

— Não confio no correio. Irei a Los Angeles e os pegarei. Além disso, eu gostaria de ver você. Como estão seus horários?

— A não ser nas segundas-feiras e nas quintas-feiras de dez ao meio-dia, estou completamente livre.

Donatti fez uma pausa.

— Você abandonou a escola?

— Rina arranjou um professor particular para mim. Estou estudando em casa, o que é excelente. Devo terminar o ensino médio em junho.

— Não vi nenhuma conta por aulas particulares em seu cartão de crédito.

— São algumas horas por semana, Chris. Pago em dinheiro.

— O que está acontecendo entre as dez e o meio-dia nas segundas-feiras e nas quintas-feiras?

— Tenho minhas aulas de piano com Nick na USC.

Uma pausa.

— Nick é Nicholas Mark?

Donatti pareceu um pouco irritado.

Gabe sorriu.

— Você está convidado para comparecer e vê-lo me matando de tanto trabalhar.

— Você deveria estar acostumado com isso.

— Ele é mamão com açúcar comparado a você.

— Não precisa ser desagradável. Estarei aí amanhã às duas.

O dia seguinte era quinta-feira.

— Não posso estar em casa às duas vindo de ônibus. Você poderia me encontrar na universidade.

— Irei encontrar você na universidade. Ligo quando chegar lá. — Donatti desligou.

Segundo o telefone de Gabe, a conversa durara um minuto e 28 segundos. Nada de excepcional acontecera, mas uma frase ressoou em seu cérebro.

Além disso, eu gostaria de vê-lo.

Não *preciso* vê-lo, mas *gostaria* de vê-lo.

Isso não deveria ter feito uma diferença, mas fez. Deixou-o sentindo-se bem.

O telefone tocou exatamente às duas.

— Estou num café ao ar livre dentro do campus — Gabe disse a seu pai. — Está bem para você?

— Está ótimo.

Gabe indicou ao pai como chegar. Cinco minutos mais tarde viu Chris Donatti andando em direção a ele — alto, bronzeado, em forma e bonitão. O homem virava cabeças por onde quer que andasse, e aquele dia não foi exceção. Cada vez que ele passava por uma mulher, ela olhava para trás. Chris usava uma camisa branca, calça de veludo marrom e uma jaqueta de *tweed*. Parecia o professor das fantasias de toda aluna. Havia muitas coisas a desprezar em Chris, mas instintivamente Gabe tinha orgulho de ser filho dele.

Era o seu pai — para bem ou para mal.

Quando chegou à mesa, Chris estendeu a mão. Gabe deu-lhe o envelope de manilha e Chris sentou-se e abriu-o.

— Está com fome? — perguntou Gabe.

— Peça uma xícara de café para mim.

— Importa-se se eu pedir alguma coisa para comer? — Sem dizer nada, Donatti puxou uma nota de cem dólares. — Eu não estava pedindo dinheiro — disse Gabe.

— Pegue-o.

— Realmente não preciso.

— Não seja idiota. Se alguém oferece dinheiro a você, pegue-o. Agora cale a boca e deixe-me ler.

Acabou-se o sentimentalismo. Gabe pegou o dinheiro, esperou na fila e comprou um hambúrguer, batatas fritas, uma Coca Diet e um café. Voltou a se sentar e começou a comer. Um minuto mais tarde, Chris estava com os olhos fixos nele. Não estava comendo de maneira particularmente ruidosa, mas seu pai estava num *daqueles* estados de ânimo em que tudo o incomodava.

— Hum, talvez eu deva ir comer em outra mesa — disse Gabe. Passou para a mesa vizinha à do pai e pôs-se a comer tranquilamente enquanto lia Evelyn Waugh — um dos escritores favoritos de Rina. Fazia um dia bonito e ele se sentia mais feliz do que se sentira em anos. Sabia que estava calmo, pois suas espinhas finalmente tinham desaparecido. Como era bom estar mastigando um hambúrguer e lendo um ótimo livro. A única coisa que faltava era talvez um pouco de Mozart — peças para cordas somente, e por favor, definitivamente, nenhum piano. Ele ficara tão absorto em sua leitura que não ouviu o pai pigarreando até que Chris ficou claramente aborrecido. Gabe levantou os olhos e voltou para a primeira mesa.

— Tudo bem?
— Peça outra xícara de café para mim. Grande.
— Claro.

Quando Gabe trouxe a segunda xícara, Chris estava endireitando os papéis e colocando-os de volta no envelope.

— Tudo parece em ordem. Vou levar os papéis para meu advogado. Ver como avançamos a partir daí. — Chris olhou para Gabe. — Você sabe onde sua mãe está?

— Se eu tivesse de adivinhar, diria que em algum lugar na Índia a julgar pelo dono do carro. A carta dela também dizia que ela estava muito longe. Pus uma cópia da carta no envelope.

— Eu vi. E sim, ela está na Índia. Em Uttar Pradesh, para ser específico. — Chris tirou várias fotografias do bolso e espalhou-as sobre a mesa.

Gabe examinou as fotos.

— Quando você a encontrou?
— Meses atrás.
— E não me contou?
— Você sabia que ela estava viva. Que diferença teria feito?

Era verdade. Ele olhou para as fotografias.

— Puxa, ela está quase parindo.
— Já pariu. — Ele pegou uma última foto. — Conheça sua nova irmã.

O bebê era roliço e gordinho, com uma vasta cabeleira preta.

— Onde conseguiu isso?
— Não é da sua conta.

Sem querer, Gabe sorriu. Bebês eram fofos. Mesmo assim, ele não conseguia deixar de sentir ciúme de sua mãe. — Importa-se que eu fique com ela?

— Pode ficar. Para mim, ela não passa de uma pequena bastarda. Você não está surpreso com nada disso. Ela mandou outra carta para você?

— Se tivesse mandado, eu teria ligado para você. — Ele olhou para os olhos azuis inexpressivos do pai. — Ela só entrou em contato comigo uma vez. Desde então, não tive notícia nenhuma dela. — Gabe ajeitou os óculos.

— Decker imaginou que provavelmente ela estava grávida e que por isso teria partido tão repentinamente.

— Ela contou isso a Decker quando os dois se encontraram, naquela época?

— Não. Ele apenas imaginou isso depois.

— E você acredita nele?

— Decker perdeu muito tempo procurando a minha mãe. Não teria feito isso se soubesse que ela tinha querido desaparecer.

Donatti pensou sobre isso e concluiu que era verdade.

— Como vai Decker?

— Eles são boas pessoas e bons para mim. Estou bem, se é isso que você está perguntando.

— Então Decker imaginou isso. — Donatti tamborilou na mesa. — Sua mãe conseguiu esconder *suas* origens bastardas de mim, mas não poderia fingir com um bebê indiano.

Gabe não mordeu a isca.

— A mamãe sabe que você sabe sobre ela?

— Ainda não.

— Então o que você vai fazer?

Donatti deu de ombros.

— Gabriel, pensei em tudo, desde não fazer nada até matar a vadia.

— E?

— No fim, não dou mais a mínima. — Donatti tirou um maço de cigarros do bolso e acendeu um. — Isto não é verdade. Eu me importo. Mas não me importo o suficiente para arruinar a minha vida, mesmo que pudesse fazer alguma coisa impunemente. Eu gostaria de matar sua mãe, mas não a quero morta.

— Não que você tenha me perguntado, mas acho que não fazer nada é uma decisão muito sensata.

— Além disso, tenho a melhor de todas as vinganças. Ela está na Índia. — Donatti sorriu, mas não foi um sorriso bonito. — Mas você está aqui.

— E daí? Ela não liga nem um pouco para mim. — E falando mais para si mesmo que para o pai: — Se ligasse, teria me levado com ela.

— Ah, não, não, não. — Donatti sacudiu o dedo. — Ela não se atreveu a levar você com ela. Talvez eu a largasse de mão... Não faltam mulheres no mundo, mas, bastardo ou não, você ainda é o meu único filho. Se ela tivesse levado você embora, teria selado sua sentença de morte.

Ele esmagou seu cigarro e acendeu outro.

— Conheço muito bem a sua mãe. Ela arranjou uma bastardinha, mas o *verdadeiro* bebê dela está bem aqui comigo. Ela está num incrível sofrimento psíquico e isso me deixa muito feliz. — Levantou-se. — Vamos sair daqui.

— Você vai me levar para casa?

— Você quer dizer para a casa dos Decker?

— Minha casa é a casa dos Decker. — Gabe abriu um sorriso. — Mas você sempre será meu único pai.

— Sim, até você descobrir quem fodeu sua mãe naquele verão.

Gabe ignorou-o e levantou-se.

— Sabe, posso pegar o ônibus, se for inconveniente para você me levar até o Valley.

— Não, tudo bem. Além disso, quero ouvir tudo sobre seu progresso com seu novo companheiro, Nick.

— Ele é meu professor, Chris, não meu companheiro. Ele me tortura toda vez que o vejo. Mas acho que esse é o preço para melhorar.

— É melhor você melhorar, depois de gastar todo o meu dinheiro com aulas. — Donatti puxou o guardanapo do pescoço do filho, de maneira não muito gentil. — Por aqui.

Uma limusine estava esperando. Isso não foi uma surpresa para Gabe. Seu pai costumava precisar de espaço para suas pernas compridas. A surpresa foi a figurinha delicada de uma garota sentada no banco de trás. Ela parecia ter 14 anos, embora ele soubesse que tinha pelo menos 18. Chris não se envolvia mais com meninas menores de idade. Ela era bonitinha à maneira de um elfo — narizinho arrebitado, sardas nas bochechas, cabelo castanho-avermelhado cacheado. Havia inteligência em seus olhos castanhos.

— Talia — disse Chris, apontando para a menina. Para ela, disse: —Este é meu filho.

— Gabe Whitman — Gabe ofereceu-lhe a mão.

— É um prazer finalmente conhecê-lo. — Ela lhe apertou a mão. — Ele fala sobre você o tempo todo.

— Não, não falo.

Donatti pareceu aborrecido e em seguida passou a ignorá-la durante toda a viagem até a casa de Decker, ouvindo atentamente enquanto Gabe falava sobre suas aulas, suas músicas, suas composições, o que estava estudando, o que estava aprendendo com Nicholas Mark e finalmente sobre os concursos que se aproximavam. Donatti fumou e tomou café, os olhos fixados no rosto de Gabe o tempo todo, seu olhar nunca se desviando. Antes que Gabe pudesse sequer tomar fôlego, a limusine estava em frente à casa de Decker.

O tempo nunca passara tão depressa.

— Ligue se precisar de alguma coisa.

— Certo. — Virou-se para Talia. — Foi um prazer conhecê-la. Tome conta dele por mim.

— Blablablá. — Donatti estendeu-lhe seu copo de café vazio, cheio de pontas de cigarro. — Você sabe como odeio merda na minha cara. Jogue isto fora para mim.

— Claro, Chris. — Ele saiu e o carro arrancou antes que chegasse à porta da frente.

Chris dando-lhe lixo. Como era metafórico.

Olhou para o lixo em suas mãos.

Eca.

Destrancou a porta e rumou para seu alojamento — não realmente *seu* quarto, mas depois de sete meses, ele era mais que um hóspede. Uma vez dentro de seu espaço, sentou-se na cama e ligou seu computador.

A batida irritou-o. Donatti odiava fazer declarações de rendimentos e odiava ser interrompido.

— Que é?

— Posso entrar?

A voz de Talia.

— Já que você fodeu minha concentração, entre logo.

— Sinto muito — disse ela, abrindo a porta.

— Não, não sente. O que você quer?

Um sorrisinho se desenhou nos lábios da jovem.

— Eu lhe trouxe café. — Ela o colocou sobre a escrivaninha de pau-rosa. O escritório de Chris era apainelado com nogueira e tinha uma lareira. Era cheio de arte de boa qualidade e cheirava a couro e tabaco. Ele tinha prateleiras com os melhores uísques e copos de cristal lapidado. O lugar parecia um aposento pertencente a um castelo inglês, não o escritório de um proprietário de prostíbulos. Num canto estava uma *enorme* árvore de Natal que ela havia decorado. Embaixo, viam-se pilhas de presentes —enviados para ele por clientes felizes. Talia nunca havia enfeitado uma árvore de Natal antes de conhecer Chris. Era uma tarefa que sempre lhe agradava.

Donatti olhou-a de alto a baixo. Ela segurava um pacote.

— Coloque embaixo da árvore — disse ele.

— É do Gabe.

— Ah, merda! Tenho de comprar alguma coisa para ele. Que dia é hoje?

— É 19.

— Tudo bem. Temos tempo. Saia e compre uma motocicleta para ele.

Talia olhou-o espantada.

— Que foi? — perguntou Donatti.

— Chris, ele não dirige. Tem só 15 anos.

— Ele já fez 15? Merda, esqueci o aniversário dele.

— Não se preocupe. Eu mandei um cartão e uma camisa para ele.

Donatti encarou-a.

— Você mandou uma camisa para o Gabe de presente de aniversário?

— Você estava fora da cidade. E o que há de errado com uma camisa? Ele me mandou um cartão de agradecimento, então acho que gostou.

Estava amuada. Donatti sempre se esquecia de que ela não era muito mais velha que Gabe.

— Obrigado por mandar uma camisa para o meu filho. Vamos pensar um pouco mais alto desta vez. Compre uma Ferrari para ele.

— Uma *Ferrari*? — perguntou Talia, espantada.

— Sim, uma Ferrari. Quer que eu soletre para você?

— Sei o que é uma Ferrari. Pare de ser tão sarcástico. — Ela fez uma pausa. — Posso dizer uma coisa?

— Não. — Quando Talia não falou, Donatti exalou, enojado. — O *quê*?

— Estamos indo passar o Ano Novo em Paris. Por que você não o convida para ir conosco? Aposto que ele gostaria ainda mais que de uma Ferrari.

— Não quero que ele vá.

Talia pareceu perplexa.

— Por que não?

— Porque não quero que ele vá, está bem?

— Certo — respondeu Talia, dando de ombros.

— Veja, Talia, vai tudo bem com o Gabe e vai tudo bem comigo. Não é uma boa ideia nos misturarmos.

— Como você quiser. — Ela fez uma pausa. — Que devo fazer com o presente?

— Pode me dar.

Ela lhe entregou a caixa embrulhada.

— Onde encontro um revendedor da Ferrari? Estamos em Elko, não em Las Vegas.

— Você tem razão. Ouça, iremos a Penske-Wynn amanhã e compraremos uma juntos. Mande preparar o jato. Sairemos às onze da manhã se em algum momento eu conseguir um pouco de paz e silêncio para fazer minha declaração de rendimentos. — Fez um pequeno aceno para ela. — Até logo.

— Não precisa agradecer o café.

— Obrigado e até logo. — Quando ela finalmente fechou a porta, Donatti riu. Ele não amava Talia, mas às vezes a inocência dela o fazia rir. Olhou para o presente do filho. Gabe era um bom menino — puxara isso da mãe. Ele pensava em Terry com mais frequência do que devia. Ela havia fugido, mas aquilo estava longe de ter terminado. Eles ainda estavam legalmente casados e acabariam tendo de se encarar de uma maneira ou de outra.

Algum dia, ele pensou. Algum dia.

Desatou a fita que envolvia a caixa e levantou a tampa. Dentro estava uma pilha de papéis presos por um grampo e um bilhetinho na letra caprichada de Gabe.

Feliz Natal, papai.

Os papéis eram de algum tipo de laboratório médico... algum tipo de exame médico.

Que porra é essa?

Ao folhear as páginas, Donatti detectou as palavras.

DNA obtido a partir de um cigarro.

DNA obtido a partir de um copo de café.

Probabilidade de paternidade positiva superior a 99,9%.

Donatti jogou a cabeça para trás e riu alto.

O *bastardinho*.

Ou talvez não.

Ele pegou seu telefone e caiu no correio de voz de Gabe.

Deixe uma mensagem e retornarei sua ligação assim que puder.

— Obrigado pelos papéis. Se algum dia eu precisar de um rim, vou saber para quem ligar.

Donatti desligou o telefone e voltou para seu trabalho.

Uma hora depois, pegou o telefone e ligou para Gabe uma segunda vez.

Depois de receber a mesma mensagem, esperou pelo bipe e disse:

— Estou indo passar o Ano Novo em Paris. Alguém por lá está tocando a Tocata e Fuga em Ré Menor para órgão de Bach. Estou pensando em comprar ingressos. Talia não tem ouvido nenhum e sei que você tem uma fixação doentia em órgão de tubos.

Uma pausa.

— Vamos partir no dia 27, portanto ligue-me de volta imediatamente. Se seu passaporte estiver válido, você não tiver nada melhor para fazer e desejar ouvir a peça, acho que pode ir conosco.

PUBLISHER
Kaíke Nanne

EDITORA EXECUTIVA
Lívia Rosa

EDITORA DE AQUISIÇÃO
Renata Sturm

COORDENAÇÃO DE PRODUÇÃO
Thalita Aragão Ramalho

PRODUÇÃO EDITORIAL
Isis Batista Pinto

COPIDESQUE
Marcela Isensee

REVISÃO
Daniel Siqueira
Lara Gouvêa

CAPA
Desenho Editorial

DIAGRAMAÇÃO
Lúcio Nöthlich Pimentel

Este livro foi impresso no Rio de Janeiro, em 2016,
pela Edigráfica, para a HarperCollins Brasil.
A fonte usada no miolo é Stempel Garamond LT Std , corpo 11/14.
O papel do miolo é chambril avena 80g/m² e o da capa, cartão 250g/m².